Octave DOIN et Fils, éditeurs, 8, place de l'Odéon, Paris.

ENCYCLOPÉDIE SCIENTIFIQUE

Publiée sous la direction du Dᵣ TOULOUSE

BIBLIOTHÈQUE

DE MÉCANIQUE APPLIQUÉE

ET GÉNIE

Directeur : **M. D'OCAGNE**

Ingénieur en chef des Ponts et Chaussées
Professeur à l'École Polytechnique et à l'École des Ponts et Chaussées

On oppose assez volontiers, dans le domaine de la mécanique appliquée, l'homme de la théorie à l'homme de la pratique. Le premier, enclin aux spéculations abstraites, est tenu pour préférer aux problèmes qu'offre la réalité ceux qui se prêtent plus aisément aux solutions élégantes et, par suite, pour être disposé à négliger, en dépit de leur importance intrinsèque, telles circonstances qui seraient de nature à entraver le jeu de l'instrument analytique ; le second, au contraire, uniquement soucieux des données de l'empirisme, pour regarder toute théorie scientifique comme un luxe superflu dont il vaut mieux se passer.

Ce sont là des tendances extrêmes, contre lesquelles il convient de se mettre en garde. S'il est vrai que certains

esprits, séduits par l'imposante beauté de la science abstraite,
ont quelque répugnance à se plier aux exigences de la réalité, généralement difficiles à concilier avec une aussi belle
harmonie de forme, que d'autres, en revanche, par crainte
des complications qu'entraîne à leurs yeux l'appareil analytique, — peut-être aussi, parfois, en raison de leur manque
d'habitude à le manier, — tendent à méconnaître les émi-
nents services qu'on en peut attendre, il n'en reste pas
moins désirable, pour le plus grand bien des applications,
de voir réaliser l'union la plus intime de la théorie et de la
pratique, de la théorie qui coordonne, synthétise, réduit en
formules simples et parlantes les faits révélés par l'expérience, et de la pratique qui doit, tout d'abord, les en dégager. La vérité est que l'une ne saurait se passer de l'autre,
que toutes deux doivent progresser parallèlement. Ce n'est
pas d'hier que Bacon l'a dit : « Si les expériences ne sont
pas dirigées par la théorie, elles sont aveugles ; si la théorie
n'est pas soutenue par l'expérience, elle devient incertaine
et trompeuse. »

Développant cette pensée, un homme qui, dans un domaine important de la Mécanique appliquée, a su réaliser,
de la façon la plus heureuse, cette union si désirable, s'est
exprimé comme suit [1] : « ...La théorie n'a point la prétention de se substituer à l'expérience, ni de se poser en face
d'elle en adversaire dédaigneux. C'est l'union de ces deux
opérations de l'esprit dans une règle générale pour la re-
cherche de la vérité qui constitue l'essence de la méthode :
la théorie est le guide qu'on prend au départ, qu'on inter-
roge sans cesse le long de la route, qui instruit toujours par
ses réponses, qui indique le chemin le plus sûr et qui
découvre l'horizon le plus vaste. Elle saura réunir dans une
même explication générale les faits les plus divers, conduire

---

[1] Commandant P. CHARBONNIER, *Historique de la Balistique extérieure
à la commission de Gâvre*, p. 6.

à des formules d'un type rationnel et à des calculs d'une approximation sûre.

« La science aura plus d'audace parce qu'elle aura une base plus large et plus solidement établie. Les résultats expérimentaux, au lieu de faire nombre, viendront à chaque instant contribuer à asseoir la théorie, et ce n'est plus en eux-mêmes que les faits seront à considérer, mais suivant leur place rationnelle dans la science. La théorie saura mettre l'expérimentateur en garde contre les anomalies des expériences, et l'expérience, le théoricien contre les déductions trop audacieuses de la théorie. »

Ces quelques réflexions pourraient servir d'épigraphe à la première moitié de la présente Bibliothèque consacrée à la MÉCANIQUE APPLIQUÉE. Elles définissent l'esprit général dans lequel sont conçus ses volumes : *application rationnelle de la théorie, poussée aussi loin que le comporte l'état actuel de la science, aux problèmes tels qu'ils s'offrent effectivement dans la pratique, sans rien sacrifier des impérieuses nécessités de celle-ci à la plus grande facilité des déductions de celle-là.*

Il ne s'agit pas, dans l'application scientifique ainsi comprise, de torturer les faits pour les forcer à rentrer, vaille que vaille, dans le cadre de théories, plus ou moins séduisantes, conçues à *priori*, mais de plier la théorie à toutes les exigences du fait; il ne s'agit pas de forger des exemples destinés à illustrer et à éclairer l'exposé de telle ou telle théorie (comme cela se rencontre dans les Traités de mécanique rationnelle où une telle manière de faire est, vu le but poursuivi, parfaitement légitime), mais de tirer de la théorie toutes les ressources qu'elle peut offrir pour surmonter les difficultés qui résultent de la nature même des choses.

Quand les problèmes sont ainsi posés, ils ne se prêtent généralement pas à des solutions aboutissant directement à des formules simples et élégantes ; ils forcent à suivre la voie plus pénible des approximations successives ; mais définir par une première approximation l'allure générale d'un phénomène, puis, par un effort sans cesse renouvelé, arriver à le serrer de plus en plus près, en se rendant compte, à chaque instant, de l'écartement des limites entre lesquelles on est parvenu à le renfermer, c'est bel et bien faire œuvre de science ; et c'est pourquoi, dans une Encyclopédie qui, comme son titre l'indique, est, avant tout, *scientifique*, la Mécanique appliquée a sa place marquée au même titre que la Mécanique rationnelle.

La seconde moitié de la Bibliothèque est réservée aux divers arts techniques dont l'ensemble constitue ce qu'on est ordinairement convenu d'appeler le Génie tant civil que militaire [1] et maritime.

Ici, de par la force même des choses, l'exposé des principes s'écarte davantage de la forme mathématique pour se rapprocher de celle qui est usitée dans le domaine des sciences descriptives. Cela n'empêche d'ailleurs qu'il n'y ait encore, dans la façon de classer logiquement les faits, d'en faire saillir les lignes principales, surtout d'en dégager des idées générales, possibilité d'avoir recours à une méthode vraiment scientifique.

Telle est l'impression qui se dégagera de l'ensemble de cette Bibliothèque, dont les volumes ont été confiés à des spécialistes hautement autorisés, personnellement adonnés à des travaux rentrant dans leurs cadres respectifs et, par cela même, pour la plupart du moins, ordinairement détournés du labeur de l'écrivain dont ils ont occasionnellement accepté la charge en vue de l'œuvre de mise au point dont les conditions générales viennent d'être indiquées.

Il convient d'ajouter que le programme de cette Bibliothèque, — dont la liste ci-après fait connaître une pre-

---

[1] Le mot étant pris dans sa plus large acception et s'étendant tout aussi bien à la technique de l'*Artillerie* qu'à l'ensemble de celles qui sont plus particulièrement du ressort de l'arme à laquelle on applique le nom de *Génie*.

mière ébauche, susceptible de revision et de compléments
ultérieurs, — s'étendra à toutes les parties qui peuvent
intéresser l'ingénieur mécanicien ou constructeur, à l'exception de celles qui ont trait soit aux applications de l'Électricité, soit à la pratique de la construction proprement
dite, rattachées, dans cette Encyclopédie, à d'autres Bibliothèques (29 et 33).

Parmi les applications de la mécanique aux diverses
techniques, celles qui concernent l'Art militaire et l'Art
naval ont une importance et une ampleur particulières.
C'est pourquoi on a jugé à propos de leur consacrer, dans
la présente BIBLIOTHÈQUE, des sections spéciales. D'autre
part, il a semblé opportun, du moment que le cadre de
la BIBLIOTHÈQUE embrassait les engins que la science mécanique met à la disposition de l'Art de la guerre, de ne pas
passer sous silence l'emploi rationnel que la tactique
moderne enseigne à faire de ces engins en vue de leur utilisation la plus favorable.

Ainsi que l'a remarqué un distingué collaborateur de
cette partie de l'ENCYCLOPÉDIE [1], l'évolution de la tactique et celle de la technique obéissent parallèlement à des
lois générales ayant un caractère vraiment scientifique.
Il a donc paru naturel, dans une collection du genre de
celle-ci, d'aborder, à côté de la description technique et
de la théorie mécanique des engins de guerre, l'étude
rationnelle de leur emploi tactique, ce qui explique l'introduction, dans le plan général de la BIBLIOTHÈQUE, de
quelques volumes qu'on pourrait, *a priori*, être un peu
surpris d'y rencontrer si on ne les considérait qu'isolé-
ment, indépendamment du lien qui les soude à d'autres

[1] Le colonel PALOQUE, dans l'*Avant-Propos* (p. 10) de son *Artillerie de
campagne*.

volumes dont la place est nécessairement marquée au sein de cette BIBLIOTHÈQUE.

Les volumes sont publiés dans le format in-18 jésus cartonné; ils forment chacun 400 pages environ, avec ou sans figures dans le texte. Le prix marqué de chacun d'eux, quel que soit le nombre de pages, est fixé à 5 francs. Chaque ouvrage se vend séparément.

Voir, à la fin du volume, la notice sur l'ENCYCLOPÉDIE SCIENTIFIQUE, pour les conditions générales de publication.

TABLE DES VOLUMES
ET LISTE DES COLLABORATEURS

Les volumes publiés sont indiqués par un *.

A. — Mécanique appliquée.

***

B. — Génie en général.

D. — Art naval.

*1. **Artillerie navale. Canons, Projectiles**, par l'Ingénieur général JACOB.

*1 a. **Artillerie navale. Affûts, Poudres, Tir**, par l'Ingénieur général JACOB.

2. **Théorie du navire**, 2 volumes, par M. BOURDELLE, Ingénieur principal de la Marine.

*3 a. **Constructions navales. Coque**, par J. ROUGÉ, Ingénieur principal de la Marine.

*3 b. **Constructions navales. Accessoires**, par M. EDMOND, Ingénieur de la Marine.

*4. **Machines marines**, par P. DROSNE, Ingénieur de la Marine.

5. **Chaudières marines**, par P. DROSNE, Ingénieur de la Marine.

6. **Torpilles.**

*7. **Navigation sous-marine**, par C. RADIGUER, Ingénieur de la Marine.

NOTA. — La collaboration des auteurs appartenant aux armées de terre et de mer, ou à certaines administrations de l'État, ne sera définitivement acquise que moyennant l'approbation émanant du ministère compétent.

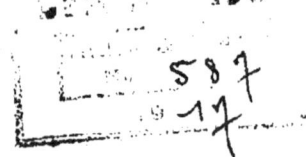

ENCYCLOPÉDIE SCIENTIFIQUE

PUBLIÉE SOUS LA DIRECTION

du Dr TOULOUSE, Directeur de Laboratoire à l'École des Hautes Études.

Secrétaire général : H. PIÉRON, Agrégé de l'Université.

BIBLIOTHÈQUE DE MÉCANIQUE APPLIQUÉE ET GÉNIE

Directeur : M. D'OCAGNE

Ingénieur en chef des Ponts et Chaussées, Professeur à l'École Polytechnique
et à l'École des Ponts et Chaussées.

AÉRONAUTIQUE

LA TECHNIQUE DU BALLON

AÉRONAUTIQUE

LA

TECHNIQUE DU BALLON

PAR

G. ESPITALLIER

LIEUTENANT-COLONEL DU GÉNIE TERRITORIAL

Deuxième édition revue, corrigée et augmentée.

Avec 111 figures dans le texte.

PARIS

OCTAVE DOIN ET FILS, ÉDITEURS

8, PLACE DE L'ODÉON, 8

1917

AVANT-PROPOS

On a disputé souvent sur le point de savoir si l'aéronautique est une science ou un art.

Pendant longtemps, la pratique de l'aérostation a été abandonnée à l'empirisme. Il semblait qu'un ballon ne pouvait servir qu'à l'amusement des foules, et les aéronautes forains, qui seuls avaient le privilège de conduire des ascensions, procédaient sans doctrine, au petit bonheur de l'inspiration et des habitudes prises, où l'expérience acquise ne suffisait pas à suppléer une méthode raisonnée et scientifique : l'aérostation était alors un art.

Mais on peut dire qu'une ère nouvelle s'est ouverte du jour où, pour les besoins militaires, une commission fut instituée à Chalais-Meudon, sous la présidence du colonel Laussedat, en 1875. Le colonel Charles Renard, alors capitaine, en était l'âme. Il sut distinguer immédiatement par quels points l'aérostation se rattachait aux différentes branches de la science, et l'étude qu'il fit de tous les problèmes soulevés a immédiatement fixé, non seulement les règles de la construction des aérostats, mais les principes de leur équilibre dans l'air et de la conduite des ascensions. Il n'est donc pas exagéré de dire que le colonel Ch. Renard est le créateur de l'aéronautique moderne, dont il a fait une véritable science.

Cette science, dont il fut l'apôtre, il l'a répandue dans l'enseignement donné chaque année aux officiers d'aérostiers, sans prendre le temps de fixer, par des publications d'ensemble, sa propriété intellectuelle sur les doctrines qui se diffusaient ainsi peu à peu dans le public.

C'est ainsi qu'une bonne partie de ce que nous allons exposer dans le présent ouvrage pourrait être légitimement revendiquée comme son œuvre, et qu'il serait certainement impossible de déterminer exactement la part qui lui devrait être attribuée.

Que si l'on s'étonnait de ce que le domaine public fût, en aéronautique, si mal défini, on pourrait faire remarquer que c'est précisément parce que le colonel Renard a semé à pleines mains, sans s'inquiéter de savoir où la semence devait lever, que son enseignement dispersé dans des cours, des conférences, des discours, des communications à l'Académie des sciences, n'a jamais eu le caractère de revendications personnelles, et que ces idées, répandues largement comme il convient à un apôtre, ont fini par imprégner, pour ainsi dire, l'ambiance aéronautique, en sorte qu'il serait fort difficile aujourd'hui de faire le départ de ce qui lui appartient sans conteste.

En réalité, ce n'est pas tel ou tel détail de la technique, c'est le corps de doctrine générale qu'il faut lui attribuer, et c'est par là que son œuvre est géniale.

Certes, la plupart des problèmes aéronautiques ont été, depuis vingt ans, explorés par d'autres que par le colonel Renard ; mais son enseignement empruntait à la tournure de son esprit une forme si claire, si fluide en quelque sorte, que, pour qui l'a entendu, sa méthode d'exposition et l'enchaînement de ses idées ont jeté la plus vive lumière sur toutes les questions étonnamment variées qui constituent la science actuelle, et qu'il ne semble point possible d'en tracer un autre tableau.

Dans cet ouvrage, où nous avons cherché à rassembler les données actuelles de la technique aéronautique, nous avons suivi cet enseignement, inédit pour une grande part, du colonel Renard, et nous avons fait le plus large emprunt à ses méthodes de calcul, alors même que nous n'en rappelons pas toujours l'origine.

AÉRONAUTIQUE

LA

TECHNIQUE DU BALLON [1]

CHAPITRE PREMIER

CONSIDÉRATIONS GÉNÉRALES

Qu'est-ce qu'un aérostat? — L'Océan marin et l'Océan aérien. —
Les analogies d'un ballon et d'un sous-marin. — La division
de la question : sustentation et direction. — Principe d'Archimède. — Ballons à vide. — Ballons à gaz. — Force ascensionnelle et rupture d'équilibre. — Nécessité de l'étude du milieu.

Qu'est-ce qu'un aérostat? — A ne s'en rappor-
ter qu'à l'étymologie de son nom, un aérostat est un
appareil capable de se soutenir dans l'espace ; mais,
parmi les appareils qui répondent à cette définition, il
faut distinguer tout d'abord ceux qui sont plus légers
que l'air et ceux qui sont plus lourds.

Nous réserverons le nom d'*aérostation* à tout ce qui
concerne les premiers, en appliquant le nom d'*aviation*
à ce qui concerne les seconds.

---

[1] La Propulsion et la Direction seront traitées dans un second
volume de l'ENCYCLOPÉDIE, sous le titre : *Technique des Dirigeables*.

Nous assistons en ce moment même aux triomphantes prouesses des appareils d'aviation : des aéroplanes[1], et la faveur du public semble un peu délaisser leur frère aîné, le *ballon*, qui a eu pourtant le mérite d'avoir permis, le premier, d'explorer l'Océan aérien.

C'est pourtant du ballon que nous allons nous occuper dans cet ouvrage, et nous espérons montrer, par les aspects divers de sa technique, que ce premier instrument de la navigation aérienne n'a rien perdu de son intérêt.

Est-ce curiosité simple, est-ce plutôt l'inconscient besoin qui pousse les hommes à la découverte à travers les régions inconnues, le problème de la conquête de l'air est vieux comme le monde. On retrouve cette préoccupation décevante dans les mythes anciens, et la légende d'Icare est encore dans toutes les mémoires.

Le besoin d'expansion est chez nous si puissant, que nous n'hésitons pas à consacrer le meilleur de notre activité et de notre industrie à créer des voies de communication, jetant des ponts par-dessus les torrents qui s'opposent à notre passage, perçant les montagnes qu'on ne saurait aplanir, trop heureux d'utiliser les routes naturelles que nous offrent les mers et les fleuves, malgré la rapidité et les méandres de ceux-ci, malgré les écueils et les colères de celles-là.

Faut-il donc laisser inutilisée cette autre voie naturelle qui s'offre à nous, la meilleure peut-être, parce qu'elle est l'élément même où nous vivons, la plus vaste, parce qu'elle enveloppe le globe tout entier : l'Océan aérien, en un mot ?

---

[1] *Technique de l'Aéroplane.*

Les deux Océans. — Tandis que les mers ne permettent d'atteindre que les rivages baignés par elles, tous les points de la terre sont des ports baignés par cet autre Océan, autrement immense que l'Océan marin, et dont l'épaisseur est telle qu'il n'est pas de sommet si élevé et si inaccessible où l'on ne puisse parvenir en le traversant, à l'exemple des oiseaux qui le parcourent en tous sens.

Si l'on poursuivait la comparaison entre les deux Océans, il conviendrait de faire encore une autre remarque.

Sur mer, les navires, flottant à la surface de séparation de deux fluides soumis à des régimes différents, sont le jouet à la fois de la fureur de l'air et de la fureur des flots. Le navire aérien, au contraire, plongé au milieu du fluide qui l'emporte, échappe à la lutte des éléments, lutte qui fait tout le danger de la navigation maritime.

Les analogies du ballon et du sous-marin. — On a souvent établi le parallèle entre les deux navigations aérienne et maritime : à l'aurore d'une notion nouvelle, on est toujours tenté de lui chercher ainsi des analogies parmi les notions déjà acquises, et de puiser une plus facile perception des phénomènes dans cette comparaison avec des phénomènes dès longtemps étudiés. Mais de semblables parallèles ne procèdent le plus souvent que par apparences.

On réalise facilement des carènes dont l'ensemble est plus léger que l'eau déplacée ; il n'y a point de corps solides, au contraire, plus légers que l'air où ils baignent de toute part.

Le navire flotte à la surface de l'eau dans une complète stabilité. car toute modification de son poids ou de la poussée est bien vite compensée par une immersion plus grande ou un relèvement modéré. Il n'en saurait être de même pour l'aérostat plongé entièrement dans un seul et même milieu; et si le ballon est comparable au sous-marin, avec lequel il a certains avantages communs, il a, comme celui-ci, l'inconvénient d'une instabilité originelle sur la verticale, instabilité qui ne permet de le maintenir en équilibre dans l'air qu'au prix d'efforts incessants.

L'aérostat, et mieux encore le ballon dirigeable, sont en cela comparables au sous-marin qui, pour peu qu'il s'enfonce au-dessous du niveau de la mer, se trouve à l'abri des agitations de la surface. Mais le sous-marin ne peut être considéré que comme un engin de guerre d'un emploi exceptionnel, parce que l'homme ne peut vivre sous l'eau qu'en vase clos et grâce à des artifices particuliers, aléatoires, et dont l'efficacité n'a qu'une durée limitée. L'air est au contraire l'élément de notre vie, et sa raréfaction elle-même ne deviendrait un danger pour nous qu'à des altitudes considérables qu'il ne sera pas nécessaire de dépasser, et que les ballons de capacités moyennes ne peuvent même pas atteindre.

L'atmosphère est donc merveilleusement apte à recevoir les véhicules que l'invention humaine lui voudra confier, et l'homme attiré par l'attrait de l'inconnu, par la puissance magnétique des grandes solitudes, l'homme dont le visage se dresse vers le ciel, a dit le poète, n'a pas cessé d'élever vers les espaces aériens ses désirs et ses tentatives.

Aucun insuccès ne l'arrête, et pourtant que d'obstacles s'opposent à ses efforts !

L'aéronautique ne date que du jour où les frères Montgolfier réussirent à composer ce corps plus léger que l'air qui devait constituer le flotteur aérien nécessaire. Il restait à réaliser l'art de naviguer à son gré dans l'espace, et les obstacles qui se dressent aussitôt qu'un pilote prétend diriger son véhicule sont tels, qu'il a fallu cent ans avant qu'un ballon devînt un véritable navire. Jusque-là le ballon est resté ce qu'il était le jour de l'expérience d'Annonay : une bouée aérienne que le vent emporte à sa fantaisie.

Division du problème. — Le problème général se scinde ainsi en deux problèmes secondaires : la *sustentation*, sans autre appui que l'air, de l'ensemble solide qui constitue l'ensemble du navire aérien ;

La *propulsion* et la *direction*, qui lui impriment une vitesse plus ou moins grande par rapport au milieu et dans une direction déterminée.

Nous n'aurons pas à nous occuper ici de la seconde face de la question. Il nous suffira d'étudier l'aérostat au point de vue technique, sa forme, ses organes, les éléments qui lui donnent la vie, sa construction enfin.

Principe d'Archimède. — Par opposition avec les moyens dynamiques qui permettraient de soutenir dans l'espace un appareil plus lourd que l'air, la sustentation d'un aérostat est obtenue par des moyens statiques dont le *principe d'Archimède* nous donne le secret.

Ce principe peut s'énoncer ainsi :

Tout corps plongé dans un fluide en reçoit une poussée

verticale dirigée de bas en haut, et égale au poids du fluide déplacé.

Il en résulte clairement que, si le poids d'un corps est inférieur au poids du fluide qu'il déplace, il s'élèvera sous l'action de la poussée.

Le phénomène est bien connu pour les liquides, parce qu'il existe un grand nombre de corps solides naturellement plus légers que l'eau, par exemple, et qu'en tout cas, une carène que l'air remplit arrive aisément à posséder cette légèreté spécifique indispensable à la flottaison. Au contraire, aucun corps solide n'est plus léger que l'air; mais le principe est général et s'applique aussi bien aux produits gazeux qui s'élèvent dans l'air s'ils sont plus légers que lui : tel est le cas des colonnes ascendantes d'air chaud, que peut rendre visibles à nos yeux la présence des particules solides, comme il arrive pour la fumée.

Ballons à vide. — L'idée qui vient tout naturellement alors, lorsqu'il s'agit de constituer un flotteur aérien, est de contre-balancer le poids des organes solides par des parties beaucoup plus légères, en ménageant dans la masse une capacité où l'on pratique le vide. Cette conception n'a rien d'irrationnel en soi; mais on s'aperçoit bien vite qu'elle est irréalisable, par la nécessité qu'elle impose de construire un récipient de très grande capacité, dont les parois doivent être à la fois très légères et susceptibles cependant de résister à l'effort considérable de la pression que l'atmosphère exerce sur sa surface extérieure, sans qu'aucune contre-pression intérieure vienne lui faire équilibre.

Si l'on voulait donner à l'enveloppe du récipient la

résistance nécessaire, on perdrait tout le bénéfice de la légèreté obtenue en pratiquant le vide.

Malgré cette considération très simple qui condamne les ballons à vide, il se trouve encore des inventeurs pour chercher dans cette voie. Le très judicieux esprit qu'était Marey-Monge s'y était trompé lui-même. Ce savant éminent s'est absorbé longtemps dans la réalisation d'un ballon à vide dont l'enveloppe en cuivre était si mince qu'il fallait la soutenir, pendant la construction, par une charpente intérieure, adroitement combinée pour pouvoir être démontée ultérieurement, lorsque la pression atmosphérique s'exerçant symétriquement sur la sphère, on pouvait espérer que la pellicule extérieure se maintiendrait d'elle-même; mais, comme il était à prévoir, tout s'effondra pendant qu'on enlevait les étais.

Le calcul suffirait, d'ailleurs, pour détourner d'une pareille tentative.

Supposons, en effet, un récipient sphérique de rayon R exprimé en mètres. Nous désignerons par e l'épaisseur de la paroi, en millimètres, et par p la pression atmosphérique par mètre carré, cette pression étant exprimée en kilogrammes.

Sur un hémisphère ABC, l'effort de com-

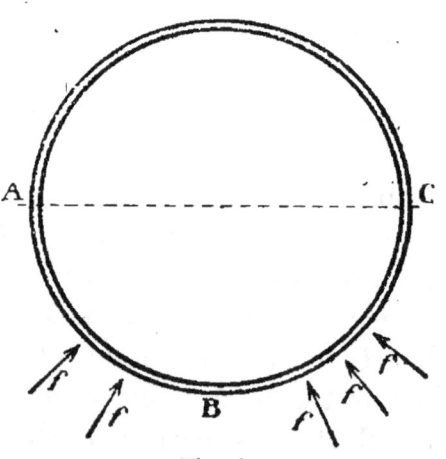

Fig. 1.

pression dû à l'atmosphère est, comme on le sait, égal

à la pression sur une surface de grand cercle, soit

$$p \times \pi R^2.$$

D'autre part, pour résister à cet effort, on a la section de l'enveloppe suivant le grand cercle, et cette section mesure : $2\pi R \times 1\,000 \times e$ en millimètres carrés.

Et si l'on désigne par T l'effort de compression que le métal doit supporter par millimètre carré, on devra avoir pour l'équilibre :

$$2\pi R \, 1\,000 \, e \times T = p \times \pi R^2.$$

D'où, toutes réductions faites, on tire la valeur de l'épaisseur :

$$e = \frac{pR}{2\,000\,T}.$$

D'autre part, en désignant par δ le poids de $1\,m^3$ de métal, par $d = 1,25$ le poids de $1\,m^3$ d'air dans les conditions communes, le poids de la sphère et celui de l'air déplacé seront respectivement, pour la sphère :

$$Q = 4\pi R^2 \frac{e}{1\,000} \delta \quad \text{ou} \quad = 4\pi R^3 \times \frac{p}{2\,000\,000\,T} \delta$$

pour l'air déplacé :

$$Q' = \frac{4}{3} \pi R^3 \times 1,25.$$

Et pour l'équilibre, on devra avoir : $Q = Q'$; ou, toutes réductions faites :

$$T = \frac{3 \times 1,25 \, p\delta}{2\,000\,000}.$$

En admettant qu'on puisse avoir un métal ne pesant que 7000 k. par mètre cube, et que la pression par mètre carré soit $p = 10000$, il vient : $T = 84$ k.

Ainsi le métal devrait travailler à 84 k. par millimètre carré.

En admettant que l'on possédât un tel métal, l'épaisseur devrait être :

$$e = \frac{Rp}{2000\,T} \quad \text{ou} \quad = \frac{R \times 10000}{2000 \times 84} = \frac{10}{168}\,R,$$

ou sensiblement en millimètres :

$$\frac{1}{20}\,R.$$

Cette épaisseur ne dépasserait donc pas un demi-millimètre pour une sphère de 10 mètres de rayon. Il serait impossible d'établir une pareille pellicule sans l'étayer d'une charpente intérieure qui l'alourdirait, à moins qu'elle ne fût que provisoire ; mais, dans ce cas même, on peut prévoir que la sphère s'effondrera au décintrage, comme il advint à Marey-Monge, et enfin, si l'on parvenait à réaliser cette opération sans accident, une pareille construction ne résisterait pas au premier atterrissage.

En résumé, les lois de la résistance des matériaux suffisent à montrer l'impossibilité de réaliser des ballons à vide.

Ballon à gaz. — Il est heureusement possible de tourner la difficulté et, en renonçant à maintenir le vide sur l'une des faces de la paroi, d'équilibrer par une contre-pression intérieure cette dangereuse pression de l'atmosphère qui met à mal les ballons à vide. Il suffit pour cela de remplir la vaste enveloppe d'un gaz ayant sensiblement la même pression que l'air environnant ; les parois se trouvent immédiatement soulagées du prodigieux effort qu'on leur demandait tout à l'heure et n'éprouvent pour ainsi dire plus de fatigue.

En réalité, cet équilibre parfait n'existe pas, et l'on verra plus loin que les pressions du gaz et de l'air, égales sur un plan déterminé, sont différentes sur toutes les autres parties de l'enveloppe. Il convient d'ailleurs que le gaz ait un léger excès de pression qui, s'exerçant de l'intérieur, tend l'enveloppe ; celle-ci, n'ayant plus à résister qu'à des efforts de traction, peut être constituée par une étoffe souple et légère, en même temps facile à replier pour le transport du ballon dégonflé.

Que le gaz soit plus léger que l'air, la nécessité en est évidente, puisque l'ensemble de l'appareil comprend des matériaux solides et par conséquent plus lourds, et puisqu'il faut que la somme des poids de ces éléments solides et du gaz lui-même soit inférieure ou tout au plus égale au poids de l'air déplacé.

Tel est le principe sur lequel sont fondés les aérostats. Plusieurs physiciens ont entrevu cette application au lendemain même de la découverte de l'hydrogène par Cavendish.

Il était réservé au génie de Montgolfier de réaliser enfin, en 1783, la mise en pratique de ce principe, en se servant, non pas d'hydrogène, il est vrai, mais d'air chaud.

Un ballon à gaz est donc une bulle de gaz léger renfermée dans une enveloppe imperméable qui la sépare de l'air ambiant.

Si tout cet ensemble pèse moins que l'air déplacé, on y pourra suspendre des fardeaux que le ballon enlèvera avec lui.

Les deux parties essentielles du ballon sont donc ainsi : le *ballon* constituant le flotteur, et la *nacelle* destinée à recevoir les passagers, ainsi que les divers fardeaux qu'il s'agit d'enlever.

Pour réunir la nacelle au ballon, il convient de prévoir des organes intermédiaires. Ce sera d'abord une *chemise* ou un *filet* recouvrant le ballon, et auquel s'attachent les cordes de la *suspension*.

Le flotteur lui-même, le ballon proprement dit, comporte une enveloppe imperméable au gaz; mais, en outre, il est nécessaire de munir cette enveloppe de deux organes accessoires.

L'un est la *manche d'appendice*, en étoffe, cousue ou fixée au pôle inférieur; son rôle est

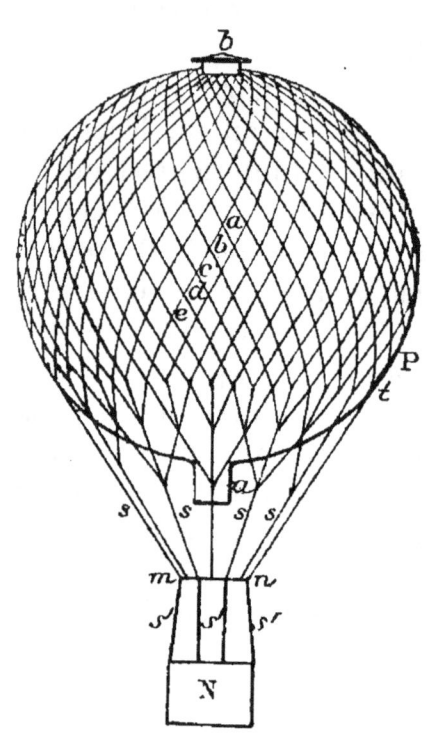

a, manche d'appendice. — *b*, soupape. — N, nacelle. — SSS, suspentes de filet. — *mn*, cercle de charge. — S'S'S', suspentes de nacelle.

de permettre le gonflement avant l'ascension, et, au cours même de l'ascension, l'évacuation du gaz en excès, lorsque la dilatation provoque une augmentation de volume déterminant un accroissement de pression auquel l'étoffe ne pourrait résister.

Le second organe nécessaire est une *soupape*, qu'on

place au zénith et qui permet au pilote d'évacuer du
gaz, pour la manœuvre en cours de route, ou pour
vider le ballon à l'atterrissage.

Un ballon ainsi équipé prend la forme habituelle
représentée schématiquement par la figure 2, lorsqu'il
s'agit d'un ballon libre sphérique.

Pour les ballons dirigeables, pourvus d'appareils de
propulsion et de direction, le flotteur affecte une forme
allongée, offrant une moins grande résistance au mouvement dans l'air.

Force ascensionnelle et rupture d'équilibre.
— Si l'on considère une bulle de gaz de 1 mètre cube
et pesant un poids δ, tandis que 1 mètre cube de l'air
déplacé pèse un poids d, il suffit que δ soit plus petit
que d pour que la bulle de gaz tende à s'élever, sollicitée par une force qui est la différence de ces deux
poids :
$$a = d - \delta.$$

C'est ce qu'on appelle proprement la *force ascensionnelle*, et si cette bulle, au lieu d'occuper 1 mètre
cube, remplit une capacité V (en mètres cubes), la
force ascensionnelle totale sera évidemment :
$$A = aV.$$

Enfermons alors toute cette quantité de gaz dans
une enveloppe; suspendons à celle-ci une nacelle avec
tous ses agrès, des passagers, du lest. Si nous désignons par P le poids de tous ces éléments solides et
indépendants du gaz, et si P est plus petit que la force
ascensionnelle A, tout le système tendra à s'élever, sollicité par une force :
$$F = A - P.$$

Or il est de langage courant de désigner cette différence sous le nom de *force ascensionnelle du ballon*, ou
même de force ascensionnelle tout court. On dira, par
exemple : Cet aéronaute est parti avec une force ascensionnelle de 10 k., ce qui veut dire qu'après avoir équilibré, *pesé* l'aérostat en le chargeant de lest autant
qu'il en faut pour qu'il se soutienne tout juste en équilibre, flottant dans l'air sans monter ni descendre,
l'aéronaute a vidé un sac de lest de 10 k. pour déterminer le départ de l'ascension. Ces 10 k. constituent
une *rupture d'équilibre*, rupture d'équilibre momentanée, à chaque instant variable, puisque à chaque instant le pilote peut jeter du lest ; et s'il porte dans sa
nacelle 100 k. de lest, on peut dire qu'il dispose d'une
force latente, d'une rupture d'équilibre totale disponible
de 100 k. Mais il serait souhaitable qu'on réservât le
nom de force ascensionnelle à la différence entre le poids
du gaz et le poids de l'air déplacé : c'est une caractéristique bien nette du gaz employé ; elle est permanente,
abstraction faite, bien entendu, des pertes et des effets
dus aux changements atmosphériques.

On ne saurait pourtant disputer sur les mots ; de
vaines discussions philologiques ne prévaudront jamais
contre les habitudes du public, et l'on continuera longtemps, — toujours peut-être, — à appliquer le nom
de force ascensionnelle, au risque d'amphibologie, à la
fois à la force portante totale du gaz contenu dans le
ballon, — force permanente, — à la rupture d'équilibre
essentiellement variable qui détermine l'ascension ou la
descente du ballon, à un moment donné.

Nécessité de l'étude du milieu. — Quoi qu'il en soit, la force ascensionnelle du gaz se compose, comme l'indique notre première formule, de deux éléments distincts : le poids de 1 mètre cube d'air et le poids de 1 mètre cube du gaz considéré.

Pour avoir une exacte notion de ce potentiel de notre porteur, il est donc nécessaire d'analyser chacun de ces deux éléments séparément, et cela nous conduit naturellement à nous occuper tout d'abord de l'air.

Aussi bien, une autre raison nous incite à cette étude préliminaire. L'atmosphère est le milieu où il s'agit de naviguer; il est naturel de se rendre compte avant tout de la nature de ce milieu, des circonstances qui le modifient; chacun sait qu'il n'est pas toujours égal à lui-même, puisque sans cesse nous consultons le baromètre et le thermomètre pour essayer de connaître son état, qui réagit sur notre pauvre organisme animal, tout comme sur un ballon inanimé.

Nous ne nous occuperons pas, à proprement parler, des grands déplacements de la masse aérienne, du vent; car, suivant la parole imagée du colonel Renard, il n'y a pas de vent pour l'aéronaute (il faut entendre : pour l'aéronaute en ballon libre). Le ballon est une bouée abandonnée; elle fait partie du milieu où elle flotte et qui l'emporte avec lui. A bord, c'est le calme parfait[1]. Mais l'Océan aérien nous intéresse à d'autres titres, et avant tout nous avons besoin, pour déterminer la force ascensionnelle dont nous disposons à chaque instant, de connaître les variations de poids de l'air avec l'altitude et la pression, qui en est le principal facteur.

[1] Pourvu toutefois que l'atmosphère ne soit pas le siège de rafales et de remous.

CHAPITRE II

L'ATMOSPHÈRE

§ 1. *Constitution physique et chimique.* — § 2. *Du poids de l'air.* — Conditions normales. — Influence de la latitude, des variations de la gravité, de la pression atmosphérique, de la température, du degré hygrométrique. — Résumé.

§ 1er. — *Constitution chimique et physique.*

Composition chimique. — L'atmosphère est un mélange parfaitement homogène d'oxygène et d'azote. Ce sont là, du moins, les deux principaux éléments de l'air que nous respirons, et pendant longtemps on n'en connut pas d'autres. On s'est aperçu assez vite, cependant, qu'il s'y trouve toujours de l'acide carbonique et de la vapeur d'eau en quantités notables. Puis on s'est avisé qu'à tout prendre, l'air atmosphérique contient aussi de l'ozone, du nitrate d'ammoniaque, surtout en temps d'orage, quelques traces de carbure d'hydrogène et même, comme l'a montré récemment M. Armand Gautier, professeur à la Faculté de médecine, des traces, heureusement fort restreintes, d'arsenic.

On ne s'en tint pas là, et lord Ramsay découvrit l'argon, qui se trouve en fort petite quantité, un centième environ. Le même savant, poursuivant ses découvertes, mit en évidence l'existence dans l'air d'autres gaz encore plus rares : le krypton, le néon, le xénon... ; mais il n'en faut parler que pour mémoire, ces nouveau-nés de la chimie n'intéressant guère les aéronautes. Ils faisaient si peu parler d'eux jadis, qu'on peut encore les passer sous silence, aussi bien que l'hélium, ce phénomène qu'on avait deviné avant que de l'isoler. La présence de l'hélium, gaz extraordinairement léger, n'a pour nous d'autre intérêt que de compenser, jusqu'à un certain point, l'alourdissement en tout cas bien minime causé par l'argon, dont la densité est de 1,40, tandis que celle de l'hélium est de 0,139 seulement.

Il importe peu, d'ailleurs, alors que l'oxygène et l'azote forment la masse la plus considérable de ce que nous appelons l'air atmosphérique, à tel point que, dans les analyses, les anciens chimistes, négligeant tous les éléments étrangers à ces deux gaz, avaient coutume de décomposer 1000 parties d'air tout juste en 208 p. d'oxygène et 792 p. d'azote.

Cette composition est, du reste, d'une constance tout à fait remarquable, bien que Regnault indique que la proportion d'oxygène puisse varier de 20,3 à 21,9 %.

Le rôle des deux gaz principaux de l'air atmosphérique, au point de vue physiologique, est connu depuis Lavoisier. C'est l'oxygène qui produit l'oxydation de tous les matériaux que notre organisme cherche à éliminer ; mais, si l'oxygène était seul, la combustion qui est la vie irait un peu trop vite sans doute ; il faut diluer l'oxygène que nous respirons, et ce rôle revient à l'azote, gaz qui passa longtemps pour inerte et dont les physiologistes de l'avenir révèleront peut-être l'action particulière. Tout au moins est-il prouvé qu'il intervient directement dans le phénomène de la végétation et que, par l'intermédiaire d'organismes microscopiques, il se transforme en nitrates, qui se fixent sur les racines de certaines plantes, des légumineuses notamment, pour contribuer à leur développement. C'est aussi par des transformations du même genre que le sol s'enrichit de sels azotés... Mais voilà qui nous éloignerait de notre sujet; non pas pourtant que ce point de vue physiologique de la composition de l'air puisse être indifférent : en ballon comme ailleurs, il s'agit de vivre avant tout, et il est bon de savoir si cette composition varie dans les diverses régions de l'espace au point d'incommoder notre organisme; or il n'en est rien, et, bien réellement, nous n'avons à lutter, pour vivre aux grandes altitudes, que contre la raréfaction excessive de l'air.

En dehors des deux éléments prépondérants, — l'oxygène et l'azote, — l'air contient toujours de l'acide carbonique, et, ce gaz étant une cause d'alourdissement, il n'est pas inutile d'examiner s'il est en quantité assez notable pour avoir une influence importante. Produit de la respiration des animaux et des plantes, l'acide carbonique est en proportion un peu plus grande près du sol qu'aux hautes altitudes; mais, en volume, la quantité dans le premier cas ne dépasse pas $\dfrac{4}{10000}$; elle se réduit à $\dfrac{3}{10000}$ dans les régions éloignées de toute agglomération, ce qui est assez minime, comme on le voit.

Constitution physique. — Ces simples notions suffisent à l'aéronaute en ce qui concerne la constitution chimique de l'atmosphère. Mais il importe de connaître, en outre, la manière dont l'air est réparti dans la couche gazeuse qui nous enveloppe.

A cet égard, l'air peut être considéré comme un gaz permanent, c'est-à-dire obéissant complètement aux lois de Mariotte et de Gay-Lussac, ainsi qu'aux lois de la thermodynamique qui sont applicables aux gaz parfaits. En réalité, cela n'est pas tout à fait vrai à partir d'un certain degré de raréfaction ; mais cette hypothèse est suffisamment exacte dans la zone où nous pouvons atteindre.

La loi de Mariotte indique que le volume occupé par une certaine quantité de gaz varie en restant toujours proportionnel à la pression.

La loi de Gay-Lussac règle les variations de volume avec la température, et l'on sait que le *coefficient de dilatation* d'un gaz entre 0° et 100° centigr. est de

$$0,00367 \text{ ou } \frac{1}{273} \text{ par degré.}$$

Les autres données physiques qui peuvent nous intéresser sont :

La *chaleur spécifique* sous pression constante :

$$C_p = 0,2375 ;$$

La *chaleur spécifique* sous volume constant :

$$C_v = 0,16844 ;$$

Le *poids spécifique*, ou poids du mètre cube en kilogrammes. A la latitude de Paris et au niveau de la mer, la pression étant représentée par une colonne

mercurielle de 760 millimètres, et la température étant
0° centigr., ce poids spécifique est :

$$d_0 = 1 \text{ k}.293187.$$

Les deux propriétés qui dominent toute la constitution physique de l'air au point de vue aéronautique
sont : la pesanteur de ses molécules, et la compressibilité élastique qui tient à sa nature gazeuse.

Si nous considérons une molécule, prise en un point
quelconque de l'atmosphère, elle supporte le poids de
la colonne d'air qui lui est superposée : ce poids représente la pression atmosphérique au point considéré ; et
l'on voit déjà que cette pression va en décroissant lorsqu'on s'élève, en même temps que diminue la colonne
d'air dont le poids lui sert de mesure.

Cette molécule est pesante ; elle ne tombe pourtant
pas vers le sol et reste en équilibre au milieu des molécules environnantes ; d'où l'on peut conclure qu'elle est
soutenue par ses voisines et reçoit, en un mot, de l'air
ambiant, une poussée égale et contraire à son propre
poids ; c'est le principe d'Archimède qui se représente
à nous sous une forme nouvelle.

D'autre part, la compressibilité de la masse intervient ici : car les couches supérieures de l'atmosphère,
en pesant sur les couches inférieures, les compriment
et augmentent leur densité à mesure qu'on se rapproche
de la terre ; et dès à présent nous pouvons constater
que, cette compression étant proportionnelle au poids
de la colonne d'air superposée, la densité de l'air et la
pression atmosphérique doivent varier avec l'altitude
suivant la même loi.

Hauteur de l'atmosphère. — Nous ne faisons là, remarquons-le bien, aucune hypothèse sur la hauteur réelle de la colonne d'air, c'est-à-dire sur l'épaisseur totale de l'atmosphère que l'on ne saurait évaluer avec quelque précision.

Une considération permettrait cependant de fixer la limite extrême à partir de laquelle il ne saurait exister la moindre molécule d'air. Si chacune de ces molécules, en effet, est attirée vers la terre en vertu de la pesanteur, elle tend à s'en écarter, grâce à la force centrifuge, développée par la rotation de notre globe. Or, tandis que l'attraction décroît à mesure qu'augmente la distance au centre de la masse attirante, la force centrifuge croît au contraire; il arrive donc un moment où ces deux efforts antagonistes sont égaux et s'équilibrent exactement. Au delà, la force centrifuge prendrait le dessus et forcerait les molécules gazeuses à s'échapper tangentiellement.

Des physiciens, des astronomes se sont efforcés encore de déterminer l'épaisseur de l'atmosphère en se basant sur les phénomènes physiques de la raréfaction; mais, en réalité, cette épaisseur exacte n'a pour nous qu'un intérêt objectif secondaire, car elle dépasse de beaucoup l'altitude où nous pouvons parvenir sans compromettre notre vie. Si, dans d'audacieuses tentatives, un savant allemand, Berson[1], a pu monter jusqu'à 10000 mètres, ce n'est là qu'un tour de force

[1] Liste des principales ascensions aux grandes altitudes :

Juillet 1784. — Les frères Robert, Collin, Hullin et duc de Chartres.	alt.	4800ᵐ
Juillet 1804. — Robertson et Choest, à Hambourg.	—	7400ᵐ
— 1804. — Gay-Lussac et Biot.	—	6500ᵐ

qu'il ne serait pas prudent de renouveler, même en emportant une ample provision d'oxygène pour remplacer celui que l'atmosphère est incapable de fournir en quantité suffisante à nos poumons, dans les hautes régions.

On peut considérer que la zone abordable à l'homme ne dépasse guère 7 kilomètres d'épaisseur ; et c'est dans cette zone qu'il suffit à l'aéronaute d'étudier spécialement les propriétés de l'atmosphère, les variations du poids spécifique de l'air et la loi de répartition des pressions aux diverses altitudes, loi qui n'est pas **purement** spéculative, mais qui intervient singulièrement pour modifier l'équilibre du ballon.

§ 2. — *Du poids de l'air.*

Conditions normales atmosphériques. — Le poids de l'air est un des éléments essentiels de l'aérostation. Il n'est pas absolument constant en tous lieux, puisque l'intensité de la pesanteur varie elle-même avec la position géographique et avec l'altitude.

Pourtant nous n'aurions pas à nous préoccuper de ces varations s'il ne s'agissait que de leur répercussion sur l'effet utile de l'aérostat, puisqu'elles affectent à la fois et dans les mêmes proportions le poids de tous ses

Juin 1850. — Barral et Bixio	alt.	7 004^m
— 1861.		
Sept. 1862. Glaisher et Coxwell.	—	6 800^m
Avril 1863.		
— 1875. — Sivel, Crocé-Spinelli, G. Tissandier.	—	8 000^m
4 déc. 1894. — Berson.	—	9 155^m
31 juill. 1905. — **Berson.**	—	10 800^m

éléments, solides ou gazeux. Si donc l'équilibre existe
pour une certaine valeur de la gravité, cet équilibre
subsistera même lorsque cette valeur se modifie.

Les variations du poids d'un mètre cube d'air n'offri-
raient ainsi, à l'aéronaute, qu'un intérêt secondaire,
si, par corollaire, la hauteur de l'atmosphère ne s'en
trouvait pas affectée.

D'après Regnault et les physiciens qui, après lui,
se sont livrés à la mesure du poids spécifique de l'air,
ce poids, dans les conditions normales, est :

$$a = 1,293187.$$

Il faut entendre par *conditions normales* que toutes
les observations sont ramenées à o", au niveau de la
mer et à la latitude de Paris.

Influence de la latitude. — Il serait plus naturel d'adopter une latitude d'origine plus internationale,
celle de 45° par exemple, qui convient aux régions de
l'Europe, de telle sorte que le poids spécifique qui en
résulte peut être appliqué, chez nous, immédiatement,
sans correction notable de latitude.

Ce poids spécifique, sur la parallèle 45", à o" et au
niveau de la mer, est :

$$a_{45} = 1,292746.$$

Il ne diffère donc que de $\dfrac{4}{10000}$ du même poids

pris à Paris.

L'écart serait plus considérable, il est vrai, si la différence de latitude était plus grande. D'une manière
générale, le poids spécifique *a* de l'air, à une latitude

λ et à une altitude z (en kilomètres) au-dessus de la mer, peut se déduire du poids à 45° par la formule :

$$a = a_{45} (1 - 0,00255 \cos 2\lambda - 0,000314z).$$

Or on verrait aisément qu'en passant de l'équateur au pôle, sans faire varier l'altitude, la variation relative de ce poids, due à la latitude, n'est que de $\dfrac{5}{1000}$, très sensiblement.

Influence des variations de la gravité. —

Quant à celle qui résulte de l'altitude, lorsqu'on se déplace sur la surface du globe, elle est extrêmement faible, la hauteur des montagnes les plus élevées ne dépassant pas 11 kilomètres et la diminution correspondante du poids étant d'environ $\dfrac{3}{1000}$ de sa valeur.

Toutefois les variations de la gravité dues aux circonstances géographiques et orographiques ne sont pas les seules à envisager. Nous avons eu soin de spécifier que l'air considéré était à la température 0° et ramené au niveau de la mer. C'est le seul moyen de rendre les mesures comparables, dans une étude préliminaire ; mais la température, la pression due à l'altitude, et ajoutons-y le degré hygrométrique, ont une influence bien autrement grande.

Influence de la pression atmosphérique et de la température. —

Si la loi de Mariotte est applicable, le volume du gaz se modifie avec la pression et en raison inverse de cette pression. Le poids spécifique étant à son tour inversement proportionnel au volume, on voit donc que ce poids reste constamment proportionnel à la pression, ce qui permet d'écrire, en désignant par h la pression :

$$\frac{a}{h} = \frac{a_o}{h_o} = \text{Constante.}$$

Si la pression normale, en millimètres de mercure, est $h_o = 760$, le poids spécifique étant $a_o = 1,29$, on aurait ainsi :

$$a = \frac{1,29 \times h}{760}.$$

Or, sans même nous élever sur la verticale où nous savons bien que la pression atmosphérique subit des variations considérables, les écarts de pression sont encore notables, alors même qu'on reste à la même place. C'est ainsi que, d'après l'*Annuaire de Mont-souris*, les excursions extrêmes du baromètre dans cette station, pour douze années consécutives (1873-1884), ont été comprises entre 731 et 787 millimètres de mercure. L'altitude de cet Observatoire étant de 78 mètres au-dessus de la mer, en ramenant les observations à ce niveau, on aurait eu :

minimum, 738 ; maximum, 794.

En prenant 1 k. 29 pour poids approximatif de l'air normal, les valeurs extrêmes du poids de 1 mètre cube d'air auraient donc été, sous l'influence de ces pressions extrêmes :

$$\text{minimum,} \quad 1,29 \times \frac{738}{760} = 1 \text{ k. } 25 ;$$

$$\text{maximum,} \quad 1,29 \times \frac{794}{076} = 1 \text{ k. } 35.$$

L'écart total est, comme on le voit, de 100 grammes, soit $\frac{1}{13}$ environ du poids moyen, ce qui est assez considérable pour qu'il soit nécessaire d'en tenir compte.

L'influence de la température est encore plus importante.

La loi de Gay-Lussac nous donne immédiatement le poids spécifique pour une variation de température de $t°$, et l'on a[1], le coefficient de dilatation des gaz étant 0,00367 :

$$a = a_0 (1 - 0,00367t).$$

En se reportant encore aux observations de Montsouris de la période indiquée, on trouve les valeurs extrêmes de la température :

minimum, — 23°9 (hiver 1879-80);
maximum, + 37°2 (été de 1880).

Le poids spécifique est passé lui-même par les deux valeurs suivantes :

maximum, $1,29 \times 1,088 = 1$ k. 41,

correspondant à la température minimum, et

poids minimum, $1,29 \times 0,864 = 1$ k. 11,

correspondant à la température maximum.

L'écart total entre ces valeurs extrêmes est de 300 gr., soit un peu moins de $\frac{1}{4}$ de la valeur normale.

---

[1] Exactement $a = \frac{a_0}{1 + \alpha t}$ En multipliant haut et bas par $(1 - \alpha t)$ et négligeant les termes très petits, il vient :

$$a = a_0(1 - \alpha t).$$

Influence du degré hygrométrique. — L'intervention de l'état hygrométrique est loin d'avoir la même importance. En désignant par p la pression atmosphérique et par φ la tension de la vapeur d'eau (en k. par m²), la tension réelle de l'air sera : $p - \varphi$, et dès lors, toutes les autres circonstances étant normales, le poids de l'air, abstraction faite de la vapeur d'eau, devient :

$$a_0 \times \frac{p - \varphi}{10\,333}.$$

Quant à la vapeur contenue dans 1 m³ d'air, elle pèse : $a_0\delta \times \dfrac{\varphi}{10\,333}$, où δ est la densité de la vapeur ; et l'on aura pour le poids total des deux éléments réunis :

$$a = \frac{a_0}{10\,333}\left[p - \varphi\,(1 - \delta)\right].$$

Or $\delta = \dfrac{5}{8}$ environ, ce qui donne, tout calcul fait :

$$a = a_0\,(1 - 0{,}0000363\varphi).$$

Les valeurs extrêmes de la tension de la vapeur d'eau mélangée à l'air sont exprimées en millimètres de mercure, d'après les observations de Montsouris, de 1873 à 1884 :

minimum, $f_1 =$ 1 mm. 4 (déc. 1879),

maximum, $f_2 =$ 16 mm. 3 (août 1878).

On en déduit aisément les valeurs φ exprimées en millimètres d'eau ou en kilogrammes par m², en mul-

tipliant les chiffres précédents par le poids spécifique
du mercure, soit 13,596, et l'on a :

$$\varphi_1 = 19 \text{ k. } 3\text{o}, \quad \varphi_2 = 221,61,$$

dont la moyenne serait de 120 k. (m²).

En tenant compte de ces valeurs dans l'expression
du poids spécifique de l'air, on obtient les deux valeurs
extrêmes :

$$a_1 = 1 \text{ k. } 292 \quad \text{et} \quad a_2 = 1 \text{ k. } 283.$$

L'écart entre le poids minimum 1 k. 283 et le poids
normal de l'air 1,293 n'est que de 10 grammes seule-

ment, ou, en valeur relative, $\dfrac{1}{130}$.

On voit que l'influence de l'état hygrométrique est
assez faible.

Résumé. — Et maintenant, il convient de résumer toute cette discussion pour en tirer des données
pratiques facilement utilisables.

Les variations du poids de 1 mètre cube d'air, en
raison des quatre séries de circonstances que nous
venons d'examiner (position géodésique du lieu, pression atmosphérique, température, état hygrométrique),
sont données par une formule générale que voici et où
sont groupées toutes les indications précédentes :

$$a = 1,292746 [1 - 0,00255 \cos 2\lambda - 0,000314z]$$
$$\frac{p - 0,375\varphi}{10333} (1 - 0,00367t).$$

Dans cette formule, les notations ont la même signi-
fication que plus haut.

Pratiquement, en se contentant d'une approximation

à 5 grammes près, on pourra faire abstraction de la latitude et de l'altitude du lieu et, en remplaçant φ par sa valeur moyenne, 120 k., on arrive à la formule plus simple :

$$a = 1,293 \left(\frac{p}{10\,333} - 0,0044 \right) (1 - 0,0037t).$$

Nous avons ainsi le poids d'un air renfermant une quantité moyenne de vapeur d'eau. C'est un air de composition moyenne : nous l'appellerons l'*air moyen*, et son poids spécifique pour $t = 0$ et sous la pression 760 est :

air moyen à la pression 10333, $a_m = 1$ k.287

Et si, au lieu de tout ramener au niveau de la mer, nous prenions pour plan de comparaison le niveau où la pression est de 10000 tout ronds, qui constitue, comme nous le verrons, le véritable fond de l'atmosphère aéronautique, nous aurons :

air moyen à la pression 10000, $a_{10} = 1$ k. 246.

Enfin, si nous considérons l'air normal à 0°, sec (φ = 0), mais à 10000 kilogrammes de pression, le poids sera :

air normal à la pression 10000, $a_{n10} = 1$ k. 251.

Tels sont les poids spécifiques qu'il y aura lieu d'appliquer, suivant les circonstances.

CHAPITRE III

LOI BAROMÉTRIQUE

Les baromètres et les unités de mesures barométriques. — L'aéronaute n'ignore pas qu'il est l'esclave de la pression atmosphérique et que c'est aux variations de cette pression qu'il doit la précarité de son équilibre. Aussi s'arme-t-il d'un baromètre, instrument aussi indispensable dans un ballon qu'un chronomètre en mer. Le pilote aérien le consulte à chaque instant pour savoir s'il monte ou s'il descend, et même à quelle altitude il se trouve, ce qui suppose que l'on connaît la loi qui permet de déduire l'altitude de la pression indiquée par le baromètre.

Les instruments portatifs sont des baromètres anéroïdes qui ont la forme d'une montre, ou des enregistreurs basés sur les mêmes principes. Les anéroïdes portent une double graduation : l'une en millimètres de mercure, l'autre en mètres d'altitude ; mais l'une et l'autre de ces indications sont sujettes à caution, quelque bien étalonné du reste que soit l'appareil, et nécessiteraient d'importantes corrections, si l'on voulait avoir avec exactitude la pression ou l'altitude.

Et tout d'abord, que signifie le choix du millimètre de mercure comme unité? Évidemment les meilleurs baromètres étant constitués par une colonne de mercure dont le poids équilibre la pression atmosphérique, il est naturel d'exprimer les variations de l'une par les changements de longueur de l'autre. Mais cette pratique ne va pas sans inconvénients assez graves.

Le poids d'une colonne de mercure, en effet, n'est pas quelque chose d'invariable et de bien défini ; il varie avec l'intensité de la pesanteur, et chacun sait que cette intensité n'est pas absolument la même en tout lieu. Si l'on se transporte du pôle à l'équateur, une colonne de 760 mm. de mercure, à la même température 0°, par exemple, représente au pôle la même pression de 764 mm. à l'équateur, et cette différence de 4 mm. n'est pas négligeable, car elle est bien plus considérable que les erreurs d'observation qu'on doit prévoir.

Le millimètre de mercure, ainsi dépendant des localités, est par conséquent une unité changeante et trompeuse, dont l'emploi prête à l'équivoque; unité fort incommode d'ailleurs, et ne rimant à rien dans nos habitudes d'esprit. Nous avons accoutumé, en effet, de compter en mètres, en kilogrammes, et non pas en millimètres de mercure, ce qui ne correspond pas même à un nombre rond et simple de kilogrammes par unité de surface. Or nous aimons les chiffres ronds en matière de mesure. Ce n'est pas la peine alors de critiquer les yards, pieds, pouces et autres mesures anglo-saxonnes, pour nous imposer des multiplications compliquées, lorsqu'il s'agit des pressions atmosphériques ; simplifions.

Précisément, la pratique de la mécanique industrielle nous a appris à exprimer les pressions en kilogrammes par unité de surface : rien n'empêche de recourir ici à cette unité commode.

Cette unité de 1 kilogramme par mètre carré correspond au poids d'une tranche de 1 mm. d'eau sur la même surface ; en sorte qu'on emploiera indifféremment les deux expressions équivalentes (équivalentes quant aux chiffres) : *pression en kilogrammes* ou *pression en millimètres d'eau.*

Il est d'ailleurs facile de passer d'une unité à l'autre, des millimètres de mercure aux kilogrammes, car une tranche de mercure de 1 mm., étendue sur 1 m²., pèse 15 k. 596, — à Paris, au niveau de la mer et à zéro, — de sorte que la pression moyenne qui est, dans les mêmes conditions, de 760 mm. de mercure, correspond à une pression de : 13,596 × 760, soit 10332 k. 96, ou enfin 10333 k. en chiffres ronds.

Telle est la valeur de la pression atmosphérique, c'est-à-dire du poids de toute la colonne d'air superposée à une surface de 1 m² et s'étendant jusqu'aux dernières limites de l'atmosphère ; mais il est bien entendu que ce chiffre de 10333 ne convient que pour la latitude de Paris et au niveau de la mer.

Fonds de l'atmosphère aéronautique, plan des 10000 kilogrammes. — Pour simplifier, on convient de considérer ce poids de 10333 k. comme une unité globale qu'on appelle *une atmosphère*, et l'on peut compter les pressions en atmosphères ou en fractions d'atmosphère, comme on les compte en kilogrammes par mètre carré, ou en millimètres de mercure.

Toutefois, puisque nous recherchons la simplicité, il faut bien reconnaître que le nombre 10333 n'est pas simple, ce qui complique les calculs; et tout cela, parce que nous nous croyons obligés de ramener nos mesures au niveau de la mer.

Évidemment, pour que ces mesures soient comparables, il faut les ramener au même point de départ; mais qu'est-ce qui nous oblige à choisir le niveau de la mer comme plan de comparaison? Ce n'est pas sur la mer que naviguent les aérostats, et s'il y a quelque part, dans l'espace, un plan de niveau où la pression soit de 10000 tout ronds, il semble bien que ce sera là notre niveau de comparaison idéal.

Or la pression diminue progressivement quand on s'élève. En partant de la mer, il suffit d'escalader 280 mètres pour être précisément à cette pression de 10000 k. Une hauteur de 280 mètres, ce n'est rien pour un ballon qui la franchit dans son premier bond, de sorte qu'il est toujours, pour ainsi dire, à une altitude supérieure.

Voilà donc bien le plan de comparaison qui nous convient. Ce sera le *fond de l'atmosphère aéronautique*; nous l'appellerons le *plan des* 10000.

Enfin, l'*atmosphère*, prise comme unité, ce sera la pression de 10000 k. par mètre carré.

La hauteur homogène. — Il convenait que nous fussions fixés tout d'abord sur ce qu'on doit entendre par « pression atmosphérique » ; et maintenant il nous reste à voir comment cette pression se modifie avec l'altitude, puisque c'est cette loi connue qui permet à l'aéronaute, perdu au milieu de l'Océan aérien, sans point de repère, de déterminer tout au moins la hauteur à laquelle il se trouve, par la simple observation du baromètre.

Cette opération est, d'ailleurs, également utilisée à terre par les explorateurs qui n'ont pas d'autre moyen pour mesurer les reliefs du terrain qu'en procédant à un nivellement barométrique dont Laplace et Babinet ont donné les premières règles.

La formule de Laplace, qui sert de base à tout ce que nous savons sur la répartition des pressions avec l'altitude, ne laisse pas d'être compliquée et difficile à manier. Le colonel Renard a désembrumé ces abords rébarbatifs, en introduisant dans la question quelques notions simples et ingénieuses qui sont aujourd'hui universellement répandues, à tel point qu'on oublie souvent à qui en revient la paternité. Je saisis cette occasion de rendre en bloc cet hommage à l'éminent créateur de la technique aéronautique en France.

Tout d'abord, nous ignorons quelle est la hauteur exacte de la colonne atmosphérique, — l'épaisseur réelle de notre enveloppe aérienne ; — mais supposons que l'air est une densité uniforme, c'est-à-dire que, a_m étant le poids de 1 m^3 d'air en un point M, ce poids reste le même dans toute la colonne superposée ; connaissant le poids total de la colonne, qui est en définitive la pression en kilogrammes par mètre carré au point M, il sera facile d'en déduire la hauteur qu'aurait cette colonne, ainsi superposée homogène : c'est ce que l'on appelle la *hauteur homogène*, que nous désignerons par I. En désignant par p la pression en kilogrammes, et en affectant de l'indice o tous ces éléments dans les circonstances normales, on aura, dans ces circonstances, la simple relation :

$$I_0 = \frac{p_0}{a_{m0}}.$$

I_0 sera la *hauteur homogène normale*.

A Paris, par exemple, la pression normale étant $p_0 = 10\,333$, et le poids de l'air moyen normal étant $a_{m0} = 1$ k. 287, l'une et l'autre quantités ramenées d'ailleurs au niveau de la mer, on aura :

$$I_0 = \frac{10\,333}{1,287} = 8\,029 \text{ mètres}$$

ou 8000 mètres en nombre rond.

On peut donc dire que, dans ces conditions et à la latitude de Paris : *le poids de l'atmosphère est le même que si celle-ci avait 8000 mètres d'épaisseur, en conservant, dans toute sa masse, le même poids spécifique qu'au niveau de la mer.*

Or la hauteur homogène jouit de quelques propriétés qu'on peut énoncer ainsi :

1° *La hauteur homogène* $\left(I = \dfrac{p}{a_m}\right)$ *varie avec la température et en raison inverse du binôme de dilatation.* La pression restant la même, en effet, le poids de l'air moyen, qui forme le dénominateur, devient :

$$a_m\,(1 - \alpha t).$$

2° *La hauteur homogène varie avec la latitude*, puisque la latitude modifie le poids spécifique de l'air.

Cette variation, il est vrai, n'est pas considérable. Nous avons vu précédemment que, pour une latitude λ. le poids spécifique devient :

$$a\lambda = \alpha\,(1 - 0,00255 \cos 2\,\lambda).$$

Tout calcul fait, on trouverait, pour les valeurs de la hauteur homogène à l'équateur et au pôle :

à l'équateur, $\lambda = 0°$, $I_0 = 8029$,
au pôle, $\lambda = 90°$, $I_{90} = 7989$.

La variation totale est de 40 mètres, soit $\dfrac{5}{1000}$ de la valeur moyenne environ.

3° *La hauteur homogène est indépendante de la pression;* car, en vertu de la loi de Mariotte, le poids spécifique de l'air moyen variant en même temps que la pression et dans les mêmes proportions, le quotient : $\dfrac{p}{a_m}$ qui représente la hauteur homogène reste constant.

D'où l'on peut tirer ces deux conséquences importantes :

a) La hauteur homogène, dans un même lieu, est la même, quelles que soient les variations barométriques;

b) En second lieu, si l'on fait abstraction des variations de la gravité résultant de l'éloignement plus ou moins grand du centre de la terre, *la hauteur homogène est la même, quelle que soit l'altitude,* pour des stations situées à la même latitude et à la même température. C'est-à-dire que, sur une même verticale, elle est partout la même, dans les hautes régions comme au niveau de la mer. Que l'on soit au pied ou au sommet du Mont-Blanc, on a toujours au-dessus de sa tête l'équivalent de 8000 mètres environ d'une atmosphère de même pesanteur spécifique que la couche dans laquelle on se trouve plongé.

En résumé, la hauteur homogène est sensiblement égale à 8000 mètres sur toute la surface du globe. Elle varie facilement avec la latitude (elle est de 8032 sur le parallèle de 45°), et en raison inverse du binôme de dilatation ; mais elle est complètement indépendante de l'altitude du lieu

Variations des pressions avec l'altitude. —

Nous allons trouver immédiatement une application des considérations qui précèdent au calcul des variations des pressions l'altitude.

Supposons, en effet, l'atmosphère composée *d'air moyen normal;* considérons, en nous plaçant sur le parallèle 45°, une colonne d'air reposant sur une base de 1 m². Nous appellerons y la hauteur d'une tranche infiniment mince au-dessus du plan de comparaison, et dy l'épaisseur de cette tranche (fig. 3).

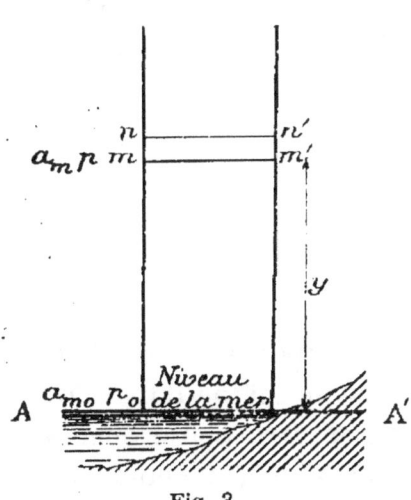

Fig. 3.

Il reste à définir les pressions sur le plan de comparaison et sur la base du prisme élémentaire mm', nn', et nous désignerons la première par p_0, et par p la seconde, en kilogrammes.

La hauteur homogène normale au pied de la colonne est, d'après la relation connue,

$$I_0 = \frac{p_0}{a_{m0}},$$

où a_{m0} représente le poids spécifique de l'air moyen normal, c'est-à-dire dans les circonstances normales.

D'après ce que nous avons dit précédemment, la hauteur homogène reste constante quelle que soit l'altitude : elle est donc la même et égale à I_0 pour tous les points de la colonne, et spécialement pour la tranche mm' ; mais, pour cette station, on peut donner une seconde expression $\frac{p}{a_m}$ de la même hauteur homogène, en désignant par a_m le poids spécifique de l'air à la hauteur y. En égalant les deux expressions de la hauteur homogène, il vient :

$$I_0 = \frac{p_0}{a_{m0}} = \frac{p}{a_m} ;$$

d'où l'on peut tirer :

$$a_m = a_{m0} \frac{p}{p_0}.$$

Telle est la valeur du poids spécifique de l'air en mm' ; on peut admettre qu'il est le même dans toute la tranche (mm', nn') à cause de sa très petite épaisseur, et la base étant, du reste, de 1 m², le poids de ce prisme élémentaire peut s'écrire :

$$a_{m0} \frac{p}{p_0} dy = dp,$$

où dp est la différentielle de la pression ; le poids du

La Technique du Ballon.   2 prisme représente en effet la variation de cette pression d'une base à l'autre, et cette variation est négative, puisque la pression diminue.

Mais en mettant sous la forme :

$$\frac{dp}{p} = \frac{a_{m0}}{p_0} dy \quad \text{ou} \quad = \frac{1}{I_0} dy,$$

on peut intégrer facilement, ce qui donne :

$$\frac{1}{M} \log p = -\frac{y}{I_0} + c,$$

où c représente une constante et M le module des logarithmes.

La constante est déterminée aisément, par la condition que $p = p_0$, quand $y = 0$.

L'équation précédente donne alors :

$$c = \frac{1}{M} \log p_0 ;$$

et l'on a, en définitive, en tenant compte de la relation

connue : $$\log p_0 - \log p = \log \frac{p_0}{p} ;$$

$$y = \frac{I_0}{M} \log \frac{p_0}{p}. \qquad (1)$$

Remplaçons dans cette équation la hauteur homogène moyenne et le module des logarithmes par leurs valeurs :

$$I_0 = 8032 \text{ m.}, \quad \text{et} \quad M = 0,4342945,$$

nous obtiendrons la formule réduite :

$$y = 18494 \log \frac{p_0}{p}. \qquad (2)$$

Dans la plupart des applications, on pourra arrondir les chiffres et prendre enfin :

$$y = 18500 \log \frac{p_0}{p}. \qquad (3)$$

Ces formules permettent d'énoncer les théorèmes suivants. :

1ᵉʳ Théorème, dit de Halley. — *Les hauteurs croissent en progression arithmétique pendant que les pressions diminuent en progression géométrique.*

2ᵉ Théorème. — *La hauteur y correspondant à une pression p est égale au produit de la hauteur homogène par le logarithme népérien du rapport de la pression sur le plan de comparaison à la pression de la station considérée.*

Ce qui découle de la relation :

$$y = \frac{I_0}{M} \log \frac{p_0}{p},$$

puisque
$$\frac{I}{M} \log \frac{p_0}{p} = L_{nép} \frac{p_0}{p}.$$

Hauteur au $\dfrac{1}{10}$. — Le coefficient 18494 est susceptible d'une interprétation très simple. Si, en effet, dans la formule (2), on pose : $p = \dfrac{I}{10} p_0$, on a :

$\log \dfrac{p_0}{p} = 1$, et la hauteur y de la station se réduit précisément à : $\qquad y = 18494.$

Ce coefficient est donc la hauteur à laquelle la pression de l'atmosphère est réduite au $\dfrac{1}{10}$ de sa valeur primitive.

Nous appellerons cette valeur : *hauteur au dixième,* et nous la représenterons par I_{10}.

On a donc d'une manière générale :

$$I_{10} = \frac{I_0}{M} \cdot$$

La valeur de la hauteur au $\dfrac{1}{10}$ *est indépendante de la pression initiale* p_0, puisque, d'après cette relation, elle est proportionnelle à la hauteur homogène, qui est elle-même indépendante de la pression.

Interprétation des résultats. — En vertu du théorème de Halley, si l'on considère des stations dont les altitudes croissent en progression arithmétique :

$$\text{zéro}, \quad 1I_{10}, \quad 2I_{10}, \quad 3I_{10}, \quad \text{etc.},$$

les pressions correspondantes vont en décroissant suivant une progression géométrique dont le premier

terme est p_0 et la raison $\dfrac{1}{10} \cdot$

On aura donc :
Pressions :

$$p_0 \qquad \frac{p_0}{10} \qquad \frac{p_0}{100} \qquad \frac{p_0}{1\,000} \qquad \frac{p_0}{10\,000} \quad \ldots$$

Altitudes en kilomètres :

$$0 \quad 18^{km} \quad 37^{km} \quad 55^{km},500 \quad 74^{km} \quad \ldots$$

On voit ainsi avec quelle rapidité l'atmosphère se

raréfie et combien est restreint le domaine que notre organisme nous permet de parcourir en hauteur.

Pour rendre cette progression plus saisissante, le colonel Renard se servait de l'image suivante : à 550 kilomètres d'altitude, la ténuité de l'air est telle, qu'un millimètre cube d'air pris au niveau de la mer pèse autant qu'une sphère égale à la terre et occupée par de l'air de cette région. Si l'on double la hauteur, le même effet se reproduira.

Or 1 100 kilomètres sont, par rapport au volume de la terre, une hauteur infime, à peine le $\frac{1}{6}$ du rayon terrestre.

Termes de correction de la formule de l'altitude.

— Nous avons établi la formule (2) :

$$y = 18494 \log \frac{p_0}{p},$$

en supposant l'air aux deux stations dans les conditions normales. Mais, en réalité, il y aurait lieu de tenir compte de toutes les circonstances qui modifient la hauteur homogène, circonstances qui varient même aux différents points intermédiaires de la même colonne atmosphérique et qui sont encore : 1° la situation géodésique du lieu ; 2° la température.

Si nous reprenons la formule de la hauteur homogène :

$$I = \frac{p}{a_m},$$

le poids spécifique de l'air moyen varie en tenant compte :

1° **De** la latitude λ, coefficient de correction :

$$1 - 0,00255 \cos \lambda :$$

2° De la variation de la gravité avec l'éloignement au centre de la terre ; en appelant z la hauteur au-dessus du niveau de la mer, le coefficient de correction appelé « binôme altimétrique » est : $1 - \dfrac{2z}{R}$, où R est le rayon terrestre, z et R exprimés en kilomètres ;

3° De la température : coefficient de correction : $1 - \beta t$, où β est le coefficient de dilatation de l'air, t la température.

On a donc :

$$I = \frac{p}{a_m} \frac{1}{\left(1 - 0,00255 \cos 2\lambda\right)\left(1 - \dfrac{2z}{R}\right)\left(1 - \beta t\right)}.$$

Ce qui, en négligeant les termes très petits, peut s'écrire :

$$I = \frac{p}{a_m} \left(1 + 0,00255 \cos 2\lambda\right)\left(1 + \frac{2z}{R}\right)\left(1 + \beta t\right);$$

et, de même, la hauteur au $\dfrac{1}{10}$ sera multipliée par les mêmes termes de correction. I_{10} étant la hauteur au $\dfrac{1}{10}$ normale, la *hauteur de site* y sera ainsi représentée par la formule :

$$y = I_{10}\left(1 + 0,00255 \cos 2\lambda\right)\left(1 + \frac{2z}{R}\right)\left(1 + \beta t\right)\log\frac{p_0}{p},$$

$$(4)$$

formule qui permettrait de calculer les hauteurs réelles au moyen des mesures barométriques.

Toutefois elle suppose que la température t est la même dans tous les points de la colonne, et l'on sait bien qu'il n'en est jamais ainsi : sans parler des perturbations atmosphériques, la température s'abaisse normalement à mesure qu'on s'élève dans l'espace ; mais la loi de cet abaissement est encore mal connue, en raison du nombre trop limité des observations simultanées qu'on a pu faire.

Si l'on désigne par z la différence d'altitude, Gentilini[1] admet qu'on peut représenter cette loi par la relation

$$t = t_0 - i\left(z - \frac{z^2}{R}\right),$$

où R est le rayon terrestre et où le coefficient i prend les valeurs suivantes :

z variant de   o à 2 000 m. $i = \dfrac{1}{170}$;

—   2 000 à 5 000 m. $i = \dfrac{1}{190}$,

au-dessus de 5 000 m. $i = \dfrac{1}{200}$.

Pour une simple approximation, on admettra que la température varie de $1°$ pour 365 m. d'élévation.

Dans ses *tables pour le calcul des hauteurs par le baromètre*, Radau a présenté la loi de décroissance par une formule que l'on peut réduire sous la forme :

$$t_0 - t = 60\left(1 - \frac{p}{p_0}\right),$$

où p_0 et t_0 sont les circonstances de pression et de tem-

---

[1] GENTILINI.

pérature de la station inférieure; p et t celles de la station supérieure.

Mais après un examen minutieux des mesures effectuées dans les ascensions aérostatiques de Glaisher et Flammarion, le colonel Renard a trouvé que cette loi est mieux représentée par la formule :

$$t_0 - t = 55 \left(1 - \frac{p}{p_0} \right).$$

Les deux formules diffèrent très peu, du reste, et pourraient servir également à la détermination de l'une des températures, l'autre ayant été observée (ce sera celle de l'air qui entoure le ballon).

Dans la formule barométrique (4) qui donne l'altitude y, on fera entrer alors, au lieu de t, la moyenne

$$\frac{t + t_0}{2}.$$

Cette formule barométrique est d'ailleurs très analogue à celle de Laplace. Ce savant proposait de donner au coefficient de dilatation la valeur :

$$\beta = 0,004.$$

La valeur réelle est, à la vérité, $0,0037$; mais en prenant la valeur $\beta = 0,004$, on tient compte jusqu'à un certain point de la présence de la vapeur d'eau en quantité moyenne.

On a donc enfin :

$$y = l_{10} \left(1 + 0,00255 \cos 2\lambda \right) \left(1 + \frac{2z}{R} \right)$$

$$\left\{ 1 + 0,002 \left(t + t_0 \right) \right\} \log \frac{p}{p_0}. \qquad (5)$$

Détermination pratique de la hauteur d'un aérostat. — Si l'on examine maintenant dans quelles conditions cette formule peut être appliquée en aérostation, on reconnaît qu'au point de vue de la détermination de la hauteur à laquelle se trouve un ballon à un moment donné :

1° L'aéronaute, pendant l'ascension, ignore la température t_0 qui a lieu sur le sol.

On déterminera donc t_0 par la formule du colonel Rebard, qui donne :

$$t_0 = t + 55\left(1 - \frac{p_0}{p}\right),$$

et, par suite,

$$t_0 + t = 2t + 55\left(1 - \frac{p_0}{p}\right).$$

2° Si la région dans laquelle on opère n'est pas très éloignée du parallèle 45°, on pourra négliger le terme de correction astronomique :

$$(1 + 0,00255 \cos 2\lambda),$$

qui est très sensiblement égal à l'unité (à Paris il est de 0,9997).

3° Nous pouvons négliger aussi le binôme altimétrique $\left(1 + \frac{2z}{R}\right)$, surtout pour les ballons dont le volume n'excède pas 600 mètres cubes, qui ne sauraient dépasser une altitude de 3000 à 3500 mètres : l'erreur commise en ne tenant pas compte de la variation de la gravité ne dépasse pas 4 mètres dans ce cas. Or, pour mille raisons, on ne peut pas espérer une approximation plus grande dans le calcul de la hauteur, et les erreurs de lecture, aussi bien que les retards des instruments, sont forcément plus considérables.

Il est donc inutile de compliquer la formule de termes de correction sans importance réelle ; et nous écrirons la formule pratique :

$$y = I_{10}\left(1,11 + 0,004t - 0,11\ \frac{p}{p_0}\right)\log.\ \frac{p}{p_0}.\quad (6)$$

Valeur pratique du coefficient I_{10}. — Nous avons donné plus haut à la hauteur au dixième, I_{10}, la valeur de 18500 mètres.

En pratique, cette valeur est trop forte.

Si l'on mesure, au moyen du baromètre, la différence de hauteur entre deux points dont les altitudes sont connues, et si l'on résout l'équation (6) en y considérant I_{10} comme un paramètre inconnu, on trouve en général une valeur inférieure à 18500 mètres.

Plusieurs physiciens ont effectué des déterminations de ce genre, et notamment Ramond, dans la région des Pyrénées. La moyenne des résultats obtenus, pour nos latitudes, s'est trouvée égale à 18336, et c'est ce nombre qui a été adopté par le Bureau des Longitudes.

On peut se contenter de prendre 18340, ce qui donne en définitive :

$$y = 18340\left(1,11 + 0,004t - 0,11\ \frac{p}{p_0}\right)\log.\ \frac{p_0}{p},\quad (7)$$

et, en adoptant comme plan de comparaison, non plus le niveau de la mer, mais le plan des 10000, où

$$p_0 = 10000 :$$

$$y = 18340\,(4 - \log.\,p)\,(1,11 + 0,004t_0 - 0,00001\,1p).$$

Cette formule correspond à la loi de répartition de l'air à partir de la surface des 10000, quand on donne uniquement la température t_0 à ce niveau.

Fermeture du nivellement barométrique.

— Si l'on avait un baromètre parfait, et si l'on abordait, après un voyage aérien, en un lieu situé sur un même plan de niveau barométrique que le point de départ, il est clair qu'en se servant de la formule précédente le nivellement barométrique se fermerait, c'est-à-dire que l'on retrouverait pour la cote d'arrivée la même valeur qu'au départ.

Mais, en réalité, il n'en est jamais ainsi, et l'on doit tenir compte, en effet, des causes d'erreur suivantes :

1° Les instruments dont on se sert sont sujets à des retards qui en rendent les indications incertaines, sans qu'ils soient toujours même comparables à eux-mêmes ; c'est ainsi que les baromètres varient, en un même lieu, dans l'espace d'un jour.

2° La loi des températures n'est qu'une moyenne de l'état général des choses, et très souvent, surtout dans le voisinage du sol, la répartition réelle diffère beaucoup de celle qu'indique cette loi [1].

3° La formule suppose que l'état de l'atmosphère est constant pendant toute la durée des observations ; or celles-ci n'offrent aucune simultanéité, de telle

---

[1] C'est ainsi qu'on relève les observations suivantes dans une ascension de Glaisher (avril 1863) :

Altitudes :	3609 m.	5200 m.	5600 m.	6800 m.
Températures :	0°	+ 2°	— 5°	— 8°

On voit que la loi de décroissance est loin d'être observée.

sorte que pressions et températures se sont modifiées, et, sous l'influence des circonstances locales, elles ne sont pas les mêmes sur une même surface de niveau.

On comprend donc que le nivellement, par suite d'une série d'erreurs, ne se fermera pas; si l'altitude réelle que l'on peut connaître est y_2 à l'arrivée, l'altitude calculée sera $y_2 + \varepsilon$, comportant ainsi une erreur ε qui sera l'erreur totale du nivellement.

Diagramme horaire. — Généralement on représente le nivellement barométrique correspondant à un

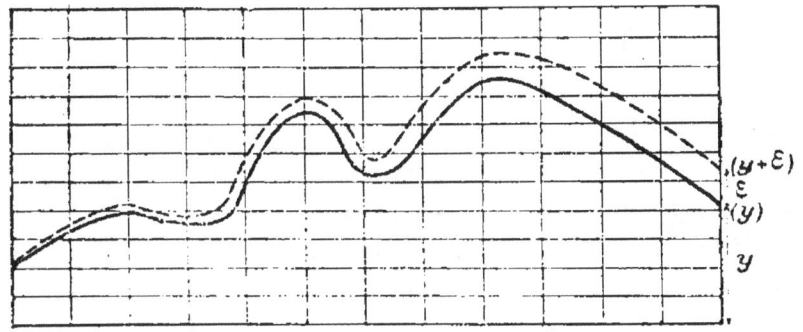

Fig. 4.

voyage aérien par une courbe connue sous le nom de *diagramme horaire*, dont le relevé du baromètre enregistreur donne le schéma avant corrections, et où les abscisses sont proportionnelles aux temps écoulés, tandis que les ordonnées représentent les altitudes au-dessus du plan de comparaison.

On répartira l'erreur ε proportionnellement au temps écoulé. Si le voyage a duré 10 heures, par exemple, on fera subir aux altitudes une correction de $\dfrac{\varepsilon}{10}$ pour la première heure, de $2\dfrac{\varepsilon}{10}$ au bout de la seconde, et ainsi de suite.

On pourra également se contenter de faire pivoter la courbe, sans déformation, autour de son point initial, de manière à faire coïncider son point terminal avec la position réelle qu'il devrait occuper.

Cette méthode, tout imparfaite qu'elle soit, donne des résultats pratiques très suffisants, surtout si le voyage aérien n'a pas une durée de plus de 10 heures.

Pour des ascensions de plus longue durée, il est indispensable de connaître, en quelques points intermédiaires du parcours, la valeur de la pression à terre au moment du passage. L'altitude du sol étant connue, on fera les calculs en prenant ces stations successivement comme point de départ.

Dans la pratique des *ascensions ordinaires* en ballon monté, qui ne dépassent guère 7 ou 8 kilomètres d'altitude, il est suffisant de déterminer la hauteur par la formule simple :

$$y = 18400 \log . \frac{p_0}{p},$$

où y est exprimée en mètres, lorsque les pressions p et p_0 sont exprimées en kilogrammes par mètre carré.

Le capitaine du génie Barthès a donné, dans la *Revue de l'Aéronautique*[1], les courbes représentatives des hauteurs, pressions et poids spécifiques de l'air correspondants, calculés suivant la formule précédente,

[1] BARTHÈS.

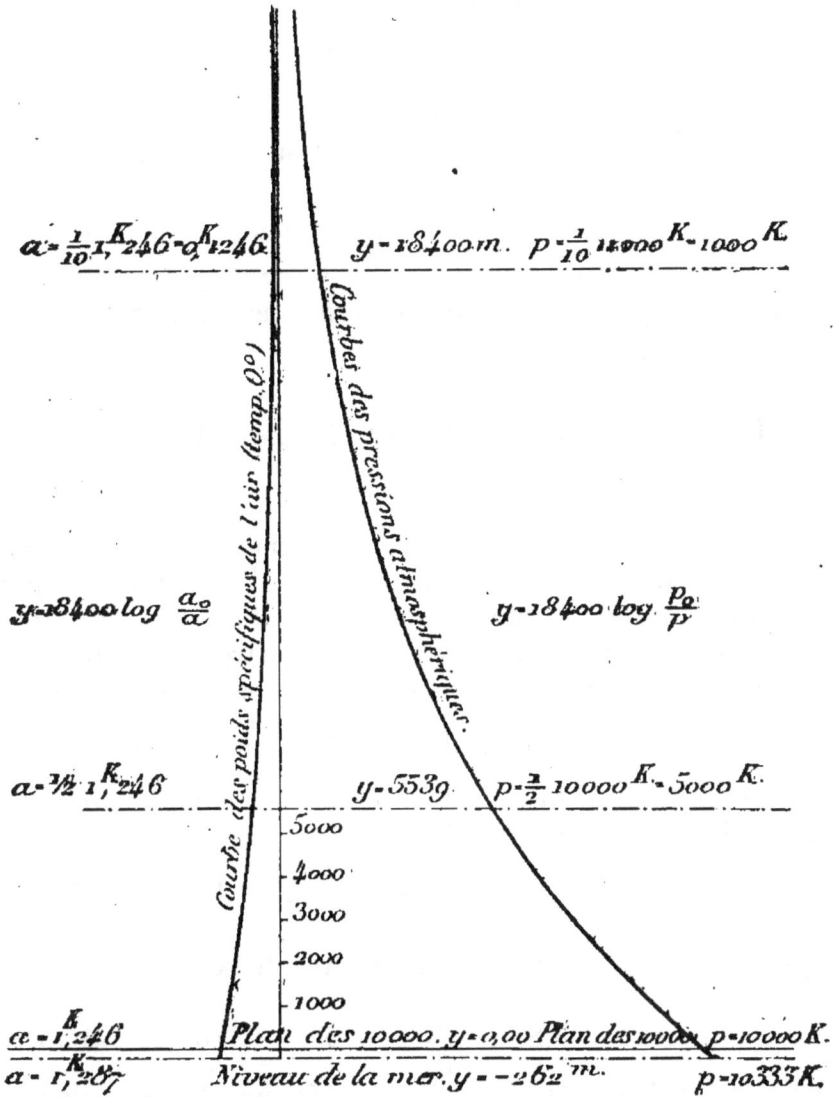

Fig. 5. — Diagramme des pressions et des altitudes (BARTHÈS).

le plan d'origine étant celui des 10000, et le poids de l'air moyen sur ce plan étant :

$$a_0 = 1,246.$$

Ce diagramme (fig. 5) permet une détermination facile de la hauteur réelle, connaissant la hauteur barométrique.

On peut également se servir pour cette détermination aux basses altitudes de la table dressée par M. le professeur Hergesell, que nous donnons ci-après et qui va jusqu'à 1840 mètres[1].

Mode d'emploi du tableau Hergesell. — Le rapport $\frac{p}{p^0}$ étant connu à 4 décimales, on cherche dans la première colonne le nombre qui correspond aux deux premières décimales, et l'on suit la ligne horizontale jusqu'à la rencontre de la colonne correspondant au chiffre des millièmes inscrit en tête. Le nombre que l'on trouve à cette intersection est la hauteur cherchée. Pour la correction relative au chiffre des $\frac{10000}{1}$, on cherche d'abord la différence d'entre le nombre précédent et celui qui le suit sur l'horizontale. Cette différence correspond à un accroissement de $\frac{1}{1000}$ ou $\frac{10}{10000}$ du rapport $\frac{p^0}{p}$; si donc le chiffre des $\frac{1}{10000}$ est n, l'accroissement d'altitude sera : $\frac{d}{10} n$.

APPLICATION. — Soit $\frac{p}{p^0} = 10456$. Dans la première colonne on trouve 1,04, et l'on suit la ligne horizontale jusqu'à la colonne 5, où l'on lit 352, qui serait la hauteur si

[1] H. HERGESELL.

TABLE I. — VALEUR DES ALTITUDES y, CONNAISSANT LA VALEUR DU RAPPORT $\frac{p_0}{p}$. (HERGESELL.)

RAPP. $\frac{p_0}{p}$	CHIFFRE DES MILLIÈMES DU RAPPORT $\frac{p_0}{p}$									
	0	1	2	3	4	5	6	7	8	9
1,00	0	8	16	24	32	40	48	56	61	72
1,01	80	87	95	103	111	119	127	135	143	150
1,02	158	166	174	182	190	197	205	213	221	229
1,03	236	244	252	259	267	275	283	290	298	306
1,04	313	321	329	336	344	352	359	367	375	382
1,05	390	397	405	413	420	428	435	443	451	458
1,06	466	473	481	488	496	503	511	518	526	533
1,07	541	548	556	563	570	578	585	593	600	608
1,08	615	622	630	637	645	652	659	667	674	681
1,09	689	696	703	711	718	725	733	740	747	754
1,10	762	769	776	784	791	798	805	812	820	827
1,11	834	841	848	856	863	870	877	884	891	899
1,12	906	913	920	927	934	941	948	955	963	970
1,13	977	984	991	998	1005	1012	1019	1026	1033	1040
1,14	1047	1054	1061	1068	1075	1082	1089	1096	1103	1110
1,15	1117	1124	1131	1138	1145	1152	1158	1165	1172	1179
1,16	1186	1193	1200	1207	1214	1221	1227	1234	1241	1248
1,17	1255	1262	1268	1275	1282	1289	1296	1302	1309	1316
1,18	1323	1329	1336	1343	1350	1357	1363	1370	1377	1383
1,19	1390	1397	1404	1410	1417	1424	1430	1437	1444	1450
1,20	1457	1464	1470	1477	1484	1490	1497	1504	1510	1517
1,21	1523	1530	1536	1543	1550	1558	1563	1569	1576	1582
1,22	1589	1596	1602	1609	1615	1622	1628	1635	1641	1648
1,23	1654	1661	1667	1674	1680	1687	1693	1700	1706	1713
1,24	1719	1725	1732	1738	1745	1751	1758	1764	1770	1777
1,25	1783	1790	1796	1802	1809	1815	1821	1828	1834	1840

COLONNE DES DIFFÉRENCES d

	Différ. 8.	Différ. 7.	Différ. 6.
1	0,8	0,7	0,6
2	1,6	1,4	1,2
3	2,4	2,1	1,8
4	3,2	2,8	2,4
5	4,0	3,5	3,0
6	4,8	4,2	3,6
7	5,6	4,9	4,2
8	6,4	5,6	4,8
9	7,2	6,3	5,4

le rapport était exactement 1,045. La différence avec le nombre suivant correspondant à 1,046 est : $359 - 352 = 7$. A la colonne des différences, on trouve que pour $d = 7$ et au chiffre 6 de dix millièmes, il faut ajouter 4,2. L'altitude totale est donc 356,20.

Cas des grandes altitudes.

— Lorsqu'il s'agit d'excursions scientifiques où il importe précisément de connaître les altitudes avec une exactitude aussi grande que possible, notamment pour les ballons-sondes qui atteignent et dépassent 18000 mètres, ces formules approchées seraient insuffisantes, et l'on aura recours à la formule complète (6) ou à la formule simplifiée (7), que nous avons données plus haut.

Ce genre d'exploration de l'atmosphère s'est d'ailleurs singulièrement développé depuis la création d'une Association internationale d'aérostation scientifique dont M. Hergesell est le président, et dont toutes les stations ont adopté des méthodes de calcul uniformes.

En particulier, la hauteur du ballon est calculée en se servant de la formule de Laplace modifiée par M. Angot[1].

Si l'on désigne par R le rayon de la terre, par y la différence réelle d'altitude de deux stations, z et z_0 leur niveau par rapport à la mer $(y = z - z_0)$, p et p_0 les pressions barométriques, f et f_0 les tensions de la vapeur d'eau, la température moyenne sera :

$$\theta = \frac{t + t_0}{2},$$

[1] E. ANGOT.

et l'on posera :

$$E = \frac{1}{2}\left(\frac{f}{p} + \frac{f_0}{p_0}\right).$$

Avec ces notations, la formule de l'altitude pourra s'écrire :

$$y = 18400\,(1 + 0,00259\cos 2\lambda)\left(1 + \frac{\gamma + 2z_0}{R}\right)$$

$$(1 + \alpha\theta)\,(1 + 0,377 E)\log\frac{p_0}{p}. \qquad (8)$$

Tout d'abord il convient de faire une distinction, suivant les instruments qui servent à observer les pressions.

Si l'on a recours à un baromètre anéroïde ou à un thermomètre hypsométrique, les pressions absolues p et p_0 de la formule sont proportionnelles aux pressions observées, sauf les corrections instrumentales. On pourra donc introduire dans la formule les valeurs observées et exprimées en millimètres.

Dans le cas où l'on se sert d'un baromètre à mercure, les hauteurs barométriques observées, ramenées à zéro, H et H_0, doivent être corrigées en raison des variations de la gravité. On aura donc :

$$\frac{p_0}{p} = \frac{H_0\left(1 + \frac{2z}{R}\right)}{H\left(1 + \frac{2z_0}{R}\right)},$$

ou, en développant et négligeant les termes de l'ordre $\frac{z^2}{R^2}$ qui sont très petits :

$$\frac{p_0}{p} = \left[1 + \frac{2\,(z - z_0)}{R}\right]\frac{H_0}{H},$$

et en prenant les log. népériens :

$$L \frac{p_0}{p} = L \frac{H_0}{H} + L \left[1 + \frac{2(z - z_0)}{R} \right].$$

Dans le développement de $L \left[1 + \dfrac{2(z - z_0)}{R} \right]$, on négligera encore les termes en $\dfrac{(z - z_0)^2}{R^2}$, et il vient :

$$L \frac{p_0}{p} = L \frac{H_0}{H} + 2 \frac{(z - z_0)}{R}.$$

Le dernier terme étant très petit, on pourra sans erreur sensible lui substituer la valeur approchée au moyen de la formule de Halley :

$$z - z_0 = I_{10} L \frac{H_0}{H} \qquad \left[\text{où } I_{10} = 18400 \right],$$

et en passant aux log. ordinaires, on aura enfin :

$$\log \frac{p_0}{p} = \left[1 + \frac{2I_{10}}{R} \right] \log \frac{H_0}{H}.$$

La formule (8) devient alors :

$$y = 18400 \, (1 + 0,00259 \cos 2\lambda) \left[1 + \frac{y + 2z_0}{R} \right]$$

$$(1 + \alpha\theta) \left(1 + \frac{2I_0}{R} \right) \left(1 + 0,377 E \right) \log \frac{H_0}{H}. \quad (9)$$

En résumé, on emploiera la formule (8) dans le cas des baromètres anéroïdes ou des thermomètres hypsométriques, et la formule (9) dans le cas des baromètres à mercure dont les indications auront été seulement corrigées de la température et des erreurs instrumentales.

On peut d'ailleurs simplifier les termes de correction, en négligeant les termes très petits et en évaluant les hauteurs H et les tensions hypsométriques φ en millimètres de mercure, ce qui donne :

$$E = \frac{1}{2}\left(\frac{\varphi_0}{H_0} + \frac{\varphi}{H}\right).$$

On obtient en définitive la formule (8) transformée :

$$y = 18400\,(1 + 0,0037\theta')$$

$$\cdot\left[1 + 0,000\,000\,157\,(y + 2z_0)\log\frac{H_0}{H}\right., \qquad (10)$$

où H et H_0 sont supposées corrigées de la variation de la gravité, et où θ' est la température moyenne corrigée de la latitude et de l'humidité :

$$\theta' = \frac{t_0 + t}{2} + \delta_1 + \delta_2 + \delta_3,$$

en donnant à $\delta_1\ \delta_2\ \delta_3$ les valeurs :

$$\delta_1 = 0,71\cos 2\lambda, \quad \delta_2 = 51,36\,\frac{\varphi_0}{H_0}, \quad \delta_3 = 51,36\,\frac{\varphi}{H}.$$

Si les pressions H et H_0 ne sont pas corrigées de la variation de la gravité, mais sont simplement réduites à zéro, on frappera la valeur $\log\frac{H_0}{H}$ du coefficient indiqué plus haut; mais on pourra le simplifier encore et, en définitive, appliquer la formule :

$$y = 18400\,(1 + 0,0036\,7\theta')$$

$$\cdot\left[1 + 0,000\,000\,159\,(y + 2z_0 + 15982)\right]\log\frac{H_0}{H}.$$

Les calculs sont d'ailleurs rendus faciles par l'emploi des tables dressées par MM. Hergesell et Angot.

Cas de $y < 1\,800$ **mètres.** — Nous avons déjà vu l'emploi de la table I (Hergesell), pour les hauteurs inférieures à 1 800 mètres.

H et H_0 étant mesurés sur un baromètre anéroïde, la table I donne la valeur approchée :

$$y' = 18\,400 \log \frac{H_0}{H}.$$

La correction de latitude est donnée par la table II· (Hergesell).

TABLE II (Hergesell).

Correction de latitude. — Valeurs de $\delta_1 = 0,71 \cos 2\lambda$.

LATI-TUDE λ	δ_1	LATI-TUDE λ	δ_1	LATI-TUDE λ	δ_1	LATI-TUDE λ	δ_1
(degrés)		(degrés)		(degrés)		(degrés)	
0	+ 0,7	25	+ 0,4	50	— 0,1	75	— 0,6
5	+ 0,7	30	+ 0,4	55	— 0,2	80	— 0,7
10	+ 0,7	35	+ 0,2	60	— 0,4	85	— 0,7
15	+ 0,6	40	+ 0,1	65	— 0,5	90	— 0,7
20	+ 0,6	45	+ 0,0	70	— 0,5		

La correction d'humidité est donnée par la table III (Angot), après avoir calculé la température moyenne et les tensions φ et φ_0 comme suit :

La température moyenne étant $\theta = \dfrac{t_0 + t}{2}$. l'humidité relative étant n_0 % et n % aux deux stations, et

TABLE III (Angot).

Correction d'humidité $\delta = 51,36 \dfrac{\varphi}{H}$.

VALEURS DE H EN MILLIM.	VALEURS DE φ EN MILLIMÈTRES											
	1	2	3	4	5	6	7	8	9	10	20	30
780	0,07	0,13	0,20	0,26	0,33	0,40	0,46	0,53	0,59	0,66	1,32	1,98
760	0,07	0,14	0,20	0,27	0,34	0,41	0,47	0,54	0,61	0,68	1,35	2,03
740	0,07	0,14	0,21	0,28	0,35	0,42	0,49	0,56	0,62	0,69	1,39	2,08
720	0,07	0,14	0,21	0,29	0,36	0,43	0,50	0,57	0,64	0,71	1,43	2,14
700	0,07	0,15	0,22	0,29	0,37	0,44	0,51	0,59	0,66	0,73	1,47	2,20
680	0,08	0,15	0,23	0,30	0,38	0,45	0,53	0,60	0,68	0,76	1,51	
660	0,08	0,16	0,23	0,31	0,39	0,47	0,54	0,62	0,70	0,78	1,56	
640	0,08	0,16	0,24	0,32	0,40	0,48	0,56	0,64	0,72	0,80	1,61	
620	0,08	0,17	0,25	0,33	0,41	0,50	0,58	0,66	0,75	0,83	1,61	
600	0,09	0,17	0,26	0,34	0,43	0,51	0,60	0,68	0,77	0,86	1,66	
580	0,09	0,18	0,27	0,35	0,44	0,53	0,62	0,71	0,80	0,89	1,71	
560	0,09	0,18	0,28	0,37	0,46	0,55	0,64	0,73	0,83	0,92		
540	0,10	0,19	0,29	0,38	0,48	0,57	0,67	0,76	0,86	0,95		
520	0,10	0,20	0,30	0,40	0,49	0,59	0,69	0,79	0,89			
500	0,10	0,21	0,31	0,41	0,51	0,62	0,72	0,82	0,92			
480	0,11	0,21	0,32	0,43	0,54	0,64	0,75					
460	0,11	0,22	0,33	0,45	0,56	0,67	0,78					
440	0,12	0,23	0,35	0,47	0,58	0,70						
420	0,12	0,24	0,37	0,49	0,61	0,73						
400	0,13	0,26	0,39	0,51	0,64							
380	0,14	0,27	0,41	0,54								
360	0,14	0,29	0,43	0,57								
340	0,15	0,30	0,45									
320	0,16	0,32	0,48									
300	0,17	0,34										

F_0 et F étant les tensions maxima de la vapeur d'eau aux températures t^0 et t, on écrira :

$$\varphi_0 = \frac{F_0 \times n_0}{100}, \qquad \varphi = \frac{F \times n}{100}.$$

Connaissant δ_1 δ_2 δ_3, on en conclut :

$$\theta' = \frac{t_0 + t}{2} + \delta_1 + \delta_2 + \delta_3.$$

La table IV donne alors les diverses valeurs du facteur $(1 + 0,00367\ \theta')$, et l'on en tire la seconde approximation de la hauteur :

$$y'' = y'\,(1 + 0,00367\ \theta').$$

Dans le cas où l'on fait la correction de la gravité, la hauteur définitive sera donnée par la formule :

$$y = y''\,[1 + 0,000000\ 157\,(y'' + 2z_0)].$$

La table V donne le terme de correction :

$$y'' \times 0,000000\ 157\,(y'' + 2z_0).$$

Enfin si l'on a employé un baromètre à mercure pour lequel il convient de faire subir aux hauteurs H et H_0 la correction de la gravité, le calcul se fera de la même manière, avec la formule (10) ; mais le terme de correction de la gravité sera :

$$y'' \times 0,000000\ 157\,(y'' + 2z_0 + 15982),$$

dont la table VI donnera les différentes valeurs.

Cas où la différence de hauteur est supérieure à 1800 mètres.

— La méthode précédente s'applique dans des conditions satisfaisantes, tant que la différence d'altitude de deux stations n'excède pas 1800 mètres, parce qu'il n'y a pas lieu de tenir compte alors de la variation irrégulière de la température en passant d'une station à l'autre, sur la verticale.

Il n'en est plus de même lorsqu'il s'agit notam-

TABLE IV (Hergesell).

Valeurs de $1 + 0,00367\ \theta'$.

θ'	$1+0,00367\ \theta'$	θ'	$1+0,00367\ \theta'$	θ'	$1+0,00367\ \theta'$
(degrés)		(degrés)		(degrés)	
+ 20	1,073	− 7	0,974	− 34	0,875
+ 19	1,070	− 8	0,971	− 35	0,872
+ 18	1,066	− 9	0,967	− 36	0,868
+ 17	1,062	− 10	0,963	− 37	0,864
+ 16	1,059	− 11	0,960	− 38	0,861
+ 15	1,055	− 12	0,956	− 39	0,857
+ 14	1,051	− 13	0,952	− 40	0,853
+ 13	1,048	− 14	0,949	− 41	0,850
+ 12	1,044	− 15	0,945	− 42	0,846
+ 11	1,040	− 16	0,941	− 43	0,842
+ 10	1,037	− 17	0,938	− 44	0,839
+ 9	1,033	− 18	0,934	− 45	0 835
+ 8	1,029	− 19	0,930	− 46	0,831
+ 7	1,026	− 20	0,927	− 47	0,828
+ 6	1,022	− 21	0,923	− 48	0,824
+ 5	1,018	− 22	0,920	− 49	0,820
+ 4	1,014	− 23	0,916	− 50	0,817
+ 3	1,011	− 24	0,912	− 51	0,813
+ 2	1,007	− 25	0,908	− 52	0,809
+ 1	1,003	− 26	0,905	− 53	0,806
+ 0	1,000	− 27	0,901	− 54	0,802
− 1	0,996	− 28	0,897	− 55	0,798
− 2	0,993	− 29	0,894	− 56	0,795
− 3	0,989	− 30	0,890	− 57	0,791
− 4	0,985	− 31	0,886	− 58	0,787
− 5	0,982	− 32	0,883	− 59	0,784
− 6	0,978	− 33	0,879	− 60	0,780

TABLE V (Angot).

CORRECTION D'ALTITUDE QUAND LA PRESSION EST MESURÉE AU MOYEN D'UN BAROMÈTRE ANÉROÏDE
OU D'UN THERMOMÈTRE HYPSOMÉTRIQUE

STATION INFÉRIEURE Z_0 (mètres)	ALTITUDE DE LA STATION SUPÉRIEURE y''													
	1 000ᵐ m.	2 000ᵐ m.	3 000ᵐ m.	4 000ᵐ m.	5 000ᵐ m.	6 000ᵐ m.	7 000ᵐ m.	8 000ᵐ m.	9 000ᵐ m.	10 000ᵐ m.	11 000ᵐ m.	12 000ᵐ m.	13 000ᵐ m.	14 000ᵐ m.
0	0,2	0,6	1,4	2,5	3,9	5,7	7,7	10,0	12,7	15,7	19,0	22,6	26,5	30,8
100	0,2	0,7	1,5	2,6	4,1	5,8	7,9	10,3	13,0	16,0	19,3	23,0	26,9	31,2
200	0,2	0,8	1,6	2,8	4,2	6,0	8,1	10,6	13,3	16,3	19,7	23,4	27,3	31,7
300	0,3	0,8	1,7	2,9	4,4	6,2	8,4	10,8	13,6	16,6	20,0	23,7	27,8	32,1
400	0,3	0,9	1,8	3,0	4,6	6,4	8,6	11,1	13,8	17,0	20,4	24,1	28,2	32,5
500	0,3	0,9	1,9	3,1	4,7	6,6	8,8	11,3	14,1	17,3	20,7	24,5	28,6	33,0
600	0,4	1,0	2,0	3,2	4,9	6,8	9,0	11,5	14,4	17,6	21,1	24,9	29,0	33,4
700	0,4	1,1	2,1	**3,3**	5,0	7,0	9,2	11,8	14,7	18,0	21,4	25,2	29,4	33,8
800	0,4	1,1	2,2	3,4	5,2	7,2	9,5	12,1	15,0	18,2	21,8	25,6	29,8	34,3
900	0,4	1,2	2,3	3,5	5,3	7,3	9,7	12,3	15,3	18,5	22,1	26,0	30,2	34,7
1 000	0,5	1,3	2,4	3,6	5,5	7,5	9,9	12,6	15,5	18,8	22,5	26,4	30,6	35,2
1 500	»	1,6	2,8	4,4	6,3	8,5	11,0	13,8	17,0	20,4	24,2	28,3	32,7	37,4
2 000	»	1,9	3,3	5,0	7,1	9,4	12,1	15,1	18,4	22,0	25,9	30,1	34,7	39,6
2 500	»	»	3,8	5,7	7,9	10,4	13,2	16,3	19,8	23,6	27,6	32,0	36,7	41,8
3 000	»	»	4,2	6,3	8,6	11,3	14,3	17,6	21,2	25,1	29,4	33,9	38,8	44,0

TABLE VI (Angot).

CORRECTION D'ALTITUDE QUAND LA PRESSION EST MESURÉE AU MOYEN D'UN BAROMÈTRE A MERCURE AUQUEL ON N'A PAS APPLIQUÉ LA CORRECTION DE LA GRAVITÉ

STATION INFÉRIEURE Z_0 (mètres)	ALTITUDE DE LA STATION SUPÉRIEURE y''												
	500 m.	1000 m.	1500 m.	2000 m.	2500 m.	3000 m.	3500 m.	4000 m.	4500 m.	5000 m.	5500 m.	6000 m.	6500 m.
0	1,3	2,7	4,1	5,6	7,3	8,9	10.7	12,6	14,5	16,5	18,6	20,7	23,0
100	1,3	2,7	4,2	5,7	7,3	9,0	10,8	12,7	14,6	16,6	18,7	20,9	23,2
200	1,3	2,7	4,2	5,8	7,4	9,1	10,9	12,8	14,8	16,8	18,9	21,1	23,4
300	1,3	2,8	4,3	5,8	7,5	9,2	11,1	12,9	14,9	17,0	19,1	21,3	23,6
400	1,4	2,8	4,3	5,9	7,6	9,3	11,2	13,1	15,1	17,1	19,3	21,5	23,8
500	1,4	2,8	4,4	6,0	7,7	9,4	11,3	13,2	15,2	17,3	19,4	21,7	24,0
600	1,4	2,9	4,4	6,0	7,7	9,5	11,4	13,3	15,3	17,4	19,6	21,8	24,2
700	1,4	2,9	4,5	6,1	7,8	9,6	11,5	13,4	15,5	17,6	19,8	22,0	24,4
800	1,4	2,9	4,5	6,1	7,9	9,7	11,6	13,6	15,6	17,7	20,0	22,2	24,6
900	1,4	2,9	4,6	6,2	8,0	9,8	11,7	13,7	15,8	17,9	21,0	22,4	24,8

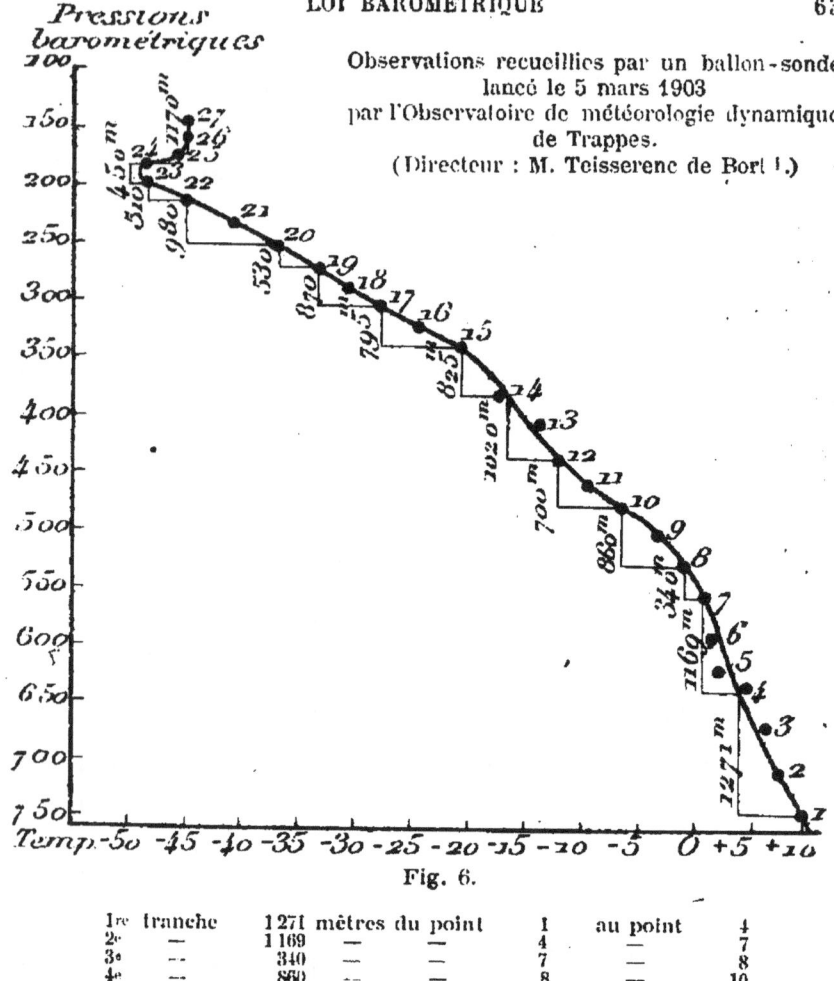

Fig. 6.

1re tranche	1271	mètres du point	1	au point	4
2e	—	1 169	—	—	4	—	7
3e	—	340	—	—	7	—	8
4e	—	860	—	—	8	—	10
5e	—	700	—	—	10	—	12
6e	—	1 020	—	—	12	—	14
7e	—	825	—	—	14	—	15
8e	—	795	—	—	15	—	17
9e	—	870	—	—	17	—	19
10e	—	530	—	—	19	—	20
11e	—	980	—	—	20	—	22
12e	—	510	—	—	22	—	23
13e	—	450	—	—	23	—	24
14e	—	480	—	—	24	—	25
15e	—	1 170	—	—	25	—	27

$$Z_1 = 11\,970 \text{ mètres} = Z - z_0.$$

Comme z_0 (hauteur du point 1 = 170 mètres), la hauteur maximum atteinte par le ballon-sonde est : 11 970 + 170 = 12 140 mètres.

[1] Publications de la Commission internationale pour l'aérostation scientifique.

ment des ascensions de ballons-sondes; mais, dans ce cas, l'examen du baromètre et du thermomètre enregistreurs permet de connaître la température réelle sur tous les points du parcours. On peut par conséquent décomposer ce parcours en zones de faible hauteur pour lesquelles la méthode sera applicable.

L'exemple suivant, que nous empruntons à l'excellent ouvrage de M. Marchis, permet de suivre les détails d'application du procédé.

On s'est servi pour l'établir des relevés d'observations recueillis par ballon-sonde lancé le 5 mars 1903, de l'Observatoire de météorologie dynamique de Trappes.

Sur le diagramme, les abscisses représentent les températures, et les ordonnées indiquent les pressions barométriques exprimées en millimètres. La courbe construite en comparant des diagrammes enregistrés par le baromètre et le thermomètre peut être décomposée en tronçons, correspondant à des différences d'altitude inférieures à 1500 mètres, et l'on admettra que, dans chaque tranche, la température varie proportionnellement à la hauteur, ce qui permet d'y appliquer la formule de Laplace[1] et d'en déduire la hauteur de la tranche.

La somme de ces hauteurs partielles est la différence totale de hauteur cherchée. Les résultats sont consignés sur la figure. Cette méthode est due à M. Teisserenc de Bort; elle est actuellement appliquée d'une manière uniforme pour le calcul des hauteurs atteintes, soit par des ballons-sondes, soit par des cerfs-volants météorologiques[2], dans les diverses stations dépendant de,

[1] LAPLACE, *Mécanique céleste*, IIe partie, livre X, ch. IV.
[2] MARCHIS, p. 74.

la Commission d'aérostation scientifique internationale,
et notamment à Trappes par M. Teisserenc de Bort[1],
à Strasbourg par M. Hergesell, à Berlin par M. Berson, à Saint-Pétersbourg par M. Rykatchew.

[1] TEISSERENC DE BORT.

CHAPITRE IV

POIDS ET FORCE ASCENSIONNELLE D'UN GAZ

Causes de variations du poids du gaz. — Influence de l'état hygrométrique. — Binôme hygrométrique. — Discussion. — Vapeur d'eau de fabrication de l'hydrogène. — Alourdissement de l'hydrogène pur, de l'hydrogène commun, du gaz d'éclairage. — Force ascensionnelle. — Simplification de la formule. — Application à l'hydrogène et au gaz d'éclairage. — Influence de la décroissance des températures avec l'altitude et des effets thermiques dus aux changements de volume. — Force ascensionnelle des montgolfières.

Causes de variations du poids du gaz. — Des deux éléments qui, par leur différence, constituent la force ascensionnelle d'un gaz, nous avons étudié le premier, le poids spécifique de l'air. Il nous reste à voir comment varie le poids spécifique de chacun des gaz légers qui sont susceptibles d'être employés au gonflement des aérostats.

Or les causes de variations de ce poids spécifique sont analogues à celles que nous avons analysées lorsqu'il s'agissait de l'air et comprennent :

1° Les circonstances géographiques ;

2° La pression du gaz ;

3° La température ;

4° La tension de la vapeur d'eau que le gaz contient.

Nous répéterons ici qu'au point de vue pratique, on peut négliger l'influence des circonstances géographiques (latitude et variation de la gravité), qui, agissant également et à la fois sur le poids de tous les corps, aussi bien des corps solides composant le ballon que du gaz qu'il contient et de l'air qui l'environne, ne sauraient influer sur l'équilibre des aérostats; nous n'aurons donc à nous occuper que des trois dernières causes modificatrices.

L'étude précédemment faite à propos des variations du poids de l'air nous permettra du reste d'établir plus rapidement les formules relatives au poids du gaz.

Nous appellerons :

p, la pression du gaz en kilogrammes par m^2;

l, sa température, différente de la température t de l'air ambiant;

Ψ', la tension en kilogrammes de la vapeur d'eau qu'il contient.

Le mètre cube d'un tel gaz renferme alors, en appelant b_0 son poids spécifique normal à la pression 10000 kilogrammes :

1° *Un mètre cube de gaz* à la pression $(p - \Psi')$, qui pèse $b_0 \dfrac{p - \Psi'}{10000} (1 - \beta l')$ à la température t'.

2° *Un mètre cube de vapeur* à la pression Ψ' et dont le poids sera : $\dfrac{0,806\,\Psi'}{10000} (1 - \beta l')$ à la même température.

Le poids de l'ensemble est donc :

$$b = b_0 (1 - \beta l') \left\{ \frac{p}{10000} + \frac{\Psi'}{10000} \left(\frac{0,806}{b_0} - 1 \right) \right\}.$$

$$(1)$$

Exprimons les pressions en atmosphères, en posant :

$$\frac{p}{10\,000} = \gamma, \qquad \frac{\Psi}{10\,000} = \gamma',$$

il vient :

$$b = b_0\,(1 - 2t')\left\{\gamma + \gamma'\left(\frac{0,806}{b_0} - 1\right)\right\}. \qquad (2)$$

Influence de l'état hygrométrique. — Pour se rendre compte du rôle de l'état hygrométrique dans les variations de ce poids spécifique, il suffira de supposer toutes les autres circonstances normales, et de poser par conséquent : $\gamma = 1$, et $t' = 0$.

La formule précédente devient alors :

$$b = b_0\left\{1 + \gamma'\left(\frac{0,806}{b_0} - 1\right)\right\}. \qquad (3)$$

Le terme de correction est :

$$b_0\gamma'\left(\frac{0,806}{b_0} - 1\right),$$

et sa valeur est proportionnelle à la tension de la vapeur.

Mais nous y voyons en même temps un facteur important :

$$\left(\frac{0,806}{b_0} - 1\right),$$

variable avec le poids spécifique normal du gaz et que nous appellerons le *binôme hygrométrique*.

Binôme hygrométrique. Discussion de la formule. — La discussion nous amène à considérer trois cas :

1° $b_0 > 0,806$. — Si le gaz est plus lourd que la

vapeur d'eau, $\dfrac{0,806}{b_0} - 1$ est négatif, et il en est de même de tout le terme de correction; le poids spécifique du gaz humide est plus faible que celui du gaz sec : *la présence de la vapeur d'eau rend le gaz plus léger, et il n'y a pas intérêt à le dessécher.*

C'est le cas des *gaz relativement lourds* rarement employés en aérostation, et ces considérations s'appliquent en particulier aux ballons à air chaud (ou *Montgolfières*) : le poids spécifique b_0 de l'air pur sec, dans les conditions normales, étant 1,251, loin de chercher à dessécher l'air chaud qui les gonfle, on doit augmenter le plus possible la quantité de vapeur qu'ils contiennent; et ce résultat de la discussion est en plein accord avec la pratique des premiers aéronautes, qui, de préférence à la paille sèche, brûlaient de la paille mouillée sous leurs appareils.

2° $b_0 = 0,806$. — Dans ce cas, la présence de la vapeur d'eau ne modifie pas la force ascensionnelle, puisque la vapeur et le gaz ont exactement la même densité.

3° $b_0 < 0,806$. — Il en sera tout différemment dans le cas où le gaz est plus léger que la vapeur d'eau; *le binôme hygrométrique* est positif,

$$\frac{0,806}{b_0} - 1 > 0 ;$$

et la présence de la vapeur d'eau, en augmentant le poids du gaz, exerce une influence fâcheuse sur la force ascensionnelle qu'elle diminue.

C'est le cas le plus général en aérostation, où l'on cherche à employer les gaz le plus légers possible.

L'inspection de la formule montre en même temps que *l'influence fâcheuse de la vapeur d'eau est d'ailleurs d'autant plus marquée que le gaz est plus léger.*

C'est donc avec l'hydrogène qu'elle acquiert son maximum d'effet, et il est intéressant d'apprécier la valeur réelle qu'elle peut atteindre pour ce gaz; car si nous parvenons à démontrer qu'elle a peu d'importance alors, il en sera de même à plus forte raison quand il s'agira du gaz d'éclairage, ou de tout autre gaz plus lourd que l'hydrogène.

En tout cas, et toutes choses égales d'ailleurs, cette influence est proportionnelle au binôme hygrométrique.

Valeur du binôme pour l'hydrogène. — Le poids de 1 mètre cube d'hydrogène pur à 0° et sous la pression de 10 333 kilogrammes (ou 760 millimètres de mercure) est, d'après Regnault : 0,08958.

À la pression 10 000 kilogrammes, il sera donc :

$$0,08958 \times \frac{10\,000}{10\,333}, \quad \text{ou} \quad 0,08669.$$

En nombre rond :

$$b_0 = 0,0867.$$

Ce qui donne pour la valeur du binôme hygrométrique :

$$\frac{0,806}{b_0} - 1 = 8,296, \quad \text{ou} \quad 8,3.$$

Et l'on aura finalement pour le poids de 1 mètre cube d'hydrogène pur :

$$b = b_0 (1 + 8,3\,\gamma').$$

Vapeur d'eau de fabrication dans l'hydrogène. — Il reste à examiner la valeur maximum que

peut atteindre la tension γ' de la vapeur d'eau; pour
y parvenir, il suffit de se rendre compte de la manière
dont cette vapeur d'eau a pu s'introduire dans l'hydrogène, pendant la fabrication de ce gaz.

Or cette fabrication, dans le procédé usuel utilisant
la réaction de l'eau acidulée et d'un métal, se fait à
travers les appareils successifs suivants :

1º *Un générateur* où les éléments de production sont
en présence de très fortes proportions de vapeur d'eau
à une température assez élevée (60° environ) ;

2º *Un laveur* plein d'eau froide incessamment renouvelée, où barbotte le gaz, abandonnant ainsi, non
seulement toutes ses impuretés solides, mais aussi (par
suite du refroidissement) la plus grande partie de sa
vapeur d'eau ;

3º *Le sécheur,* qui, dans la plupart des appareils,
achève de débarrasser le gaz de la vapeur d'eau qui
l'alourdit.

Pour nous rendre compte de l'utilité de ce dernier
organe, nous allons voir quelle quantité de vapeur contient l'hydrogène avant de le traverser.

Il est évident que ce gaz est saturé de vapeur d'eau
à la température du lavage, et l'on peut admettre qu'au
sortir du laveur cette température ne saurait dépasser
30° si l'opération est bien conduite.

Dans ces conditions, la tension de la vapeur d'eau
en millimètres de mercure est égale à $31^{mm},5$; en kilogrammes, cette tension sera :

$$p = 31,5, \times 13,596 = 428 \text{ kilogrammes},$$

et en atmosphères :

$$\gamma' = 0^a,0428.$$

Et l'on aura pour le poids de l'hydrogène saturé à cette température :

$$b = 1,355\ b_0.$$

Alourdissement de l'hydrogène pur. — Si

l'on admet que l'hydrogène soit pur et que $b_0 = 0,0867$, on voit que l'on a : $b = 0,1175$; et la différence :

$$b - b_0 = 0\ \text{k.}\ 031$$

représente l'alourdissement du mètre cube, ou la perte de force ascensionnelle.

Pour un ballon de 550 mètres cubes, analogue aux ballons généralement employés dans les parcs militaires, la perte totale sera donc de 17 kilogrammes.

Cet alourdissement est relativement faible, même dans ce cas extrême ; et, dans la pratique, on peut admettre que la température du laveur dépassera rarement 20°, ce qui réduit environ aux deux tiers le chiffre précédent.

En hiver enfin, où cette température est voisine de 0°, la perte est à peu près 8 fois moindre et ne dépasse guère 3 kilogrammes sur le ballon tout entier.

On voit, d'après ces résultats, que si le sécheur est un organe utile, son emploi n'est pas indispensable, et l'on pourra parfois supprimer cet appareil encombrant et pour lequel il est nécessaire d'avoir de la chaux vive, que l'on peut ne pas trouver partout.

On hésitera d'autant moins à le supprimer, le cas échéant, qu'en réalité l'influence de la vapeur d'eau sera encore moins considérable que ne l'indique le calcul qui précède. Nous avons supposé, en effet, que la **fabrication nous donnait de l'hydrogène pur** dont le

poids spécifique normal serait o,o867. Or le gaz obtenu
par les procédés en usage est rarement débarrassé de
toute impureté. C'est un mélange de plusieurs gaz
dont la plupart sont notablement plus lourds que
l'hydrogène; en sorte que la valeur que l'on doit
prendre pour le poids spécifique du gaz sec commun
est : $b_0 = $ o k. 194.

Alourdissement de l'hydrogène commun.
— Le binôme hygrométrique de cet hydrogène commun devient donc 3,15 et l'on a finalement :

$$b = b_0 (1 + 3,15\gamma').$$

En y faisant comme ci-dessus $\gamma' = $ o,o428,   et
remplaçant b_0 par sa valeur, on obtient pour le **poids**
de cet hydrogène humide :

$$b = $$ o k. 220.

Et l'alourdissement n'est plus que de 26 grammes
au lieu de 31 grammes, que nous avions trouvés pour
l'hydrogène pur ; ce qui donne pour tout le ballon de
55o mètres cubes une perte de force ascensionnelle de
14 kilogrammes seulement.

Alourdissement du gaz d'éclairage. — D'une
manière générale, et en partant de la formule (3),
l'alourdissement peut se mettre sous la forme :

$$b - b_0 = \gamma' (\text{o,806} - b_0),$$

et il est proportionnel à la différence des poids spécifiques de la vapeur et du gaz.

Pour le gaz d'éclairage, d'après de nombreuses

mesures faites à l'usine de la Villette[1], le poids spécifique ramené à 0° et à la pression 10000 serait égal à :

$$b_0 = 0 \text{ k. } 510 ;$$

on aurait donc : $b - b_0 = 0,296 \gamma'$.

Ce gaz est toujours saturé à la température de l'eau des gazomètres. En admettant 30° pour le maximum que peut atteindre cette température, la tension correspondante de la vapeur d'eau sera : $\gamma' = 0,0428$, et $b - b' = 0 \text{ k. } 0127$, soit 12 gr. 7 par mètre cube, ou enfin un alourdissement total de 6 k. 985 pour un ballon de 550 mètres cubes.

Il faut admettre que, dans la plupart des cas, la température dans les gazomètres sera beaucoup plus basse, et que l'alourdissement ne dépassera pas 3 à 4 k., ce qui prouve l'inutilité pratique de la dessiccation du gaz d'éclairage pour les usages aérostatiques.

Tableau des alourdissements de l'hydrogène commun.

— Le tableau ci-après fait connaître l'alourdissement qui résulte de la présence de la

[1] CLAUDEL. — Expériences à la Villette sur la perte de charge dans les tuyaux.

RELEVÉ DE CINQ ESSAIS

Poids spécifiques :	0k,509	0k,506	0k,507	0k,507	0k,504
Températures :	11°,6	12°,4	12°,1	12°,1	12°,5
Pressions :	10382k	10382k	10380k	10380k	10376k

MOYENNES

Poids spécifique :   0k,507
Température :   + 12°,14
Pression :   10380k.

Le poids spécifique ramené à 0° et à 10000kg de pression est :

$$b_0 = 0^k,510.$$

vapeur d'eau dans l'hydrogène commun, suivant la température du lavage, en admettant pour la différence des poids spécifiques de la vapeur et du gaz la valeur :

$$b - b_0 = 0,612 ;$$

et l'on obtient dès lors, pour différentes températures de lavage, les alourdissements suivants :

TEMPÉRATURE DU LAVAGE	TENSION DE LA VAPEUR		ALOURDISSEMENT	
	EN MILLIM. DE MERCURE	EN KILOGR.	PAR M. CUBE	POUR 540 M. CUBES
0°	4,60	62	0^k,0038	2^k,05
5°	6,53	89	0^k,0054	2^k,92
10°	9,16	125	0^k,0076	4^k,10
15°	12,70	173	0^k,0106	5^k,72
20°	17,39	237	0^k,0145	7^k,82
25°	23,55	320	0^k,0196	10^k,6
30°	31,55	428	0^k,0262	14^k,1

Hydrogène moyen. — En général, la force ascensionnelle sera sujette à des causes si diverses de variations, qu'il est inutile de la calculer avec une précision exagérée. Au lieu de tenir un compte exact de l'état hygrométrique du gaz, il suffira de substituer à l'hydrogène pur un *hydrogène moyen*, c'est-à-dire un gaz renfermant une quantité moyenne de vapeur d'eau, comme nous avons pris un air moyen, choisi de la même manière.

L'hydrogène moyen renferme de la vapeur d'eau saturée à 15°, température moyenne des laveurs.

Dans ce cas, et en opérant à la pression ordinaire, on aura pour le poids spécifique de ce gaz moyen, en chiffres ronds : $b_0 = $ o k. 205.

Pour les applications ordinaires, nous considérerons donc l'hydrogène comme un gaz ayant pour poids spécifique 0,205 à la température 0° et sous la pression 10000.

On pourra de même adopter pour le gaz d'éclairage le poids spécifique 0,510, qui correspond au gaz saturé de vapeur d'eau à 12°.

Force ascensionnelle. — Nous avons vu précédemment que la force ascensionnelle d'un gaz par mètre cube est représentée par la différence des poids spécifiques de l'air et du gaz :

$$\Lambda = a - b.$$

Nous venons d'étudier successivement les variations qui peuvent affecter a et b, ce qui nous permet d'établir la formule générale de la force ascensionnelle.

Nous avons trouvé pour a et b les deux expressions :

Pour l'air : $a = 1,251 \ (\gamma - 0,37\gamma_1) \ (1 - 0,00367t)$;

Pour le gaz :

$$b = b_0 \left\{ \gamma + \left(\frac{0,806}{b_0} - 1 \right) \gamma' \right\} (1 - 0,00367t').$$

D'où l'expression générale de la force ascensionnelle :

$$A = 1,251 \, (\gamma - 0,37\gamma) \, (1 - 0,00367t) -$$

$$- b_0 \left\{ \gamma + \left(\frac{0,806}{b_0} - 1 \right) \gamma' \right\} (1 - 0,00367t'),$$

où γ est la pression ambiante en atmosphères ou en kilo-grammes par mètre carré ;

γ_1 tension de la vapeur d'eau dans l'air, en atmosphères ;

γ' tension de la vapeur d'eau dans le gaz, en atmosphères ;

t, température de l'air ;

t' — — du gaz.

Simplification de la formule.

— Si, dans l'expression précédente, on fait entrer les données correspondant à l'air moyen et au gaz moyen, on aura :

pour l'air : $a_m = 1,246\gamma(1 - 0,00367t)$,

pour le gaz : $b_m = b_0\gamma(1 - 0,00367t')$,

et pour la force ascensionnelle :

$$A_m = (1,246 - b_0)(1 - 0,00367t)\gamma + 0,00367b_0\gamma(t' - t).$$

Le facteur $(1,246 - b_0)$ est la *force ascensionnelle normale* A_0 ; et en désignant par θ la différence $(t' - t)$ des températures du gaz et de l'air, nous aurons enfin :

$$A_m = A_0(1 - 0,0037t)\gamma \times 0,0037b_0 \times \gamma\theta, \qquad (4)$$

ou, sous une forme générale :

$$A_m = A_0(1 - \beta t)\gamma + \beta b_0 \times \gamma\theta. \qquad (4\ bis)$$

β étant le coefficient de dilatation des gaz.

Telle est la formule générale pratique que nous adopterons désormais.

Elle se réduirait du reste, dans le cas où le gaz et l'air seraient à la même température $(\theta = 0°)$, à la forme simple : $A = A_0(1 - 0,0037t)\gamma$. $\qquad (5)$

Loi approchée.

— Cette formule montre que la force ascensionnelle se comporte, au point de vue de la pression et de la température, comme le poids spécifique d'un gaz, c'est-à-dire en suivant les lois de Mariotte et de Gay-Lussac.

Terme de correction.

Terme de correction. — Dans la formule plus approchée (4), le terme de correction

$$B = 0,0037 b_0 \theta$$

est de même signe que la différence de température, $\theta = t' - t$, du gaz et de l'air. Cette différence est généralement positive ; l'enveloppe du ballon, en effet, joue pendant le jour le rôle d'une serre chaude, et emmagasine la chaleur solaire. On a constaté ainsi des différences de 30° entre la température du gaz et celle de l'air.

La nuit. l'enveloppe protège le gaz, au contraire, contre le rayonnement, et le maintient à une température un peu supérieure à celle de l'air ambiant.

On voit, en outre, que l'expression B est proportionnelle à b_0 : *la correction est donc d'autant plus faible que le gaz est plus léger.*

Ce qui précède au sujet du signe de la différence de température θ ne saurait être absolu, car il peut arriver, au contraire, pendant les ascensions libres, que le gaz soit momentanément à une température plus faible que celle de l'atmosphère ambiante, soit que l'aérostat traverse des couches chaudes, soit qu'après une longue station dans les régions supérieures où l'équilibre de température a pu s'établir, il descende assez rapidement vers les couches inférieures, où la température est notablement plus élevée.

Application de la formule générale. —

I. *Hydrogène commun.* — Le poids de l'air moyen étant

$$a_0 = 1,246$$

et celui de l'hydrogène commun moyen

$$b_0 = 0,205$$

la force ascensionnelle normale de ce gaz sera :

$$A_0 = a_0 - b_0 = 1,041$$

et le terme de correction aura pour coefficient :

$$0,00367 b_0 = 0,00075.$$

Par suite, la force ascensionnelle de l'hydrogène commun sera donnée par la formule :

$$A_H = 1,041(1 - 0,0037 t)\gamma + 0,00075\gamma\theta, \quad (6).$$

qui résulte de la formule (4).

II. *Gaz d'éclairage.* — Le poids spécifique du gaz moyen étant $b_0 = 0.510$, on trouve : $A_0 = 0,736$, et le coefficient du terme de correction sera :

$$0,0037 b_0 = 0.001887 ;$$

d'où la formule :

$$A_G = 0,736(1 - 0,0037 t)\gamma + 0,00189\gamma\theta. \quad (7)$$

Valeur du terme de correction. —

Dans le cas particulier où : $\gamma = 1$ et $\theta = 30°$ (cet excès de température pouvant être considéré comme un maximum), le terme de correction devient :

	VALEUR DE B		VARIATION SUR 540 M. C.
	ABSOLUE	RELATIVE	
Pour l'hydrogène commun.	0k,0228	0k,022	12k,3
Pour le gaz d'éclairage . . .	0k,0567	0k,077	30k,6

Ainsi, un même écart de température de 30° peut faire varier la force ascensionnelle du gaz d'éclairage des $\dfrac{77}{1\,000}$ *de sa valeur, tandis qu'elle fait varier celle de l'hydrogène de* $\dfrac{22}{1\,000}$ *seulement.*

C'est ce que le colonel Renard exprimait en disant que *les ballons sont d'autant plus sensibles aux coups de soleil qu'ils sont gonflés d'un gaz plus lourd.*

Pour des ballons au gaz d'éclairage et à l'hydrogène, on peut dire que le rapport des sensibilités est :

$$\frac{77}{22} = 3,5.$$

Influence de la décroissance des températures avec l'altitude et des effets thermiques dus à la dilatation et à la contraction des gaz. — En étudiant l'expression de la force ascensionnelle, nous avons vu que, dans un même lieu, elle varie avec la température ambiante, et surtout avec la différence thermique qui existe toujours entre le gaz de gonflement et l'atmosphère ; mais nous devons, dans une discussion plus approfondie, tenir compte des modifications que les déplacements verticaux peuvent apporter à l'état thermique respectif.

Ces modifications tiennent à deux ordres de faits :

1° La température de l'air ambiant change avec l'altitude ;

2° La température du gaz varie par suite de son changement de volume.

En ce qui concerne le premier ordre de faits, la température de l'air diminue quand on s'élève ; il en

résulte une augmentation de la poussée et un allègement relatif du ballon.

En second lieu, lorsque le gaz du ballon se dilate
librement, il se refroidit et s'alourdit; par conséquent,
les deux influences se combattent.

Nous avons vu que la loi de décroissance des températures dans l'atmosphère peut se représenter par la
formule :

$$t_0 - t = 55(1 - \gamma)^1 ;$$

d'où l'on tire :

$$t = t_0 - 55(1 - \gamma). \tag{5}$$

Dans cette relation, t_0 est la température sur le fond
de l'atmosphère, et t la température à l'altitude considérée ; cette altitude étant d'ailleurs caractérisée par la
pression γ exprimée en atmosphères de 10000 k.

D'autre part, si l'on admet que les déplacements
du ballon soient assez rapides pour que le gaz qu'il
renferme n'emprunte ni ne cède de chaleur à l'atmosphère ambiante, ce gaz se dilatera dans l'ascension ou
se comprimera dans la descente, en suivant la loi adiabatique que traduit la formule de Poisson :

$$\gamma V_K = \text{Constante}.$$

Dans cette hypothèse, les températures initiale et
finale, t_0 et t', sont reliées par la formule :

$$\frac{1 + \alpha t'}{1 + \alpha t_0} = \left(\frac{\gamma}{\gamma_0}\right)^{\frac{K-1}{K}} .$$

---

[1] Formule de Renard : $t_0 = t + 55\left(1 - \dfrac{p'}{p}\right)$,

et pour $p = 10000$ $\dfrac{p'}{p} = \gamma$ en atmosphères de 10000^k.

Or on sait que le coefficient de dilatation est :

$$\alpha = \frac{1}{273},$$

et si l'on pose en outre $\gamma_0 = 1$, il vient :

$$\frac{t' + 273}{t_0 + 273} = \gamma^{\frac{K-1}{K}}.$$

Le coefficient K a une valeur bien définie par la théorie des phénomènes adiabatiques ; en le remplaçant donc par cette valeur, $K = 1,41$, nous obtiendrons la relation :

$$273 + t' = (273 + t_0)\gamma^{0,291},$$

que l'on peut mettre sous la forme définitive :

$$t' = \gamma^{0,291} t_0 - 273(1 - \gamma^{0,291}). \qquad (6)$$

L'équation (5) donne la température de l'air sur la zone γ, et l'équation (6) détermine la température du gaz sur cette même zone ; de telle sorte que la différence thermique entre les deux températures est :

$$t' - t = \theta = 55(1 - \gamma) - (1 - \gamma^{0,291})(293 + t_0). \qquad (7)$$

C'est cette différence θ que nous devrons faire intervenir dans la formule générale de la force ascensionnelle (form. 4 bis) :

$$A = A_0(1 - \xi t)\gamma + \beta b_0 \theta \gamma.$$

Le second terme représente précisément l'alourdissement ou l'allègement dû à la différence de température du gaz et de l'air, pour un mètre cube de gaz mesuré après le changement de volume.

Mais si nous considérons une masse de gaz occupant primitivement un volume de 1 mètre cube, cette même masse en se dilatant librement sous la pres-

sion γ prendra le volume $\dfrac{1}{\gamma}$, et son alourdissement sera :
$$- \beta b_0 \theta$$

Dans le cas de l'hydrogène, $\beta b_0 = 0,00075$, et par conséquent :
$$- \beta b_0 \theta = - 0,000750.$$

Le signe — s'introduit naturellement par cette considération que le calcul donne une valeur négative à la différence θ si l'on admet que la dilatation suit la loi adiabatique.

Dans le cas, au contraire, où l'on ne tiendrait compte que de la dilatation isothermique, on devrait poser $t' = t_0$, en admettant toujours un mouvement assez rapide pour que la température du ballon n'ait pas le temps de se modifier. On a donc alors :
$$\theta = 55(1 - \gamma).$$

θ est positif, puisque $\gamma < 1$, dans le cas d'un mouvement ascendant; et l'on voit par conséquent que l'influence thermique se traduit alors par un allègement.

Nous avons groupé dans le tableau suivant les divers résultats des considérations et formules précédentes; ces résultats sont rapportés à des pressions γ uniformément décroissantes, en regard desquelles nous avons placé les altitudes correspondantes au-dessus du plan des 10000 k. Ces altitudes sont données par la formule connue de la hauteur, où $\gamma_0 = 1$:
$$y = - 18340 \log \gamma(0,89 + 0,004 t_0 + 0,11\gamma).$$

En y faisant $t_0 = 0°$, on obtient enfin :
$$y = - 18340 \log \gamma(0,89 + 0,11\gamma).$$

PRESSIONS γ en atmosph.	ALTITUDES AU-DESSUS DU		DILATATION ADIABATIQUE			DILATATION ISOTHERMIQUE	
	plan des 10 000 k. en mètres.	niveau de la mer en mètres.	— 0	ALOURDISSEMENT		ALLÈGEMENT	
				par m. cube.	pour 540 m.	par m. cube.	pour 540 m.
			o	k.	k.	k.	k.
1,00	0	280	0,00	0,00000	0,000	0,000	0,00
0,95	407	687	1,29	0,00097	0,524	0,00206	1,11
0,90	835	1 115	2,74	0,00206	1,112	0,00412	2,22
0,85	1 275	1 555	4,35	0,00327	1,76	0,00618	3,34
0,80	1 745	2 025	6,20	0,00466	2,51	0,00825	4,46
0,75	2 230	2 410	8,15	0,00612	3,30	0,01030	5,57
0,70	2 730	3 010	10,40	0,0075	4,22	0,01240	6,70
0,65	3 290	3 570	12,95	0,0097	5,23	0,01440	7,78
0,60	3 890	4 170	15,70	0,0118	6,38	0,01650	8,92
0,55	4 530	4 810	15,85	0,0142	7,67	0,01860	10,05
0,50	5 230	5 510	22,30	0,0167	9,02	0,02060	11,12

Nous verrons plus loin qu'un ballon de 540 mètres cubes portant deux aéronautes et le lest indispensable aux dernières manœuvres ne saurait s'élever plus haut que 2 230 mètres.

Le tableau ci-dessus montre que, pour cette altitude, l'alourdissement adiabatique serait de 3 k. 3oo ; tandis qu'au cas où la dilatation suivrait la loi isothermique, le même ballon subirait un allègement de 5 k. 57.

Si l'on voulait appliquer enfin ces considérations à un ballon de même capacité, gonflé au gaz d'éclairage, il suffirait de multiplier les chiffres précédents par le rapport des poids spécifiques $\frac{510}{205}$ ou 2,45 ; de sorte que pour γ = o,5o, lorsque la pression atmosphé-

rique est réduite de moitié, on aurait, pour le gaz
d'éclairage :

Alourdissement adiabatique   22 k. 400,
Allègement isothermique   27 k. 600.

*Le gaz d'éclairage est donc beaucoup plus sensible
aux variations thermiques que l'hydrogène.*

Dans la pratique, la correction théorique, répondant
à la décroissance des températures avec l'altitude et au
refroidissement dû à la dilatation du gaz, a d'autant
moins d'importance que la première de ces influences
est soumise aux nombreuses perturbations atmosphériques, en même temps que le ballon tend, par suite
de ses stationnements plus ou moins longs à certains
niveaux, à s'établir en équilibre de température avec
l'air ambiant.

Il suffit donc d'avoir bien nettement établi la valeur
maximum que ces circonstances peuvent donner aux
variations de la force ascensionnelle.

D'autres causes contribuent, d'ailleurs, à modifier
cette force ascensionnelle et à augmenter l'instabilité
verticale des aérostats ; c'est d'abord le rayonnement
solaire, qui est d'autant plus accentué qu'on s'élève
davantage dans l'espace ; il faut tenir compte en outre
de ce que l'air est beaucoup moins chargé d'humidité
dans les hautes régions que près du sol.

Ces deux circonstances s'ajoutent, pour provoquer
un allègement progressif dans l'ascension, un alourdissement dans la descente ; et, sous leur action, un
ballon montera un peu plus haut que ne l'indique-
raient les formules précédemment établies.

La pluie ou le brouillard chargent aussi beaucoup
un ballon. On peut évaluer cette surcharge : dans le

cas d'une pluie ordinaire, fine et continue, elle est équivalente au poids d'une couche de 1/3 de millimètre d'eau sur l'hémisphère supérieur ; les fortes pluies équivalent à une couche plus forte. Il n'y a point d'expériences suffisantes pour déterminer l'alourdissement dû à la neige ; mais on peut admettre que celle-ci charge plus encore que la pluie (Voyer).

Le filet contribue beaucoup à retenir l'eau de pluie ou la neige. Les chiffres précédents correspondent au cas où le ballon est pourvu de cet accessoire. Ils se réduiraient notablement dans le cas de la suppression du filet. Mais le défaut d'expériences ne permet pas de donner la valeur de la surcharge.

Force ascensionnelle des montgolfières. — Bien que les ballons à air chaud (ou montgolfières) soient peu employés, ils ont des qualités spéciales (facilités de gonflement, bon marché, etc.), qui peuvent en recommander l'usage dans certains cas spéciaux. Il est donc utile d'en connaître la force ascensionnelle, et, dans ce cas, le binôme ascensionnel est : $A = a - a'$, en appelant a le poids spécifique de l'air extérieur, tandis que a' représente celui de l'air chaud qui gonfle l'aérostat.

Nous avons admis jusqu'ici que le poids de 1 mètre cube d'air moyen à la pression γ et à la température t, était assez exactement représenté par la formule

$$a = 1,246\gamma(1 - 0,00367t).$$

Cette formule est, en effet, assez précise tant que la température t est peu élevée, c'est-à-dire renfermée dans les limites des observations météorologiques. Mais si la température t est notablement plus élevée, il faut revenir à la formule primitive, dont la précédente dérive par simplification :

$$a' = \frac{1,246\gamma}{1 + 0,00367t'} \cdot$$

C'est celle que nous devrons appliquer à l'air intérieur des montgolfières, en désignant par t' la température qu'on y atteint. Nous nous servirons aussi par symétrie de cette formule pour l'atmosphère ambiante, en sorte que nous obtiendrons pour la force ascensionnelle d'un ballon à air chaud :

$$A = a - a' = 1,246\gamma \left[\frac{1}{1 + 0,00367t} - \frac{1}{1 + 0,00367t'} \right],$$

ou mieux :

$$A = 1,246\gamma \frac{0,00367(t' - t)}{(1 + 0,00367t)(1 + 0,00367t')} . \quad (9)$$

En négligeant le produit en tt' forcément très petit à cause de la petitesse du coefficient, on obtiendra la formule réduite :

$$A = \frac{0,004573\gamma\theta}{1 + 0,00367(t + t')},$$

où

$$\theta = t' - t.$$

Par exemple, si l'on faisait $\gamma = 1$ et $t = 0°$, l'équation générale donnerait :

$$A = 1,246 \left(1 - \frac{1}{1 + 0,00367t'} \right),$$

qui permettrait de dresser le tableau des diverses valeurs de la force ascensionnelle pour des valeurs successives de t'.

$t' = 0$	$1 + 0{,}00367t'$	$\dfrac{1}{0{,}00367t}$	BINOME $1 - \dfrac{1}{1 + \beta t}$	A
50°	1,185	0,845	0,155	0^k,193
100°	1,370	0,730	0,270	0^k,336
150°	1,555	0,643	0,357	0^k,445
200°	1,740	0,575	0,425	0^k,528

On voit que, même dans les circonstances les plus favorables, la force ascensionnelle des ballons à air chaud est assez faible.

Pratiquement on ne peut pas dépasser 100° pour la température intérieure, car la nécessité s'impose de ne pas chauffer au point de brûler l'enveloppe.

La force ascensionnelle est alors de 445 gr., tandis que nous avons trouvé 736 gr. pour le gaz d'éclairage et 1041 pour l'hydrogène commun.

Mais il faut encore compter que la température ambiante ne sera pas toujours de zéro degré, et que la valeur de la force ascensionnelle s'abaissera lorsque cette température s'élèvera.

Si, par exemple, on prend :

$$t = 35°, \quad t' = 100°, \quad \gamma = 1,$$

on a une force ascensionnelle : A = 193 gr. correspondant à ce qu'elle serait dans la seconde hypothèse :

$$t = 0°, \quad t' = 50°.$$

Dans la pratique, on ne doit guère compter sur une force ascensionnelle dépassant 200 gr. par mètre cube de la capacité intérieure d'une montgolfière.

CHAPITRE V

Principe de Pascal. — Pression apparente. — La manche d'appendice, son influence sur la pression apparente. — Cas d'un ballon flasque. — Application au ballonnet à air. — Vitesse d'écoulement par un orifice percé dans l'enveloppe. — Vitesse de rentrée de l'air par un orifice quelconque. — Cas d'un ballon allongé.

Principe de Pascal. — Lorsque l'on considère dans une masse gazeuse en équilibre, uniquement soumise à l'action de la pesanteur, deux surfaces quelconques, égales à l'unité, mn, $m'n'$, chacune de ces surfaces est soumise à l'action de forces dont les résultantes p_0 et p sont appliquées aux centres de gravité A et A', et l'on peut énoncer le principe suivant :

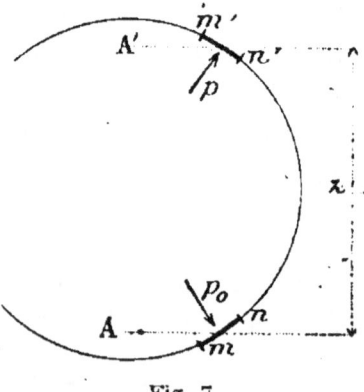

Fig. 7.

Les forces p_0 et p sont respectivement normales aux surfaces considérées, et leur différence est égale au poids de la colonne gazeuse comprise entre les niveaux A et A'.

Si donc on désigne par b le poids spécifique du gaz

et par z la différence de niveau de A et A', la différence des forces sera exprimée par la relation :

$$p_0 - p = zb.$$

En outre, p_0 et p sont les tensions du gaz aux niveaux A et A'.

Supposons maintenant une enveloppe de ballon (fig. 8) pleine d'un gaz dont le poids spécifique est b, et entourée d'air dont le poids spécifique est a; on peut admettre que sur la hauteur relativement faible du ballon, a et b ne varient pas sensiblement.

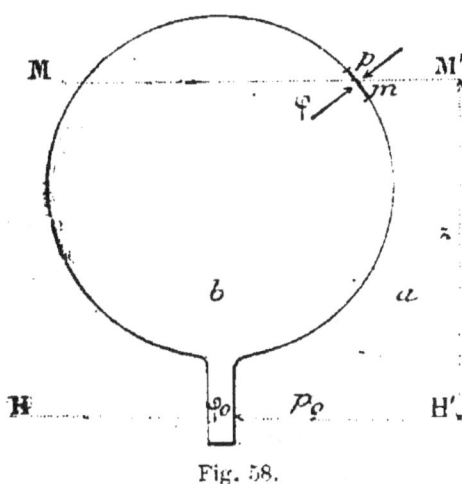

Fig. 58.

L'équilibre de pression s'établit d'ailleurs naturellement, par la manche ouverte, à un certain niveau HH', c'est-à-dire qu'un élément d'enveloppe situé à ce niveau reçoit normalement deux efforts égaux et contraires de la part de l'air et du gaz :

$$\varphi_0 = p_0,$$

φ étant la pression du gaz.

Si nous considérons alors un élément m, situé sur le plan de niveau MM', à une hauteur z au-dessus de HH', cet élément sera soumis de la part de l'air et du gaz à deux efforts opposés p et φ qui seront respectivement égaux à la pression commune $p_0 = \varphi_0$ diminuée du poids des colonnes de gaz et d'air ayant pour base la surface commune m que nous supposons égale à l'unité, et pour hauteur commune z. Ces efforts seront donc :

$$\rho = \rho_0 - zb, \quad p = p_0 - za;$$

en retranchant et en tenant compte de l'égalité $\rho_0 = p_0$:

$$\rho - p = z(a - b).$$

Or la différence des poids spécifiques est précisément la force ascensionnelle actuelle A du gaz :

$$A = a - b,$$

et l'on peut écrire la relation :

$$\rho - p = Az.$$

Pression apparente. — Cette différence est la *pression apparente* de l'enveloppe. On voit que, le poids spécifique de l'air étant plus grand que celui du gaz, cette pression apparente est positive au-dessus du plan d'équilibre des pressions HH', ce qui veut dire que, si l'on considère le plan d'équipression HH' :

1° *Tout élément de l'enveloppe qui est situé au-dessus de ce plan est soumis à une pression apparente dirigée de l'intérieur vers l'extérieur ;*

2° *Cette pression apparente est égale au produit de la force ascensionnelle du gaz A par la distance z du point considéré au plan où l'équilibre de pression est établi ;*

3° *La pression apparente va en croissant, par conséquent, de la base au zénith où elle est maximum.*

Ce résultat, qui est obtenu en ne tenant pas compte de la compressibilité des gaz et par suite de leur changement de densité sur la hauteur z, présente une analogie complète avec ce qui se passe dans un récipient plein d'un liquide de densité A.

Poussons plus loin l'analyse du phénomène dans le cas d'un ballon.

La manche d'appendice. — Envisagé dans son ensemble, le flotteur qui constitue le ballon est une capacité sphéroïdale, prolongée à sa partie inférieure par une manche cylindrique qu'on appelle *la manche d'appendice*, qui sert tout d'abord au gonflement, mais qui est aussi susceptible de permettre au gaz de gonflement de s'échapper dans l'atmosphère.

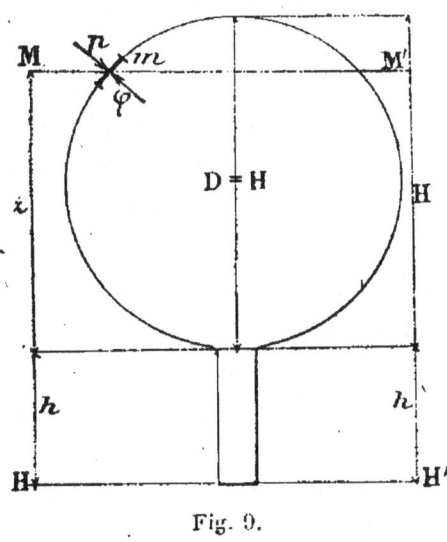

Soit h la hauteur de cette manche, et supposons que le gaz remplisse complètement le ballon et la manche, qui reste ouverte.

Par suite de l'équilibre qui existe à ce moment, il est évident que le plan d'équipression HH' passe par la tranche de l'appendice, et la pression apparente, que nous désignerons par Q, pour

Fig. 9.

les points de l'enveloppe situés sur un parallèle MM' sera :

$$Q = \varphi - p = A(z + h),$$

A étant la force ascensionnelle du gaz.

Le maximum a lieu pour $z = D$, c'est-à-dire au pôle supérieur, où l'on a :

$$Q_m = A(D + h).$$

Si l'on prend pour la force ascensionnelle de l'hydrogène et du gaz d'éclairage, respectivement :

$$A_H = 1,1 \quad \text{et} \quad A_G = 0,7,$$

il vient :

Valeur de (
la pression) de l'hydrogène : $Q_H = 1,1 \,(D + h)$.
maximum) du gaz d'éclairage : $Q_G = 0,7 \,(D + h)$.
dans le cas (

Influence de la manche. — La pression augmente avec la longueur h de la manche. On a donc là un moyen de faire varier la tension de l'enveloppe dans toute l'étendue du ballon en allongeant la manche, et il y a intérêt à augmenter ainsi la tension intérieure, dans les ballons captifs, par exemple, pour résister plus efficacement aux rafales qui, augmentant fortuitement la pression extérieure, tendent à produire des poches et à expulser des quantités notables de gaz.

On ne saurait toutefois allonger la manche au delà de toute limite, car on atteindrait bien vite une valeur de tension qui ferait éclater l'étoffe ; c'est le même phénomène qui se produit lorsqu'on fait éclater un récipient surmonté d'un tube très long, *même lorsque le diamètre de ce tube est très petit*, en le remplissant d'eau jusqu'au sommet du tube.

De même, il ne serait pas nécessaire pour la rupture de l'enveloppe que la manche fût très large : un simple tube suffira, pourvu que le gaz le remplisse jusqu'à son orifice.

Cas d'un ballon flasque. — Nous avons admis que l'équipression HH' était à l'orifice de la manche, c'est-à-dire que le gaz remplissait non seulement la sphère tout entière, mais la manche jusqu'à sa bouche.

Supposons, au contraire, que le ballon soit incomplètement gonflé.

Cette situation se manifeste nettement par l'aspect même de l'enveloppe, dont l'étoffe se soulève dans la région inférieure et forme des plis où l'étoffe semble collée, pour ainsi dire, par une force extérieure, en même temps que la manche s'aplatit et se ferme.

Il en faut bien conclure que, dans cette région, la pression extérieure de l'air l'emporte sur la pression intérieure du gaz : la pression apparente est négative.

Au pôle supérieur, au contraire, la pression du gaz est la plus forte; il existe donc entre ces deux niveaux une tranche d'équipression intermédiaire HH'.

Au-dessus de cette zone d'équipression, la tension apparente du gaz va en croissant jusqu'à la soupape, en suivant la loi donnée précédemment; la hauteur z dans la formule $$Q = Az$$
est alors la distance de la tranche MM' considérée à la tranche d'équipression HH'.

Cette formule s'appliquerait aussi à une tranche mm' située en dessous de l'équipression ; mais alors z change de signe, ce qui peut s'interpréter par le changement de sens de la pression apparente qui s'exerce de l'extérieur vers l'intérieur dans ce cas.

Si l'on ouvrait un orifice au-dessus de la tranche HH', il s'échapperait du gaz en vertu de l'excès de tension intérieure; il entrerait, au contraire, de l'air par un orifice m percé en dessous de la surface d'équipression.

Il en entrera évidemment jusqu'à ce qu'il y ait équilibre de pression en m : la tranche d'équipression s'abaissera donc jusqu'au parallèle mm'., et le ballon apparaîtra complètement gonflé jusqu'à ce parallèle.

Nous trouvons là l'explication d'un phénomène bien souvent observé et qui paraît de prime abord incompréhensible. Il arrive fréquemment, en effet, qu'un aérostat flasque retenu à terre par des cordes, la manche soigneusement ligaturée, enfin dans des conditions où il semble à l'abri de toute perte ou de tout gain de

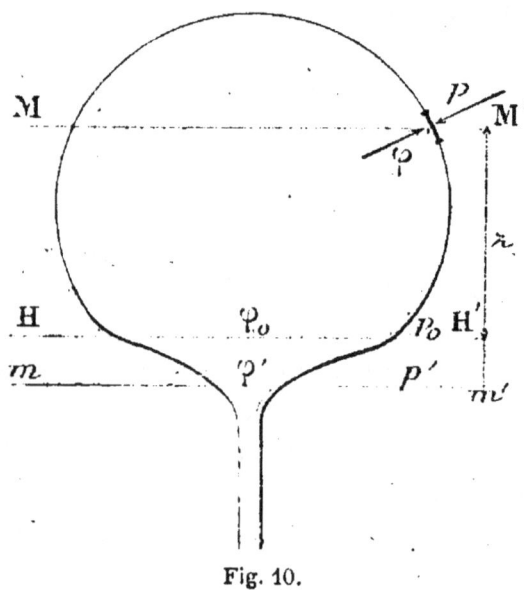

Fig. 10.

gaz, se trouve gonflé du soir au matin, sans cause apparente. En réalité, il suffit de chercher dans la région inférieure du ballon, près de l'orifice d'appendice, et l'on est à peu près sûr d'y découvrir un trou, si petit qu'il soit, par lequel l'air s'est introduit, comme nous venons de le voir.

On délie la manche pour prévenir toute surpression dangereuse. La chaleur du jour, en dilatant le gaz déjà alourdi du ballon, en fera sortir une partie; puis, de soir venu, au moment de la contraction, une nouvelle rentrée d'air viendra l'alourdir encore. De telle sorte qu'au bout de quelques jours, sans qu'il ait cessé d'être plein, le ballon aura perdu toute force ascensionnelle.

En l'air, au cours d'une ascension, les choses se passeraient de la même manière ; mais les changements de volume sont alors beaucoup plus fréquents, et l'alourdissement serait alors plus rapide aussi.

On comprend donc la *nécessité de ne pas laisser béants les orifices d'appendice*, mais de les terminer par une manche plate assez longue, qui se ferme sous la contre-pression extérieure, aussitôt que le gaz ne remplit pas exactement son enveloppe et la manche elle-même. Quelques praticiens munissent même l'orifice d'un clapet automatique, qui ne s'ouvre que sous un excès déterminé de la pression intérieure.

Résumé. — En définitive, dans tout ballon, quelle que soit sa forme :

1° *Il existe une tranche horizontale d'équilibre, où la pression du gaz est la même que celle de l'air extérieur ;*

2° *Au-dessus de la tranche d'équipression, la tension apparente est positive et croît jusqu'au pôle ;*

3° *En dessous de cette tranche, la pression apparente est négative et croît quand on s'en éloigne vers le bas ;*

4° *En allongeant la manche d'appendice, on augmente la pression dans toute l'étendue du ballon, quand il est plein ;*

5° Pratiquement enfin, *chaque mètre de hauteur dans le ballon correspondant à une augmentation de pression égale à la force ascensionnelle du gaz employé.*

C'est ainsi que cette pression variera par mètre de hauteur :

de   650 grammes pour le gaz d'éclairage,
de 1000 à 1100 grammes pour l'hydrogène.

Application au ballonnet à air. — Nous aurons à appliquer les résultats précédents lorsque nous chercherons à déterminer la résistance que devront présenter les étoffes employées dans la construction des enveloppes ; mais nous devons signaler, en passant, une des conséquences de cette théorie sur le mode de gonflement des *ballonnets* dits compensateurs, destinés à maintenir la forme invariable de la carène.

Sans entrer dans une description prématurée de cet organe, nous dirons qu'il est constitué par une cloison en étoffe attachée le long d'un parallèle MM' et susceptible de s'appliquer exactement sur la calotte inférieure du ballon, quand celui-ci est complètement plein de gaz.

Lorsqu'au contraire le gaz est insuffisant pour remplir la capacité supérieure, on peut, par une manche AB, insuffler de l'air en dessous de la cloison, qui se soulève peu à peu jusqu'à sa position limite MCM'.

Puisque les surfaces d'équipression sont horizontales, il est clair que la cloison se soulèvera par zones horizontales depuis NN' jusqu'au parallèle d'attache MM'. Il en sera de même au-dessus de MM', et la portion horizontale PP' sera reliée au parallèle MM' par une zone sphérique PM, P'M'.

Lorsque le ballonnet est complètement plein, sans surpression inutile, le gaz et l'air du ballonnet exercent la même pression au point C, sommet du ballonnet,

sauf un petit excès au bénéfice de l'air, pour soutenir
le poids de la cloison.

Le plan horizontal XX' tangent au ballonnet en son
sommet est ainsi une surface d'équipression entre l'air
de celui-ci et le gaz du ballon ; donc en dessous de ce
plan XX', il y aura excès de pression du ballonnet, et
l'étoffe de la cloison sera tout naturellement tendue.

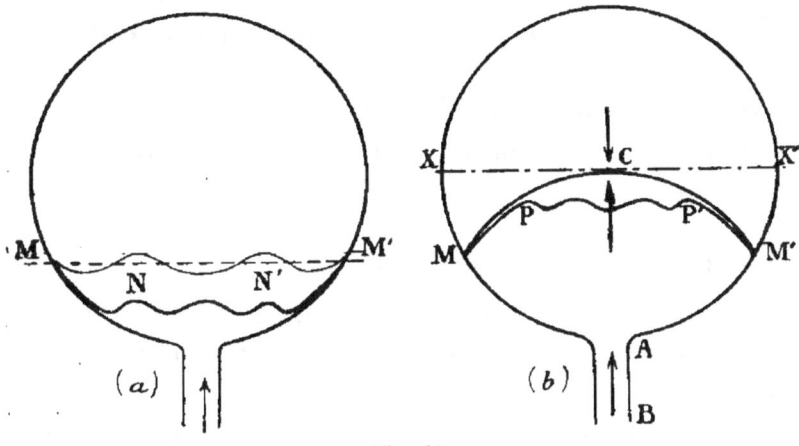

Fig. 11.

D'autre part, analysons ce qui se passe entre le ballonnet et l'air extérieur. Le ballon étant gonflé, la pression du gaz et par suite celle de l'air du ballonnet sur
le plan XX' sont plus fortes que celle de l'atmosphère
extérieure. Or, en s'abaissant d'une hauteur z quelconque à partir de XX', la pression de part et d'autre
augmente du poids de la colonne gazeuse z, et, comme
dans le ballonnet, aussi bien qu'à l'extérieur, le gaz
est le même (c'est de l'air), la pression augmentera de
la même quantité. Donc, l'excès de pression, au
bénéfice du ballonnet, restera constant, et *la paroi
inférieure de ce ballonnet*, qui se confond d'ailleurs

avec l'enveloppe du ballon, *sera également tendue vers l'extérieur*.

Vitesse d'écoulement par les orifices percés dans l'enveloppe.

— Nous venons de voir comment le ballon perdra du gaz par tout orifice percé dans la région supérieure de son enveloppe, au-dessus du plan d'équipression, tandis que l'air y pénétrerait par tout orifice percé au-dessous de ce plan, c'est-à-dire dans la région inférieure.

Il importe de se rendre un compte exact du danger plus ou moins grand que ferait courir un trou, suivant la région de l'enveloppe où il serait percé, et ce danger résultera de la vitesse plus ou moins grande avec laquelle le gaz est susceptible de s'écouler.

Désignons encore par Q la pression apparente, par g l'accélération de la pesanteur, par b le poids spécifique du gaz.

Dans la région supérieure où Q est positif, en vertu de la loi sur l'écoulement des fluides, le gaz **sortira** avec une vitesse :

$$V = \sqrt{2g\frac{Q}{b}} \; ;$$

ou, en remplaçant Q par sa valeur, Az :

$$V = \sqrt{2g\frac{Az}{b}}.$$

Pour l'hydrogène commun : $A = 1$ k. 1, $b = 0$ k. 205, à la pression ordinaire [1], et, tout calcul fait :

$$V = 10,27\sqrt{z}.$$

---

[1] D'une manière générale, si l'on veut tenir compte de la pression, on prendra : $b = b_0 \gamma$, γ représentant la pression en atmosphères.

Dans un ballon de 10 mètres de diamètre exactement plein, non compris l'appendice, de telle sorte que le plan d'équipression passe par le pôle inférieur du ballon, on trouverait les valeurs du tableau suivant pour trois points différents, situés : à la soupape zénithale, à l'équateur et sur le parallèle 45° en dessous de l'équateur.

Nous y avons joint le débit par minute et par heure.

DÉSIGNATION	Z	V	DÉBIT PAR UN ORIFICE DE :				
			diam. = 0m,25.		diam. = 0m,011.		
			par 1″.	par 1′.	par 1″.	par 1′.	par heure.
			m. c.	m. c.	m. c.	m. c.	m. c.
Près de la soupape.	10m,00	32m,5	1,6	96,0	0,0031	0,186	11,16
A l'équateur . . .	5m,00	23m,0	1,13	67,5	0,0022	0,132	7,92
45° en dessous . .	1m,65	12m,5	0,615	36,9	0,0012	0,072	4,32

Le calcul a porté en premier lieu sur un orifice de 5 décimètres carrés équivalent à celui de la soupape; en second lieu sur un trou rond de 11 millimètres de diamètre, tel que le produirait une balle de fort calibre.

Si donc une balle, par exemple, perçait l'enveloppe dans sa partie supérieure, près du zénith, le ballon perdrait environ 3 litres par seconde et descendrait par suite assez lentement encore, si le trou ne s'élargissait pas trop sous l'effort du gaz s'enfuyant.

Au contraire, un orifice de même surface que la soupape, dans la même région, laisserait échapper 1 m. 6 à la seconde, ou 96 mètres cubes à la minute; il faudrait donc un temps très court pour vider le ballon. En réalité, l'orifice de la soupape n'est pas à libre écoulement et présente des chicanes et des étranglements, qui porte à une demi-heure la durée de l'opération du dégonflement pour un ballon de 10 mètres de diamètre ou de 540 mètres cubes environ.

Vitesse de rentrée d'air. — Dans le cas d'un ballon flasque à l'hydrogène, percé d'un trou situé en dessous de la tranche d'équipression, la rentrée d'air se fera avec une vitesse :

$$V = \sqrt{2g\,\frac{A z}{a}}\,.$$

En y faisant :

$$a = 1,25; \quad A = 1,1,$$

il vient :

$$V = 4,16\,\sqrt{z}\,.$$

Si nous supposons que le trou soit à la base de la sphère, la tranche d'équipression étant, par exemple, à 3 mètres au-dessus $(z = 3)$, on a :

$$V = 7\ \text{m. } 20.$$

Il peut arriver, par exemple, que la manche s'arrache, laissant béant l'orifice d'appendice. Cet orifice n'a pas moins de o m. 45 de diamètre, soit une section de o m² 159. La rentrée d'air se ferait alors avec un débit par seconde de 1 m. 15 ou de 69 m³ par minute.

Le gaz du ballon serait dans ce cas bien vite alourdi, comme on le voit, par cet afflux d'air.

Cas des ballons allongés. — Les considérations que nous venons de développer sur les pressions apparentes s'appliquent aisément au cas d'un ballon allongé.

S'il est exactement gonflé jusqu'à l'orifice de la manche d'appendice, la pression apparente en un point M est encore représentée par :

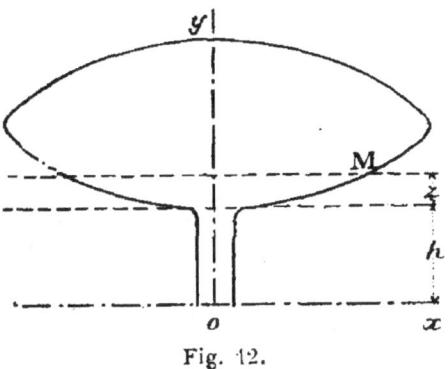

Fig. 12.

$$Q = A(z + h).$$

Mais le plus souvent la manche est très courte ; on peut poser

$$h = 0.$$

Dans ce cas, on voit que les pressions apparentes aux différents points seront définies par les ordonnées mêmes de la courbe méridienne, en prenant une échelle convenable.

Nous avons calculé en supposant que le ballon est gonflé d'hydrogène.

Dans le cas où l'on emploierait du gaz d'éclairage au gonflement, la vitesse d'écoulement étant proportionnelle à la racine carrée de la force ascensionnelle, la vitesse se trouverait réduite dans le rapport :

$$\frac{V_H}{V_G} = \sqrt{\frac{A_H}{A_G}}.$$

Si l'on admet que $\dfrac{A_H}{A_G} = 2$ sensiblement,

$$\frac{V_H}{V_G} = 1,41.$$

CHAPITRE VI

MOUVEMENT DES BALLONS SUR LA VERTICALE

Mouvement général dans l'espace. — Équilibre sur la verticale.
— Les deux états du ballon : volume ou poids constant. —
Périodes à volume constant. — Formule du délestage. —
Période à poids constant. — Loi générale des ballons flasques.
— Influence des différences thermiques entre l'air et le gaz. —
Rupture d'équilibre due à la pluie.

Les lois générales de l'équilibre de l'aérostat sur la
verticale ont été énoncées pour la première fois, et dès
l'apparition des ballons, par Meusnier, alors lieutenant
en premier au corps royal du Génie, dans un mémoire
présenté à l'Académie des sciences le 3 décembre 1783.

M. le capitaine Voyer a présenté une analyse très
complète des travaux de Meusnier dans la *Revue du
Génie*[1].

Le colonel Renard, reprenant le problème avec son
habituelle lucidité, a projeté des clartés nouvelles sur
ses différents aspects, et c'est d'après le cours qu'il a
professé aux officiers aérostiers depuis 1885 jusqu'à sa
mort, et qui est resté inédit, que nous essayerons à
notre tour d'exposer la question[2].

[1] Voyer, 1, 2, 3. — Meusnier.
[2] Voir également A. Barthès et Voyer, 4.

Tant que cette partie de l'aéronautique n'a point été élucidée par une étude scientifique approfondie, la conduite d'un ballon a été livrée à un empirisme décevant, souvent basé sur des idées préconçues et injustifiées. On conçoit donc toute l'importance d'un examen qui seul peut établir les règles rationnelles de la pratique aérostatique.

Mouvement général dans l'espace. — Lorsque l'air est complètement calme, c'est-à-dire sans vitesse propre par rapport au sol, il est évident qu'un ballon abandonné librement dans l'atmosphère se déplacera uniquement sur la verticale du point de départ.

Si l'atmosphère, au contraire, est animée d'un mouvement de translation autour de la terre, le ballon qu'elle baigne de toutes parts participe à son déplacement. Pour un observateur placé dans la nacelle, tout se passe comme si la terre se dérobait sous lui, l'air et le ballon restant immobiles; la vitesse relative du sol est égale et de sens contraire à celle de ce qu'on est convenu d'appeler le *vent*.

Le problème des déplacements d'un aérostat se décompose donc en deux parties, et l'on peut étudier séparément, d'un côté, la loi des mouvements sur la verticale et, de l'autre, les circonstances du mouvement horizontal; mais, tandis que cette seconde partie de la question ne comporte qu'un petit nombre d'aspects faciles à envisager, le flotteur aérien est soumis sur la verticale à de si fréquents changements d'équilibre, qu'il est en perpétuelle oscillation, et il importe de connaître exactement les causes de l'instabilité verticale, le plus grand ennemi du ballon; contre cette instabilité, l'aéronaute doit incessamment lutter par les moyens assez limités qu'il a en son pouvoir, dont le lest est le principal élément.

Équilibre sur la verticale. — Le ballon a été souvent comparé aux flotteurs aquatiques. Le colonel Renard l'a appelé une *bouée aérienne;* mais il ne faudrait pas aller trop loin dans son assimilation avec une *bouée aquatique,* placée à la surface de l'eau, flotteur qui s'immerge quand la charge augmente ou qui émerge davantage quand cette charge diminue, oscillant ainsi autour de sa position normale d'équilibre.

On ne saurait dire, en poursuivant le parallèle, qu'un ballon donné est stable à une certaine hauteur d'équilibre, de part et d'autre de laquelle il ne fera que de faibles excursions, son coefficient de stabilité étant, comme pour les bateaux aquatiques, proportionnel à son poids.

Plus justement, un ballon, au sein de l'atmosphère, est dans des conditions analogues à celles d'un sous-marin dans son milieu liquide : la caractéristique de l'un et de l'autre est l'instabilité dans le sens vertical.

Le navire sous-marin peut bien, à un moment donné, se trouver exactement en équilibre et se soutenir *entre deux eaux,* à un niveau déterminé, son poids étant alors strictement égal au poids de l'eau déplacée. Mais tout conspire à rompre cet équilibre précaire, — en particulier les modifications provenant de la température variable des couches d'eau pour les sous-marins, des couches d'air pour le ballon. — En outre l'équilibre est instable, c'est-à-dire que le bateau ne tend pas à revenir à sa position, en oscillant comme un pendule; toute rupture d'équilibre, suivant son sens, mènera le flotteur sous-marin aux deux limites qui lui sont fixées, la surface et le fond de l'eau.

Comme le sous-marin, le ballon est instable; et les circonstances de cette instabilité ne diffèrent, pour l'un et pour l'autre, qu'en raison de la différence des milieux où ils sont plongés.

La compressibilité de l'air opposée à l'incompressibilité de l'eau constitue l'un des termes, — le plus important, — de cette différence. Tandis que la densité de l'eau est invariable dans toute sa masse, à température constante, celle des couches aériennes diminue quand on s'élève; et la poussée de l'air, en suivant la même loi, finit toujours par être équilibrée par le poids de l'aérostat. Celui-ci est donc assuré, s'il monte, et quelle que soit sa rupture d'équilibre initiale, de *rencontrer au-dessus de lui une zone d'équilibre*.

Cette zone d'équilibre joue à son égard le même rôle que la surface de l'eau lorsqu'il s'agit d'un sous-marin. Celui-ci ne peut trouver d'équilibre stable entre le fond de l'eau et sa surface : *le ballon n'en peut rencontrer entre la zone d'équilibre que lui assigne son poids actuel et le sol qui arrête forcément sa chute*.

Telles sont les idées générales sur lesquelles il est nécessaire d'insister avant d'aborder l'étude des différentes phases du mouvement vertical d'un ballon.

Les deux états d'un ballon : volume ou poids constant.

— Un ballon peut présenter deux états, suivant qu'il est complètement ou incomplètement gonflé de gaz.

a) Tant qu'il est entièrement plein, l'enveloppe est

parfaitement tendue, et la poussée de l'air s'exerce sur un *volume constant*, qui est la capacité maximum de l'enveloppe. Quant au poids du gaz qu'il contient, il peut varier au contraire, puisque le gaz se dilatera au moindre mouvement ascensionnel, l'excès s'en échappant par la manche qu'on laissera librement ouverte, pour ne point risquer de faire éclater l'enveloppe par l'effet d'une tension excessive : *le volume est constant, mais le poids est variable.*

b) En second lieu, le gaz n'occupe-t-il point la capacité totale de l'enveloppe, ce qui caractérise le ballon flasque ? Il peut alors se contracter et se dilater librement, opposant ainsi à la poussée un *volume variable, tandis que son poids reste constant*, tant que la dilatation le laisse à un volume plus petit que la capacité maximum de l'enveloppe du ballon.

Un ballon se trouve toujours successivement dans ces deux états au cours d'un même voyage ; **nous devrons donc distinguer : les périodes à volume constant et les périodes à poids constant.**

§ 1er. — *Période à volume constant.*

Supposons tout d'abord un ballon de volume V en équilibre sur une zone aérienne où la pression est γ_1 ; représentons par A_0 la force ascensionnelle de 1 mètre cube de gaz sur le fond de l'atmosphère où $\gamma_0 = 1$; la force ascensionnelle sous la pression γ_1 sera $A_0 \dfrac{\gamma_1}{\gamma_0}$, ou $A_0\gamma_1$, puisque $\gamma_0 = 1$.

Le ballon est en équilibre sur la zone γ_1 ; donc son poids P est rigoureusement égal alors à la force ascensionnelle totale du gaz :

$$P = VA_0 \gamma_1. \qquad (1)$$

Et si l'on admet que le ballon est exactement plein, le volume V est la capacité maximum de l'enveloppe.

Déchargeons le ballon d'un poids l de lest ; sous l'effort de cette *rupture d'équilibre*, le ballon montera, et la dilatation du gaz en expulsera l'excès par la manche d'appendice.

Le ballon est ainsi allégé de tout le poids du gaz évacué ; mais cette seule variation est trop faible pour qu'il y ait lieu d'en tenir compte, car elle est tout à fait insuffisante à combattre la diminution rapide de force ascensionnelle qu'occasionne la raréfaction de plus en plus grande de l'air. En définitive, *la rupture d'équilibre va s'atténuant peu à peu et s'annule enfin.*

Formule du délestage. — Le ballon s'arrête alors sur une zone de pression γ_2, et si nous désignons par P' le poids du ballon délesté (P' = P — l), ce poids est égal à la force ascensionnelle actuelle totale du gaz qui est devenue : $VA^0 \gamma_2$.

On a donc :

$$P' = VA^0 \gamma_2, \qquad (2)$$

et en retranchant (1) et (2) :

$$P' - P', \quad \text{ou} \quad l = VA_0 (\gamma_1 - \gamma_2). \qquad (3)$$

Cette formule, dite du *délestage*, permet de calculer pour un ballon de capacité donnée V, et, *lorsqu'il est entièrement gonflé :*

1° La quantité de lest qu'il faudra jeter pour monter de la zone γ_1 à la zone γ_2, et en particulier pour monter à une altitude donnée en partant du fond de l'atmosphère $(\gamma_1 = \gamma_0 = 1)$;

2° Pour une quantité de lest donnée (1 kilogramme, par exemple), quelle sera l'excursion verticale $(\gamma_1 - \gamma_2)$ suivant l'altitude de la zone de départ γ_1.

L'un et l'autre de ces problèmes donneront lieu à des tableaux utiles à consulter pour calculer rapidement les résultats des exemples numériques qui peuvent se présenter. On y a groupé les chiffres correspondant à l'hydrogène commun et au gaz d'éclairage, et

PRESSION γ EN ATMOSPHÈRES	ALTITUDES CORRESPONDANTES	DÉLESTAGE			
		HYDROGÈNE		GAZ D'ÉCLAIRAGE	
		par m³.	par 540 m³.	par m³.	par 540 m³.
	mètres.	grammes.	kilogr.	grammes.	kilogr.
0,50	5 217	520	281	368	199
0,55	4 526	468	253	331	179
0,60	3 890	416	225	294	159
0,65	3 299	364	197	258	139
0,70	2 747	312	169	220	119
0,75	2 227	260	140	188	99
0,80	1 738	208	112	147	79
0,85	1 273	156	84	110	59
0,90	830	104	56	74	49
0,95	406	52	28	37	19
1,00	0	»	»	»	»

Nota. — Les altitudes correspondantes aux pressions γ ont été calculées d'après la formule :

$$Y = 18\,340[4 - \log\gamma](0{,}89 + 0{,}004 t_0 + 0{,}000011\gamma),$$

où l'on a supposé $t_0 = 0_0$.

La Technique du Ballon. 2ᵉ édit.

4

l'on doit remarquer qu'en leur appliquant la formule précédente, dans le cas où $\gamma = 1$, et en posant $\gamma_2 = \gamma$, il vient, pour l'hydrogène :

$$l_1 = 1,041\,V(1 - \gamma);$$

pour le gaz d'éclairage :

$$l_2 = 0,736\,V(1 - \gamma).$$

Pour atteindre une même altitude avec les deux gaz, les ruptures d'équilibre sont donc dans le rapport : $1,41$.

1° **Délestage correspondant aux altitudes successives** (Voir le tableau page précédente).

2° **Délestage fixe de 1 kilogramme.** — *Excursion verticale correspondant aux altitudes variables de départ* (V. le diagramme ci-dessous).

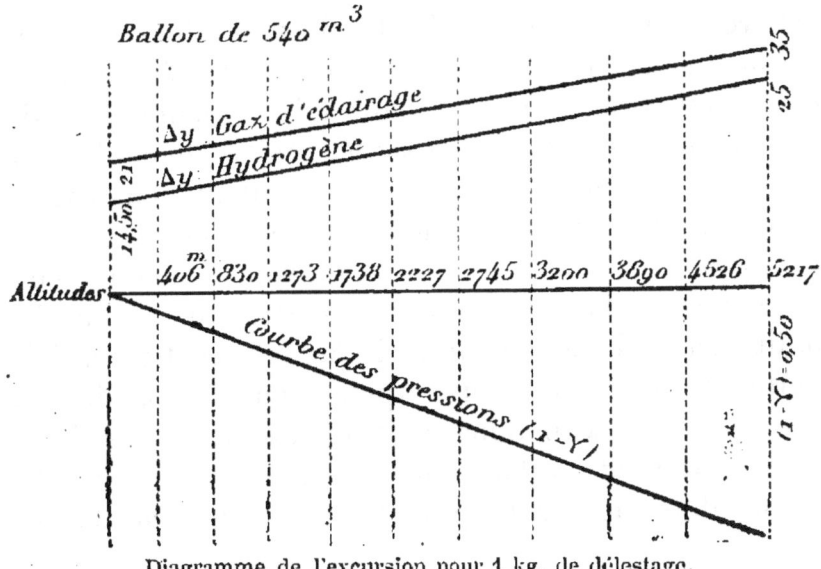

Diagramme de l'excursion pour 1 kg. de délestage.

De l'examen de la formule (3) et du tableau ci-dessus on tire les propositions suivantes, pour un ballon complètement plein.

Théorème I. — *A toute rupture d'équilibre correspond une zone d'équilibre bien déterminée.*

Théorème II. — a) *Pour atteindre une zone γ, la rupture d'équilibre doit être proportionnelle au volume du ballon et à la force ascensionnelle du gaz qui le gonfle.*

Il résulte de ce dernier théorème que, pour s'élever à une hauteur déterminée, un ballon exigera une projection de lest d'autant plus grande que le gaz qui le gonfle est plus léger, ce qui peut s'énoncer ainsi :

Paradoxe aérostatique. — b) *Les ballons sont d'autant plus sensibles au lest que leur gaz est plus lourd*[1].

Cette proposition peut paraître paradoxale, tout d'abord. Mais, à la vérité, il est facile de se rendre compte de ce qui se passe ; tandis, en effet, que la même quantité de lest conduirait à la même altitude deux ballons de même capacité, mais pleins de gaz différents, si leur poids restait parfaitement constant au cours de cette ascension, on doit tenir compte de la diminution que subit le poids de chacun d'eux par suite de l'expulsion d'une partie du gaz qu'ils contiennent ; l'allègement réel qui en résulte est évidemment beaucoup plus rapide dans le cas du gaz lourd ; les deux ballons doivent monter plus haut que si leur poids restait constant, et celui qui s'allège le plus doit monter le plus haut. Lorsque la densité

---

[1] On pourrait dire que les ballons à gaz différents sont équivalents lorsque $VA = V'A'$, et alors la quantité de lest qui fait monter d'une même hauteur est la même.

du gaz se rapproche de celle de l'air, le poids ainsi perdu par suite de la dilatation équilibre de plus en plus exactement la diminution de la poussée, et l'on peut dire que la sensibilité d'un ballon ainsi gonflé tendrait vers l'infini.

Cette considération est, du reste, purement spéculative ; car un ballon rempli d'un gaz dont la densité se rapprocherait de plus en plus de celle de l'air ambiant ne pourrait enlever aucun fardeau en dehors du gaz lui-même ; la sensibilité n'est même pas un avantage pour un aérostat qui semble alors bondir dans l'espace sous les moindres influences, sans que l'aéronaute réussisse le plus souvent à le maintenir.

Théorème III. — *La rupture d'équilibre qui fait monter un ballon de la zone γ_1 à la zone γ_2 est la différence des délestages qui le feraient monter du fond de l'atmosphère ($\gamma_0 = 1$) à la zone γ_2 et à la zone γ_1.*

On peut écrire, en effet, successivement :

$$l_1 = VA_0(1 - \gamma_1),$$
$$l_2 = VA_0(1 - \gamma_2),$$

et
$$l_2 - l_1 = VA_0(\gamma_1 - \gamma_2) ;$$

le second membre représente, d'après la formule (3), le délestage nécessaire pour franchir l'espace de γ_1 à γ_2.

Théorème IV. — *Pour une même rupture d'équilibre, la variation d'altitude est d'autant plus grande que le point de départ γ_1 est plus élevé.*

Ce résultat, qui apparaît clairement à l'inspection du diagramme, ressort aussi de la formule générale :

$$l = VA_0(\gamma_1 - \gamma_2).$$

Pour une rupture d'équilibre l constante, la différence de pression des deux zones extrêmes est constante. Or, par suite de la loi barométrique, à des différences des pressions constantes correspondent des
différences croissantes d'altitude, lorsque le point de
départ est de plus en plus élevé.

Nous prenons souvent le ballon de 540 mètres cubes
comme terme de comparaison, parce que c'est un modèle d'une capacité commode et qu'il est usité volontiers dans la plupart des parcs militaires. Le poids
mort d'un ballon de cette capacité muni de sa nacelle
et de ses agrès est tel, en y joignant le poids de deux
aéronautes, qu'on pourra bien rarement disposer de
plus de 140 kilogrammes de lest. C'est ce poids de
140 kilogrammes qui mesure la rupture d'équilibre
maximum qu'il est possible d'obtenir : elle correspondrait à une altitude de 2 230 mètres.

On peut donc énoncer ce résultat ainsi :

Remarque. — *La zone supérieure que le ballon de
540 mètres cubes ne peut pas dépasser à moins d'allègement inusité est de 2 230 mètres.*

De la table graphique ci-dessus, on peut conclure
enfin une règle importante, consacrée, du reste, par la
pratique constante des meilleurs aéronautes :

Règle pratique. — *Il ne faut pas s'opposer, en lâchant du gaz, aux tendances ascensionnelles du ballon.*

Les influences fortuites qui provoquent ces tendances
ascensionnelles sont nécessairement assez limitées, en
effet, et ne sauraient donner un délestage bien considérable ; dans ce cas, les excursions du ballon étant
assez faibles, il s'arrête très vite de lui-même.

§ 2. — *Période à poids constant*[1].

Un ballon ne peut être à volume constant que pendant les mouvements ascendants; car, s'il vient à descendre si peu que ce soit, le gaz se contracte et ne remplit plus son enveloppe. On dit qu'il est *flasque*, et il est alors à *poids constant*, puisque aucune quantité de gaz ne s'en échappe.

On voit donc que les périodes où le ballon est à *poids constant* sont de beaucoup les plus fréquentes.

Pendant ces périodes, et sous l'effort de la pression atmosphérique, l'enveloppe se plisse et épouse complètement le volume réduit du gaz, de telle sorte que ce volume tel qu'il résulte de la contraction due au changement de pression représente bien, en définitive, la capacité sur laquelle s'exerce la poussée de l'air. Nous négligeons ainsi le volume des parties solides du système, comme nous l'avons fait implicitement dans toute la discussion qui précède, sur le volume constant; mais il n'en peut résulter d'erreur sensible, le très faible volume de ces parties solides rend absolument insignifiantes les variations de la poussée que l'air exerce sur elles.

Supposons donc que le gaz, à un moment donné et pour une altitude Z, occupe un volume V inférieur à la capacité maximum de l'enveloppe; désignons par p le poids constant du gaz dont b est le poids spécifique à la même altitude Z; le poids spécifique de l'air sera représenté par a dans les mêmes conditions.

A la hauteur Z, le volume qu'occupe le gaz est :

[1] CH. RENARD, 2.

$V = \dfrac{p}{b}$, et la poussée de l'air qui s'exerce sur ce même

volume peut s'écrire $\dfrac{p}{b} a$; d'où l'on conclut, pour la

force ascensionnelle totale du gaz, l'expression :

$$p\left(\frac{a}{b} - \mathrm{I}\right);$$

et si nous désignons par p' le poids de la surcharge
solide, la force ascensionnelle de l'aérostat, ou plutôt
sa *rupture d'équilibre*, sera :

$$R = p\left(\frac{a}{b} - \mathrm{I}\right) - p'. \qquad (4)$$

En admettant que les poids p et p' restent constants,
nous négligeons, il est vrai, les variations de la gravité résultant du changement d'altitude ; mais ces variations sont trop faibles pour affecter sensiblement les
résultats que nous allons établir, au moins dans les
limites de l'atmosphère abordable à l'homme.

Dans le cas qui nous occupe, où le ballon est incomplètement rempli, et où le poids p du gaz est constant, les seules quantités variables avec l'altitude sont,
dans l'expression précédente, les poids spécifiques a et
b de l'air et du gaz. Mais les circonstances qui les
affectent agissant de même sorte sur l'un et sur l'autre

de ces fluides, le rapport $\dfrac{a}{b}$ n'est pas atteint : il reste

constant, pourvu que la température reste constamment la même à l'intérieur et à l'extérieur du ballon,
ce que nous admettrons pour plus de simplicité.

Il en résulte la loi générale que nous allons énoncer,
loi très importante, qui domine toute la théorie du mou-

vement pendant les périodes à poids constant, et est la raison même de l'instabilité du ballon au cours de ces périodes.

Loi générale. — *Tant qu'un ballon reste flasque, la rupture d'équilibre reste constante.*

Cette rupture d'équilibre peut être positive ou négative, suivant que la poussée l'emporte ou non sur le poids de l'appareil : le signe de la rupture indiquera évidemment le sens du mouvement qu'elle provoque ; mais dans les deux cas cette force reste constante.

Est-elle négative ? Le ballon descendrait indéfiniment, si le sol n'était là pour limiter sa course.

La rupture d'équilibre est-elle positive, au contraire ? Le ballon monterait indéfiniment dans l'espace, si, par l'effet de la dilatation, le gaz ne finissait pas par remplir totalement l'enveloppe.

A ce moment précis, et avant que la moindre parcelle de son gaz ne se soit échappée par la manche, la rupture d'équilibre a encore la valeur constante qu'elle a conservée pendant toute la période à poids constant. Donc : ·

Théorème V. — *Il n'y a pas d'équilibre pour un ballon tant qu'il n'a pas* **dépassé** *la zone où il est complètement plein* [1].

Mais à partir de cette zone commence une période à volume constant, et l'on sait que le ballon atteindra alors rapidement une zone d'équilibre, ce qui permet de généraliser le théorème I en disant :

[1] Autrement dit : la zone d'équilibre d'un ballon flasque est située au-dessus du point où le gaz le remplit entièrement par l'effet de la dilatation.

Théorème VI. — *A toute rupture d'équilibre, pour un ballon flasque ou plein, correspond une zone d'équilibre déterminée.*

Les considérations qui précèdent nous mettent en mesure d'énoncer, en outre, la conclusion suivante, conséquence directe de la loi générale :

Proposition fondamentale. — *Entre sa zone d'équilibre et la terre : un ballon, tant qu'il est flasque, ne saurait trouver d'équilibre stable ; et toute rupture d'équilibre le porte soit jusqu'au sol, soit sur la zone, suivant que la rupture est négative ou positive.*

C'est le résultat que nous avions fait entrevoir dans l'exposé général par lequel débute ce chapitre.

Cas où la rupture d'équilibre est très petite. — *Discussion de l'influence de la poussée sur les parties solides.*

On peut se demander à quoi correspondrait l'hypothèse où la rupture d'équilibre serait nulle :

$$R = p\left(\frac{a}{b} - 1\right) - p' = 0.$$

Si l'on continuait à admettre, comme ci-dessus, que le poids total de l'aérostat reste constant, il en résulterait que, l'expression R qui représente la rupture d'équilibre restant constamment nulle, l'équilibre existerait indifférent à toute altitude, tant que le ballon serait flasque. Mais, en réalité, il ne serait plus possible, devant une force ascensionnelle nulle ou même très petite, de considérer comme négligeables les variations qui peuvent provenir de la poussée sur les parties solides du système : on ne peut pas dire, dans ce cas, que la force ascensionnelle, ou rupture d'équilibre, est constamment nulle. Elle variera de quelques grammes, mais elle variera.

En toute rigueur, et en désignant par V_0 et V les volumes du gaz sur deux zones dont les pressions seraient γ_0 et γ, par a_0 et a les poids spécifiques correspondants de l'air, et par V' le volume des parties solides, le volume total sur lequel s'exerce la poussée est $(V + V')$; et la rupture d'équilibre est enfin, sur la zone :

$$R = (V + V')\, a - P,$$

en désignant par P le poids total dans le vide de l'aérostat et du gaz.

Mais en tenant compte de ce que :

$$a = a_0 \frac{\gamma}{\gamma_0} \quad \text{et} \quad V = V_0 \frac{\gamma_0}{\gamma},$$

on peut mettre l'expression de la rupture d'équilibre sous la forme :

$$R = (V_0 a_0 - P) + V' a_0 \frac{\gamma}{\gamma_0} ;$$

ou mieux :

$$R = \left[(V_0 + V')\, a_0 - P\right] - V' a_0 \left(1 - \frac{\gamma}{\gamma_0}\right). \quad (5)$$

Dans cette expression, nous avons mis deux termes généraux en évidence. Le premier $\left[(V_0 + V')\, a_0 - P\right]$ est la valeur de la rupture d'équilibre initiale, et le second $V' a_0 \left(1 - \frac{\gamma}{\gamma_0}\right)$ est simplement la variation de poussée sur les parties solides. C'est donc exactement ce que nous avions négligé dans l'hypothèse admise précédemment.

Voyons dans quelles limites peut varier ce terme de correction. Sous un ballon de 540 m³, on peut admettre que les parties solides ne pèsent pas plus de 400 k. occupant certainement un volume V' inférieur à 400 décimètres cubes, qui supposerait une densité égale à l'unité ; la poussée de l'air sur ce faible volume est donc inférieure à 450 gr. ; quant au terme de correction qui ne représente que la variation de cette poussée, sa valeur n'atteindrait pas 260 gr. pour une altitude maximum de 5 217 mètres correspondant à $\gamma = 0,50 \gamma_0$.

Cette valeur est assurément inférieure aux nombreuses perturbations de la force ascensionnelle occasionnées par les influences fortuites que nous avons maintes fois énumérées ; et l'hypothèse qui nous a conduit à négliger ce terme de correction se trouve ainsi pleinement justifiée.

On peut se demander toutefois s'il ne serait pas possible à un ballon flasque de trouver une zone d'équilibre avant que la dilatation l'ait complètement gonflé, et quelle serait la rupture qu'il lui faudrait donner au départ pour atteindre ce but.

Or, pour qu'il se trouve en équilibre à la pression γ, il faut que l'on ait :

$$[(V_0 + V')\,a_0 - P] - V'a_0\left(1 - \frac{\gamma}{\gamma_0}\right) = 0 \,;$$

ou
$$[(V_0 + V')\,a_0 - P] = V'a_0\left(1 - \frac{\gamma}{\gamma_0}\right). \quad (6)$$

Le premier nombre représente la rupture d'équilibre R_0 au départ; le second membre est précisément la variation de la poussée sur les parties solides, et l'on peut dire que:

*Le ballon ne trouvera d'équilibre pendant une période
à poids constant et avant d'être complètement plein que
si sa force ascensionnelle ne dépasse pas la variation
maximum dont est susceptible la poussée sur les seules
parties solides.*

On voit combien cette valeur maximum de la force
ascensionnelle est petite, puisque la variation dont il
s'agit n'atteint 260 grammes que pour une altitude de
5217 mètres inaccessible au ballon de 540 mètres
cubes. En admettant la hauteur de 2230 mètres comme
zone supérieure pour ce ballon, la correction prend la
valeur de 130 grammes seulement.

Le problème se poserait d'une manière plus précise
encore sous la forme suivante :

Problème. — *Quel volume V^0 devrait occuper le
gaz sur la zone γ_0 pour atteindre la zone γ et s'y maintenir en équilibre, au moment même où, par l'effet de
la dilatation, le volume du gaz est devenu égal à la
capacité maximum V de l'enveloppe, sans que l'appendice ait laissé échapper de gaz ?*

V et V_0 sont reliés par la relation $\dfrac{V_0}{V} = \dfrac{\gamma}{\gamma_0}$, en
même temps que, d'après l'équation (6), la rupture
d'équilibre initiale doit être :

$$R_0 = (V_0 + V')\, a_0 - P = V' a_0 \left(1 - \frac{\gamma}{\gamma_0}\right).$$

Pour $\gamma_0 = 1$, il est facile d'en déduire les valeurs
suivantes :

Altitudes atteintes : mètres	0	406	830	1273	1738	2227	2747
Pressions γ correspondantes : atm. 1	0,95	0,90	0,85	0,80	0,75	0,70
Ruptures R_0 en grammes :	0	26	52	78	104	130	150

qui s'appliquent au cas d'un ballon de 540 mètres, quel que soit le gaz de gonflement.

Il serait impossible de songer à opérer un départ avec d'aussi faibles ruptures d'équilibre, sans s'exposer à voir se renverser le sens de la rupture sous les moindres variations atmosphériques. Aussi peut-on affirmer que la force ascensionnelle au départ, ou rupture d'équilibre, sera toujours assez considérable pour que l'on puisse négliger les variations de la poussée sur les seules parties solides du système[1].

Influence des différences thermiques entre l'air et le gaz.

— Dans ce qui précède, nous avons supposé que la température de l'air et du gaz restait constamment la même.

Nous avons conclu que, dans ce cas, la rupture d'équilibre d'un ballon flasque reste constante pendant les déplacements verticaux. Mais cette hypothèse ne se réalise jamais.

Si le ballon, écrit le capitaine Voyer[2], ne perdait ni ne recevait de chaleur, on pourrait appliquer la loi des transformations adiabatiques : on trouverait ainsi que, dans une descente, par exemple, la température du gaz augmenterait 1° environ par 100 mètres de chute.

Mais cette conception serait beaucoup trop simpliste

[1] Il serait, on le voit, absolument oiseux de se livrer à la discussion des formules analytiques rigoureusement exactes, cette discussion ne pouvant porter que sur des cas impossibles à réaliser pratiquement.

[2] Capitaine VOYER, 4, p. 22. — La loi des transformations adiabatiques s'exprime par la formule suivante :

$$t' - t'_1 = 273(\gamma^{0,29} - \gamma_1^{0,29})$$

où $t' - t'_1$ est la variation de température du gaz en passant de la pression γ_1 à la pression γ.

dans la pratique. Il existe toujours une différence θ de température entre le gaz et l'air ambiant, d'où un échange continuel de chaleur qui intervient pour modifier la température du gaz ; cette différence θ change elle-même à chaque instant, parce que celle de l'air change avec l'altitude. En descendant, le ballon traverse des couches d'air de plus en plus chaudes, en sorte que, si la température t' du gaz augmente par suite de la contraction, la température t de l'air augmente aussi, et, si l'on ne peut préciser ni l'une ni l'autre de ces températures t et t', on conçoit qu'il est impossible de préciser davantage les variations de leur différence θ, qui seule intervient dans la valeur de la rupture d'équilibre.

On ne peut donc faire à cet égard que des hypothèses, en admettant des circonstances moyennes où, d'autre part, la contraction adiabatique du gaz produit un échauffement de $\dfrac{1}{100}$ de degré par mètre, et où, d'une part, la température de l'air, conformément aux observations de Glaisher, par exemple, augmente de $\dfrac{1}{160}$ de degré pour la même différence d'altitude.

Il en résultera, pour la différence θ des températures, une augmentation par mètre de $\dfrac{1}{100} - \dfrac{1}{160}$ ou $\dfrac{3}{800}$ de degré.

Cette cause de variation est assez faible, on le voit, pour qu'on la néglige.

En dehors, d'ailleurs, des causes régulières dues à la température, qui modifient à chaque instant la rupture d'équilibre, il convient de tenir compte de l'influence des rayons solaires et de la réflexion de ces rayons sur le sol.

Or ce sont là des causes presque impossibles à évaluer, parce qu'elles changent avec les circonstances. Le passage à travers les nuages modifie à chaque instant la première, et la seconde est subordonnée à la nature même du terrain sous-jacent; un plateau dénudé réfléchit avec force les rayons solaires; une forêt, au contraire, une vallée couverte de végétation ou une nappe d'eau, ne renvoient, pour ainsi dire, aucune chaleur à l'aérostat : c'est un fait bien connu que la traversée d'une vallée où coule un large fleuve coûte beaucoup de lest à l'aéronaute, alors même que ce franchissement se produit à l'altitude d'un millier de mètres, et ce lest est un alourdissement de l'aérostat.

La réverbération des nuages, quand le ballon se trouve au-dessus d'eux, dans un ciel serein, peut produire également un échauffement considérable. Dans l'ascension du 11 octobre 1894, MM. Hermite et Besançon ont ainsi constaté un échauffement de 34° au-dessus des nuages, et cet excès de température s'est rapidement atténué à la descente en dessous du nuage. Il n'était plus que de 21° à l'atterrissage, soit une chute de 13° dans un temps très court. Or une pareille variation équivaudrait, pour un ballon de 2000 m³, à un alourdissement de 100 k. environ.

On trouve dans ces considérations la raison de la stabilité relative que l'on constate au cours des ascensions nocturnes, dont la conduite exige généralement une faible dépense de lest, tandis que le passage du jour à la nuit, alors que le ballon encore échauffé par la radiation solaire en est subitement privé, occasionne toujours une dépense de lest considérable. L'alourdissement peut être évalué à $\frac{1}{10}$ C, en désignant par C le volume occupé par l'hydrogène.

Rupture d'équilibre due à la pluie. — Jusqu'à présent, nous n'avons envisagé que des causes provoquant des ruptures d'équilibre proportionnelles au volume du ballon.

Une chute de pluie ou de neige qui alourdit l'enveloppe causera, au contraire, un alourdissement qui dépend uniquement de la surface sur laquelle elle s'exerce.

La présence d'un filet, dont les linéaments contribuent à retenir l'eau ou la neige, contribue singulièrement à accroître cet alourdissement. On a constaté que, sur un ballon sphérique recouvert d'un filet, la pluie peut occasionner une surcharge équivalente à une couche d'eau de un tiers de millimètre sur tout l'hémisphère supérieur [1]. Si donc on désigne par S la surface totale du ballon exprimée en mètres carrés, la surcharge, en kilogrammes, peut atteindre $\frac{S}{6}$; soit, pour un ballon de 2 000 m³, 130 k. en nombre rond.

La neige, suivant la température, peut provoquer une surcharge encore plus considérable, et pour laquelle il est difficile de fixer une limite.

L'humidité elle-même est une cause de variation fort importante enfin; elle agit surtout sur les cordages, qui peuvent s'alourdir du dixième de leur poids en passant de l'air sec à l'air humide.

_____
[1] VOYER, 4.

CHAPITRE VII

MOUVEMENTS DES BALLONS SUR LA VERTICALE
(ÉTUDE DYNAMIQUE)

Résistance de l'air sur les ballons; influence de la grosseur du mobile et de sa vitesse. — Théorie de Newton. — Résistance d'un plan mince. — Résistance des carènes. — Balance dynamométrique du colonel Renard. — Vitesse de régime. — Équation du mouvement. — Durée de mise en train. — Vitesse de chute. — Lest de réserve pour la descente et l'atterrissage.

Influence de la résistance de l'air sur le mouvement. — Si l'on détermine par un délestage, c'est-à-dire par une rupture d'équilibre, le déplacement d'un ballon sur la verticale, le mouvement qui en résulte est soumis à des lois dynamiques, et la base de l'étude de mouvement repose, avant tout, sur la connaissance des lois de la résistance de l'air.

Ces lois sont encore loin d'être fixées d'une manière définitive, malgré les expériences nombreuses auxquelles a conduit le développement de l'aviation, en raison même du rôle considérable qu'y joue la résistance de l'air.

Il convient de dire, d'ailleurs, que ces expériences ont porté principalement sur la résistance des surfaces planes ou courbes usitées dans les appareils plus lourds que l'air, et que les résultats s'appliquent mal aux carènes de ballons.

Théorie de Newton. — La théorie la plus simple, et qui rend le mieux compte du mode d'action d'un fluide sur un corps solide en mouvement, est celle qu'imagina Newton[1]. Nous allons l'exposer très sommairement.

Supposons donc qu'un corps solide M se déplace au milieu d'un fluide et occupe une position M' au bout d'un temps t. Le chemin parcouru est Vt, en désignant par V sa vitesse, et le mobile aura déplacé un ensemble de molécules fluides dont le volume est celui du cylindre engendré par le mouvement du corps M.

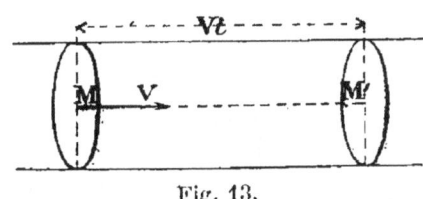

Fig. 13.

En appelant S la section droite de ce cylindre, ce volume sera SVt, et puisque le corps pousse les molécules qu'il a devant lui avec la vitesse V qui lui est propre, il leur communique en définitive une force vive totale représentée par l'expression :

$$\frac{1}{2} \cdot \frac{aSVt}{g} V^2,$$

où a représente le poids de 1 mètre cube du fluide, et g l'accélération de la pesanteur.

D'après les principes connus de la mécanique, cette force vive est égale au travail dépensé par le corps pour la communiquer aux molécules fluides. En désignant

[1] NEWTON.

par R la pression que ce corps exerce sur le fluide,
ou, ce qui revient au même, la résistance que le fluide
oppose au mouvement, le travail sera : RVt, et, en
égalant les deux expressions, il vient :

$$R \cdot Vt = \frac{1}{2} \frac{aSVt}{g} V^2 ;$$

d'où
$$R = \frac{1}{2} \frac{a}{g} SV^2.$$

Résistance d'un plan mince. — Tout ne se
passe pas, en réalité, avec la régularité et la simplicité
que suppose cette relation.

Si l'on interpose, en effet, un plan mince ab dans
un courant fluide, on s'aperçoit que les filets fluides
sont déviés de
manière à dessi-
ner une sorte de
proue, où les mo-
lécules ne sont
plus animées que
de mouvements
giratoires. Il en
est de même à
l'arrière, et ces di-
vers phénomènes

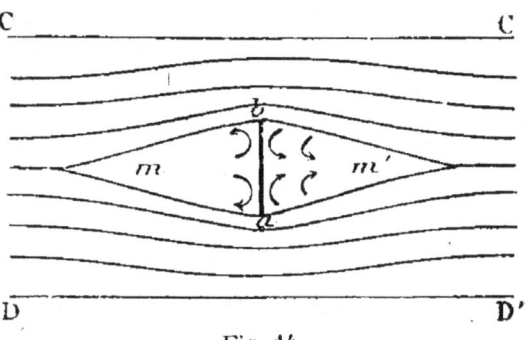

Fig. 14.

ne laissent pas de compliquer singulièrement la question.

On est amené à conclure que l'action du plan ab se fait
sentir sur un cylindre CC'DD' de section plus grande
dont tous les filets sont déviés, de manière à ménager
les deux masses m' et m', qui se déplacent avec le
plan ab et où se manifestent les remous signalés. Ces

remous influent évidemment sur la résistance dans une
proportion difficile à déterminer autrement que par
l'expérience.

Tout ce que l'on peut dire, c'est que la résistance
sera exprimée par une relation de la forme :

$$R = \lambda \frac{a}{g} SV^2.$$

On remplace généralement $\lambda \frac{a}{g}$ par un coefficient
global K, en écrivant :

$$R = KSV^2.$$

Si l'on prend pour unités le mètre, le kilogramme
et la seconde, on peut dire que :

K *est la résistance en kilogrammes qu'éprouve, par*
m² *de projection droite, le corps considéré se déplaçant*
à une vitesse de 1 m. par seconde.

M. Eiffel donne le nom de *Résistance spécifique* à ce
coefficient, qui varie avec la forme et la nature du
corps.

Différentes méthodes de détermination. —
La nature complexe du coefficient K lui-même rend fort
difficile la détermination de la valeur qu'il convient de
lui attribuer, ce qui explique les résultats mal concor-
dants obtenus par les différents expérimentateurs.

Ces résultats sont influencés d'ailleurs par les méthodes
employées, qui se peuvent ranger en deux grandes
classes :

1° *Corps en mouvement dans un fluide au repos.*

a) Mouvement circulaire, au moyen d'un manège ;

b) Mouvement rectiligne ;

c) Mouvement pendulaire.

2° *Corps au repos dans un fluide en mouvement*, en plaçant le corps dans un tunnel parcouru par un courant fluide d'une vitesse aussi uniforme que possible.

Il convient de dire immédiatement que la méthode du manège entraîne de grandes chances d'erreurs, en raison même du rayon relativement petit du bras au bout duquel se déplace le mobile, dont les différents points ne sont pas animés de la même vitesse, en même temps qu'aux grandes vitesses, le mobile rencontre des masses de fluide déjà perturbées par les passages précédents.

Résistance orthogonale d'un plan mince.

— Le point de départ des recherches expérimentales est la détermination de la résistance d'un plan mince et lisse, frappé orthogonalement par le courant d'air. Mariotte (1690) a trouvé (à 760 m/m et 0°) :

$$\lambda = 0,63 \quad \text{et} \quad K = 0,084.$$

Sans entrer dans le détail des expériences qui ont suivi, on peut adopter les résultats obtenus, en chute libre, par M. Eiffel. En prenant pour les conditions normales la pression 760 m/m et la température 15°, et en opérant sur des plaques minces dont la surface variait de $\frac{1}{16}$ m² à 1 m², la valeur de K est constamment comprise entre 0,068 et 0,080.

Cette dernière valeur semble convenir aux plaques de grandes dimensions, et elle est applicable, par conséquent, aux conditions habituelles de la pratique.

Résistance des carènes.

— D'autres expériences sont poursuivies en grand nombre, depuis quelques années, sur la résistance des plaques inclinées ; mais si cette donnée présente une importance capitale en aviation, son intérêt est moins immédiat lorsqu'il s'agit de ballon, dont les formes, en partant de la sphère pour les ballons ordinaires, libres ou captifs, se rapprochent, pour les dirigeables, des carènes de navires aquatiques.

C'est donc sur de semblables carènes, sphères ou solides de révolution allongés, qu'il importe d'être renseigné.

Les expériences ont été généralement effectuées sur des modèles réduits, à surface lisse. On doit remarquer, à ce propos, que les lois de la similitude géométrique sont loin d'être applicables ; les gros mobiles notamment résistent moins que les petits. C'est ainsi que M. Hergesell, en faisant osciller des ballons captifs à la manière d'un pendule, a déduit de l'amortissement des oscillations la résistance de l'air, et a trouvé :

Pour un ballon sphérique présentant 0,76 m² de surface diamétrale,

$$K = 0,018 ;$$

pour un ballon de 90 m²,

$$K = 0,005.$$

Malgré ce que les expériences sur des modèles réduits présentent d'aléatoire, nous donnerons quelques-uns des résultats obtenus.

a) **Von Lössl.** — Dans la formule $R = \gamma . \dfrac{a}{g} SV^2$, où S est la surface de la projection sur le plan normal au courant, on peut considérer λS comme une **surface plane orthogonale de résistance équivalente.**

Von Lössl a obtenu les résultats suivants :

FORME DU CORPS	λ	RÉSISTANCE POUR UNE VITESSE V	Remarques.
Cône, angle au sommet $2i$	$0,83 \sin i$	$R = \dfrac{a}{g} 0,83 \, SV^2 \sin i.$	
Ogive, angle au sommet $2i$	$0,5 \sin i$	$R = \dfrac{a}{g} 0,85 \, SV^2 \sin i.$	
Cylind. mobile normalement à l'axe.	$\dfrac{2}{3}$	$R = \dfrac{a}{g} \times \dfrac{2}{3} SV^2.$	
Sphère.	$\dfrac{1}{3}$	$R = \dfrac{a}{g} \times \dfrac{1}{3} SV^2.$	
Hémisphère :			
Convexité en avant	$\dfrac{1}{3}$	$R = \dfrac{a}{g} \lambda SV^2.$	
Concavité en avant.	$\dfrac{1}{3,9}$		

Dans ces formules, Von Lössl prend pour le coefficient relatif au plan mince $K = \dfrac{a}{g}$ et lui attribue la valeur expérimentale $0,134$ (à $0°$ et 760 m/m), ce qui correspond à une valeur $0,125$ à $15°$ et 760 m/m.

b) **A. Franck.** — Expériences effectuées par oscillations pendulaires. Longueur du pendule $12,50$ m., vitesse de 0 à 6 m/S, valeur de $\dfrac{a}{g} = \dfrac{1}{8}$ (à $15°$ et 760 m/m).

I. — CYLINDRES SE DÉPLAÇANT SUIVANT L'AXE	λ	$K = \frac{1}{8}\lambda$
Section : 0,01 m². — Longueur : 0,15 m.		
A bases planes et normales à l'axe.....	0,553	0,069
Avec pointes coniques, à 45° sur l'axe. . .	0,368	0,046
Terminés par des surfaces hémisphériques.	0,260	0,032
Terminés par des ellipsoïdes dont ¹/₂ grand axe égale diamètre.	0,240	0,030
Terminés par des ellipsoïdes dont ¹/₂ grand axe égale ¹/₂ diamètre.	0,221	0,028
Avec pointes coniques de 60° d'ouverture.	0,221	0,028
— — — 40° —	0,216	0,027
— — — 20° —	0,203	0,025
II. — CYLINDRES SE DÉPLAÇANT NORMALEMENT A L'AXE		
$R = \lambda \dfrac{a}{g} SV^2 + c \dfrac{a}{g} V^2.$		
Diamètre : 100ᵐ/m.		
Longueur : 100, 150, 200ᵐ/m.		
$c = 0,002.$	0,368	0,046

c) G. Eiffel.

Cylindres (section ¹/₈ᵐ/m longueur) perp. au mouvement.

Longueur 1 rayon (20ᶜᵐ) . . . . . . $K = 0,071$
Longueur 2 rayons (40ᶜᵐ) . . . . . . $K = 0,069$
Longueur 3 rayons (60ᶜᵐ) . . . . . . $K = 0,051$
Cônes (diam. 40ᶜᵐ à la base, angle au sommet 60°) . . . . $K = 0,015$
Hémisphère concave . . . . $K = 0,034$

Colonel Renard. — Mesures à la balance dynamométrique.

— Le colonel Renard a effectué de nombreuses expériences au moyen d'une balance dynamométrique de son invention, et constituée par un fléau portant le moteur électrique qui met en mouvement un moulinet.

Le système, suspendu sur un couteau, est en équilibre lorsqu'il est au repos. Dans le mouvement, le couple produit par la résistance de l'air est équilibré par un poids convenable placé dans un des plateaux de la balance. Connaissant ce poids et le bras de levier, on en déduit aisément le couple résistant; la vitesse est donnée par un compteur de tours [1].

Le colonel Renard part, pour ses comparaisons, de la résistance que l'air oppose au mouvement d'un disque mince orthogonal de 1 mètre carré. En désignant par ρ cette résistance, on aura, d'une manière générale, pour un disque de diamètre D :

$$R = \rho D^2 V^2,$$

et ce qui caractérisera une carène de révolution quelconque, ce sera le coefficient de réduction σ tel que, pour cette carène, la résistance soit :

$$R' = \sigma \rho \, D^2 V^2.$$

Or l'auteur de cette théorie admet pour ρ la valeur $\rho = 0,085$, et, dans ces conditions, on trouve pour les carènes sphériques un coefficient : $\sigma = 0,1585$. Le coefficient K de la formule générale deviendrait ainsi : $\qquad K = \sigma \rho = 0,0135,$
et l'on a, pour la formule elle-même :

$$R = 0,0135 D^2 V^2.$$

Il est bon de noter qu'il s'agit là d'une sphère lisse, sans filet.

---

[1] RENARD, 5-6. — EIFFEL, 1, p. 182.

La Technique du Ballon. 2ᵉ édit. 4*

Expériences Renard (1878). — Par la diver-sité même des résultats indiqués ci-dessus, on voit combien il était indispensable de recourir à l'expérience directe sur des ballons de dimensions réelles.

Le colonel Renard, alors capitaine, a effectué des

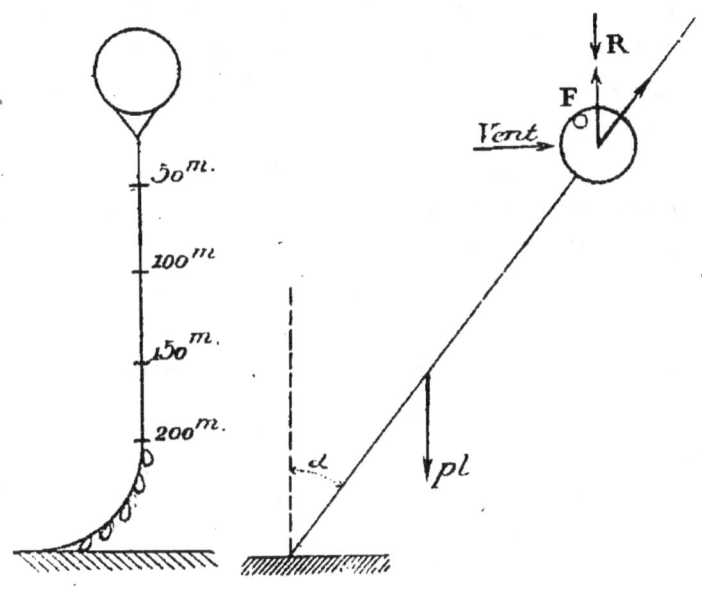

Fig. 15.

expériences de ce genre au mois de septembre 1878, avec le .ballon *l'Invalide*, de 4 mètres de diamètre, recouvert d'un filet et retenu par une cordelette pesant un peu moins de 20 grammes au mètre courant (exac-tement :

$$p = 0\text{k}.0187).$$

Au delà de 200 mètres, on attachait à cette corde un chapelet de sac de lest de manière à arrêter progressi-vement le mouvement ascensionnel. On lestait au départ avec une rupture d'équilibre F_0 bien définie, de sorte

qu'à un moment quelconque, si l était la longueur de corde soulevée, la rupture d'équilibre momentanée était :
$$F_1 = F_0 - pl.$$

On pointait au chronomètre le moment du passage des nœuds d'étamine placés sur la corde pour servir de repères, ce qui permettait de construire la courbe horaire des mouvements verticaux, en portant en abscisses les temps, et en ordonnées les longueurs parcourues.

Sous l'effet du vent, le ballon s'inclinait, il est vrai ; mais on avait soin de mesurer aussi exactement que possible, et à chaque instant, l'inclinaison sur la verticale, qui n'était jamais très forte en opérant par temps calme.

Cela posé, nous adopterons les notations suivantes :

V. Vitesse réelle du ballon sur sa trajectoire ;

R. Résistance de l'air à l'ascension ;

F_0. Force ascensionnelle du ballon (sans son câble) ;

p. Poids du câble par mètre courant ;

l. Longueur de câble déroulée ;

α. Inclinaison de la trajectoire sur la verticale.

Considérons le système formé par l'ensemble du ballon et du câble ; pour avoir l'équation du mouvement, il suffira d'écrire que la variation, pendant le temps dt, de la quantité de mouvement projetée sur la verticale est égale au produit de la somme des projections des forces extérieures par le même temps dt.

1° *Quantité de mouvement.* — La quantité de mouvement de la masse m du ballon et de la longueur l de câble déroulée[1] au début de l'instant dt est : mV ;

[1] En réalité, la masse m doit comprendre aussi celle d'une

sa variation sera : $m d V$, et la projection sur la verticale :

$$m d V \cos \alpha. \qquad (\mathbf{I}).$$

Il faut tenir compte, en outre, de la quantité de mouvement communiquée à la longueur dl de câble soulevée dans l'instant dt, et qui part du repos pour acquérir la vitesse V. Or la masse de cette portion du câble est $\dfrac{p d l}{g}$, et sa quantité de mouvement projetée sur la verticale est : $\dfrac{p d l}{g} V \cos \alpha$. Si l'on remarque que : $dl = V dt$, on peut écrire :

$$\frac{p V^2}{g} dt \cos \alpha. \qquad (2)$$

De telle sorte qu'au total la variation de la quantité de mouvement projetée sur la verticale est :

$$\cos \alpha \left(m d V + \frac{p V^2}{g} dt \right). \qquad (3)$$

2° *Forces extérieures.* — D'autre part, les forces extérieures projetées sur la verticale sont évidemment :

$$F_0, \; - p l, \; - R \, ;$$

d'où l'équation du mouvement :

$$(F_0 - p l - R) \, dt = \cos \alpha \left(m d V + \frac{p V^2}{g} dt \right),$$

certaine enveloppe gazeuse que tout corps entraine avec lui, et que Dubuat désigne sous le nom caractéristique de proue et de poupe fluides. Il serait impossible d'évaluer ici cette masse ; mais on verra, par la suite du calcul, que le terme qui la contient s'élimine lorsque la vitesse devient constante.

et l'on en déduit :

$$R = F_0 - pl - \frac{pV^2}{g} \cos \alpha - \frac{mdV}{dt} \cos \alpha.$$

En particulier, lorsque la vitesse est constante,

$$\frac{dV}{dt} = 0, \qquad (4)$$

et il reste : $R = F_0 - pl - \frac{pV^2}{g} \cos \alpha.$

Il nous a paru utile de faire connaître cette très ingénieuse méthode, qui n'a pas été publiée et qui a le mérite de s'appliquer directement au ballon, c'est-à-dire au mobile même dont on a intérêt à connaître la résistance, et dans les circonstances où cette résistance se produit. Des expériences du même genre seraient fort utiles à reprendre.

On se contente le plus souvent d'expérimenter les carènes sur des modèles réduits, et il est difficile de connaître les lois de similitude qui permettent d'extrapoler les résultats sur les ballons aux dimensions réelles.

C'est pourquoi des expériences en grand, comme celles de l'*Invalide*, sont des plus précieuses.

Sans donner ici les tableaux d'expériences du ballon l'*Invalide*, contentons-nous de dire que, par rapport à la résistance du plan mince de même surface que le grand cercle du ballon, le colonel Renard a déduit, pour le coefficient de la sphère en soie revêtue d'un filet, la valeur : 0,0256.

Plusieurs auteurs qui se sont occupés de navigation aérienne avaient cru pouvoir admettre un coefficient de 0,4 qui, d'après ces expériences directes, serait ainsi beaucoup trop fort.

Il ne faudrait même pas pousser trop loin la généralisation de ces résultats, applicables à un ballon de 4 mètres de diamètre; mais on peut en conclure que, dans les limites pratiques, la résistance aura une expression de la forme : $R = KD^2V^2$,

K étant un coefficient variable avec la densité du milieu et la nature de la surface, et D étant le diamètre du ballon.

D'après les expériences de 1878, pour un ballon en soie pourvu d'un filet, on peut admettre pour le coefficient K la valeur : $K = 0,0256$, comme nous venons de le voir.

Mesures à la balance dynamométrique. —

Depuis ces recherches déjà anciennes que nous ne rappelons que pour appeler l'attention sur la méthode employée, le colonel Renard a tiré des observations que le ballon dirigeable *la France* a permis de faire des conclusions plus formelles, et il a en outre institué un grand nombre d'expériences au moyen de sa *balance dynamométrique*[1]. Bien que cet appareil ne soit pas à l'abri des critiques que l'on peut adresser à tous les moulinets, les erreurs qui pourraient être dues aux frottements étant éliminées par suite du procédé opératoire, on peut avoir la plus grande confiance dans les chiffres obtenus.

Si l'on désigne par φ le coefficient de la résistance que l'air oppose au mouvement d'un disque mince

[1] CH. RENARD, 5.

orthogonal de 1 mètre carré, on aura, d'une manière générale, pour un disque de diamètre D :

$$R = \rho D^2 V^2,$$

et ce qui caractérisera alors une carène de révolution quelconque, on devra affecter cette résistance d'un coefficient de correction σ tel que, pour cette carène, la résistance soit : $R' = \sigma \rho D^2 V^2$.

Or l'auteur de cette théorie admet pour ρ la valeur $\rho = 0,085$, et, dans ces conditions, on trouve pour les carènes sphériques un coefficient : $\sigma = 0,1585$.

Le coefficient K de la formule générale deviendrait ainsi : $K = \sigma \rho = 0,0135$,

et l'on a, pour la formule elle-même :

$$R = 0,0135 D^2 V^2.$$

Il est bon de noter qu'il s'agit là d'une sphère lisse, sans filet.

Dans des expériences plus récentes, M. Eiffel a trouvé que le coefficient K va en diminuant quand la vitesse augmente et tend vers une valeur $0,011$ qu'il faudrait adopter pour les dirigeables animés d'une grande vitesse.

Vitesse de régime. — On appelle vitesse de régime celle qu'atteint le ballon lorsque la force ascensionnelle ou rupture d'équilibre est exactement équilibrée par la résistance de l'air. Nous la désignerons par W.

La résistance de l'air, égale à la rupture d'équilibre, est alors, en englobant le facteur D^2 dans la valeur de K : $R = KW^2$.

K est, nous l'avons dit, proportionnel à la densité de l'air et par conséquent à sa pression γ; on peut donc poser : $K = K_0 \gamma$, et par suite :

$$W = \sqrt{\frac{R}{K_0 \gamma}}. \qquad (1)$$

D'où l'on conclut que :

La vitesse de régime varie avec la pression ou l'altitude; et, pour une même rupture d'équilibre, elle augmente dans les régions élevées.

Équation du mouvement. — Étant donné un ballon flasque, si nous appelons *m* la masse de l'aérostat, et V sa vitesse à un moment quelconque, les deux forces en présence sont : la force ascensionnelle ou rupture d'équilibre R′ et la résistance de l'air.

D'après ce que nous venons de voir et par définition, R′ est égale à ce que serait la résistance de l'air si le ballon avait atteint sa vitesse de régime :

$$R' = KW^2,$$

et la valeur actuelle de la résistance de l'air est :

$$R = KV^2.$$

La force définitive qui détermine le mouvement est donc :

$$R' - R = K(W^2 - V^2).$$

Et l'équation du mouvement pourra s'écrire :

$$m \frac{dV}{dt} = K(W^2 - V^2), \qquad (2)$$

où *m* est la masse, et sous une autre forme :

$$\frac{m}{K} \frac{dV}{(W^2 - V^2)} = dt.$$

On voit facilement que :

$$\frac{1}{W^2 - V^2} = \frac{1}{2W}\left(\frac{1}{W - V} + \frac{1}{W + V}\right).$$

L'équation (2) peut alors se mettre sous la forme :

$$\frac{m}{2KW}\left\{\frac{dV}{W - V} + \frac{dV}{W + V}\right\} = dt.$$

En intégrant :

$$\frac{m}{2KW}\left\{L.(W + V) - L.(W - V)\right\} = t + C.$$

Il est facile de déterminer la constante C ; car pour $t = 0$, on a $C = 0$, et l'on obtiendra les transformations successives :

$$L.\frac{W + V}{W - V} = \frac{2KWt}{m},$$

ce qui donne, en logarithmes vulgaires :

$$\log.\frac{W + V}{W - V} = \frac{2KWt}{m.\log. e},$$

et comme $\dfrac{\log. e}{2} = 0,068,$

$$\log.\frac{W + V}{W - V} = \frac{0,868}{m}KWt. \qquad (5)$$

Cette relation montre que, t croissant, V tend vers **W** *sans atteindre jamais cette valeur*, puisque, pour $W = V$, on a : $t = \infty$.

La vitesse de régime n'est jamais atteinte.

Mise en train. — Mais, dans la pratique, la vitesse se rapproche très vite de la vitesse de régime ; et l'on appellera *durée de mise en train* le temps que mettra le ballon à acquérir une vitesse ne différant de la vitesse de régime que d'une fraction très petite de cette vitesse.

Posons, par exemple : $V = \alpha W$, la différence des vitesses étant ainsi : $W - V = W (1 - \alpha)$, on admet souvent que la vitesse de régime est atteinte lorsque

$$(1 - \alpha) = \frac{1}{10}.$$

Désignons alors par θ la durée de mise en train. La formule (5), en y faisant $V = \alpha W$, devient :

$$\log \frac{1 + \alpha}{1 - \alpha} = \frac{0,868}{m} KWt,$$

et, en posant :

$$\frac{1 + \alpha}{1 - \alpha} = \rho,$$

$$\log . \rho = \frac{0,868}{m} KWt.$$

On en peut conclure que : lorsque le temps t s'accroît en progression arithmétique, le rapport ρ croît en progression géométrique.

Si donc on part du repos : $V = 0$, $\rho = 1$ pour les valeurs successives de $\rho = 10, 100, 1\,000$, etc., correspondant aux valeurs de log. $\rho = 1, 2, 3$, etc.,

α ou $\dfrac{V}{W}$, qui peut être mis sous la forme :

$$\alpha = \frac{\rho - 1}{\rho + 1},$$

prendra les valeurs :

$$\frac{9}{11}, \quad \frac{99}{101}, \quad \frac{999}{1\,001},$$

et en général :

$$\frac{10_n - 1}{10_n + 1},$$

ou pratiquement :

$$\alpha = \frac{9}{10}, \quad \frac{99}{100}, \quad \frac{999}{1000}, \text{ etc.}$$

Or, en résolvant l'équation (4) par rapport au temps et en y faisant $\rho = 10$ ou $\log. \rho = 1$, on trouve une valeur :

$$\theta = \frac{m}{0.868\,\text{KW}} \tag{6}$$

et les temps successifs correspondant aux valeurs de α données ci-dessus seront en progression arithmétique, soit $\theta, 2\theta, 3\theta$, etc., c'est-à-dire qu'au bout des temps $\theta, 2\theta, 3\theta$, la vitesse V ne différera de la vitessse de régime W que de :

$$\frac{1}{10}, \quad \frac{1}{100}, \quad \frac{1}{1000}.$$

Détermination de θ pour un ballon de 10 mètres de diamètre.

— Il est facile de déterminer, pour un ballon de 10 mètres de diamètre, au bout de quel temps θ la vitesse ne différera que de $\frac{1}{10}$ de la vitesse de régime.

En négligeant, en effet, la rupture d'équilibre qui augmentera d'une quantité très faible la masse de l'aérostat, celle-ci est la même que celle de l'air déplacé, et l'on aura, en désignant par a_0 le poids de 1 mètre cube d'air normal, et par γ la pression actuelle :

$$m = \frac{1}{6}\,\frac{\pi D^3 a_0 \gamma}{g}.$$

D'autre part, on a la formule :

$$R = KW^2, \quad \text{ou} \quad W = \sqrt{\frac{R}{K}}.$$

Or, pour un ballon pourvu d'un filet, nous avons trouvé :

$$K = 0,025\,D^2,$$

et l'on obtient, tout calcul fait :

$$KW = 0,16\,D\sqrt{R}.$$

Ces valeurs de m et de KW portées dans la relation (6) donnent :

$$\theta = \frac{0,478D^2\gamma}{\sqrt{R}}.$$

Pour $D = 10$, et si nous sommes assez près de terre pour que $\gamma = 1$, la vitesse ne différera de la vitesse de régime que de $\frac{1}{10}$, au bout d'un temps :

$$\theta = \frac{47,8}{\sqrt{R}}.$$

Or nous avons dit que R est égal à la rupture d'équilibre ; supposons donc que cette rupture soit de 200 k., et nous aurons pour θ :

$$\theta = 3'',44,$$

en même temps que les valeurs :

$$W = \sqrt{\frac{R}{K_0\gamma}} = 8^m,90, \quad V = 8^m,90 \times \frac{9}{10} = 8^m,01.$$

La vitesse V ne diffère de la vitesse de régime que de $\frac{1}{10}$ au bout de $3'',44$. En doublant ce temps, c'est-à-dire au bout de $6'',88$, elle n'en différera que de $\frac{1}{100}$.

Nous avons donné à la rupture d'équilibre R la valeur 200 kilogrammes. Voici quelles seraient les valeurs successives de la mise en train θ, pour diverses valeurs croissantes de la rupture d'équilibre :

R =	10^k	20^k	30^k	40^k	50^k	75^k	100^k	150^k	200^k
θ =	15″,4	10″,9	8″,9	7″,7	6″,9	5″,6	4″,9	4″,0	3″,44

Il est intéressant, du reste, de construire la courbe de ces valeurs de la mise en train, en portant les ruptures d'équilibre en abscisses :

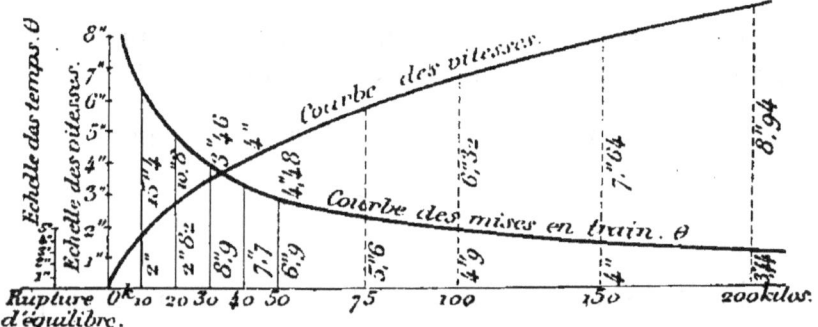

Fig. 16. (Renard.)

Cette courbe est asymptotique aux deux axes : la durée de mise en train décroît d'abord rapidement quand la rupture d'équilibre s'accroît ; mais à partir de 100 ou 200 k., cette durée ne varie plus sensiblement.

Nous avons vu plus haut, à l'examen de la formule

$$W = \sqrt{\frac{R}{K_0 g}},$$

que la vitesse de régime n'est pas constante et qu'elle augmente à mesure qu'on s'élève dans l'atmosphère.

Cette variation nécessiterait un terme de correction

positif à la valeur de θ indiquée plus haut, puisque la vitesse de régime s'accroît sans cesse. Mais il semble que cette correction puisse être négligée, eu égard à la petitesse de la variation dont il s'agit.

En admettant, en effet, la rupture d'équilibre de 200 k., qui est un maximum pour un ballon de 540 m³, et correspond au cas où le câble serait coupé, par exemple, cette rupture d'équilibre ferait monter l'aérostat à une altitude de 5500 mètres environ, région où la pression devient $\gamma = 0,50$, et la vitesse de régime passe régulièrement de 8ᵐ,90 à 12ᵐ,6, soit une variation totale de 3ᵐ,50 seulement.

Vitesse de chute. — Les mêmes effets se reproduiraient évidemment, en sens inverse, dans le mouvement de descente de l'aérostat; mais, dans l'étude de ce mouvement, on doit tenir compte de cette particularité que les ruptures d'équilibre ne se font presque jamais sentir brusquement.

Si le mouvement de descente s'opérait dès le début avec la rupture d'équilibre totale que le ballon pourra acquérir pendant sa chute complète, il atteindrait bien vite sa vitesse de régime et la conserverait jusqu'au sol, puisque sa force ascensionnelle resterait constante, comme on le sait; mais, en réalité, les influences qui agissent sur le gaz du ballon et provoquent sa descente n'ont qu'une action progressive. Si nous supposons, par exemple, qu'un ballon naviguant sur sa zone d'équilibre se trouve tout à coup dans l'ombre d'un nuage, le gaz qu'il contient se refroidit; mais il se refroidit peu à peu, en sorte que le mouvement commence sous l'influence d'abord infiniment petite d'une force crois-

sante : la vitesse de chute ira donc en se rapprochant
de la vitesse de régime, jusqu'à ce que la cause de
refroidissement ait produit son maximum d'effet auquel
correspond le maximum de la vitesse de régime. C'est
ainsi que, dans le cas où la somme des ruptures d'équilibre serait 200 k. comme tout à l'heure, la vitesse
de régime, en arrivant à terre, serait de $8^m,90$. Et
l'on peut admettre que le ballon aurait épuisé la durée
de mise en train et atteint cette vitesse; cette rupture
d'équilibre est, du reste, un maximum pour un ballon
de 540 m³, et l'on peut dire qu'il ne touchera jamais
le sol avec une vitesse supérieure à $8^m,90$[1].

Cette vitesse est grande ; est-elle dangereuse pour les
aéronautes? Il suffit, pour s'en rendre compte, de la
comparer à la chute des corps sous l'influence de la
seule pesanteur. Or la hauteur h de chute dans le vide
correspondant à la vitesse V est :

$$h = \frac{V^2}{2g},$$

et pour $V = 8,90, \quad h = 4$ mètres.

Le choc de la nacelle sur le sol est donc à peu près
celui d'un corps tombant de 4 mètres de hauteur : c'est
un saut qu'un homme peut faire sans trop de risques,
au moins pour sa vie. De plus, un aéronaute dans une
nacelle se trouve dans des conditions spécialement favorables pour subir le choc sans danger, par suite de
l'élasticité même de la nacelle, surtout s'il a soin de
se suspendre aux cordages de la suspension.

---

[1] Cette rupture d'équilibre de 200ᵏ ne serait possible, en réalité, qu'en cas de déchirure de l'enveloppe.

Lest de réserve. — Cette vitesse de chute serait pourtant beaucoup trop grande pour la pratique courante et causerait de nombreux accidents : on doit donc se préoccuper de la réduire autant que possible en projetant du lest, de manière à ne jamais laisser la vitesse excéder 2 mètres par seconde.

Admettons donc 2 mètres comme la vitesse de régime que l'on ne doit pas dépasser.

Cette vitesse correspondrait, pour un ballon de 540 m³, à une rupture d'équilibre de 8 à 10 k., d'après le diagramme précédent. Il faut donc jeter à chaque instant assez de lest pour maintenir constamment cette rupture d'équilibre.

Si, dès le début, la rupture d'équilibre totale se faisait brusquement sentir, il faudrait aussi jeter brusquement et d'un seul coup la quantité de lest équivalente. Mais nous venons de voir que les influences qui provoquent la descente agissent peu à peu et d'une façon à peu près continue ; on peut donc admettre que la quantité de lest qu'il faudra jeter par seconde sera constante pour maintenir la vitesse constante. D'où l'on déduit cet axiome empirique, simplement justifié par les faits ordinaires de la pratique :

La quantité de lest qu'il est nécessaire de réserver pour amortir la descente est proportionnelle à l'altitude d'où s'opère cette descente.

On peut ajouter que :

Cette quantité est aussi proportionnelle au volume du ballon ; car les causes perturbatrices agissent à peu près également sur chaque mètre cube de gaz.

La formule empirique qui représenterait la réserve de lest serait donc de la forme : $l = \lambda VH$, où V étant le volume du ballon, H serait l'altitude maximum qu'il peut atteindre et λ un coefficient dépendant de l'état atmosphérique.

Il résulte de l'expérience que, par exemple, il suffit de réserver, lorsque le temps est calme et clair, 20 k. de lest pour un ballon de 540 m³ et pour l'altitude de 2000 mètres, qu'il ne dépasse communément pas ; en exprimant H en kilomètres, il en résulte, pour le coefficient, la valeur :

$$\lambda = \frac{1}{54}.$$

Il ne faudrait pas attacher à cette formule une importance qu'elle ne saurait avoir ; les circonstances qui font varier la force ascensionnelle sont elles-mêmes tellement variables, qu'il peut arriver des cas où la descente s'effectue sans projection de lest, de même qu'une influence fortuite peut occasionner une dépense de lest beaucoup plus grande que celle que feraient prévoir la pratique ordinaire et la formule précédente. C'est ainsi que, dans une de ses ascensions, M. Duté-Poitevin, ayant à descendre d'une hauteur de 1600 mètres avec un ballon cubant 1300 m³, aurait dû pouvoir atteindre le sol en dépensant 40 k. de lest seulement d'après la formule ; mais il rencontra dans les régions inférieures un nuage pommelé qui l'alourdit notablement et l'obligea à sacrifier 80 k.

Lest d'atterrissage. — En dehors du lest nécessaire pour amortir la descente, on doit aussi en ménager une petite quantité pour les dernières manœuvres d'atterrissage, afin de pouvoir au besoin choisir un emplacement favorable, en se maintenant un peu plus longtemps en l'air. Avec un ballon de 540 m³, il suffit d'avoir une dizaine de kilogrammes pour cet usage.

Cette quantité, du reste, varie beaucoup avec le vent régnant au moment de l'atterrissage, et l'on peut être forcé de dépenser jusqu'à 35 à 40 kilogrammes par grand vent.

CHAPITRE VIII

MOUVEMENT HORIZONTAL DES AÉROSTATS

Mise en train. — Formule de la durée de mise en train. — Loi
des vitesses. — Loi des espaces parcourus. — Ballons-lochs.

Les mouvements horizontaux d'un ballon libre ordinaire sont ceux de l'air lui-même qui l'emporte sans
lutte et sans effort apparent. Aussi l'aéronaute, dans sa
nacelle, a-t-il l'impression du calme absolu, et ne
peut-il se rendre aucun compte de la vitesse de ses
déplacements par rapport à la terre, lorsque celle-ci est
cachée par quelque nuage. Si le soleil darde sur lui
ses rayons, pas la moindre brise ne vient le rafraîchir ;
si l'ouragan l'entraîne de toute sa vertigineuse vitesse,
il ne peut s'en douter qu'au spectacle des nuages amon-
celés qui courent en tous sens au-dessus de sa tête ou
sous la nacelle du ballon.

Autour de lui, tout est calme et sans vie : les cordages, la flamme même accrochée au filet, tombent
d'aplomb : *il n'y a pas de vent pour l'aéronaute,* disait
le colonel Renard[1]. A peine sent-il l'aérostat frémir

---

[1] En réalité, l'aérostat est soumis aux troubles locaux de
l'atmosphère, remous et rafales, qui, agissant différemment sur
le ballon et sur la nacelle, impriment à l'ensemble des mouvements giratoires et pendulaires ; mais si le ballon se trouve dans
une nappe homogène, animée d'un mouvement régulier, c'est le
calme absolu.

quand, par suite d'un déplacement vertical, il se trouve sur la surface de séparation de deux courants différents. Sous les influences contraires qui se disputent alors cette épave, l'aérostat se tord et oscille lourdement.

L'étude des mouvements horizontaux des aérostats se résume donc dans l'étude des courants atmosphériques, et cette étude ressort de la météorologie.

Mais il convient d'examiner comment, en vertu de l'inertie, un aérostat se comportera en partant du repos ou en changeant de vitesse. Ce problème présente une certaine importance, surtout pour les ballons-lochs.

On appelle encore *durée de mise en train* le temps que le ballon met à acquérir une vitesse très rapprochée de la vitesse de régime qui serait, dans le mouvement horizontal, celle de la couche où il est plongé.

L'inertie intervient dans les circonstances suivantes :

1° Au moment du départ;

2° Lorsque le ballon passe d'une couche dans une autre de vitesse différente ;

3° Par le seul changement graduel de vitesse suivant la hauteur, lorsque le ballon se déplace verticalement.

Lorsqu'un ballon part du repos, il met un temps appréciable à atteindre sa vitesse de régime : la mise en train peut durer une à deux minutes.

Il est facile, du reste, d'établir la relation qui lie la vitesse de l'air V et la vitesse acquise par le ballon à un moment donné : soit, en effet, v cette dernière vitesse au bout d'un temps t : la vitesse relative du ballon par rapport à l'air est $V - v$, et la résistance de l'air que provoque cette vitesse relative est :

$$K (V - v)^2.$$

C'est aussi l'expression de l'accélération de l'aérostat, et si nous désignons par m la masse de celui-ci, nous pourrons écrire :

$$\frac{mdv}{dt} = K (V - v)^2.$$

Il est possible de mettre cette équation sous la forme plus commode :

$$\frac{dv}{(V - v)^2} = \frac{K}{m} dt,$$

dont l'intégration donne immédiatement :

$$\frac{1}{V - v} = \frac{Kt}{m} + C.$$

La constante C se détermine aisément du reste, car on est parti du repos, et en faisant simultanément :

$$t = 0 \quad \text{et} \quad v = 0,$$

il vient :
$$C = \frac{1}{V}.$$

On a donc, en définitive, la relation :

$$\frac{1}{V - v} = \frac{K}{m} t + \frac{1}{V}, \qquad (1)$$

ou, en désignant par β la vitesse relative $(V - v)$,

$$\frac{1}{\beta} - \frac{1}{V} = \frac{K}{m} t. \qquad (2)$$

Ce qui peut s'énoncer ainsi :

Théorème. — *La différence des inverses des vitesses de l'aérostat et de l'air est proportionnelle au temps écoulé depuis le départ du repos.*

Cette différence tend vers l'infini en même temps que *t*; on voit donc que β ne sera jamais nulle, c'est-à-dire que *v* n'atteindra jamais V; mais, en réalité, la vitesse absolue *v* du ballon sera très vite infiniment rapprochée de celle du vent.

Problème. — *Au bout de quel temps θ la période de mise en train est-elle pratiquement close ?*

De l'équation (2) on tire, en y remplaçant *t* par θ :

$$\theta = \frac{m}{K}\left(\frac{1}{\beta} - \frac{1}{V}\right).$$

Nous admettrons que la période de mise en train est pratiquement close, lorsque la vitesse relative β n'est plus, par seconde, que de 0^m,10 par exemple, vitesse absolument insensible aux instruments.

Dans ces conditions, V est toujours assez grand par rapport à β pour qu'on puisse négliger le terme $\frac{1}{V}$; et nous aurons, en définitive, la relation :

$$\theta = \frac{m}{K} \cdot \frac{1}{\beta}, \qquad (3)$$

ce qui peut s'énoncer :

Théorème. — *La durée de mise en train est proportionnelle à la masse du ballon, et inversement proportionnelle à la vitesse relative admise comme limite.*

Le ballon est en équilibre dans l'air, on peut donc

dire qu'il a la même masse que l'air qu'il déplace, et par suite :

$$m = \frac{1}{6} \frac{\pi D^3 a_0 \gamma}{g}.$$

D'autre part, si, avec les expériences de Chalais sur la résistance de l'air, nous admettons pour le coefficient K la valeur :

$$K = 0{,}025 D^2 \gamma,$$

ces deux expressions substituées dans la valeur de θ donnent :

$$\theta = \frac{1}{6} \frac{\pi D a_0}{0{,}025 g} \cdot \frac{1}{\beta},$$

et numériquement :

$$\theta = \frac{2{,}66 D}{\beta}, \qquad (4)$$

où θ est exprimé en secondes, le diamètre D du ballon et la vitesse relative β étant exprimés en mètres.

L'équation (4) montre que :

Théorème. — *La durée de mise en train est proportionnelle au diamètre du ballon.* Elle est donc très faible pour les petits ballons-pilotes qu'on lance avant une ascension pour reconnaître la direction du vent et, jusqu'à un certain point, sa vitesse.

Pour un ballon de 10 mètres de diamètre et en prenant encore $\beta = 0^m{,}10$, on a, pour la durée de mise en train, $\theta = 266''$, soit un peu plus de 4 minutes.

Loi des vitesses. — Nous venons de voir que, tous calculs faits :

$$\frac{K}{m} = \frac{1}{2{,}66 D}.$$

En substituant dans l'équation (I) :

$$\frac{I}{V-v} = \frac{K}{m} t + \frac{I}{V},$$

et en appliquant cette formule au cas d'un ballon de 10 mètres de diamètre, on a :

$$\frac{I}{V-v} = \frac{I}{26,6} t + \frac{I}{V},$$

ou

$$v\left(\frac{t}{26,6} + \frac{I}{V}\right) - \frac{V}{26,6} t = o. \qquad (5)$$

Telle est la loi qui relie la vitesse réelle v du ballon et le temps écoulé depuis le temps de départ. En considérant donc les quantités v et t comme variables, et en construisant la courbe que représente cette équation, on voit qu'on obtient une hyperbole équilatère dont l'asymptote parallèle à l'axe des temps est précisément la droite $v = V$ représentant la vitesse du vent.

Prenons un exemple numérique, et supposons $V = 20$ mètres par seconde ; le tableau suivant donne les valeurs de la vitesse réelle et de la vitesse relative, aux différents moments du mouvement.

Le diagramme qui y est joint représente la courbe qu'affecte la valeur de la vitesse V jusqu'à $t = 5o''$.

L'on voit avec quelle rapidité la vitesse réelle du ballon se rapproche de sa vitesse de régime.

Loi des espaces parcourus. — Il serait facile d'obtenir la loi des espaces parcourus. On obtient, en

l	$\beta = V - v$	v
0″	20ᵐ ,,	0ᵐ ,,
1	11ᵐ,42	8ᵐ,58
2	7ᵐ,98	12ᵐ,02
3	6ᵐ,14	13ᵐ,86
4	4ᵐ,99	15ᵐ,01
5	4ᵐ,21	15ᵐ,79
6	3ᵐ,63	16ᵐ,37
8	2ᵐ,85	17ᵐ,15
10	2ᵐ,35	17ᵐ,65
15	1ᵐ,62	18ᵐ,28
20	1ᵐ,25	18ᵐ,75
50	0ᵐ,52	19ᵐ,48
100	0ᵐ,26	19ᵐ,74
200	0ᵐ,13	19ᵐ,87

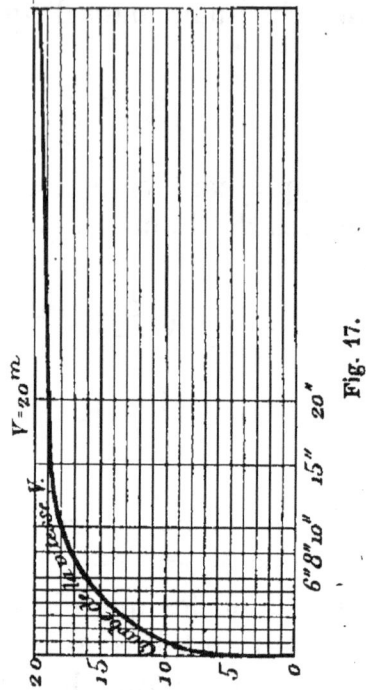

Fig. 17.

effet, en intégrant l'équation (5) de la vitesse et en représentant par x l'espace parcouru :

$$x = Vt - \frac{m}{K \log e} \log \frac{V}{\beta}. \qquad (6)$$

Le mouvement se rapproche beaucoup du mouvement uniforme représenté par la droite :

$$x = Vt.$$

Les espaces parcourus sont, en réalité, diminués d'un terme de correction $\dfrac{m}{K \log e} \log \dfrac{V}{\beta}$ variable avec $\beta = V - v$ ou avec v.

Ballons-lochs. — L'étude des courants de l'atmosphère se fait d'une manière générale au moyen des anémomètres dont sont pourvus les observatoires météorologiques. Mais ces instruments, par leur position fixe, ne répondent pas complètement aux besoins de l'aréonautique, pour laquelle il devient nécessaire de mesurer la vitesse du vent dans les couches mêmes que traverse le ballon dirigeable.

Dans la navigation maritime, un besoin analogue a fait créer le loch : c'est un appareil du même genre qu'a imaginé le colonel Ch. Renard sous le nom de ballon-loch.

Le ballon-loch est une baudruche ; son diamètre est de 0,60 seulement. Équilibré de manière à se maintenir à peu près à la hauteur du départ, il est attaché à une pelote de fil de soie de 100 mètres de long. Il suffit alors de mesurer très exactement le temps que le ballon-loch met à dérouler son fil, pour en déduire la vitesse du courant d'air, si l'on est sur le sol, ou la vitesse relative de l'air et d'un ballon dirigeable, si l'on fait l'expérience à bord d'un de ces engins.

A cause du très petit diamètre du ballon-loch, la durée de mise en train θ sera très faible, comme nous l'avons vu. Elle ne saurait être négligée toutefois dans une expérience de mesure rigoureuse, et nécessite un terme de correction. On doit tenir compte, en outre, d'une autre cause d'erreur : la traction que le fil exerce sur le ballon occasionne, en effet, un certain retard qui prend le nom de *dérive*.

Il faut avoir soin de déterminer à l'avance la dérive du loch que l'on emploie : pour le petit ballon de o,6o de diamètre, et un fil de soie très léger, cette dérive est de $0^m,12$ environ par seconde.

La formule de l'espace parcouru (6) donne, tous calculs faits :

$$x = Vt - 6,12 \log \frac{V}{\beta} \, ;$$

d'où
$$V = \frac{x}{t} + \frac{6,12 \log V \frac{V}{\beta}}{t} \, . \qquad (7)$$

On opérera par approximations successives. En négligeant tout le terme de correction, il reste une première approximation :

$$V_1 = \frac{x}{t} \, ,$$

où $x = 100$ mètres ; t est donné par l'expérience elle-même. C'est cette valeur V_1 qui, portée dans le terme de correction, donnera une seconde valeur approchée V_2. Et l'on voit qu'on peut ainsi, de proche en proche, serrer de plus près la valeur réelle de la vitesse, en ajoutant, bien entendu, la dérive.

Exemple numérique. — Dans les mesures de vitesses effectuées à bord du dirigeable *la France*, une des expériences a donné $t = 17''$ pour le temps mis à parcourir 100 mètres ; la vitesse relative approchée du loch serait donc :

$$V_1 = \frac{100}{17} = 5^m,88,$$

et si l'on se contentait de cette appproximation, il suffirait d'ajouter la dérive $0^m,12$ pour avoir la vitesse relative du ballon et de l'air. Mais en portant cette valeur V_1 dans le terme de correction, et continuant les opérations indiquées pour les approximations successives, on obtient les valeurs suivantes :

$$\left.\begin{array}{l} V_1 = 5^m,\ 88 \\ V_2 = 6\ ,\ 27 \\ V_3 = 6\ ,\ 28 \\ V_4 = 6\ ,285 \end{array}\right\}$$

A partir de la valeur V_3, on voit que la variation du terme de correction est très faible ; on peut donc admettre pour ce terme de correction la valeur :

$$V_3 - V_1 = 0,40.$$

La vitesse cherchée est, en définitive et en tenant compte de la dérive :

$$V = 5,88 + 0,40 + 0,12 = 6^m,40.$$

Dans ce calcul, tel qu'il a été établi par le colonel Renard, on a supposé, pour le *coefficient* de résistance de l'air, la valeur 0,025, qui, en réalité, ne devrait s'appliquer qu'à un ballon revêtu d'un filet. Un ballon en baudruche comporterait sans doute un coefficient encore moins élevé.

CHAPITRE IX

PRATIQUE RATIONNELLE D'UNE ASCENSION LIBRE

Des différents genres d'ascensions. — Ascensions en hauteur. — Ascensions de durée ou de distance. — Premier principe : le ballon sera plein au départ. — Deuxième principe : faible rupture d'équilibre initiale. — Troisième principe : enrayer tout mouvement de descente. — Quatrième principe : ne pas s'opposer aux mouvements ascensionnels. — Diagrammes représentatifs. — Lest total projeté. — Réserve de lest. — Lest disponible à chaque instant.

Des différents genres d'ascensions. — Les principes que nous venons d'énoncer dans l'étude statique et dynamique des mouvements d'un aérostat permettent d'établir enfin les règles qui doivent servir à la conduite rationnelle d'une ascension.

Il s'agit ici, bien entendu, d'un ballon ordinaire, dépourvu par conséquent d'aucun organe particulier destiné à combattre l'instabilité verticale ; d'un ballon, en un mot, qui sera flasque aussitôt que le gaz se contractera, soit par suite d'un refroidissement, soit par suite d'un changement d'altitude.

Il importe, à la vérité, de bien déterminer tout d'abord le but que l'aéronaute poursuit dès le moment où il quitte le sol.

Pendant longtemps, en effet, il semble qu'on n'ait vu dans l'aérostation qu'une nouvelle sorte de sport empruntant à la fantaisie ses seules règles de conduite. Les voyages aériens, entrepris le plus souvent sans but défini, étaient menés au gré des caprices changeants du pilote et de ses passagers. On montait pour voir ce qui se passait au-dessus des nuages; on se laissait choir, simplement pour raser le sol un moment de plus près et embrasser plus aisément le merveilleux spectacle qui se déroule sous les pieds des aéronautes.

Si le voyage aérien est une simple excursion de sportsman, une telle manière de faire se justifie, car c'est encore poursuivre un but bien défini que de chercher uniquement à satisfaire sa fantaisie. Mais l'aérostation peut prétendre à mieux, et les études actuelles ont préparé une ère d'utilisation pratique et rationnelle des aérostats. Il est juste de reconnaître que l'essor de l'aérostation l'a conduite dans des voies nouvelles : un ballon ne s'élève plus pour le seul et frivole amusement de la foule, et nos pilotes possèdent une maîtrise qui leur permet de faire un peu ce qu'ils veulent de cet indocile instrument.

Les ascensions peuvent se classer en deux catégories principales, suivant qu'on cherche à gagner les hautes régions de l'atmosphère ou à parcourir une grande distance horizontale et à atteindre un point du sol éloigné de la station du départ.

Dans le premier cas, il s'agit d'*ascensions en hauteur*; dans le second, d'*ascensions de distance*, ou *de durée*, ce qui revient au même, puisque, emporté par le vent, le ballon ne va loin que s'il parvient à se maintenir longtemps en l'air.

Ascensions en hauteur. — L'ascension en hauteur est favorable à un départ prestigieux. Il n'y a pas à ménager de lest, et l'on peut partir avec une rupture d'équilibre considérable. Il n'est même pas nécessaire que le ballon soit complètement gonflé au départ, puisque sa rupture d'équilibre initiale se maintiendra constante jusqu'à ce qu'il soit plein, grâce à la dilatation régulière du gaz qu'il contient.

La conduite d'une ascension en hauteur est relativement facile, puisqu'il s'agit simplement de toujours monter, sans jamais laisser la rupture d'équilibre s'éteindre et devenir négative. Il faut jeter du lest en temps opportun, et la seule difficulté consiste à régler ces jets de lest de manière à monter lentement, suivant les nécessités des observations qui sont d'ordinaire le but de ces voyages dans les hautes régions, et aussi pour ménager l'organisme humain, qui s'accommode mal des changements trop brusques de pression.

Ascensions de durée et de distance. — Toute autre est l'ascension dont le but est de maintenir le ballon en l'air aussi longtemps que possible. Rien ne sert alors de s'élever rapidement à une grande hauteur. Nous verrons, au contraire, qu'il importe de partir d'abord avec le ballon plein, c'est-à-dire pourvu de toute sa force ascensionnelle, et de ne dépenser cette force ascensionnelle qu'avec parcimonie, peu à peu, sous forme de projections de lest, et seulement lorsqu'il s'agit d'enrayer un mouvement de descente.

Ces considérations, aussi bien que l'étude détaillée des circonstances du mouvement des aérostats, permettent d'énoncer quelques principes dont il importe de ne point s'écarter dans la conduite d'une ascension.

1ᵉʳ Principe. — *Le ballon doit être plein au départ.* On répète souvent, il est vrai, que puisqu'un ballon plein ne saurait monter sans *cracher du gaz*, jusqu'à ce qu'il ait atteint sa zone d'équilibre, il serait plus naturel et plus économique à la fois de ne renfermer dans son enveloppe, au départ, que juste la quantité de gaz qui le remplira après dilatation, au moment même où il arrivera sur sa zone d'équilibre.

Il semble ainsi que deux ballons qui partent ensemble du sol, l'un flasque, l'autre entièrement gonflé, peuvent se retrouver à une certaine hauteur, dans des conditions identiques, avec une seule différence que l'on a économisé pour l'un tout le gaz que l'autre a été forcé de perdre. Mais, en réalité, les conditions sont loin d'être identiques, comme on va le voir.

Examinons les choses de plus près, en effet. Voilà deux ballons lestés près du sol et gonflés par le gaz à des volumes différents V et V'. Leurs forces ascensionnelles totales sont proportionnelles à ces volumes. Le poids mort étant le même pour les deux aérostats, il est évident que celui qui contient un volume de gaz plus considérable pourra enlever un poids de lest plus considérable aussi ; la différence entre les deux poids de lest sera sensiblement $(V - V')A$ en appelant A la force ascensionnelle du gaz.

Si donc on part en jetant la même quantité de lest pour rompre l'équilibre, *le ballon plein emporte plus de lest que le ballon flasque*, et se trouvera avec cette **quantité de lest plus grande sur la même zone d'équi-**

libre que ce dernier ballon. Or nous avons dit que la
durée du voyage est intimement liée à la quantité de
lest disponible, on voit qu'il y a là un sérieux avantage en faveur du ballon plein.

Est-ce le seul? Non; car un ballon plein a le mérite
d'être bien dans la main de son pilote, qui peut, par
une rupture d'équilibre très faible, choisir sa première
zone de route aussi bas qu'il le désire, ce qui est avantageux, comme nous allons le voir.

Le ballon flasque, au contraire, est instable, et sous
la moindre rupture d'équilibre il montera, nous l'avons
dit, jusqu'au delà du point où le gaz dilaté le remplit
complètement. Or, pour qu'il y ait avantage à ne pas
le gonfler entièrement au départ, il faut admettre qu'il
existe une différence sérieuse entre les volumes V et V':
la zone où la dilatation aura comblé cet écart est donc
assez élevée et sera atteinte du premier coup. Il sera
par conséquent impossible de maintenir le ballon à des
altitudes inférieures, pour n'approcher que graduellement du point culminant après lequel l'ascension peut
être regardée comme pratiquement terminée.

2ᵉ Principe. — *Il faut partir avec une rupture
d'équilibre très faible.* Il résulte, en effet, de ce qui
précède, qu'on doit retarder le plus possible le moment
où l'on atteindra les plus hautes altitudes où le lest est
épuisé et où l'ascension est virtuellement finie.

Si l'on pouvait maintenir le ballon sur une zone
d'équilibre déterminée, ce principe n'aurait que peu
d'importance; mais le pilote n'est pas le maître de
fixer sa zone de navigation; il n'est en équilibre
que sur une zone définie et qui se relève à mesure

qu'il jette du lest, ce qui peut s'énoncer en disant :

Après tout mouvement descendant ayant occasionné une projection de lest, le ballon, en remontant, ira trouver une zone d'équilibre plus élevée que la précédente.

L'ascension sera donc une série de bonds de plus en plus élevés, et se terminera par l'impossibilité de monter plus haut, lorsqu'on aura épuisé tout le lest dont on peut disposer pour la manœuvre.

La trajectoire moyenne peut être représentée par une ligne inclinée. L'ascension est virtuellement terminée quand cette ligne inclinée atteint l'altitude maximum déterminée par le délestage possible.

On a donc intérêt, pour aller loin, à faire partir cette trajectoire inclinée du point le plus bas possible, grâce à une faible rupture d'équilibre au départ, et à la tenir aussi près de l'horizon qu'on le peut, ce qui dépend de la manœuvre judicieuse et opportune du lest.

Il semble qu'on peut fixer à 4 ou 5oo mètres la première zone d'équilibre et de navigation, hauteur suffisante, avec un ballon de capacité moyenne, pour éviter les obstacles et pour qu'on ait le temps de parer par la manœuvre aux velléités de descente.

3ᵉ Principe. — *Enrayer tout mouvement de descente aussitôt que possible.* On sait, en effet, que le ballon devenu flasque descendrait alors jusqu'à terre. Il importe, en outre, d'arrêter le mouvement sans laisser à la vitesse le temps de s'accélérer et de ne jeter que la quantité de lest strictement nécessaire, afin de ne pas remonter trop haut quand le mouvement de descente est fini.

Cette dernière recommandation revient à dire qu'il faut que la trajectoire moyenne soit le plus inclinée possible sur l'horizon. Si nous la représentons par OP, l'altitude

$$MP = y$$

qui termine l'as-
cension étant four-
nie par la table
donnée précédem-

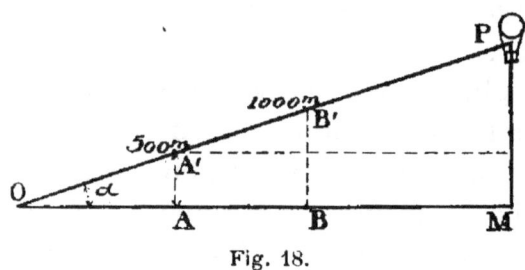

Fig. 18.

ment d'après la formule du délestage, et qui permet de déterminer y en fonction de la quantité de lest disponible, on voit que le chemin parcouru est :

$$OM = y \operatorname{cotg} \alpha.$$

Ce chemin parcouru augmente donc lorsque α diminue. Le diagramme (fig. 18) permet, en même temps, de se rendre compte de l'importance qu'il y a à choisir une première zone d'équilibre très basse ; car, pour deux ballons partant avec des ruptures d'équilibre différentes et capables de leur faire atteindre tout d'abord des hauteurs de 500 ou de 1000 mètres, par exemple, alors même qu'ils manœuvreraient aussi bien l'un que l'autre par la suite, les chemins parcourus seraient respectivement :

$$AM = (y - 500) \operatorname{cotg} \alpha,$$
$$BM = (y - 1000) \operatorname{cotg} \alpha ;$$

d'où
$$BM - AM = 500 \operatorname{cotg} \alpha.$$

4e Principe. — *Ne pas s'opposer aux tendances ascensionnelles.* On ne pourrait le faire qu'en lâchant du gaz par une manœuvre de la soupape. Mais cet organe n'est pas disposé de manière à permettre d'évaluer exactement les quantités expulsées. Il est, par suite, impossible de limiter ces pertes au strict nécessaire, et l'on peut dire qu'un aéronaute qui commence à toucher à la soupape ne saurait se maintenir longtemps en l'air. Ces mouvements ascendants, d'ailleurs, s'enrayent assez rapidement d'eux-mêmes, comme nous l'avons indiqué.

Ce principe de ne toucher à la soupape que pour les manœuvres finales de l'atterrissage est sanctionné par la pratique journalière des pilotes expérimentés.

Diagrammes représentatifs. — Le trajet suivi par un aérostat peut donner lieu à deux courbes représentatives.

L'une est le *diagramme horaire*, qui s'obtient en portant les temps en abscisses et les altitudes atteintes en ordonnées.

C'est la courbe qui se déduit immédiatement des mesures barométriques qu'il serait bon de relever de cinq minutes en cinq minutes.

D'autre part, si l'on a soin de relater sur le journal de marche les moments du passage au-dessus de points bien déterminés du sol (villes ou villages, traversée de cours d'eau, croisées de routes, etc.), on a les éléments d'une seconde courbe représentative qui est le *diagramme géographique*. L'axe des x représente le développement de la trajectoire réelle projetée sur le sol, obtenu au moyen de mesures sur la carte. Les ordonnées sont encore les altitudes au-dessus des points remarquables que l'on a identifiés. C'est, en quelque

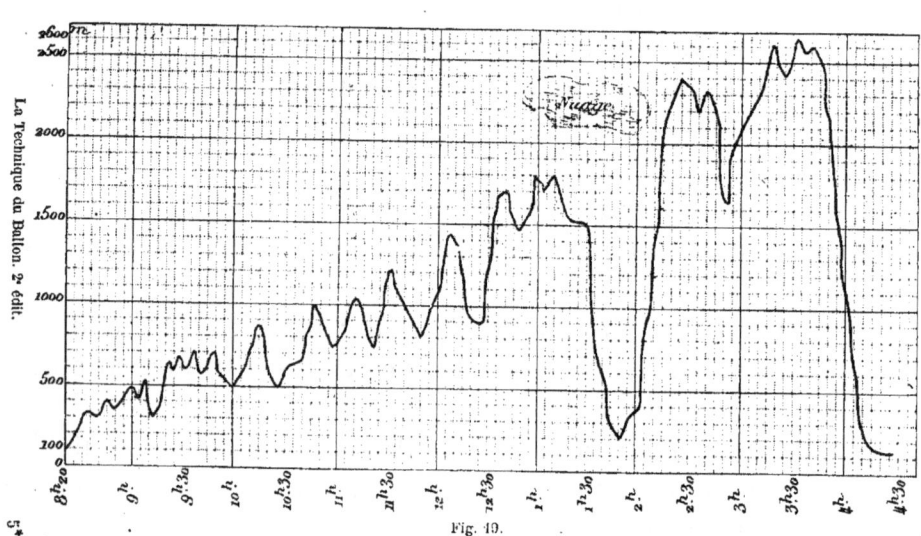

La Technique du Ballon. 2ᵉ édit.

Fig. 49.

Diagramme horaire de l'ascension du ballon *le Hong-Hoa*, ballon de 540 mètres cubes gonflé à l'hydrogène (du 29 juin 1886). Aéronautes : MM. ESPITALLIER, capitaine; DUTÉ-POITEVIN, aéronaute civil.

Poids du lest emporté : 135ᵏᵍ. — Poids du lest dépensé : 125ᵏᵍ. — Poids du lest à l'atterrissage : 10ᵏᵍ. — Durée de l'ascension : 8 heures. — Chemin parcouru : 170ᵏᵐ. — Vitesse moyenne : 21ᵏᵐ à l'heure. — Hauteur maximum : 2670ᵐ. — Départ de Chalais, atterrissage au Grand-Lucé (Sarthe).

sorte, le profil en long du voyage que l'on peut ainsi comparer au profil en long du terrain.

Si l'ascension est bien conduite, le diagramme horaire doit présenter une succession assez régulière d'oscillations sur la verticale. Les points culminants qui marquent les zones successives d'équilibre se trouvent à peu près sur une droite faiblement inclinée sur l'horizon.

Il est bien évident, d'ailleurs, que certains phénomènes météorologiques suffisent à rompre la parfaite régularité de l'ascension, et sont accusés sur le diagramme, où il est bon d'en mentionner la cause.

Nous donnons ci-avant (fig. 19) un exemple d'ascension conduite d'après ces principes. On y remarque précisément une descente très accentuée à 1 h. 50', due à l'influence persistante d'un nuage ; la projection continue d'une grande quantité de lest réussit seule à l'arrêter, mais cette perte de lest occasionna un bond vertical portant l'aérostat à l'altitude de 2400 mètres. L'examen du tableau des ruptures d'équilibre donné précédemment indique que la perte de lest qui a été réalisée dans la descente, et qui a occasionné le relèvement subséquent de la zone d'équilibre, de 1800 à 2400, a dû être d'environ 30 k., ce qui est vérifié par le journal de l'ascension.

La figure 20 se rapporte à la remarquable ascension effectuée, le 9 octobre 1900, par le comte H. de La Vaulx, et qui lui a valu la coupe de l'Aéronautique. Parti de Paris, le ballon est resté 35 h. 45' en l'air, et a atterri près de Kiev, en Russie, après un parcours de 1925 kilomètres sans escales.

Le diagramme altimétrique indique, nettement accusée, l'influence alourdissante du crépuscule.

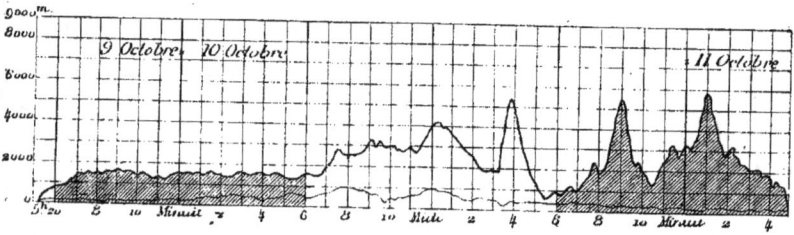

Fig. 20. — Ascension du comte H. de La Vaulx (9 oct. 1900).

On peut résumer dans le tableau graphique suivant les données relatives au lest. Nous avons supposé un

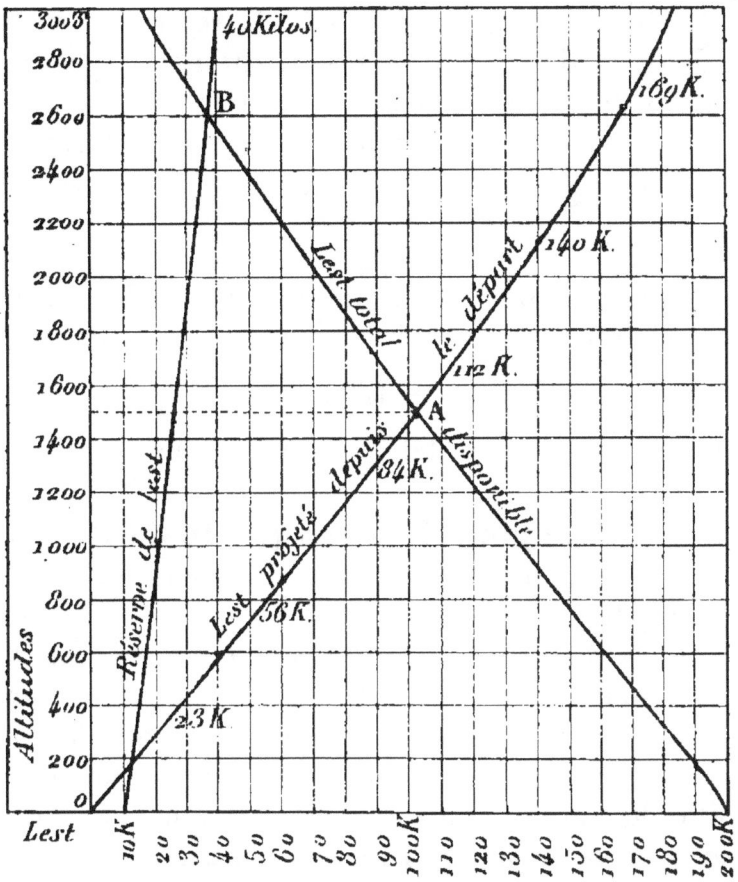

Fig. 21. — Diagramme du lest (ballon de 540 mètres cubes).

ballon de 540 m³ gonflé à l'hydrogène et enlevant au départ 200 k. de lest. Le graphique comprend les trois courbes suivantes :

1° Lest projeté depuis le départ. — Pour les

différentes altitudes atteintes, cette courbe est donnée par les chiffres du tableau du délestage (chap. VI).

2° Réserve de lest. — Cette réserve se compose de deux parties : *a*) la réserve d'atterrissage $l = 10$ k. pour un ballon de 5 à 600 m³, et

b) la réserve de descente donnée par la formule

$$l = \frac{\mathrm{VH}}{54},$$

où H est exprimé en kilomètres. Pour $\mathrm{V} = 540$ m³, on aura donc :

$$l + l' = 10 + 10\,\mathrm{H} = 10\,(\mathrm{H} + 1).$$

La courbe représentative est une ligne droite.

3° Lest disponible à chaque instant. — Cette courbe est évidemment complémentaire de celle du lest projeté.

Les courbes 1 et 3 se coupent en un point A qui correspond au moment où la quantité de lest encore disponible est précisément égale à celle qu'on a jetée. En un mot, on a disposé déjà à ce moment de la moitié de son lest. La figure montre que cette circonstance se produit à 1500 mètres d'altitude.

La courbe du lest total disponible coupe la courbe du lest de réserve en un point B. Ce point correspond évidemment à l'instant où le lest disponible est égal au lest de réserve ; c'est le moment où l'on ne doit plus s'opposer à un mouvement de descente que pour l'amortir. Le voyage est pratiquement fini.

Le graphique montre que le ballon, parti avec

200 k. de lest, sera alors à 2630 mètres ; on aura consommé 170 k. de lest, et il en restera 30 k. pour amortir la descente et choisir son point d'atterrissage. En s'arrêtant plus tôt, on arriverait à terre avec un excès de lest mesuré par la différence des ordonnées des courbes 2 et 3. En allant plus loin, on manquerait, en arrivant au sol, d'une quantité de lest mesurée aussi par cette différence, et l'on risquerait de l'atteindre avec une vitesse trop grande[1].

[1] Le graphique donné ci-dessus suppose à chaque instant les mêmes circonstances atmosphériques qu'au départ.

Si, le départ s'effectuant aux heures fraîches du matin, par exemple, l'ascension parvient à son point culminant au moment le plus chaud de la journée, il est clair que le ballon montera plus haut que ne l'indiquerait, d'après le graphique, le poids de lest emporté : c'est ce qui se présente pour l'ascension dont nous avons donné le diagramme horaire (fig. 19) : avec 135^k de lest emporté, on aurait dû parvenir à une hauteur maximum de 2000^m, tandis qu'on est monté à 2600^m.

CHAPITRE X

DES MOYENS DE COMBATTRE L'INSTABILITÉ VERTICALE

Résumé des causes d'instabilité. — Classification des moyens de stabilisation : § 1. *Procédés statiques : a)* perfectionnements dans la construction et la forme, contre la neige et la pluie, contre l'échange de température; *b)* procédés chimiques; *c)* procédés thermiques, conditions générales, quantité de combustible nécessaire, injection de vapeur, montgolfière simple ou mixte, ballonnet à air chaud. — § 2. *Procédés utilisant la compression de l'air ou du gaz :* 1° compression dans des réservoirs; 2° emploi du gaz du ballon; 3° compression dans un réservoir en étoffe (modérateurs); 4° ballons fermés, en étoffe; 5° en métal; 6° compensateurs. — § 3. *Procédés par renouvellement du gaz.* — § 4. *Emploi du ballonnet.* — § 5. *Cordes traînantes et flotteurs.* — § 6. *Procédés dynamiques :* parachutes-lest. — Hélices.

La conclusion que l'on doit tirer de l'étude qui précède des mouvements d'un aérostat ordinaire, tel que nous l'avons défini jusqu'à présent, alternativement plein et flasque, sans autres moyens de manœuvre que la soupape et le lest, c'est son état d'instabilité.

Après qu'il est parvenu sur la zone que lui assigne sa rupture d'équilibre, un tel aérostat ne peut trouver de stabilité entre cette zone et le sol, toute rupture d'équilibre, si faible qu'elle puisse être, devant le porter forcément soit sur le sol, soit sur sa zone d'équilibre.

Sur cette zone elle-même, la stabilité n'est que relative et momentanée, puisque la rupture d'équilibre est soumise à des perturbations incessantes sous les influences multiples qui modifient à chaque instant le poids du gaz et le poids de l'air.

Nous avons dit qu'il importe de s'opposer à toute tendance à la descente ; mais le seul moyen d'enrayer la chute est de jeter du lest, et cette manœuvre a pour effet de relever peu à peu la zone d'équilibre, sur laquelle nous devons chercher à naviguer, si nous voulons que l'aérostat n'ait point l'air d'une balance folle.

Il en résulte les deux inconvénients généraux suivants :

1° *Impossibilité de choisir une zone de navigation inférieure aux zones déjà atteintes, ou de se maintenir sur une zone constante ;*

2° *Nécessité de conserver, pour amortir la descente, une réserve de lest d'autant plus grande que l'altitude maximum de l'ascension est plus élevée.*

On pourrait momentanément compenser les jets de lest qui produisent le relèvement de la zone, en lâchant une quantité de gaz correspondante. On réussirait bien à maintenir quelque temps l'aérostat à la même hauteur ; mais, pour le moindre allègement, ce ballon *flasque* se mettrait à monter, jusqu'à ce que la dilatation le gonflât entièrement, c'est-à-dire plus haut qu'à sa dernière excursion, à moins qu'on ne se résolve à une nouvelle perte de gaz qui se renouvellera à chaque tentative d'ascension ; on n'aurait réussi, en définitive, à le maintenir un instant sur sa route qu'au prix d'une instabilité plus grande encore. La soupape est, du reste, un organe tellement délicat et impossible à manœuvrer avec précision, que, dès qu'on commence à s'en servir, on peut être assuré, nous l'avons dit plus haut, que l'ascension ne saurait se prolonger longtemps. Aussi est-il de règle constante de ne point toucher à la soupape pour s'opposer aux mouvements ascendants, dont l'amplitude d'ailleurs se limite d'elle-même.

Classification des moyens de stabilisation.

— On a cherché cependant des procédés pratiques propres à assurer à un aérostat une route à peu près horizontale, sur une zone déterminée et choisie d'avance en dehors de l'emploi de la soupape et même du lest.

Les propositions faites dans ce but sont fort nombreuses, précisément parce qu'aucune d'elles ne résout complètement le problème. Elles peuvent se ranger en deux grandes classes, suivant que l'on a recours à des procédés dynamiques ou statiques. Ces derniers eux-mêmes se décomposent suivant les moyens employés, et l'on peut distinguer :

a) Les perfectionnements de construction et de forme ;
b) Les procédés chimiques ;
c) Les procédés thermiques ;
d) Les procédés utilisant la compression de l'air ou du gaz ;
e) Les ballons à volume variable et à ballonnets ;
f) La stabilisation par cordes traînantes et flotteurs.

§ 1er. — *Procédés statiques.*

a) Perfectionnements dans la construction et la forme.

On peut tout d'abord s'efforcer d'atténuer les différentes causes qui modifient la rupture d'équilibre par de simples perfectionnements dans la construction et la forme elle-même de l'aérostat.

Contre la pluie, dont l'effet se fait sentir surtout aux environs du pôle supérieur, où la pente est presque nulle et souvent négative par suite du poids de la soupape qui provoque une dépression, on a tout d'abord recouvert celle-ci d'un léger toît conique; mais on pourrait également modifier la forme sphérique dans cette région et la transformer en une surface de révolution légèrement allongée vers le pôle. Pour obtenir le même volume, les parallèles jusqu'à l'équateur seraient réduits convenablement. Le capitaine Voyer[1] a calculé que, pour un ballon de 2000 mètres cubes, qui, sous la forme sphérique, aurait un diamètre de 15 m. 63, on devrait réduire le diamètre à l'équateur à 15 m. 46 et donner à l'axe vertical une longueur de 16 m. 66. La pente au sommet serait d'environ 20 %. Quant à la surface de l'enveloppe, elle serait de 768 m² carrés, soit 1 m² seulement de plus que pour le ballon sphérique, ce qui constituerait une augmentation de poids insignifiante.

M. Henri Hervé, en 1886, pour sa traversée de la mer du Nord, avait adopté un dispositif de ce genre[2]; la partie supérieure était un cône à 40°, recouvert d'une *chemise lisse*[3].

Le dernier artifice, d'ailleurs, aurait une efficacité encore plus grande que la forme conique. On sait, en effet, que les mailles du filet, aussi bien que la poro-

---

[1] VOYER, 4, p. 31.

[2] E. SURCOUF.

[3] Le ballon *Andrée*, en 1897, avait également une chemise lisse. V. H. LACHAMBRE et A. MACHURON, p. 19.

sité des cordages, contribuent pour la plus grande part
à retenir l'eau et la neige. Il y a donc le plus grand
intérêt à substituer à la surface, en quelque sorte mate-
lassée, que présente un ballon muni de son filet, une
surface complètement lisse, soit en remplaçant le
filet par une chemise d'étoffe vernie, soit même en
attachant directement les cordes de suspension à l'enveloppe par l'intermédiaire d'une ralingue placée un peu
en dessous de l'équateur, comme dans la plupart des
dirigeables.

Contre l'échange de température entre le gaz et l'air,
il y a également le plus grand intérêt à prendre des
mesures. Le plus grand nombre des ruptures d'équilibre proviennent, en effet, des variations dans la différence de température entre le gaz et l'air extérieur.

« Un ballon, dit le capitaine Voyer[1], dont le gaz
serait à chaque instant à la même température que l'air
ambiant, n'aurait plus son équilibre troublé que par
les surcharges matérielles de pluie ou d'humidité. Il
posséderait même un certain coefficient de stabilité, en
dehors de sa zone de plénitude et dans les deux sens,
en vertu de la loi des transformations adiabatiques...
Cette loi, qui n'est pas applicable quand il y a échange
de chaleur entre le gaz et l'air ambiant, le devient
lorsque cet échange est nul ou négligeable; ce serait le
cas si la température du gaz restait sensiblement égale
à celle de l'air. Cette conception idéale d'un ballon dans
lequel l'échauffement est constamment nul ou très petit
se trouve à peu près réalisée pendant la nuit, quand
on est parti avec du gaz froid; or l'expérience montre

---

[1] VOYER, 4, p. 33.

que, dans ces conditions, les ruptures d'équilibre sont très faibles, et qu'elles s'enrayent le plus souvent d'elles-mêmes. »

On est ainsi conduit à rechercher les moyens de, s'opposer à l'effet du rayonnement solaire et à l'échange de chaleur entre l'air et le gaz du ballon.

Une couleur blanche pour l'enveloppe atteindrait sans doute ce but, mais incomplètement. Certains constructeurs appliquent au tampon, sur la surface, de la poudre d'aluminium; ce procédé est fort employé en Italie, où l'on s'en loue.

Toutefois le procédé le plus efficace consiste à recouvrir le ballon d'une chemise, passée au vernis blanc, s'il est possible, jusqu'à l'appendice, car l'hémisphère inférieur subit également l'action des rayons solaires réfléchis sur le sol. En étoffe légère, cette chemise pourrait peser 100 grammes par mètre carré, soit 80 k. pour un ballon de 2 000 mètres.

Le capitaine Voyer, auquel on doit ces considérations, estime en outre qu'on augmenterait singulièrement l'efficacité de la chemise en l'écartant un peu de l'enveloppe du ballon, de manière à établir un matelas d'air dans l'intervalle.

L'aéronaute suédois Unge[1] avait adopté un dispositif de ce genre, où l'écartement des deux parois était maintenu par des tores souples remplis d'air comprimé.

[1] G. ESPITALLIER, 1 et 2.

b) *Procédés chimiques de stabilisation.*

De nombreux inventeurs ont proposé de faire varier rapidement la force ascensionnelle d'un ballon par des moyens chimiques.

Emploi du gaz ammoniac. — Le gaz ammoniac, en particulier, a paru, dans ce but, un agent souple et commode. En l'emportant à l'état liquide, comme le voulait le professeur Meissel, il serait possible de le laisser, au moment voulu, se détendre dans un petit ballonnet de capacité convenable.

Le transport est facile, puisque le gaz ammoniac se liquéfie sous une faible pression de 8 atmosphères et qu'il n'occupe plus alors que la $\dfrac{1}{800}$ partie de son volume primitif. Mais c'est un gaz relativement lourd ; son poids spécifique atteint o k. 750, et, par suite, sa force ascensionnelle n'est que o k. 500 seulement. Il en résulte que, même avec des récipients aussi légers que possible, son propre poids étant supérieur à sa force ascensionnelle, il n'y a pas intérêt à le substituer à du lest ordinaire.

On pourrait y songer pourtant, si la manœuvre était réversible, c'est-à-dire si, après l'avoir utilisé pour combattre un alourdissement, on pouvait le reprendre, le recondenser, pour combattre un allègement. Mais sa liquéfaction exigerait évidemment un travail et un poids de machines irréalisables.

Le chimiste Zien propose, il est vrai, d'absorber alors le gaz ammoniac par l'eau. Ce serait simplement déplacer la difficulté. Il faudrait emporter une provision d'eau, et, une fois dissous, le gaz ne pouvant pas être régénéré sans l'emploi du feu, la manœuvre aurait servi une seule fois et ne pourrait être répétée.

L'emploi de l'ammoniac se heurte d'ailleurs à un obstacle plus grave : c'est que ce gaz attaque les étoffes, les vernis et le caoutchouc. Cette seule raison suffit à l'écarter de la pratique aéronautique.

c) Procédés thermiques.

Conditions générales. — Les procédés thermiques consistent, d'une manière générale, à faire varier la force ascensionnelle, en modifiant au gré du pilote la température du gaz qui gonfle le ballon.

Les deux types de procédés calorifiques les plus rationnels, sinon les plus aisément réalisables, sont :

1° Les appareils à injection de vapeur d'eau ;

2° Les aérostats mixtes, pourvus de montgolfières.

Ils supposent tous les deux que l'on ne reculera pas devant les dangers d'installation d'un foyer dans la nacelle du ballon.

Le capitaine Voyer[1] a établi un théorème général applicable à tous ces procédés, et qui peut s'énoncer ainsi :

Théorème. — *Un gain de 65 calories allège l'aérostat d'au moins un kilogramme.*

Appelons c la chaleur spécifique à pression constante du gaz qu'on échauffe et b son poids spécifique :

[1] VOYER, 4, p. 51.

la quantité de chaleur nécessaire pour élever de $1°$ la température de 1 mètre cube de ce gaz est cb. D'autre part, ce réchauffement de $1°$ dilate le mètre cube de gaz de la quantité β (β étant le coefficient de dilatation), et par conséquent augmente le poids de l'air déplacé de βa. Ainsi une quantité de chaleur égale à cb produit un allègement égal à βa.

Pour augmenter la force ascensionnelle de 1 kilogramme, il faudra donc communiquer au gaz une quantité de chaleur donnée par l'expression :

$$Q = \frac{cb}{\beta a}.$$

Supposons pour l'instant que le gaz considéré soit à la même température que l'air ambiant ; nous aurons :

$$\frac{b}{a} = \frac{b_0}{a_0} ; \quad \text{d'où} \quad Q = \frac{cb_0}{\beta a_0}.$$

Mais le produit cb_0 est le même pour tous les gaz parfaits (loi de Delaroche et Bérard).

Sóit donc c_1 la chaleur spécifique de l'air à pression constante ; nous aurons encore :

$$cb_0 = c_1 a_0 ; \quad \text{d'où} \quad Q = \frac{c_1}{\beta}.$$

Or $c_1 = 0,238$, $\beta = 0,00367$; on déduit de ces valeurs numériques :

$$Q = 65 \text{ calories.}$$

Nous avons fait une hypothèse : c'est que le gaz qui reçoit la chaleur est à la même température que l'air ambiant. S'il n'en est pas ainsi, en appelant θ

l'échauffement primitif du gaz, c'est-à-dire la différence des deux températures, on aura :

$$\frac{b}{a} = \frac{b_0}{a_0}\,(1 - 30)\,;$$

d'où l'on déduira :

$$Q = 65\,(1 - 30).$$

Le nombre de calories à communiquer au gaz pour produire un allègement de 1 kilogramme sera un peu moindre que 65 calories, puisque 0 est toujours positif. Pour $\theta = 20°$, on aurait $Q = 60$ calories.

Ce théorème général s'applique à tout ballon, montgolfière ou ballonnet, quel que soit son volume, quel que soit le gaz dont il est gonflé, et quelle que soit l'altitude à laquelle il se trouve, à la seule condition que le gaz ou l'air échauffé puisse se dilater librement dans son enveloppe[1].

Quantité de combustible nécessaire. — En admettant que le pouvoir calorifique de la houille est de 7500 calories environ, et celui du pétrole 10000 calories, il suffirait, pour alléger l'aérostat de 1 kilogramme, de brûler : $\dfrac{65}{7500} = 0\ \text{k.}\ 009$ de houille,

ou $\dfrac{65}{10000} = 0\ \text{k.}\ 006$ de pétrole. Toutefois il serait bon de doubler ces chiffres, pour tenir compte d'un rendement de 50 %.

Procédé par injection de vapeur. — On ne peut pas songer à injecter dans le ballon de la vapeur

[1] Capitaine VOYER, 4, p. 52.

à plus de 100°, sous peine de brûler l'enveloppe elle-même. On admettra d'ailleurs que cette vapeur se condensera entièrement, en cédant ainsi au gaz la totalité de sa chaleur de condensation, soit 537 calories par kilogramme de vapeur. L'eau condensée se mettra ensuite en équilibre de température avec le gaz; si la chute de sa température est de 50°, ce qui peut être considéré comme un minimum, on aura là un nouveau gain de 50 calories, soit au total :

$$537 + 50 = 587 \text{ calories},$$

et l'allègement produit, à raison de 65 calories par kilogramme d'allègement, sera $\dfrac{587}{65} = 9$ kilos.

Mais il convient de compter sur 20 à 22 % de perte dans le trajet de la vapeur de la chaudière au ballon, soit en définitive un allègement de 7 kilos par kilogramme de vapeur.

Si donc 1 k. de charbon peut produire 9 k. de vapeur, 1 k. de pétrole, dans certaines chaudières, donnant 14 k. de vapeur, on admettra que, en tenant compte des pertes :

1^k de charbon allègera l'aérostat de 63^k,
1^k de pétrole — — 98^k.

C'est-à-dire que 1 k. de pétrole remplacerait 90 k. de lest.

Cette conclusion toutefois serait trop hâtive; car, pour maintenir l'aérostat en équilibre, il faudra entretenir la nouvelle température du gaz, malgré l'échange avec l'air ambiant. Pendant l'interposition momentanée d'un nuage, il faudra fournir au gaz une quantité de chaleur équivalente à celle qu'il recevait des rayons solaires.

Il convient, en outre, de remarquer que nous n'avons pas tenu compte du poids de la chaudière qui devrait pouvoir fournir rapidement d'assez grandes quantités de vapeur pour compenser l'alourdissement aussi vite qu'il se produit. Or, si l'on désigne par S la surface du ballon, on peut admettre que, dans les conditions habituelles, la vitesse de production des ruptures d'équilibre peut atteindre la valeur $\dfrac{S}{150}$ par minute, soit 5 k. pour un ballon de 2000 m³; il serait même prudent de compter sur 7 k., ce qui nécessiterait l'injection de 1 k. de vapeur, soit 60 k. à l'heure.

Une pareille production exigerait une chaudière de 6 chevaux qui, avec ses accessoires, pèserait environ 50 k. L'eau condensée peut être recueillie et servira de nouveau ; mais il faut compter que 100 k. environ resteront à l'état de vapeur mélangée au gaz, à raison de 50 grammes par mètre cube de gaz saturé à la température de 40°; d'autre part, les parois en retiendront 50 k. au moins. On peut donc admettre que l'approvisionnement d'eau sera de 200 k. En y ajoutant 50 k. pour les récipients divers, et en admettant qu'on dispose, dans un ballon de 2000 m³, de 1000 k. pour le lest, il restera ainsi 700 k., qu'on pourra emporter en combustible net.

Si ce combustible est du pétrole produisant 14 k. de vapeur à l'heure, la consommation horaire de 60 k. de vapeur exigera $\dfrac{60}{14} = 4$ k. 3 de pétrole, et la provision

emportée permettrait une marche de $\dfrac{700}{4,3} = 162$ heures,
soit six jours et dix-huit heures.

Ces conclusions montrent que, malgré ses inconvénients, le procédé par injection de vapeur serait susceptible, peut-être, d'un emploi avantageux.

Montgolfière simple ou mixte. — La montgolfière présente cet avantage qu'on n'a pas à tenir compte des pertes de gaz, puisque ce gaz est de l'air chaud, indéfiniment renouvelable. En outre, le pilote dispose à son gré de la force ascensionnelle qu'il peut faire varier par le seul réglage du foyer.

Son inconvénient tient au peu de légèreté relative de l'air chaud. En supposant l'air extérieur à 0° et celui de la montgolfière à 80°, ce qui est un maximum, on a, comme force ascensionnelle du mètre cube d'air chaud :

$$A = a\left(1 - \frac{1}{1 + 80\beta}\right);$$

et si l'on prend $a = 1 \text{ k}. 11$ (conditions moyennes), on trouve pour la force ascensionnelle la valeur assez faible : $\qquad A = 0 \text{ k}. 250.$

Aussi, abandonnant l'emploi de la montgolfière simple, on a songé à l'associer à un ballon à gaz.

La triste fin de Pilâtre de Rozier, qui avait réalisé cette conception dès les débuts de l'aérostation, et de son imitateur, le comte Zambeccari, montre bien le principal danger de cette association qui force d'allumer un foyer sous un ballon à gaz.

Ces malheureuses victimes de la science aérostatique

ont eu pourtant des émules parmi les aéronautes modernes. Le lieutenant Baden-Powell[1], Gaussin, Chardanne et tant d'autres se sont ingéniés et s'ingénient encore à disposer le mieux possible les deux ballons des aérostats mixtes.

Le plus souvent on a projeté d'enfermer le gaz dans un ballon annulaire, à travers lequel peut passer la montgolfière. C'est la disposition proposée par le comte Apraxine; mais il est permis de penser que la construction, le gonflement, la manœuvre et l'atterrissage d'un pareil engin constitueraient des opérations très délicates; en outre, le poids de l'enveloppe annulaire, de la carcasse légère de la montgolfière et des autres accessoires, ne serait pas suffisamment compensé par les avantages du dispositif.

Dans l'appareil du comte Apraxine, le ballon à gaz était pourvu de soupapes automatiques, et la montgolfière, de clapets permettant le renouvellement rapide de l'air. En même temps on devait utiliser le *régulateur de hauteur de Meissel*, où le jeu du baromètre suffit à ouvrir et fermer électriquement les soupapes et clapets de manière à maintenir l'aérostat à hauteur constante. Il est d'ailleurs permis d'émettre quelque doute sur la réalisation pratique d'un pareil instrument.

Les progrès de l'industrie moderne permettraient certainement d'atténuer le danger des montgolfières mixtes, par le choix du combustible et du dispositif du foyer. Il n'est donc pas inutile d'examiner les conditions qui dominent le problème.

Tout d'abord, le capitaine Voyer a calculé que,

---

[1] BADEN-POWELL.

pour être efficace, le volume de la montgolfière devrait
être au moins égal au quart de celui du ballon. Mais,
même sous ce volume, l'action de la montgolfière,
par le jeu des températures, se ferait sentir très lentement, et il deviendrait nécessaire de compliquer
encore les appareils, notamment par l'adjonction de
soupapes permettant l'évacuation rapide de l'air chaud,
ou d'un ventilateur qui donnerait la faculté d'y envoyer
de l'air froid.

On voit qu'en résumé la juxtaposition d'une montgolfière et d'un ballon à gaz présente de sérieuses difficultés.

Ballonnet à air chaud (proposition du capitaine
Voyer[1]). — On peut tourner ces difficultés en remplaçant la montgolfière indépendante par un simple ballonnet, ménagé au moyen d'une cloison d'étoffe dans
la capacité même du ballon, et dans lequel il est possible d'introduire de l'air chaud.

On fait ainsi disparaître les difficultés d'organisation
et les formes compliquées proposées jusqu'ici. En
outre, le ballonnet et le ballon à gaz se trouvant réunis
de telle sorte que la somme de leurs volumes reste
constante, on bénéficie des avantages que nous avons
exposés à propos de la stabilité des ballons pleins.

On aura soin que, dans les mouvements ascendants,
l'air chaud du ballonnet soit expulsé avant toute sortie
du gaz : il suffit pour cela de régler convenablement
les clapets de retenue. Par suite, il sortira du ballonnet
un volume d'air chaud égal au volume total dont se

[1] VOYER, 4, p. 58.

seront dilatés à la fois le gaz du ballon et l'air chaud du ballonnet. Ce volume, par mètre d'ascension, est $\dfrac{C}{8000}$, C étant la capacité totale de l'enveloppe ; et si l'on prend o k. 250 pour la force ascensionnelle de l'air chaud, la sortie d'un volume $\dfrac{C}{8000}$ correspond à une perte de force ascensionnelle : $0,250 \times \dfrac{C}{8000}$ par mètre parcouru verticalement.

Dans les descentes, on maintiendra le ballon constamment plein. en introduisant au fur et à mesure de l'air chaud dans le ballonnet. et par mètre de descente, on gagnera la force ascensionnelle de l'air chaud introduit, compensant exactement la contraction du gaz ; en sorte qu'on aura encore comme gain stabilisateur : $0,250 \times \dfrac{C}{8000}$.

On peut donc ainsi combattre les ruptures d'équilibre automatiquement, *sans perte de gaz ni projection de lest*, la seule dépense étant celle du combustible employé à chauffer l'air qu'on envoie dans le ballonnet.

Le ballonnet et le ballon à gaz ayant une paroi commune, — la cloison qui les sépare, — il y aura échange de chaleur et échauffement du gaz, ce qui ne peut qu'augmenter l'efficacité du système contre les alourdissements. Toutefois il ne faudrait pas élever intempestivement la température du ballonnet, car la dilatation du gaz par suite de l'échauffement à travers la cloison pourrait provoquer une sortie de gaz, alors qu'on veut éviter toute perte de ce genre.

Enfin, le ballonnet permettra d'enrayer les mouvements ascensionnels, si l'on se ménage la possibilité d'y envoyer de l'air froid, remplaçant une égale quantité d'air chaud.

Pour un ballon de 2000 m³, nécessitant des allègements de 5 k. par minute, il conviendrait qu'on pût envoyer dans le ballonnet 20 m³ d'air chaud pendant le même temps. On peut admettre que l'appareil nécessaire ne pèsera pas plus que la chaudière reconnue nécessaire dans le cas d'une injection de vapeur, soit 50 k. On y joindra, pour l'air froid, un ventilateur de 30 k., des récipients à combustible pesant 50 k., soit au total 130 k. Sur les 1000 k. disponibles pour le lest, il restera donc 870 k. à emporter comme combustible.

La quantité de calories à fournir étant, d'après le théorème général, $65 \times 5 = 325$, et en comptant un rendement de 57 %, on dépenserait en réalité 570 calories par minute, ou 34200 calories à l'heure, si l'on devait opérer d'une façon continue, et une consommation de pétrole de $\dfrac{34200}{10000} = 3$ k. 4. Avec 870 k. de combustible, on pourrait donc marcher : $\dfrac{870}{3,4} = 255$ heures. Mais l'opération devant être intermittente, la durée de marche serait beacoup plus longue.

Ce procédé semble donc devoir donner des résultats très intéressants et mérite d'être expérimenté.

d) Procédés utilisant la compression de l'air ou du gaz.

1° Compression d'air ou de gaz dans des réservoirs. — Tandis que le lest solide employé communément ne saurait se régénérer lorsque disparaît la cause qui a produit l'alourdissement et provoqué la projection du lest, il semble qu'un gaz comprimé dans un réservoir constituerait un genre de lest parfait, facile à lâcher pour alléger le ballon, facile à reconstituer quand il s'agit d'alourdir celui-ci. Ces deux opérations résument, en effet, la manœuvre aérostatique; mais elles ne sont pas également simples à réaliser.

Il est toujours aisé et rapide de donner l'essor à du gaz comprimé; l'opération inverse est, au contraire, extrêmement pénible et nécessite un effort considérable, si l'on veut recomprimer le gaz dans le temps forcément réduit où doit se produire l'effet utile.

Désignons encore respectivement par a et b les poids spécifiques de l'air ambiant et du gaz qu'il s'agit d'emmagasiner. Considérons une masse gazeuse dont le volume primitif est 1 m^3, et comprimons cette masse gazeuse à la pression γ, exprimée en atmosphères.

Son volume devient $\dfrac{1}{\gamma}$, et son poids apparent p sera représenté par la différence de son poids spécifique b et de la poussée de l'air sur le volume $\dfrac{1}{\gamma}$; cette poussée devenant ainsi $a \times \dfrac{1}{\gamma}$, on a :

$$p = b - \frac{a}{\gamma}.$$

C'est aussi la valeur de l'alourdissement que l'on produit par la compression. On voit qu'il est avantageux de choisir un gaz lourd. Pour l'air, par exemple,

$$b = a,$$

et l'on a :
$$p = a\left(1 - \frac{1}{\gamma}\right).$$

Il y aurait également intérêt à augmenter le plus possible γ, c'est-à-dire la compression du gaz choisi ; mais on peut craindre alors que le travail de compression ne devienne trop considérable.

En prenant pour le poids spécifique de l'air moyen

$$a = 1\,\text{k}.246,$$

on trouve les valeurs suivantes pour l'alourdissement dû à la compression de 1 m³ d'air aux pressions successives :

$\gamma =$	2	3	4	5	6
$p =$	0 k.623,	0 k.822,	0 k.934,	0 k.997.	1 k.038

Si nous construisons la courbe correspondant à l'alourdissement, nous pouvons remarquer que le gain augmente d'abord très rapidement avec la pression ; mais à partir de 4 à 5 atmosphères, on n'a plus un intérêt suffisant à comprimer davantage. C'est donc là que se trouve la limite des pressions utiles.

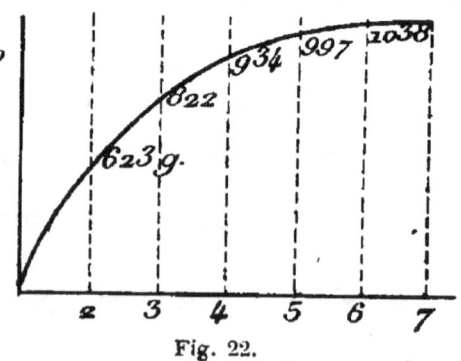

Fig. 22.

Volume des réservoirs. — Si, au lieu de 1 m³, on comprime du gaz dans un réservoir de capacité V, ce qui correspond à un volume Vγ avant compression, l'alourdissement est :

$$P = p \cdot V\gamma = V\gamma a \left(1 - \frac{1}{\gamma} \right),$$

ou

$$V(\gamma - 1) = \frac{P}{a} ;$$

d'où l'on peut tirer le volume du réservoir.

Pour un ballon de 540 m³, on peut prévoir un allègement fortuit de 50 k. Si l'on veut le combattre en comprimant de l'air pour lequel on a $a = 1$ k. 246, on voit qu'on devra prendre un réservoir dont la capacité satisfera à la relation

$$V(\gamma - 1) = \frac{50}{a} \quad \text{ou} \quad V(\gamma - 1) = 40.$$

La courbe représentative est donc une hyperbole équilatère dont les asymptotes sont :

$$\gamma = 1 \quad \text{et} \quad V = 0.$$

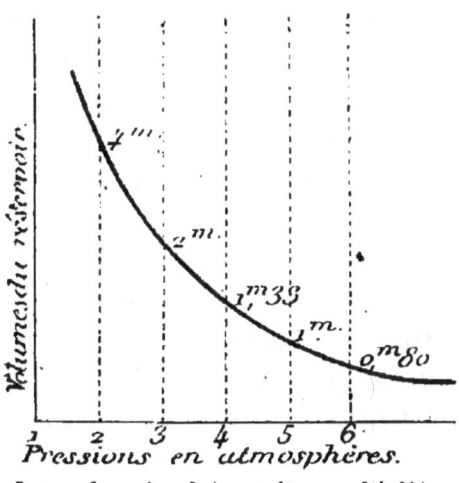

Le volume des réservoirs, qui serait infini pour une compression infiniment petite, est encore très considérable pour des pressions de 1 à 4 atmosphères. Puis il diminue très peu lorsqu'on augmente la

Pressions en atmosphères.

Les ordonnées doivent être multipliées par 10.

Fig. 23.

pression. Ce résultat amènerait donc, comme la considération des variations de l'alourdissement, à s'arrêter à une compression comprise entre 4 et 5 atmosphères.

Le volume du récipient, remarquons-le bien, serait encore très grand et difficilement admissible même avec un aérostat de médiocre grandeur comme celui que nous avons considéré.

Travail de la compression. — Mais l'objection capitale de ce dispositif, celle qui le rend irréalisable, réside dans le travail énorme qu'il faudrait développer pour comprimer l'air.

On estime, en effet, que pour un ballon de 540 m³, les allègements peuvent se produire assez rapidement, à raison de 2 k. par minute [1].

Il est facile de calculer quel est, aux diverses pressions, le volume primitif V occupé par l'air, qu'il convient de comprimer pour obtenir 2 k. d'allègement : nous avons porté les valeurs de V sur le tableau suivant, où l'on trouve, en outre, le travail de compression de 1 m³ d'air dans les deux hypothèses où cette compression suit la loi isothermique et la loi adiabatique. L'écart entre les deux valeurs, pour une même pression, croît assez rapidement, et le travail réel sera toujours compris entre les deux.

Les chiffres de la compression isothermique sont des minima ; mais pour peu que le compresseur soit bien conçu et ne laisse pas un trop fort échauffement se produire, on peut admettre que le travail adiabatique

---

[1] Pour un ballon de 2000ᵐ, nous avons eu l'occasion de dire que cet allègement peut être de 5ᵏ par minute.

est un maximum qui tient suffisamment compte des résistances passives.

La cinquième colonne de ce tableau indique enfin la force que devrait développer la machine motrice, et l'on y voit, par exemple, que, pour une compression de 5 atmosphères, il ne faudrait pas moins de 10 chevaux.

PRESSION EN ATMO- SPHÈRES	TRAVAIL DE COMPRESSION DE 1mc D'AIR		V VOLUME INITIAL DE L'AIR A COMPRIMER POUR RÉALISER 2k DE LEST	FORCE MOTRICE EN CHEVAUX
	ISO- THERMIQUE	ADIA- BATIQUE		
2	6 930k	8 000k	3m,2	5,5
3	10 990	13 880	2m,4	7,4
4	13 860	18 670	2m,1	8,7
5	16 090	22 790	2m,0	10,0

Poids des réservoirs. — Quant au poids qu'aurait le récipient, on pourrait s'assurer aisément qu'en faisant travailler à près de 20 k. le métal qui le constituerait, un réservoir cylindrique ne saurait peser moins de 7 k. par kilogramme d'air emmagasiné. Pour 50 k. d'air, le récipient seul pèserait donc 350 k.

De pareils chiffres dispensent de commentaires.

2° Emploi du gaz du ballon, et sa compression dans des réservoirs [1]. — Serait-il possible d'atténuer les inconvénients que nous venons de signaler, en puisant le gaz même du ballon pour le comprimer dans des réservoirs?

[1] JOBERT, p. 51.

Il semble, en effet, qu'on gagne ainsi des deux côtés :
on diminue la force ascensionnelle totale de toute celle
du gaz enlevé, et l'on augmente le lest de tout le poids
du gaz comprimé. Mais considérons une masse gazeuse
occupant primitivement 1 mètre cube ; sa force ascensionnelle est : $(a - b)$.

Après compression à une pression de γ atmosphères,
le poids apparent du gaz est devenu :

$$\left(b - \frac{a}{\gamma}\right).$$

En sorte que l'alourdissement total dû à cette opération est : $(a - b) + \left(b - \frac{a}{\gamma}\right),$

ou $a\left(1 - \frac{1}{\gamma}\right) ;$

c'est-à-dire que l'alourdissement est précisément le
même que lorsqu'on puise de l'air dans l'atmosphère
pour le comprimer.

Il n'y a donc aucun intérêt à lui substituer le gaz
du ballon ; et, en tout cas, toutes les conclusions de
l'étude que nous avons faite précédemment s'applique-
raient encore.

3° Compression d'un gaz dans une enveloppe en étoffe (modérateurs).

— Le procédé de la com-
pression se présenterait sous un aspect plus spécieux
si, sans parler d'atteindre des pressions de plusieurs
atmosphères, on se contentait des faibles pressions que
pourrait supporter une enveloppe en étoffe. Au lieu
d'emporter des réservoirs qui constituent toujours un

poids mort considérable, il suffirait d'opérer la compression, soit une certaine quantité d'air dans un ballonnet renfermé dans le ballon, soit du gaz de gonflement dans l'enveloppe de ce ballon lui-même.

Mais, dans l'un et l'autre cas, il est nécessaire de renforcer l'étoffe de manière à constituer ce que l'on appelle une *enveloppe de force*.

Nous appellerons *qualité de l'enveloppe* le rapport $\rho = \dfrac{\tau}{m}$ de sa tension de rupture τ par mètre courant à son poids m par mètre carré.

La tension qu'on lui fera supporter sera une fraction $\dfrac{1}{n}$ de sa tension de rupture τ; n est le *coefficient de sécurité*.

Si nous désignons par q la pression apparente limite à admettre, on sait que, pour une sphère de rayon R', la tension par mètre courant sera $\dfrac{1}{2} R'q$, en supposant la pression q constante dans toutes les régions de la sphère, et l'on devra avoir, par conséquent :

$$\frac{1}{n}\, \tau = \frac{1}{2}\, R'q\, ;$$

d'où

$$\tau = \frac{n R' q}{2}\, .$$

D'autre part, le poids de l'enveloppe $4\pi R'^2 m$ ne devra pas dépasser une fraction $\dfrac{1}{n'}$ de la force ascensionnelle totale du ballon. Si le ballon lui-même a un rayon R, et si la force ascensionnelle du gaz est A, la force ascensionnelle totale sera $\frac{4}{3}\pi R^3 A$; pour l'hydrogène $A = 1$, ce qui donne en définitive, en égalant les deux valeurs du poids :

$$4\pi R'^2 m = \frac{1}{n'} \times \frac{4}{3}\pi R^3 ;$$

d'où
$$m = \frac{1}{3n'} \cdot \frac{R^3}{R'^3}.$$

Divisons membre à membre les expressions de τ et de m, il vient : $\varsigma = \frac{3}{2}n \cdot n' \cdot \frac{R'^3}{R^2} q.$

Or le rapport $\frac{R'^3}{R^3}$ est égal au rapport $\frac{C'}{C}$ des volumes de l'enveloppe de force et du ballon. D'où l'on déduit, pour la valeur de q :

$$q = \frac{2}{3} \frac{\varsigma}{n \cdot n'} \cdot \frac{C}{C'}.$$

Telle est la valeur de la pression apparente limite qu'on peut faire supporter à l'enveloppe.

Quelle sera dès lors l'efficacité de cette suppression ?

Soit p la pression extérieure à l'altitude où l'enveloppe de force supporte la pression apparente q ; le poids de l'air qu'elle déplace est $C'a_0 \frac{p}{p_0}$. Si l'aérostat descend jusqu'à l'altitude où la pression est $p + q$, le poids de l'air déplacé par l'enveloppe deviendra $C'a_0 \frac{p+q}{p_0}$; et, puisque

$$\frac{p_0}{a_0} = 8000,$$

il aura donc augmenté de

$$C'a_0 \frac{q}{p_0} = \frac{C'}{8000} q = E,$$

et l'aérostat se sera allégé de la quantité.

Si l'enveloppe n'est pas rigide, ce qui est le cas des étoffes, cette quantité E représente l'efficacité du système ; car, lorsque l'aérostat dépassera la zone de pression $p + q$, l'enveloppe deviendra flasque et par conséquent n'aura plus aucune action sur l'équilibre. Si au contraire l'enveloppe est rigide, l'efficacité sera double ; on peut admettre, en effet, que cette enveloppe sera capable de supporter une dépression intérieure égale à la surpression admise q, et que, par suite, son action s'exercera jusqu'à l'altitude où la pression est $p + 2q$.

Dans l'expression E, remplaçons q par la valeur

$$\frac{2}{3} \frac{\rho}{nn'} \frac{C}{C'},$$

il vient :
$$E = \frac{1}{12000} \frac{\rho}{nn'} C.$$

Cette expression montre que l'efficacité est indépendante du volume C' de l'enveloppe de force. D'autre part, si nous admettons, ce qui est normal, que l'efficacité doit être de $\frac{1}{20} C$, on devra avoir pour les enveloppes souples :

$$E = \frac{1}{12000} \frac{\rho}{nn'} = \frac{1}{20}, \quad \text{ou} \quad \rho = 600\, nn'.$$

Pour les enveloppes rigides : $\rho = 300\, nn'$.

Ce sont là les conditions d'une efficacité suffisante.

4° *Enveloppes souples. Ballon fermé.* — On réalise le compensateur à enveloppe souple en fermant la manche du ballon, au moyen d'un clapet de sûreté qui ne s'ouvre que lorsque la pression apparente atteint la limite q. On prendra pour coefficient de sécurité à la rupture une valeur n comprise entre 10 et 20 : par exemple, $n = 10$; et l'on admet généralement $n' = 2$. Dans le ballon de 2000 mètres on aura ainsi :

$$\rho \quad \text{ou} \quad \frac{\tau}{m} = 12\,000.$$

Cette valeur du rapport $\dfrac{\tau}{m}$ est presque impossible à obtenir avec les étoffes usuelles, où l'on atteint à peine 7900. On peut donc conclure que ce procédé est irréalisable.

5° *Enveloppe métallique.* — Quant aux enveloppes métalliques, en prenant $\rho = 300\,nn'$, et remplaçant n et n' par leur valeur, on arrive à : $\rho = 6000$, chiffre qu'on peut atteindre et dépasser avec certains alliages, les alliages cuivreux, par exemple.

Mais si, dès lors, la solution semble théoriquement possible, sa réalisation pratique se heurte à des difficultés telles, par suite de la fragilité d'une énorme enveloppe de très faible épaisseur, qu'il semble bien qu'on y doive renoncer.

Il suffit de citer à cet égard l'échec de la tentative de Schwartz, en 1897.

6° *Compensateur.* — S'il ne faut pas songer à construire un ballon métallique, ou à prendre le ballon lui-même comme enveloppe de force, on peut du moins imaginer un organe spécial où l'on comprimera du gaz ou de l'air. Cet organe prend le nom de *compensateur*.

Il est indépendant de l'appareil de sustention, et l'on peut se contenter d'un faible coefficient de sécurité $n = 4$; en revanche, son poids s'ajoutant à celui du ballon, il convient de relever le coefficient d'utilisation et de prendre $n' = 2,5$, d'où $\rho = 6000$, condition réalisable pour une enveloppe de force en étoffe.

Toutefois ce ne serait qu'au prix d'une grande dépense de construction, ce compensateur comportant plusieurs épaisseurs de soie superposées.

d) *Procédés par renouvellement du gaz.*

On peut ranger dans la même catégorie le renouvellement du gaz du ballon ou son remplissage lorsqu'il est flasque, au moyen de provisions de gaz emporté sous pression dans des réservoirs métalliques ou condensé dans une matière susceptible d'en absorber de grandes quantités.

Les réservoirs d'acier où l'on comprime de l'hydrogène pèsent 8 à 9 k. par mètre cube de gaz emmagasiné, ce qui correspond par conséquent à 1 k. de force ascensionnelle; il est évident qu'un pareil poids mort rend le procédé irréalisable.

Au contraire, l'hydrure de calcium, traité par l'eau, donne, par kilogramme, 1 mètre de gaz, et le résidu peut servir de lest. Il y a donc là une méthode utilisable, dont l'examen d'ailleurs sera mieux à sa place lorsqu'on étudiera les procédés de fabrication de l'hydrogène.

e) *Ballon à volume variable et à ballonnet.*

Effets stabilisateurs d'un ballonnet à air.

— Dans un paragraphe précédent, nous avons étudié les effets stabilisateurs de la compression de l'air ou du gaz de gonflement par les moyens mécaniques, et nous en avons fait ressortir les inconvénients.

Toutefois, nous avons fait entrevoir qu'il serait possible d'obtenir un surcroît très modéré de pression en envoyant de l'air dans une capacité spéciale, ménagée dans l'enveloppe même du ballon, et à laquelle on donne le nom de *ballonnet compensateur* ou, plus simplement, de ballonnet.

En outre, cet organe nouveau du ballon, indépendamment même de la faible surpression qu'on y peut entretenir, est susceptible de jouer un rôle extrêmement important de stabilisateur et mérite, à cet égard, une étude spéciale.

Le ballonnet a été inventé par le général Meusnier, alors lieutenant du génie, en 1783, c'est-à-dire quelques mois après l'invention des ballons[1].

Cette invention, restée dans l'oubli, a été remise en lumière par l'application qu'en fit Dupuy de Lôme, dans son dirigeable de 1872. Ce savant lui a donné la forme sous laquelle il est établi actuellement.

A son tour, le colonel Renard, alors capitaine, l'a utilisé en 1884, dans la construction du dirigeable *la France*. Il a en outre établi nettement les règles de

---

[1] MEUSNIER. Voir également capitaine VOYER, 2.

son application aux ballons libres ordinaires, telles que
nous allons les exposer[1].

Dans la manœuvre de ce qu'il a appelé les *ballons
à volume variable*, le colonel Renard propose pour le
ballonnet un rôle tout différent de celui des *modérateurs* que nous venons d'étudier, la pression ne dépassant plus ce que l'on peut attendre de la résistance
habituelle des étoffes ; ainsi se trouvent évitées la surcharge énorme et la dépense qu'entraîneraient les enveloppes de force.

Le ballonnet à air, tel que l'ont appliqué Renard et
Dupuy de Lôme, tel aussi que l'avait conçu Meusnier,
a pour but essentiel de maintenir l'enveloppe du ballon
toujours complètement pleine, la capacité occupée par
le gaz se trouvant à chaque instant réduite au volume
réel du gaz tel qu'il résulte des contractions ou des
pertes, d'où l'expression du ballon *à volume variable*.

Dans ces conditions, le ballon se comporte conti-
nuellement comme un ballon plein, avec les avantages
que nous avons exposés. On pourrait dire que l'aérostat fonctionne au cours de l'ascension comme une
suite de *ballons différents* de capacité décroissante,
mais toujours complètement gonflés.

Le ballonnet pourrait, une fois gonflé, présenter
une forme annulaire (fig. 24). Il est d'une construction
plus commode de le constituer (fig. 25) au moyen d'une
simple cloison d'étoffe, cousue à l'enveloppe du ballon
suivant un parallèle et épousant, lorsque le ballonnet
est vide, exactement la forme MP'N de la calotte sphérique inférieure, en sorte qu'à ce moment le gaz occupe

[1] CH. RENARD, 2.

la totalité de la capacité intérieure du ballon. Si l'on insuffle alors de l'air dans le ballonnet, au fur et à mesure que le gaz se contracte, la cloison se soulève et finit par dessiner une calotte sphérique MPN symétrique de la première. Le ballonnet est plein à ce

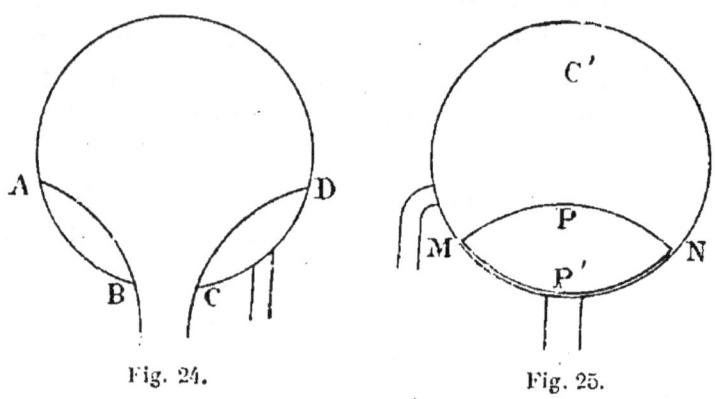

Fig. 24.   Fig. 25.

moment et occupe son volume maximum, dont la forme est lenticulaire.

Nous allons examiner comment se comportera un aérostat ainsi constitué.

Supposons, tout d'abord, notre ballon près de terre et entièrement gonflé de gaz; la cloison du ballonnet est appliquée sur la calotte inférieure. Nous réglons la rupture d'équilibre de manière à atteindre la *zone déterminée* où nous désirons naviguer.

Le ballon y parvient en perdant du gaz par sa manche d'appendice et sans que le ballonnet entre en jeu; mais l'équilibre dont jouit l'aérostat sur sa zone ne saurait être de longue durée, comme on le sait.

Sous une des influences que nous avons tant de fois signalées, le ballon vient-il à descendre ? Le lest offre le moyen d'arrêter sa chute presque aussi rapidement qu'on le veut ; mais son équilibre alors serait précaire, et il ne retrouverait quelque stabilité qu'en remontant au delà de l'altitude où le gaz, en se dilatant, remplit complètement son enveloppe.

Toutefois, au lieu de l'abandonner à lui-même, insufflons de l'air dans le ballonnet de manière qu'au moment où la descente s'arrête, l'enveloppe se trouve exactement remplie, en partie par le gaz, en partie par l'air : le ballon est en équilibre ; le gaz remplit complètement l'espace C' laissé libre par le ballonnet. On est ainsi dans la même situation que si l'on avait un nouveau ballon plein de capacité C', et ce ballon se trouve sur une zone d'équilibre.

On voit donc que la présence du ballonnet permet de choisir et de naviguer sur une zone de navigation plus basse que celle que le ballon a d'abord atteinte.

Nous disons « choisir », parce qu'en réalité on peut régler la projection du lest de manière à arrêter l'aérostat à une hauteur z à peu près déterminée.

Mais puisqu'on peut abaisser la zone d'équilibre, on conçoit aussi la possibilité de lui conserver une hauteur constante.

Reprenons, en effet, notre ballon sur la zone z où il était parvenu dans la manœuvre précédente : le ballonnet est en partie gonflé[1], le gaz remplissant entièrement le reste du ballon. Pour naviguer d'une manière permanente sur la zone z, nous observerons attentivement les moindres tendances que le ballon manifesterait, soit pour monter, soit pour descendre. Deux cas peuvent se présenter :

---

[1] Voir également la fig. 11.

Cas de l'ascension. — Si le ballon tend à monter, nous le laisserons s'élever, en ayant soin toutefois d'étrangler la manche à air, de manière que la dilatation fasse sortir du gaz par la manche restée libre : cette perte de gaz relativement restreinte suffit à limiter l'amplitude de l'ascension.

Cas de la descente. — Dès qu'il commence à descendre, au contraire, on enraye par des projections convenables de lest, et l'on fait en sorte d'arrêter l'aérostat un peu en dessous de la zone. Pendant toute la descente, on a dû insuffler de l'air dans le ballonnet, le principe étant de tenir toujours l'enveloppe extérieure complètement tendue.

Aussitôt que le mouvement de descente est arrêté, l'aéronaute fait cesser l'insufflation de l'air, et donne l'ordre d'étrangler incomplètement la manche à air. Puis il projette une très petite quantité de lest, afin de déterminer une ascension très lente. L'aérostat s'élève en se rapprochant de la zone z, et la dilatation fait sortir tout d'abord de l'*air*. L'ascension n'exigera donc aucune perte de lest, puisque le gaz ne s'échappant pas en se dilatant, la force ascensionnelle reste à peu près constante, comme pour les ballons flasques.

Bientôt l'aérostat arrive à l'altitude z que nous ne voulons pas dépasser ; il y arrive avec une très faible vitesse, provenant d'une très faible force ascensionnelle : il suffit donc de la moindre perte de gaz pour l'arrêter net ; on déterminera cet arrêt en étranglant entièrement la manche à air. L'air ne pouvant plus s'échapper du ballonnet, en effet, c'est le gaz qui se dégage de son enveloppe, et l'aérostat s'arrête à quelques mètres au-dessus du point où l'on a étranglé la manche à air.

Ce dispositif jouit, du reste, d'une autre propriété fort remarquable : c'est d'être un *régulateur de vitesse*.

Considérons de nouveau, en effet, notre ballon pendant son mouvement ascensionnel avec la manche à air incomplètement étranglée ; sous l'effet de la dilatation, c'est l'air qui sortira le premier du ballon, par suite de sa très légère surpression. Mais si pourtant la vitesse verticale s'accélérait outre mesure, l'air éprouverait, pour s'écouler par la manche étranglée en partie, une résistance supérieure à la pression nécessaire pour refouler le gaz par la manche d'appendice ; le ballon perdrait donc du gaz et s'alourdirait jusqu'à ce que la vitesse ascensionnelle fût redevenue normale.

En résumé, pour se maintenir à une hauteur sensiblement constante, il faut :

1° Avoir toujours son ballon plein ;

2° Pendant les stations à hauteur fixe, conserver la manche à air complètement fermée ;

3° Pendant les ascensions accidentelles au-dessus de la zone choisie, laisser la manche à air entièrement fermée et n'exécuter aucune manœuvre ;

4° Pendant les mouvements de descente, insuffler de l'air de manière à maintenir le ballon toujours juste plein ; refréner en même temps la vitesse de descente par des projections méthodiques de lest ;

5° Pendant l'ascension au-dessous de la zone choisie, étrangler incomplètement la manche à air pour refréner la vitesse ascensionnelle ; ne pas projeter de lest, sauf dans des circonstances exceptionnelles ;

6° En arrivant sur la zone choisie, étrangler complètement la manche à air pour arrêter l'aérostat.

En opérant de la sorte, chaque fois qu'il se pro-
duira une variation positive ou négative de la force
ascensionnelle, on maintiendra facilement. et sans se
servir de la soupape. l'aérostat dans le voisinage de la
zone choisie, et on ne consommera que la quantité de
lest strictement indispensable.

Le meilleur moyen de se rendre bien compte des
avantages du ballon à volume variable est de comparer
entre elles deux ascensions théoriques faites en même
temps avec deux ballons de même capacité, l'un à
volume constant, l'autre à volume variable.

On en trouvera un exemple dans l'étude publiée par
le capitaine Renard (*Aéronaute* de juin 1881) avec les
deux diagrammes correspondants. établis pour deux
ballons contenant 1 000 m³ d'hydrogène au départ.

Volume du ballonnet. — Soit V le volume d'un
ballon, et Q le poids du lest disponible au départ.
Nous désignerons par V' le volume du ballonnet dont
il le faut pourvoir.

Supposons enfin que, le lest étant dépensé, le ballon
se retrouve en équilibre près du sol, la perte de force
ascensionnelle étant due uniquement à une perte de
gaz sans rentrée d'air. Nous nous plaçons, comme on
le voit, tout d'abord dans le cas le plus favorable.

Soit alors V″ le volume actuel du gaz et δ sa densité ; nous admettrons que la pression atmosphérique
p_a n'a pas varié sur le sol, la température étant passée
de t à t'.

La force ascensionnelle de 1 mètre cube de gaz dans les conditions actuelles est alors :

$$1,293 \, \frac{1 - \delta}{1 + \alpha t'} \, \frac{p_a}{760},$$

ou encore :

$$1,293 \, \frac{(1 - \alpha t')(1 - \delta) p_a}{760} \, ;$$

et la force ascensionnelle de la quantité totale du gaz est donc actuellement :

$$A' = V'' \, \frac{1,293}{760} \, p_a (1 - \alpha t')(1 - \delta),$$

tandis qu'elle était au départ :

$$A = V \, \frac{1,293}{760} \, p_a (1 - \alpha t)(1 - \delta),$$

et l'on a : $A - A' = Q,$

ou

$$\frac{1,293}{760} \, p_a (1 - \delta) \left\{ V - V'' - \alpha (Vt - V''t') \right\} = Q.$$

Pour que le ballonnet remplisse bien son office et compense complètement la perte de gaz, il faut que son volume soit au moins égal à $V - V''$, et pratiquement on prend toujours : $V = 1,1 (V - V'')$.

Désignons par x la différence $V - V''$, d'où

$$V'' = V - x, \quad \text{et posons} \quad \frac{1,293}{760} \, p_a (1 - \delta) = \beta.$$

La relation ci-dessus peut se mettre sous la forme :

$$\beta x (1 - \alpha t') = Q + \beta \alpha V (t - t').$$

Après avoir calculé x, il suffira de prendre

$$V' = 1,1 \, x.$$

Évaluons maintenant la hauteur à laquelle le ballon pourvu de son ballonnet pourra s'élever impunément, c'est-à-dire en pouvant redescendre et se retrouver à terre sans avoir perdu plus de x mètres cubes de gaz.

Soit γ la pression correspondante à cette hauteur et θ la température qui y règne, p_a et t' étant les conditions atmosphériques à l'atterrissage.

Le volume du gaz à l'atterrissage doit être juste $V'' = V - x$. Or le gaz, en passant des conditions $p_a t'$ aux conditions γ et θ, perd :

$$V'' \frac{p_a}{\gamma} \frac{1 + \alpha\theta}{1 + \alpha t'} \quad \text{ou} \quad V'' \frac{p_a}{\gamma} \left[1 - \alpha (t' - \theta) \right] ;$$

et l'on doit avoir :

$$V'' \frac{p_a}{\gamma} \left[1 - \alpha (t' - \theta) \right] = V ;$$

d'où
$$\frac{\gamma}{p_a} = \frac{V''}{V} \left[1 - \alpha (t' - \theta) \right].$$

On peut donc prendre, comme première approximation : $\dfrac{\gamma}{p_a} = \dfrac{V''}{V}$; en supposant $p_a = 760$, on en conclut une valeur de γ, et la table de Radau donne, dans ce cas, la hauteur correspondante H.

Si maintenant on suppose que la température varie de $1°$ pour 165 mètres de surélévation, comme semblent le démontrer la plupart des observations faites par un beau temps, on aurait :

$$t' - \theta = \frac{H}{165} ,$$

et, en introduisant cette valeur dans l'expression de γ, on en conclura une seconde valeur approchée de la hauteur.

Les premières applications du ballonnet compensateur ont été faites dans la construction des dirigeables, où il est absolument indispensable de maintenir la forme invariable de la carène.

Son application à des ballons sphériques a également donné des résultats concluants.

Le 28 janvier 1903, M. Balsan, dans son ballon *le Saint-Louis*, de 3000 m³, muni d'un ballonnet de 1000 m³, exécutait un voyage de 27 heures 9 minutes de Paris à Madvesa (Hongrie), sans dépasser l'altitude de 3200 mètres; la distance parcourue était de 1295 kilomètres.

La même année, M. le comte de La Vaulx effectuait quatre ascensions avec le ballon *le Djinn*, cubant 1600 mètres, pourvu d'un ballonnet de 500 mètres. Dans la première des ascensions (14 mars), qui dura 27 heures 45 minutes, l'altitude maxima fut de 1600 mètres seulement. L'atterrissage eut lieu à Bruges.

La seconde ascension (8 août) conduisit les aéronautes près de Coblentz en 14 heures 32 minutes.

La troisième eut lieu le 26 septembre. Parti de Saint-Cloud à 7 heures du soir, l'aérostat, que montaient MM. de La Vaulx, d'Oultremont et le capitaine Voyer, entraîné par un vent S.-S.-E., gagnait l'embouchure de la Somme, traversait la Manche et, à 5 heures du matin, planait au-dessus de l'estuaire de la Tamise. Les nuages plus élevés que le ballon accusaient un vent de S.-O., qui eût immédiatement rejeté les aéronautes vers la mer du Nord : l'emploi du ballonnet leur permit d'éviter ce courant supérieur en se maintenant constamment au-dessous de 1000 mètres d'altitude, et de poursuivre ainsi leur voyage jusqu'au delà de la rivière Humber, à hauteur de Hull, où ils atter-

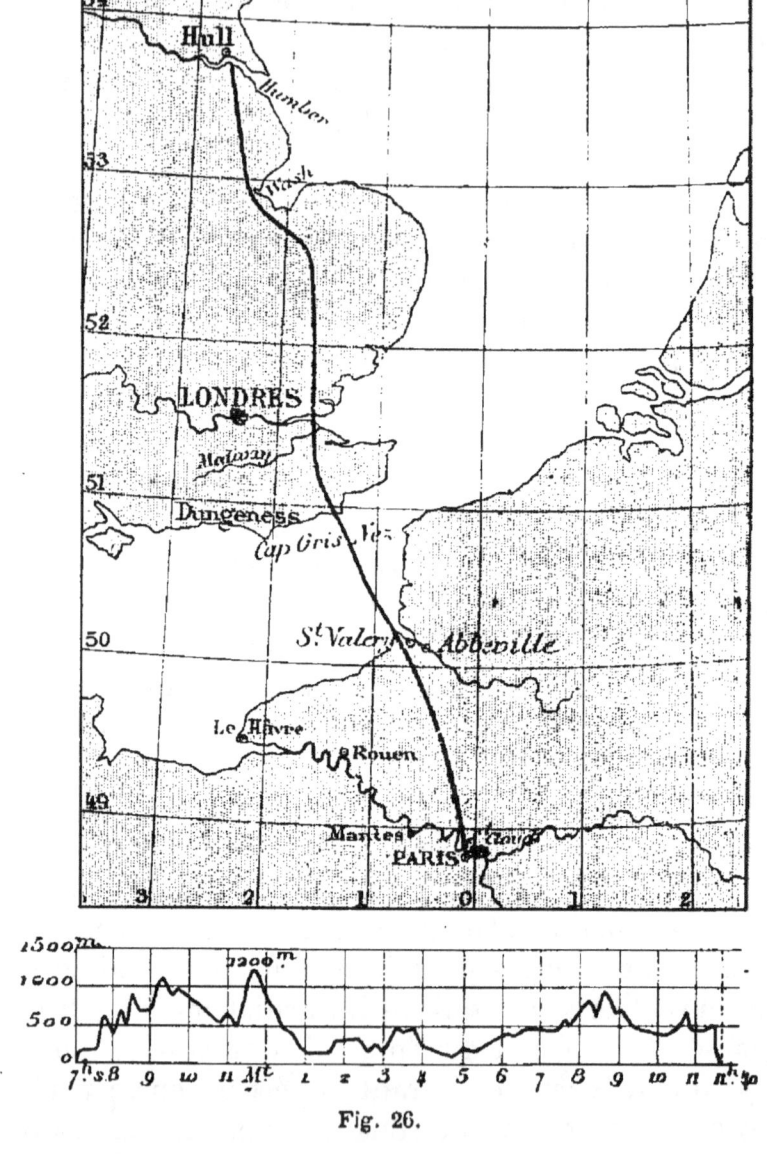

Fig. 26.

rirent à 11 heures 40 minutes (fig. 26).

Quant à la quatrième ascension du *Djinn* (30 octobre), elle fut malheureusement interrompue par une abondante chute de neige, qui força l'aérostat à atterrir dans le Doubs, après un voyage de 15 heures.

On peut donc conclure[1] que l'utilité du ballonnet est pratiquement démontrée; grâce à lui, l'aéronaute se rend maître de la zone de navigation. Il l'abaisse en introduisant de l'air dans le ballonnet, ou l'élève en évacuant une portion de cet air; il peut donc choisir à tout moment le courant qui lui convient le mieux. Dans les ascensions de longue durée, il évitera les altitudes trop élevées, et le séjour dans l'atmosphère sera moins pénible et plus agréable.

§ 1. — *De l'emploi des cordes traînantes et des flotteurs.*

Lorsqu'il ne s'agit pas de se maintenir à de grandes hauteurs, on peut utilement employer à assurer la stabilité de route un long cordage de 140 mètres environ, que tous les aéronautes emportent dans leurs ascensions et nomment le *guide-rope*.

Le guide-rope, imaginé par Green, amortit la descente de tout le poids du cordage, qui se pose graduellement à terre; par son frottement sur le sol, il ralentit la vitesse de traînage et permet enfin aux personnes accourues de saisir et de retenir l'aérostat.

Le colonel Renard a préconisé un autre emploi de cet organe, et depuis lors le guide-rope a été appliqué bien souvent, et surtout par les aéronautes de l'école de Chalais, à un véritable mode de navigation horizontale.

[1] De La Vaulx, 1, 2, 3. — Capitaine Voyer, 5, p. 513.

On aurait tort d'ailleurs de généraliser et de conclure qu'on devrait opérer tout un voyage sur le guide-rope, car il a l'inconvénient de réduire beaucoup la vitesse de l'aérostat; mais au contraire, lorsqu'on a épuisé son lest, tout en ménageant la prudente réserve qu'un bon aéronaute garde toujours pour les surprises des fins d'ascension, c'est un excellent moyen de prolonger celle-ci que de s'accrocher au sol et de s'y laisser traîner par le vent, tant que le ballon garde un reste de force ascensionnelle.

Quand on s'y résout, au lieu d'enrayer le plus vite possible le mouvement de descente qui se manifeste, on le laisse se produire en dépensant juste assez de lest pour limiter la vitesse et de manière à n'avoir pas plus de quelques kilogrammes de rupture d'équilibre négative au moment où l'extrémité du guide-rope touche terre.

Le ballon continue à descendre et pose sur le sol une longueur de guide-rope de plus en plus grande. Ce cordage pesant de 200 à 500 grammes le mètre courant, pour les ballons de grosseur moyenne, le ballon se déleste peu à peu et se trouve en équilibre lorsque le guide-rope traîne sur une quarantaine de mètres. La nacelle se trouve alors à une hauteur de 80 à 100 mètres au-dessus du sol, ce qui est suffisant pour lui permettre d'osciller sur la verticale, autour de cette position moyenne, suivant les variations accidentelles de sa rupture d'équilibre.

Grâce à cet artifice, le voyage continue alors qu'il était virtuellement terminé par l'épuisement du lest. C'est ainsi que le colonel Renard, à la fin d'une de ses ascensions, a pu parcourir encore 64 kilomètres dans les plaines de la Champagne.

Le poids du guide-rope doit être évidemment proportionné au volume C du ballon. Si l'on admet que les ruptures d'équilibre dues aux circonstances atmosphériques peuvent atteindre $\dfrac{C}{10}$, c'est aussi le poids que devra présenter la partie traînante.

Si ce genre de stabilisation offre de précieux avantages pour allonger la course, il n'est pas sans inconvénients. En dehors du ralentissement dont nous avons parlé, on peut toujours craindre un accrochage aux obstacles sur lesquels passe en glissant le guide-rope, en particulier sur les lignes télégraphiques. En touchant aux conducteurs d'électricité à haute tension, le guide-rope pourrait même mettre le ballon et l'aéronaute en danger.

Quoi qu'il en soit, le guide-rope constitue une ressource précieuse sur terre. Il peut également, dans une descente en mer, permettre à l'aéronaute de se maintenir pendant longtemps au-dessus des flots; mais il importe alors de modifier la corde traînante. Le délestage, en effet, n'étant jamais que le poids de l'eau déplacée, il est inutile que le guide-rope soit plus lourd que l'eau; il convient au contraire de remplacer la corde, au moins dans la partie qui s'immerge, par un gros serpent susceptible de flotter. On donne à l'appareil le nom de *stabilisateur*.

C'est sous cette forme qu'il a été employé par M. H. Hervé dans sa belle ascension des 12-13 septembre 1886, au-dessus de la mer du Nord, puis dans les expériences du *Méditerranéen*, faites en collaboration avec le comte de La Vaulx.

[1] M. Hervé, 2.

Dans ces dernières expériences, on a complété le dispositif en joignant aux stabilisateurs des appareils de dérive, dont il sera question au chap. XVII.

§ 2. — *Des procédés dynamiques de stabilisation.*

Les appareils destinés à combattre les ruptures d'équilibre par des moyens dynamiques sont : les **para-chutes-lest** et les hélices sustentatrices.

a) *Parachutes-lest.* — Supposons qu'on attache un sac de lest à un petit parachute; au moment où nous abandonnons le tout dans l'espace, le ballon se trouve délesté. Le parachute descend lentement en entraînant une cordelette enroulée sur un treuil. Si, lorsque le parachute arrive au bout de la corde, l'alourdissement passager a pris fin, le délestage n'est plus nécessaire : on relève le parachute au moyen du treuil; mais si l'alourdissement persiste, il est nécessaire de lancer un nouveau parachute, tandis qu'on relève le premier.

Ce n'est donc là qu'un moyen de gagner du temps, et l'effet produit est de courte durée. Si le parachute descend avec une vitesse de 1 mètre, au bout de 5 minutes il a déroulé 300 mètres de fil, et c'est à peu près toute la course qu'on peut lui donner. En lançant un second parachute à sa suite, il faudrait pouvoir remonter le premier à la même vitesse de 1 mètre pour qu'il soit disponible quand l'autre aura déroulé sa corde. Or c'est un travail qui excède la force d'un homme, et, si l'on se munit d'un moteur, c'est un nouveau poids mort considérable qu'il serait peut-être plus utile d'employer sous forme de lest.

Didion a donné une formule qui relie le poids P,

la surface S et la vitesse V d'un parachute. Cette formule s'écrit : $P = S(0,070 + 0,163 V^2)$.

S est l'aire du cercle de base. En faisant

$$P = 50 \text{ k.}, \quad V = 1 \text{ m.},$$

on trouve : $S = 215 \text{ m}^2$, ce qui correspond à un cercle considérable de 16 m. 50 de diamètre.

b) *Hélices sustentatrices.* — Les hélices à axe vertical peuvent évidemment servir à soutenir une charge quelconque dans l'espace, et même à la soulever, en ayant soin de disposer les hélices par paire, tournant en sens inverse, pour éviter la rotation du ballon sous la réaction d'une seule hélice.

Ce dispositif a l'avantage d'être réversible, c'est-à-dire de procurer à volonté un alourdissement ou un allègement, suivant le sens de la rotation. En outre, la puissance peut être réglée par le pilote, en agissant sur le moteur.

Il reste à déterminer l'efficacité des hélices.

En désignant par d le diamètre et par n le nombre de tours, le colonel Renard[1] a conclu, de nombreuses expériences sur une classe d'hélices particulières d'un pas relatif égal à 0,75 du diamètre, que l'effort produit est : $E = 0,0234 n^2 d^4$.

Le travail nécessaire est alors :

$$T = 0,017 n^3 d^5.$$

L'examen de ces formules montre que, pour produire un effort donné avec le minimum de travail, on a intérêt à augmenter le diamètre de l'hélice et à réduire

[1] Colonel RENARD, 3 et 4.

la vitesse de rotation. On voit en effet que, pour une valeur déterminée de E, nd^2 est constant; or on peut mettre le travail sous la forme :

$$T = 0{,}017 \frac{(nd^2)^3}{d};$$

cette expression sera d'autant plus petite que d sera plus grand.

On n'est limité dans l'accroissement de l'envergure que par l'encombrement et la difficulté de construction.

On peut aisément réaliser des hélices de 6 m. de diamètre.

Si nous admettons que les hélices doivent pouvoir enrayer une rupture d'équilibre $\dfrac{C}{20}$ (c'est la limite minimum admise pour un appareil stabilisateur), un ballon de 2 000 m³ exigera un effort de 100 k. Les formules ci-dessus montrent que cet effort peut être obtenu au moyen de deux hélices de 6 mètres de diamètre, tournant à la vitesse de 1^{tour},28 par seconde, soit 77 tours par minute; le travail correspondant est de 7^{ch},4.

Si l'on admet un rendement de 75 %, il faudrait donc employer un moteur de 10 chevaux.

Jusqu'à présent on a reculé devant l'encombrement et le poids qu'entraînerait une semblable installation, malgré les bons résultats qu'on en peut attendre.

CHAPITRE XI ·

DE LA FATIGUE DES ÉTOFFES

Considérations générales. — Tension de la sphère. — Cas d'un
cylindre : tension transversale, tension longitudinale. — Cas
général d'une surface de révolution. — Applications à la sphère,
au cylindre, au cône, aux surfaces paraboliques et ellipsoïdes.
— Valeur maximum des tensions dans les ballons sphériques.
— Tensions des chemises et housses de suspension. — Parallèle de contact. — Déformation de l'enveloppe sous la pression
de la chemise et du filet.

Considérations générales. — Si nous voulons
aborder maintenant les conditions qui régissent la constitution même des éléments d'un aérostat, il est naturel d'examiner en premier lieu le flotteur, le ballon
proprement dit, sans lequel l'aérostat n'existerait pas.

Ce flotteur est, en définitive, un récipient à gaz,
constitué par une enveloppe souple en étoffe, qui n'est
tendue que parce qu'il se manifeste une pression apparente dirigée de l'intérieur vers l'extérieur.

L'étoffe est ainsi soumise en chaque point à des
efforts de traction qu'il importe de déterminer, pour
choisir un tissu de résistance correspondante.

Nous avons vu que la pression apparente augmente
sur des parallèles s'élevant graduellement de la base
au sommet; mais cet accroissement de pression est

assez faible; nous pouvons le négliger dans le problème qui nous occupe, et supposer que la pression est
la même en tous les points de l'enveloppe.

Pour calculer alors la fatigue de l'étoffe, il est nécessaire d'établir tout d'abord le théorème suivant :

Théorème. — *Si une surface S est soumise en chacun de ses points à une pression uniforme p par unité*

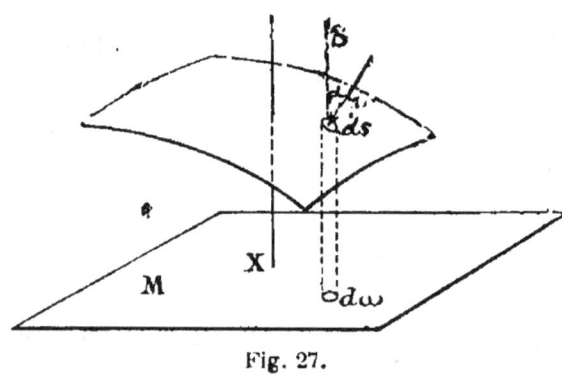

Fig. 27.

*de surface, et si l'on projette sur un axe XX' les pres-
sions qu'elle supporte, la somme de ces projections est
égale au produit de p par la projection de la surface S
sur un plan perpendiculaire M.*

Soit, en effet, un élément très petit *ds*; la pression
qui s'exerce normalement sur cet élément est *pds*, et
la projection sur l'axe XX' qui fait avec la normale
l'angle α est *pds* cos α.

Or *ds* cos α = *dω* est la projection de *ds* sur le
plan M perpendiculaire à XX', et l'on a par conséquent :

$$pds \cos \alpha = pd\omega.$$

Si l'on fait alors la somme des projections de toutes les pressions sur la surface S, on aura :

$$\int p\, d\omega \quad \text{ou} \quad p \int d\omega = p\Omega,$$

Ω désignant la projection de la surface S sur le plan.

Cas de la sphère. — Appliquons ce résultat à une sphère de rayon R, renfermant un gaz à la pression apparente p; l'effort qui tend à rompre l'étoffe suivant un grand cercle et sur toute la circonférence sera, d'après le théorème précédent : $\pi R^2 p$, et, par mètre courant, la tension est :

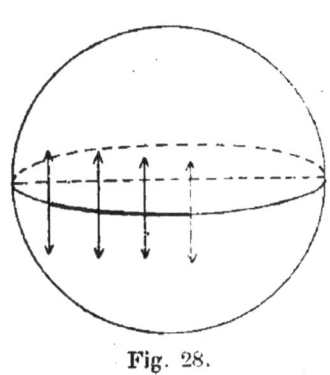

Fig. 28.

$$T = \frac{\pi R^2 p}{2\pi R} = \frac{1}{2} Rp.$$

Telle est la formule courante que l'on adopte pour le calcul de l'enveloppe d'un ballon sphérique.

Cas d'un cylindre ; tension transversale. — Dans les ballons qui n'ont pas la forme sphérique, le calcul serait parfois plus compliqué. On peut toutefois avoir une solution simple dans le cas d'un cylindre.

Soit, par exemple, une partie de ballon présentant la forme d'un cylindre ; il convient alors d'envisager l'effort de rupture suivant qu'il s'exerce dans le plan transversal, c'est-à-dire suivant une section orthogonale, ou suivant les génératrices.

On verrait aisément que l'effort de rupture qui s'exerce normalement à la section circulaire (fig. 29 a), sur une longueur de 1 mètre, et qui tend à déchirer le cylindre suivant le parallèle, est encore :

$$T = \frac{1}{2} pR.$$

Tension longitudinale. — Mais si l'on envisage l'effort qui tend à produire au contraire une déchirure

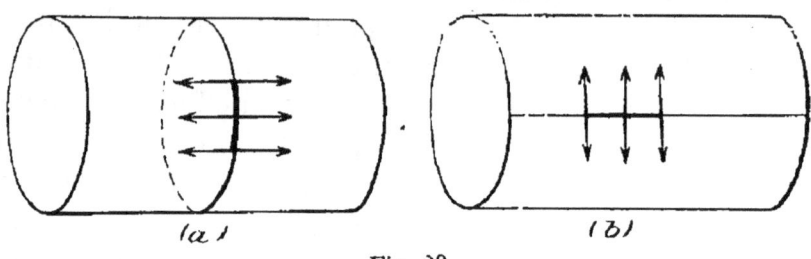

(a)   (b)

Fig. 29.

le long d'une génératrice, sur l'unité de longueur (fig. 29 b), l'effort total sera évidemment $2Rp$ sur le demi-cylindre, et la tension déterminée aux deux extrémités d'un plan diamétral par cet effort sera ainsi : $\qquad 2T' = 2Rp ;$

d'où $\qquad T' = pR.$

La tension est donc, dans le sens longitudinal, le double de la tension qui se développe transversalement.

Cas général. — Dans le cas le plus général, un ballon affecte la forme d'une surface de révolution. Soit XX' l'axe de cette surface, MaM' un de ses méridiens et MmM' un

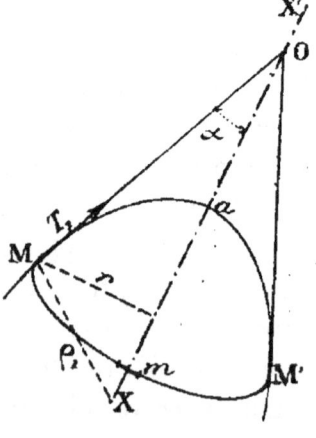

Fig. 30.

parallèle. Le point de convergence des tangentes méridiennes aux différents points de ce parallèle est en O.

Si nous désignons encore par p la pression normale aux différents éléments de l'enveloppe, la projection des pressions qui s'exercent sur le cône MaM' jusqu'au parallèle MM' de rayon r est :

$$\pi r^2 p. \qquad (1)$$

Effort suivant la méridienne. — Appelons alors T_1 la tension de l'étoffe par mètre courant suivant la tangente à la méridienne ; la tension d'un élément dm du parallèle est :

$$t = T_1 dm,$$

et si α est l'angle de la tangente au méridien avec l'axe XX', la projection sur l'axe sera :

$$t \cos \alpha, \quad \text{c'est-à-dire} \quad T_1 dm \cos \alpha.$$

L'effort total de rupture s'obtiendra en intégrant :

$$\int T_1 dm \cos \alpha,$$

ou

$$T_1 \cos \alpha \int dm,$$

et comme évidemment $\int dm = 2\pi r$ (la circonférence du parallèle), on a en définitive, pour l'effort total de rupture :

$$T_1 \cos \alpha \times 2\pi r. \qquad (2)$$

Égalant à la première valeur trouvée (1), il vient :

$$\pi r_2 p = T_1 \cos \alpha \times 2\pi r,$$

ou

$$r p = 2 T_1 \cos \alpha ;$$

et l'on en tire :

$$T_1 = \frac{pr}{2 \cos \alpha}.$$

Or il est facile de voir que $\dfrac{r}{\cos \alpha}$ est précisément égal à MX, c'est-à-dire au rayon de courbure ρ_1 de la surface en M dans le plan normal à la tangente méridienne.

D'où l'équation générale de l'effort tangentiel suivant le méridien :

$$T_1 = \frac{1}{2}\, p\rho_1. \qquad (A)$$

Effort suivant le parallèle. — Désignons par T_2 (par mètre courant) l'effort de rupture qui s'exerce normalement au méridien, c'est-à-dire tangentiellement au parallèle, et qui tend à rompre l'enveloppe suivant le méridien. Considérons la portion d'enveloppe comprise entre deux parallèles très voisins MM' et NN' dont l'écartement est dx (fig. 31).

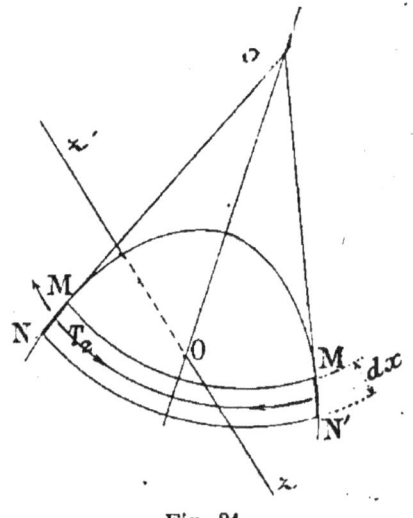

Fig. 31.

En supposant que la rupture se fasse suivant les éléments méridiens MN, M'N', nous n'aurons à considérer que les pressions qui s'exercent d'un côté du plan méridien, par exemple, la portion antérieure au plan de la figure. Cette portion de l'enveloppe est en équilibre sous l'action des forces extérieures, c'est-à-dire des pressions apparentes (en supposant le poids de l'enveloppe négligeable) et des tensions de l'étoffe, le long du méridien et des deux parallèles.

Ces diverses tensions sont donc, pour les éléments MN, M'N' :

1° Les tensions transversales T_2 normales au méridien ;

2° Les tensions méridiennes le long des demi-parallèles ;

3° Les pressions normales dues au gaz.

Projetons toutes ces forces sur un axe Oz perpendiculaire au plan du méridien, en les comptant positivement dans le sens Oz et négativement dans le sens Oz'.

a) La tension normale à MN est $-T_2 ds$, elle se projette en vraie grandeur, puisqu'elle est elle-même normale au plan méridien ; il en sera de même de la tension suivant M'N', et l'on aura pour l'ensemble, en valeur absolue :

$$2 T_2 ds. \qquad (a)$$

b) La projection de la surface MNM'N' sur le plan du méridien étant $2 r dx$, la somme des projections des pressions directes du gaz sur cette portion d'enveloppe sera :

$$2 r dx \times p. \qquad (b)$$

c) Enfin, appelons F la somme des composantes suivant Oz des tensions longitudinales le long du demi-parallèle MN. — Nous pourrons représenter par $F + dF$ la même composante pour le demi-parallèle M'N', et la résultante de ces deux forces sera dF.

Il nous suffira de connaître F pour obtenir aisément dF en différentiant. Pour évaluer F, qui, comme nous l'avons dit, est la somme des projections des tensions t dirigées suivant les éléments mêmes des méridiens, il suffira de calculer une de ces tensions élémentaires, de la projeter et d'intégrer.

Supposons donc, le long de MN, une bande méridienne dont la largeur $d\sigma$ corresponde à un angle $d\omega$ au centre du parallèle. On aura évidemment $d\sigma = r d\omega$, — et si la tension longitudinale par mètre courant du parallèle est, d'après ce que nous avons établi plus haut :

$$\frac{p\rho_1}{2}, \quad \text{ou} \quad \frac{pr}{2 \cos \alpha},$$

sur la longueur $d\sigma = r d\omega$, on aura la tension :

$$t = \frac{pr^2}{2 \cos \alpha} \, d\omega. \tag{c}$$

Pour projeter cette tension sur OZ, on peut projeter successivement sur le plan ZOM du parallèle, puis sur OZ. La tension t fait un angle $(90° - \alpha)$ avec le plan ZOM; la projection sur ce plan sera donc :

$$t \sin \alpha,$$

et sur OZ : $\qquad t \sin \alpha \sin \omega.$

La force F étant la somme des efforts élémentaires t, on pourra poser :

$$F = \int_0^\pi t \sin \alpha \sin \omega,$$

ou, en remplaçant t par sa valeur (c) et en mettant en évidence les termes constants :

$$F = \frac{pr^2}{2} \, \mathrm{tg}\, \alpha \int_0^\pi \sin \omega \, . \, d\omega.$$

D'autre part,

$$\int_0^\pi \sin \omega \, . \, d\omega = \cos 0° - \cos \pi = 2.$$

Il vient donc : $F = pr^2 \operatorname{tg} \alpha.$

La différentielle de cette expression par rapport à r et α est :

$$dF = 2pr \operatorname{tg} \alpha \cdot dr + \frac{pr^2}{\cos^2 \alpha} \, d\alpha. \qquad (d)$$

Enfin nous pouvons exprimer dr et $d\alpha$ en fonction de dx, car on a facilement :

$$dr = dx \operatorname{tg} \alpha,$$

et, d'autre part, $d\alpha$ est l'angle des deux tangentes au méridien en M et en N, ou des deux normales en ces deux points, et en appelant ρ_2 le rayon de courbure du méridien en M, on aura :

$$ds = - \rho_2 d\alpha ;$$

d'où
$$d\alpha = - \frac{ds}{\rho_2},$$

en affectant ces valeurs du signe — par suite de leur position par rapport aux plans de coordonnées, dans la figure.

Or

$$ds = \frac{dx}{\cos \alpha}, \quad \text{donc} \quad d\alpha = - \frac{dx}{\rho_2 \cos \alpha}, \quad (e)$$

ce qui permet d'écrire finalement l'expression (d) sous la forme :

$$dF = 2pr \operatorname{tg}^2 \alpha \cdot dx - \frac{pr^2}{\rho_2 \cos^3 \alpha} \cdot dx.$$

Pour qu'il y ait équilibre, la somme des projections (a), (b), (e) doit être nulle, et, en remplaçant dans (a) ds par $\dfrac{dx}{\cos \alpha}$, il vient :

$$\underbrace{-2T_2\frac{dx}{\cos\alpha}}_{(a)}+\underbrace{2prdx}_{(b)}+\underbrace{2prtg^2\alpha.dx-\frac{pr^2}{\rho_2\cos^3\alpha}.dx}_{(e)}=0,$$

ou, tout calcul fait :

$$T_2=\frac{pr}{\cos\alpha}-\frac{pr^2}{2\rho_2\cos^2\alpha}$$

On peut enfin tenir compte de ce que :

$$\frac{r}{\cos\alpha}=\rho_1,$$

ce qui donne :

$$T_2=\frac{1}{2}p\rho_1\left(2-\frac{\rho_1}{\rho_2}\right). \qquad (B)$$

Telle est la valeur de la tension transverse en fonction des deux rayons de courbure principaux de la surface : ρ_2 rayon de courbure du méridien, ρ_1 rayon de courbure de la section normale au méridien; ρ_1 est aussi la portion de la normale comprise entre le méridien et l'axe de révolution.

Application à la sphère. — Dans le cas de la sphère de rayon R : $\rho_1=\rho_2=R$.

Les relations (A) et (B) donnent :

$$T_1=T_2=\frac{pR}{2}, \quad \text{ou} \quad \frac{pD}{4},$$

en fonction du diamètre.

Valeur déjà déterminée directement des tensions sur les deux plans principaux.

Application au cylindre. — Si R est le rayon de la section droite, $\rho_1 = R$, $\rho_2 = \infty$.

$$T_1 = \frac{p R}{2},$$

$$T_2 = p R.$$

La tension longitudinale est la même que dans le cas de la sphère ; la tension transverse est le double de la première. Par suite, l'enveloppe doit résister deux fois plus contre les déchirures suivant les génératrices.

Application au cône. — Le rayon ρ_1 varie en progression arithmétique. Il est nul au sommet du cône et augmente indéfiniment.

Le rayon ρ_2 est infini. Comme pour le cylindre, la tension transversale est le double de la tension longitudinale. Au sommet, les deux tensions sont nulles.

Cas des ballons allongés à méridien parabolique. — Pour déterminer les tensions maxima auxquelles l'étoffe doit résister, Dupuy de Lôme se contentait d'assimiler cette surface au cylindre circonscrit. Cette hypothèse conduit à faire le rayon ρ_2 égal à l'infini. En réalité, ce rayon de courbure a une valeur finie, et le terme en ρ_2, loin de disparaître, vient diminuer la valeur de la tension transverse (B) ; l'hypothèse est donc favorable à la résistance.

Pour serrer la vérité de plus près et ne point donner à l'enveloppe un excès de solidité, on peut considérer un ballon allongé comme intermédiaire entre le cylindre circonscrit et la sphère inscrite ; la tension transverse est, en effet, toujours plus grande que la tension longitudinale, puisque ρ_2 n'est pas infini.

Il résulterait de ces considérations qu'il vaudrait mieux faire les coutures suivant des parallèles, si d'autres considérations (de construction) ne conduisaient parfois à les placer suivant les méridiens.

Nous verrons toutefois que l'on doit en tenir compte dans la construction des housses et des chemises pour lesquelles la tension longitudinale s'accroît encore de tout le poids de la nacelle qu'on y suspend : on les taille alors de telle sorte que les coutures ne coupent pas les lignes de plus grande résistance.

Cas des ballons ellipsoïdaux aplatis. — Le cas des ballons ellipsoïdaux pourrait être étudié d'une façon complète, au point de vue analytique.

Mais les formules (A), (B) rendent suffisamment compte de leurs conditions de bonne résistance.

Lorsque le ballon est engendré par une ellipse tournant autour de son petit axe, ρ_2 est plus petit que ρ_1, et l'on voit que T_2, la tension transverse, est plus petite que la tension longitudinale T_1.

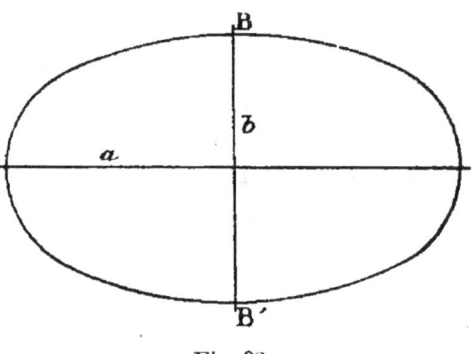

Fig. 32.

Lorsque le rapport $\dfrac{\rho_1}{\rho_2}$ augmente, la tension T_2 diminue et s'annule pour

$$2 - \frac{\rho_1}{\rho_2} = 0 ; \quad \text{ou} \quad \rho_1 = 2\rho_2.$$

Au delà de cette valeur et lorsque $\rho_1 > 2\rho$, T_2 devient négative : la tension se change en compression ; l'étoffe n'y saurait résister et se plisse.

Si l'on désigne par $2a$ le grand axe et par $2b$ le petit axe de l'ellipse méridienne, cette limite correspond à un ellipsoïde caractérisé par les éléments suivants :

$$\rho_1 = a, \quad \rho_2 = \frac{b^2}{a}.$$

$$a > 2\frac{b^2}{a}, \quad \text{ou} \quad a > b\sqrt{2}.$$

On en doit conclure qu'un ellipsoïde plus aplati que celui pour lequel on a : $a = b\sqrt{2}$, est impossible à réaliser avec une enveloppe souple ; il s'allongerait vers les pôles du petit axe.

Valeurs maxima des tensions dans un ballon sphérique et variations de ces tensions. — Nous avons vu que la tension, dans un ballon sphérique, a pour valeur, en fonction du diamètre D,

l'expression :
$$T = \frac{pD}{4}.$$

On sait en outre que, si la manche d'appendice a une longueur h, A étant la force ascensionnelle du gaz de gonflement, la pression apparente au pôle supérieur est : $p = A(D + h)$.

Ce qui donne pour l'expression de la tension au pôle, où elle est évidemment maximum en même temps que la pression :

$$T = \frac{A(D + h)D}{4}.$$

Cette expression peut se mettre sous la forme :

$$T = \frac{AD^2}{4} + \frac{ADh}{4},$$

d'où il résulte qu'à un allongement de 1 mètre pour la manche correspond un accroissement de tension de

$$\Delta T = \frac{AD}{4}.$$

Dans le cas de l'hydrogène ($A = 1,1$) et d'un diamètre $D = 10$ mètres, cet accroissement atteint : $\Delta T_{10} = 2$ k. 7.

Des tensions dans les chemises ou housses de suspension. — Les

ballons sont habituellement recouverts d'un filet, auquel on substitue parfois, surtout pour les ballons allongés, une chemise ou housse en étoffe destinée à servir d'intermédiaire pour la suspension de la nacelle.

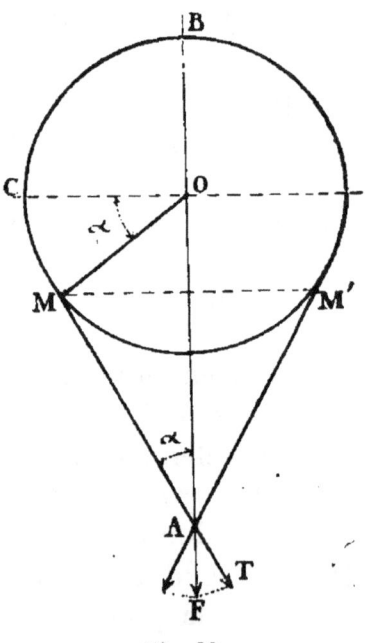

Cette chemise étant en étoffe, on est conduit à se demander à quelles tensions elle devra résister.

Supposons, par exemple, un ballon cylindrique recouvert d'une chemise MBM' appliquée sans frottement sur l'enveloppe.

Fig. 33.

Lorsque l'aérostat est en équilibre, en désignant par

F le poids qui le charge par l'intermédiaire de la chemise et par π le poids propre de celle-ci, la force
ascensionnelle du ballon est équilibrée par la somme
de ces deux poids :

$$F = \pi.$$

L'enveloppe proprement dite ne supporte alors aucune fatigue, et la chemise doit résister elle-même à
la tension T.

Nous avons considéré un cylindre ; mais les choses
se passeraient d'une façon analogue s'il s'agissait d'une
sphère.

Les formes inférieures du ballon seront modifiées
par la pression de la chemise, qui, sollicitée elle-même
par les suspentes, tend à prendre une forme conique.
Dans cette région, toute la tension est supportée par la
chemise. La calotte supérieure n'est pas déformée :
l'enveloppe étant indépendante de la chemise et les
deux tissus pouvant glisser l'un sur l'autre, ces tissus
se partagent les efforts.

C'est aussi ce qui se présente pour les ballons ordinaires pourvus d'un filet qui joue le même rôle que la
chemise. Toutefois la grande adhérence du filet dans
la région de la soupape empêche les glissements et
provoque une diminution de la tension de l'enveloppe.
Mais la somme des efforts demandés à l'enveloppe et
au filet est toujours la même.

On a coutume de calculer séparément l'enveloppe
et la chemise ou le filet qui la recouvre, comme si
chacun de ces organes devait résister à la tension
totale, ce qui donne, d'après les considérations précédentes, **une sécurité surabondante ; mais, d'autre part,**

il est évident qu'il en résulte un excès de poids dans
la construction des ballons, et que l'on aurait un grand
intérêt à remplacer les deux enveloppes indépendantes
par un seul tissu d'une résistance convenable auquel la
suspension serait reliée par une connexion directe sur
le parallèle de tangence. C'est ce qui a été réalisé dans
les dirigeables actuels.

Parallèle de contact. — Quoi qu'il en soit, il
importe de déterminer la position du parallèle où
cesse le contact de l'enveloppe et de la chemise, et il est
évident que, sur ce parallèle, la pression intérieure p et
la pression extérieure p', provoquée par la chemise,
se font équilibre.

Supposons donc un ballon exactement plein jusqu'à
la tranche de la manche d'appendice, où se trouve dès
lors le niveau d'équipression entre le gaz de gonflement et l'air extérieur.

Nous savons que les pressions apparentes du gaz
vont en décroissant à partir de la soupape, suivant la
formule $p = \text{AZ}$, où Z représente la hauteur de la zone
au-dessus de la tranche d'appendice, tandis que A est
la force ascensionnelle du gaz. En comptant les Z sur
la ligne OZ, à la même échelle que le profit du ballon,
et en portant p en ordonnées, on a une ligne droite OA
qui permettrait de déterminer facilement la tension
apparente intérieure du ballon ainsi supposé complètement plein.

La contre-pression due à la chemise est :

$$p' = \frac{\text{T}}{\text{R}} \cdot$$

ou, en tenant compte de la valeur de $\quad T = \dfrac{F}{2 \cos \alpha'}$,

$$p' = \frac{F}{2R \cos \alpha}.$$

F est le poids total de l'aérostat.

Pour un point quelconque M de la surface du bal-

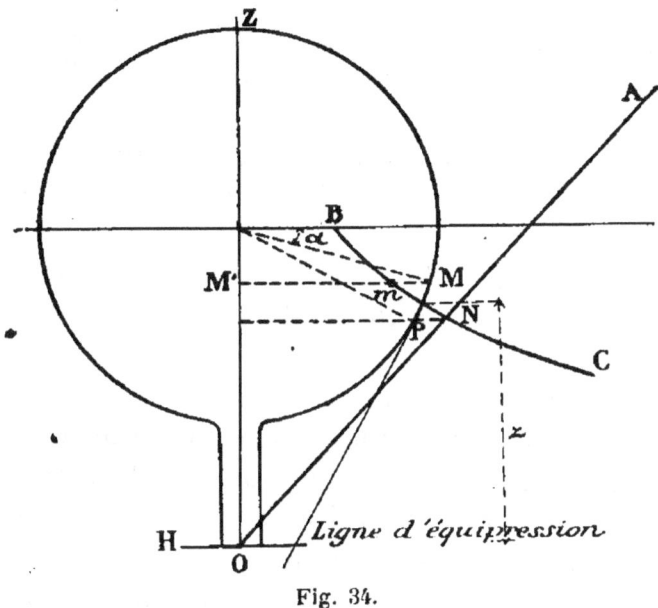

Fig. 34.

lon, correspondant à un angle au centre déterminé α, il est facile de calculer la valeur de p'; en la portant sur la perpendiculaire MM' à l'axe OZ, on obtient un point m dont le lieu donnera une courbe BC coupant la droite OA en un certain point N qui correspond au point P du ballon pour lequel $p = p'$.

C'est la limite en dessous de laquelle il ne faut pas placer le parallèle de contact, si l'on ne veut pas que l'enveloppe soit comprimée par le filet.

Les tangentes aux méridiens menées par ces points déterminent l'épure de la suspension.

Toutefois la suspension ainsi définie peut être très longue, ce qui conduit à négliger la prescription ci-dessus, et à abaisser le parallèle de contact réel.

Déformation de l'enveloppe sous la pression de la chemise ou du filet.

— C'est dans ce cas que la pression p' de la chemise ou du filet l'emportant sur la pression intérieure p, l'enveloppe se déforme, et il se produit des plis longitudinaux lui permettant de prendre une forme qui se rapproche de celle d'un cône.

Il semble donc qu'on aurait une meilleure utilisation et une diminution de poids assez notable, en taillant les fuseaux de manière à réaliser cette forme définitive effectivement et sans plis.

Il convient d'ajouter que la détermination exacte de la courbe méridienne la plus convenable serait assez laborieuse. M. Lauriol, qui a écrit sur cette question de la tension des étoffes une étude extrêmement remarquable[1], pense que cette détermination pourrait être faite une fois pour toutes, et qu'il serait facile, en tout cas, de relever, par un procédé photographique ou autre, la forme que prend réellement un ballon primitivement sphérique, de manière à donner aux aéronautes une règle à cet égard.

[1] LAURIOL, 2.

CHAPITRE XII

DE LA FORME GÉOMÉTRIQUE DU BALLON

§ 1. *Forme du ballon.* — Conditions d'indéformabilité. — Surfaces qui y satisfont. — § 2. *Coupe des enveloppes.* — Décomposition des surfaces. — Lignes géodésiques. — Décomposition en fuseaux. — Tracé du patron : méthode géométrique. — Application aux ballons sphériques. — Méthode algébrique. — Forme et coupe des ballons allongés. — Formules d'avant-projet : longueur de l'arc, surface du cône parabolique, centre de gravité. — Centre de gravité de l'enveloppe. — Longueur des coutures. — Formules générales pour les ballons paraboliques. — Surface du cône parabolique. — Volume. — Centre de poussée. — Coupe. — Ballonnet.

§ 1. — *Forme du ballon.*

Condition pour que la carène ne soit pas déformable. — Dans le dernier paragraphe du chapitre précédent, nous avons empiété en quelque sorte sur le sujet de celui-ci, en ce qui concerne la forme géométrique qu'il convient de donner au ballon.

Envisageons maintenant la question d'un point de vue plus général, en nous demandant quelle doit être cette forme pour satisfaire aux conditions primordiales imposées par la nature même de l'enveloppe.

Cette enveloppe est constituée par un tissu souple qui ne saurait résister qu'à des efforts de traction.

C'est naturellement le genre d'effort qui se manifeste lorsqu'il s'agit d'une sphère, et que le gaz intérieur est partout en surpression apparente. Mais il
existe d'autres formes pour lesquelles, en tous les
points de la surface qui les limite, l'étoffe se trouve
aussi étirée dans tous les sens.

On conçoit également des surfaces pour lesquelles
cette condition n'est point satisfaite. C'est ainsi qu'un
ballon cubique serait impossible à réaliser; sous la
pression du gaz, les faces se creuseraient, les angles se
rapprochant les uns des autres : il y aurait déformation.
Pour d'autres formes, il pourrait se manifester des
compressions extérieures en certains points, et, dans ce
cas, l'étoffe, incapable de résister, se plisserait.

On peut résumer les conditions du problème comme
il suit :

Théorème. — *Il y aura déformation toutes les
fois que, sans extension d'aucune ligne de sa surface,
l'enveloppe sera susceptible d'une augmentation de
volume.*

La *sphère* qui, sous une surface donnée, présente le
volume maximum, est la surface indéformable par
excellence.

Les *surfaces de révolution allongées* sont également
indéformables. Les parallèles sont, en effet, inexten-
sibles, et toute déformation ne pourrait se produire
que par contraction ou par rapprochement des parallèles; mais cette opération aurait évidemment pour
résultat de diminuer le volume. Le calcul des tensions
sur les surfaces de ce genre montrerait, du reste, que
ces tensions sont partout positives.

Il n'en est pas de même pour les *surfaces de révolution aplaties*, en certains points desquelles la tension transversale représentée, comme nous l'avons vu, par l'expression :

$$T_2 = \frac{p\rho}{2} \left(2 - \frac{\rho_1}{\rho_2} \right),$$

peut devenir négative, c'est-à-dire se transformer en compression.

Nous en avons cité pour exemple l'ellipsoïde de révolution aplati qui se déforme, dès que l'aplatissement dépasse la limite donnée par la relation :

$$b = \frac{a}{\sqrt{2}},$$

où a et b sont les deux demi-axes de l'ellipse méridienne. On a, du reste, rarement été tenté de construire des ballons aplatis ou lenticulaires, et les seules formes usitées jusqu'à présent sont celles de la sphère et des surfaces de révolution plus ou moins allongées.

§ 2. — Coupe théorique des enveloppes.

Décomposition des surfaces. — Dans le cas général, les enveloppes de ballon ne présentent pas de surfaces développables. Il s'agit cependant de les constituer au moyen d'étoffes susceptibles d'être déroulées sur un plan, et qui se présentent sous la forme de bandes étroites et allongées.

Le problème consiste dès lors à décomposer la surface de l'enveloppe en un certain nombre d'éléments qu'on puisse considérer, sans erreur sensible, comme développables; sur lesquels, par conséquent, l'étoffe

puisse s'appliquer à peu près exactement, et dont la
largeur ne dépasse pas celle du tissu, en tenant
compte des recouvrements nécessités par les coutures.

La *coupe des ballons* est l'art d'effectuer cette décomposition.

Supposons donc, sur une surface quelconque qu'il
s'agit de construire, un des éléments de décomposition.
En désignant par AB l'axe de cette bande, il est possible d'imaginer une projection de tous les points de
la bande sur la surface enveloppe des plans tangents
le long de l'axe AB.

Or cette surface enveloppe est développable, et si on
la déroule sur un plan, on
obtient, en définitive, le
tracé d'un panneau d'étoffe
susceptible d'épouser très
sensiblement la forme de
la portion d'enveloppe considérée.

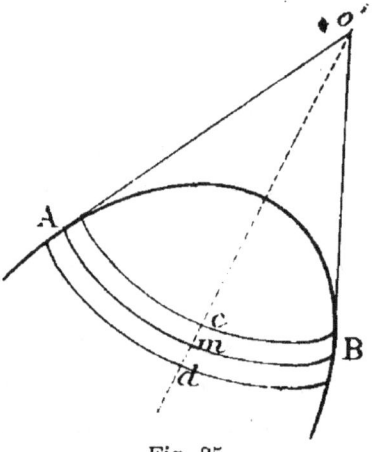

On voit à l'inspection de
la figure qu'il n'est indifférent de tracer ces bandes
d'une façon quelconque.

Considérons, par exem-
ple, une surface de révo-
lution (fig. 35) qu'il s'agi-

Fig. 35.

rait de découper suivant deux parallèles assez voisins.
La surface enveloppe des plans tangents au parallèle
moyen AB serait un cône, et le patron de la bande
développée serait limité par deux arcs de cercle
Quelque grand que soit le rayon moyen de ces arcs,
le patron devant être découpé dans une pièce d'étoffe

rectangulaire donnera lieu à des déchets considérables; et la largeur même *ab* de l'étoffe (fig. 36) se trouverait

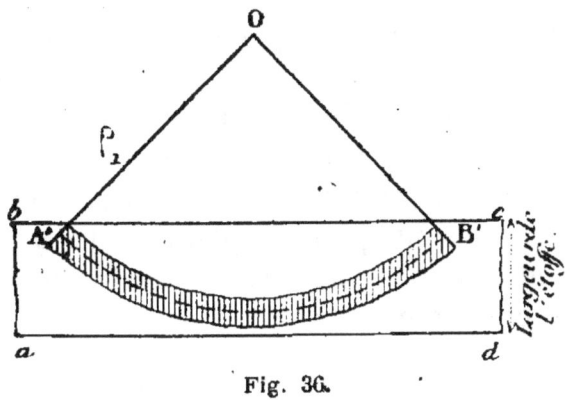

Fig. 36.

insuffisante en bien des cas pour contenir le patron tout entier. On s'astreint donc, d'une manière générale, à ne point s'écarter du principe suivant.

Principe. — *La surface doit être décomposée en bandes répondant à cette condition que leur axe se développe suivant une ligne droite.*

Lignes géodésiques. — Cette condition revient à dire que le rayon de courbure ρ_1 de cette *transformée* de l'axe tracé sur la surface primitive doit être constamment infini. Or ce rayon de courbure ρ_1 est lié par une relation simple au rayon de courbure ρ_2 de la courbe primitive.

On démontre en géométrie[1], en effet, qu'en désignant par α l'angle du plan osculateur à la courbe et

[1] Mannehm.

du plan tangent à la surface, pour un point déterminé,
on a :

$$\rho_1 = \frac{\rho_2}{\cos \alpha}.$$

Le rayon de courbure ρ_1 sera donc constamment
infini si l'on a $\cos \alpha = 0$, ou $\alpha = 90°$, c'est-à-dire
si le plan osculateur et le plan tangent sont en chaque
point perpendiculaires l'un à l'autre.

Les courbes qui jouissent de cette propriété sont les
lignes géodésiques ou, plus simplement, les *géodésiques*
de la surface. On peut donner, du reste, la définition
suivante de ces lignes :

Définition. — *Une géodésique d'une surface est
une ligne telle que la portion comprise entre deux quelconques de ses points* MM' *soit le chemin du plus court
pour aller de l'un à l'autre sur cette surface*[1].

L'étude des lignes géodésiques permettrait d'établir
un certain nombre de théorèmes intéressants. On
remarquerait notamment que, par un point, passe une
infinité de géodésiques et qu'il suffit, pour déterminer
l'une d'elles, de se donner sa tangente au point considéré.

En second lieu, le plan osculateur d'une section
plane étant précisément le plan de cette section, *celle-ci
sera une géodésique, si son plan est en chaque point
normal à la surface.*

---

[1] Par un point passe une infinité de géodésiques : une géodésique sera déterminée par un de ses points et par sa tangente
en ce point.

On a proposé quelquefois de donner à ces lignes le nom de
brachistodes, précisément parce qu'elles mesurent le chemin le
plus court d'un point à un autre de la surface. Le terme de *géodésiques* a prévalu auprès des géomètres.

Il en résulte que, dans la sphère, les géodésiques sont les grands cercles.

Dans les surfaces de révolution, les méridiens sont des géodésiques ; les parallèles n'en sont généralement point.

Décomposition en fuseaux[1]. — Considérons une surface de révolution quelconque, et traçons sur cette surface des méridiens faisant entre eux un angle constant : nous partagerons ainsi la surface en un certain nombre de fuseaux égaux entre eux ; les axes de ces fuseaux seront eux-mêmes des méridiens et se développeront en ligne droite.

Pour que l'on puisse tailler ces fuseaux dans les pièces d'étoffe dont on dispose, il suffira donc que leur plus grande largeur n'excède pas la largeur de l'étoffe (en réservant, bien entendu, de part et d'autre un léger recouvrement correspondant aux coutures). La plus grande largeur du fuseau correspond évidemment au parallèle du plus grand rayon Eo, E'o' ; il faudra diviser ce parallèle en un certain nombre de parties égales, de telle sorte que la plus grande largeur mn du fuseau soit au plus égale à la largeur de l'étoffe, en tenant compte des recouvrements. Les méridiens menés par les différents points de division détermineront sur la surface les limites théoriques des fuseaux à construire.

Tracé du patron (méthode géométrique). — Sur une droite indéfinie XX', portons la longueur développée P'P'₁ de la courbe méridienne ; nous aurons ainsi

---

[1] On nomme *fuseau* la portion de surface comprise entre deux géodésiques et jouissant de la propriété de se développer suivant une bande à axe rectiligne.

l'axe du fuseau développé. Pour avoir la demi-largeur $e_1 m_1$ du fuseau, en un point quelconque e_1, nous traçons le parallèle ee' correspondant, sur l'épure méridienne (fig. 37). La position e_1 de ce parallèle sur le tracé du fuseau est, du reste, définie par le développement de la portion $P'e_1$ de l'arc méridien. La demi-largeur cherchée est précisément le demi-arc em' sous-tendu par le fuseau sur la projection horizontale du parallèle.

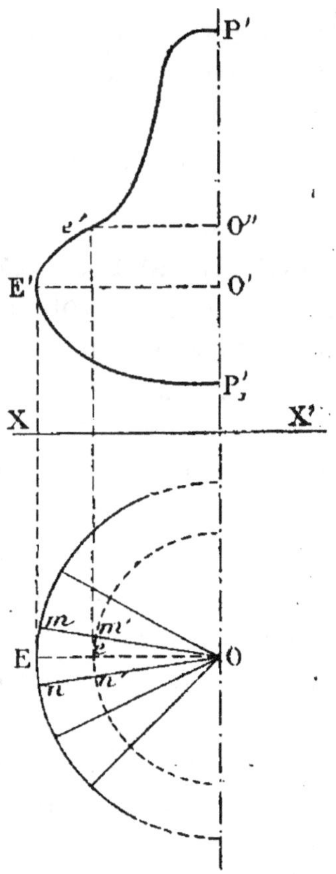

Il suffira de répéter cette construction pour un nombre assez grand de points, et l'on obtiendra ainsi facilement l'épure du demi-fuseau développé.

La construction du patron se compose donc de deux épures distinctes :

1° L'épure méridienne à échelle arbitraire (fig. 37);

Fig. 37.

2° L'épure du patron à grandeur d'exécution (fig. 38).

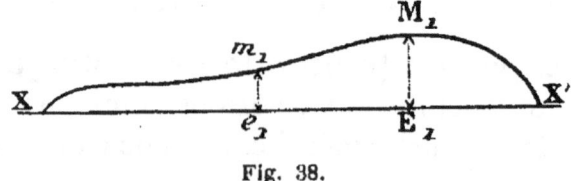

Fig. 38.

Dans la pratique, il convient de prendre pour l'épure

méridienne une échelle telle que le diamètre de l'équateur sur cette épure soit égal à la plus grande largeur du fuseau. On aura ainsi $E'O' = E_1M_1$ et, pour un point quelconque :

par suite de la relation :

$$\frac{e_1m_1}{E_1M_1} = \frac{e'o''}{E'O'} .$$

Donc, en chaque point, la demi-largeur du fuseau sera égale au rayon du parallèle correspondant, mesuré sur l'épure.

Appliquons ces considérations générales aux formes usitées dans les ballons :

a) Épure pratique des fuseaux sphériques

(*méthode géométrique*). — Dans le cas des fuseaux sphériques, la méthode précédente s'applique sans difficulté. La courbe méridienne est un demi-grand cercle dont la longueur πR est aussi celle du fuseau développé.

Le rayon lui-même est d'ailleurs connu, soit qu'on se le donne *à priori*, soit qu'on veuille au contraire construire un ballon de volume déterminé.

En divisant la longueur $2\pi R$ de l'équateur par la largeur utilisable de l'étoffe, et en prenant le nombre entier le plus proche, on obtient le nombre de fuseaux n, et la largeur définitive d'un fuseau sur l'équateur, entre les axes des coutures, sera :

$$l = \frac{2\pi R}{n} .$$

Cela posé, l'épure méridienne consiste à tracer une demi-circonférence sur un diamètre égal à l.

L'arc de quadrant est alors divisé en un certain

nombre quelcon-
que *m* de parties
égales, et par les
points de division,
numérotés de o à
m, on mène les
parallèles qui défi-
nissent le fuseau.

Dans la prati-
que, les aéronautes
décomposent gé-
néralement le qua-
drant en 20 parties,
chacune d'elles
correspond à un
arc de 5 grades
ou de $4°,5$.

Étendons alors
sur une longue
table une feuille
de papier fort des-
tinée à servir de
patron au fuseau.

Traçons une
ligne droite o8 qui
représentera l'axe
du fuseau (fig. 39);
sa longueur sera
d'ailleurs $\frac{1}{2}\pi R$,
le quart de la cir-
conférence méri-

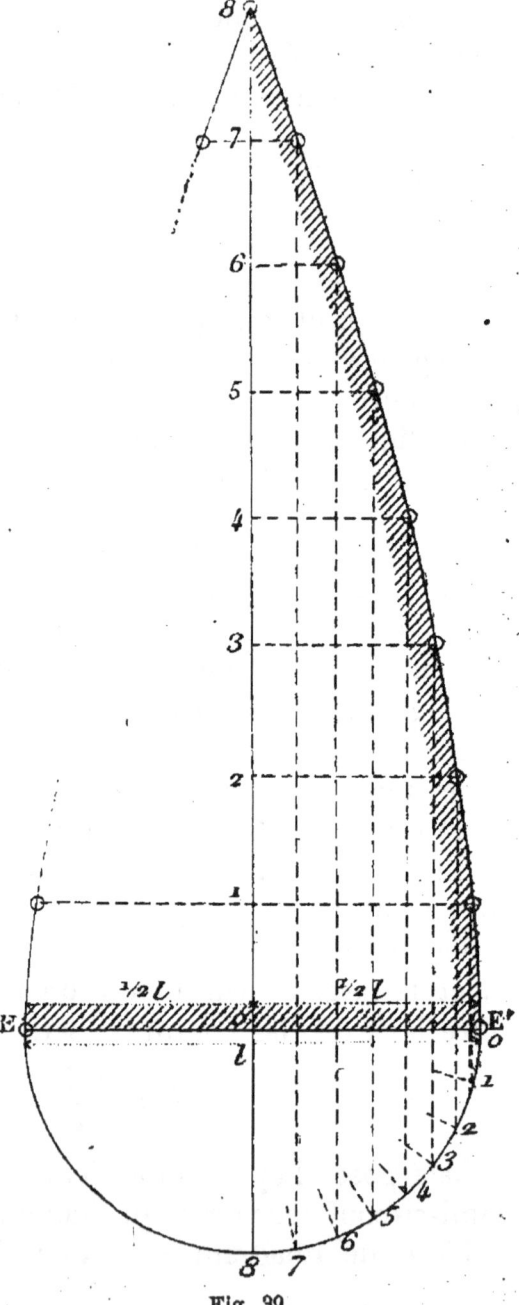

Fig. 39.

dienne. A l'une des extrémités sur une perpendiculaire, nous porterons de part et d'autre la moitié OE = OE' de la longueur maximum, soit :

$$\frac{1}{2} l.$$

D'autre part, il suffira de diviser l'axe du fuseau développé en un nombre convenable de parties, pour avoir les points correspondants aux points de division du quadrant sur l'épure méridienne.

Si dès lors en ces points nous menons des perpendiculaires à l'axe o8, il suffira de prendre, sur ces perpendiculaires et de part et d'autre, des longueurs égales aux demi-cordes des parallèles correspondants pour obtenir des points de la courbe limitant les côtés du fuseau, courbe que l'on obtiendra d'une façon continue en rejoignant tous les points obtenus.

Pour donner à cette courbe un contour plus assuré, Conté plantait des épingles en chaque point du tracé, et, prenant une règle plate assez flexible, il la posait de champ et la courbait en l'appuyant sur ces points de repère, pour servir de guide au crayon.

On peut d'ailleurs réunir les deux tracés (fig. 39) sur la même feuille, en traçant l'épure méridienne sur le petit axe EE' du patron. Les largeurs successives s'obtiennent alors en élevant des parallèles à l'axe, à partir de chacun des points de division du quadrant.

C'est Faujas de Saint-Fond, auquel l'histoire de l'aérostation doit tant d'utiles renseignements, qui a donné le premier tracé géométrique des patrons de fuseaux. La méthode s'est perfectionnée, et celle que nous venons d'exposer est due au colonel Renard.

Fuseaux sphériques (*méthode algébrique*). —
Le savant créateur de l'aérostation militaire en France
a également indiqué le moyen de calculer directement
les ordonnées du fuseau[1].

Reprenons la demi-circonférence indiquée plus haut,
dont le diamètre
est *l*.

Pour un paral-
lèle quelconque
MM' situé à une
distance *z* de l'é-
quateur, le rayon
y, égal à l'ordon-
née *mm'* du pa-
tron, peut être cal-

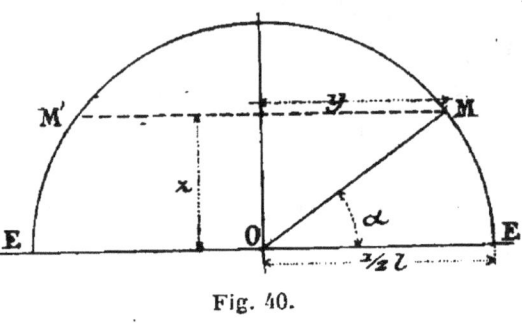

Fig. 40.

culé en fonction de l'angle α sous-tendu par l'arc EM.

On a en effet : $y = \dfrac{1}{2} l \cos \alpha.$

En donnant à α successivement les valeurs correspondantes aux différentes divisions du quadrant, on
pourra calculer les diverses valeurs de *y*.

Mais la formule précédente permet de constater que
les ordonnées *y* sont indépendantes de la grandeur
réelle des arcs compris entre les divers parallèles ; elles
ne dépendent que de l'angle α, et par suite, si l'on
veut construire, avec une même étoffe, c'est-à-dire au
moyen de fuseaux de même largeur maximum *l*, des
ballons de diamètres différents, les ordonnées de l'épure
seront les mêmes pour tous, pourvu qu'on divise le

_____

[1] RENARD, Cours inédit. — V. également capitaine VOYER, 6.

méridien en un même nombre de parties. L'écartement des ordonnées variera seul.

Il est donc possible d'établir des tables permettant de construire immédiatement pour un ballon quelconque un fuseau de largeur équatoriale 1.

En supposant toujours le quadrant méridien divisé en 20 parties, on peut encore dresser un tableau des valeurs de rapport : $\dfrac{y}{1/2\,l}$. Ce tableau servira à tracer le patron d'un fuseau de largeur quelconque et pour un ballon sphérique quelconque.

α	$\dfrac{y}{1/2\,l} = \cos \alpha$	α	$\dfrac{y}{1/2\,l} = \cos \alpha$	α	$\dfrac{y}{1/2\,l} = \cos \alpha$	α	$\dfrac{y}{1/2\,l} = \cos \alpha$
4°,5	0,9969	27°	0,8910	49°,5		72°	0,3090
9°	0,9877	31°,5		54°	0,5878	76°,5	
13°,5		36°	0,8090	58°,5		81°	0,1564
18°	0,9511	40°,5		63°	0,4540	85°,5	
22°,5		45°	0,7071	67°,5		90°	0,0000

On peut aussi exprimer le volume V d'un ballon sphérique en fonction du nombre n de ses fuseaux, lorsque la largeur l des fuseaux (ou de l'étoffe) est connue.

On a, en effet, pour le volume :

$$V = \frac{4}{3}\,\pi R^3, \qquad (1)$$

et la circonférence équatoriale donne, d'autre part :

$$nl = 2\pi R ;$$

en élevant au cube cette dernière relation :

$$n^3 l^3 = 8\pi^3 R^3, \qquad (2)$$

on obtient par une combinaison facile des équations

(1) et (2) :
$$V = \frac{l^3}{6\pi^2} n^3.$$

Pour chaque étoffe, il est facile de calculer le coefficient :
$$\frac{l^3}{6\pi^2}.$$

Détermination pratique de la longueur d'un arc de cercle.
— La méthode usuelle suppose que la longueur de l'arc méridien peut être calculée facilement, ce qui se présente lorsqu'il s'agit d'une enveloppe formant une sphère complète.

Dans certains cas cependant, il pourrait être utile de déterminer la longueur d'un arc quelconque : par exemple, s'il s'agit d'une enveloppe lenticulaire, la cloison d'un ballonnet à air en particulier.

M. Maurice d'Ocagne a donné de ce problème une solution géométrique extrêmement simple[1].

Soit un arc AMB quelconque (fig. 41a) dont on veut avoir le développement linéaire, avec une approximation de
$$\frac{1}{1\,000}.$$

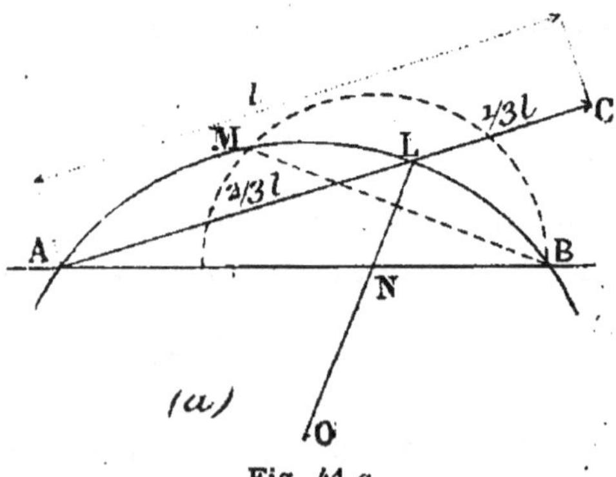

Fig. 41 a.

Sur la corde
$$AB = d,$$

on prend :
$$AN = \frac{2}{3} d.$$

[1] D'OCAGNE (Maurice), 1 et 2.

Le rayon passant par N donne un point L sur l'arc, et la corde AL est précisément égale aux $\frac{2}{3}$ de l'arc, dont la longueur se trouve ainsi déterminée, car il suffit de prendre sur le prolongement

$$LC = \frac{1}{2} AL,$$

et l'arc développé est égal à AC.

Si le centre O n'est pas connu ou se trouve hors des limites de l'épure, on pourra néanmoins tracer la partie NL du rayon, en décrivant du point N comme centre la circonférence qui a NB pour rayon ; il est évident, en effet, que le rayon NL est perpendiculaire sur la corde BM commune aux deux arcs.

Enfin, on peut déduire de ce qui précède le moyen de tracer un arc de cercle d'une longueur déterminée l sur une circonférence donnée. Du point choisi pour l'origine de l'arc cherché (fig. 41 b), décrivons, avec un rayon égal à $\frac{2}{3} l$, un petit arc qui coupe la circonférence au point L.

Prolongeons la corde jusqu'en C, avec une longueur l.

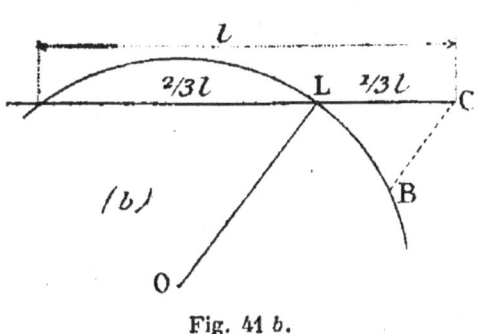

Fig. 41 b.

Si l'on mène le rayon LO et, par C, une parallèle CB à ce rayon, cette parallèle détermine sur la circonférence l'extrémité B de l'arc cherché.

Forme et coupe des ballons allongés. —

Nous venons d'examiner brièvement les conditions générales de forme auxquelles sont assujetties les enveloppes du ballon, et nous avons exposé les règles du tracé par fuseaux méridiens.

Ces règles exigent, pour les surfaces de révolution en général, le tracé préalable de la courbe méridienne. Leur application, d'ailleurs, peut être singulièrement facilitée par le choix même de cette méridienne. C'est ainsi qu'elles sont d'un usage commode lorsqu'il s'agit de construire un ballon sphérique ou même une surface de révolution engendrée par un arc de cercle.

Le développement pris par la construction des ballons dirigeables, d'autre part, a donné une importance particulière aux ballons allongés, et il importe d'entrer dans quelques détails à leur sujet.

Les ballons allongés sont presque toujours des surfaces de révolution. Sauf des cas très rares où leurs auteurs ont cru devoir adopter des formes ovoïdes engendrées par des ellipses, la plupart des ballons allongés ont pour génératrice une courbe continue rencontrant l'axe de révolution en deux points sous un angle aigu. Ces points constituent la proue et la poupe du navire aérien.

Il y a donc nécessairement un point de cette méridienne où la tangente est parallèle à l'axe. Ce point, dans la rotation qui engendre la surface de révolution, décrit le parallèle principal ou *maître-couple*.

Si la méridienne est symétrique de part et d'autre du parallèle principal, on dit que le ballon est *fusiforme* ou symétrique. Si l'avant et l'arrière ont des courbures différentes, le ballon est *pisciforme* ou dissymétrique.

On définit cette dissymétrie par le rapport des longueurs d'axe qu'intercepte le plan du parallèle principal vers l'avant et vers l'arrière.

On désigne par *cône avant* et *cône arrière* les deux parties de la surface limitées entre les pointes et le parallèle principal.

Les considérations générales que nous allons développer s'appliquent indifféremment à chacun de ces cônes.

Soit donc un cône engendré par un arc de courbe

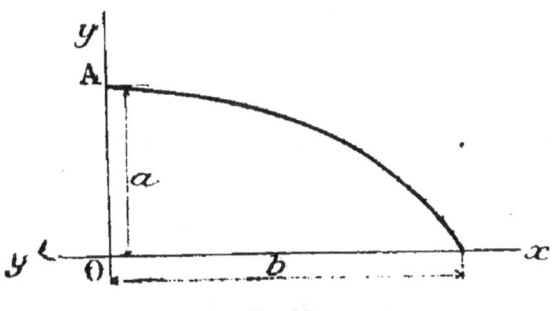

Fig. 42.

dont le sommet est en A, limité aux deux axes principaux ox et $o\dot{y}$, la tangente en A étant horizontale.

Il semblerait qu'un arc de cercle dût constituer le méridien le plus simple et le plus commode. Mais, en réalité, aussitôt que le rapport $\dfrac{b}{a}$ de l'axe longitudinal au rayon du parallèle principal devient un peu grand, c'est-à-dire pour les grands allongements, on obtient par ce procédé une forme essentiellement aiguë et n'offrant aucune solidité. Ce volume enfermé est en outre très réduit par rapport à la surface d'enveloppe et à son poids. On a donc intérêt à constituer le contour méridien au moyen d'une courbe plus renflée.

Cette courbe doit satisfaire en outre à cette condition qu'elle se prête aisément au calcul des éléments géométriques du ballon. Ces éléments sont : la *longueur d'arc*, la *surface d'une zone*, le *volume*, et enfin la *position des centres de gravité*.

Les courbes paraboliques satisfont assez bien à ces diverses conditions. En outre, en ne s'en tenant pas aux paraboles du second degré, mais en prenant au contraire des courbes d'un degré élevé, on obtient une élasticité de forme favorable à un choix judicieux.

L'équation générale des paraboles dont le sommet est en A. sur le parallèle principal. est en effet :

$$y = a\left(1 - \frac{x^n}{b^n}\right),$$

et il est facile de voir que la tangente à la pointe se relève à mesure que l'on fait croître le degré n, en sorte que le volume du ballon augmente sans que la surface de l'étoffe s'accroisse par trop, et sans que le méridien cesse d'avoir sa tangente horizontale sur le maître-couple.

Formule d'avant-projet. Longueur de l'arc.

— Il est bon toutefois d'avoir des formules simples permettant d'établir rapidement un avant-projet. On peut dans ce cas, pour les allongements usuels, substituer, lorsqu'il s'agit de calculer la longueur de l'arc, un arc de cercle à la courbe parabolique.

En désignant alors par R le rayon de l'arc et par A_b

la longueur curviligne du demi-méridien dont la flèche est a, on a évidemment :

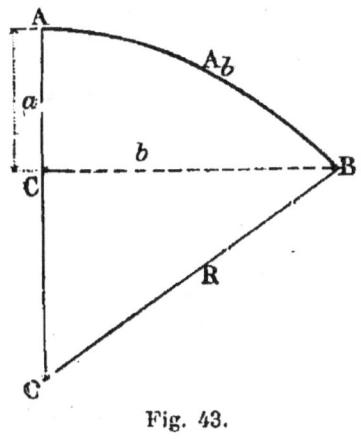

Fig. 43.

$$A_b = R \text{ arc sin } \frac{b}{R}.$$

Mais, d'autre part,

$$b^2 = a(2R - a) ;$$

d'où $\quad R = \dfrac{a^2 + b^2}{2a}.$

En désignant par μ le rapport d'allongement $\dfrac{b}{a}$,

on a : $\qquad R = \dfrac{a^2 + b^2}{2a} = \dfrac{a}{2}(1 + \mu^2),$

et $\qquad \dfrac{b}{R} = \dfrac{2\mu}{1 + \mu^2},$

et enfin

$$A_b = a\left(\frac{1 + \mu^2}{2}\right) \text{arc sin}\left(\frac{2\mu}{1 + \mu^2}\right). \qquad (1)$$

Si le rapport μ n'est pas simple, le calcul se ferait encore commodément au moyen des deux formules :

$$A_b = R \text{ arc sin } \frac{b}{R},$$

$$R = \frac{a^2 + b^2}{2a}. \qquad (2)$$

L'erreur commise par la substitution d'un arc de cercle est d'autant plus faible que la parabole est plus allongée.

Surface du cône parabolique. — Il est nécessaire au constructeur, dans son avant-projet, de connaître la surface d'étoffe de l'enveloppe, afin de déterminer son poids, élément indispensable pour déterminer le poids de l'aérostat, à son tour.

Or la surface d'une zone comprise entre deux parallèles très voisins, dont la distance est dx, aura pour expression, le rayon du premier parallèle étant y :

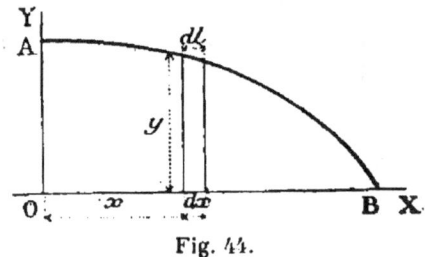

Fig. 44.

$$2\pi y \cdot dl = 2\pi y \frac{dx}{\cos \alpha} ,$$

dl étant la longueur de l'élément d'arc et dx sa projection sur l'axe.

Mais, dans la pratique d'un avant-projet, on pourra remplacer dl par sa projection dx, parce que $\dfrac{1}{\cos \alpha}$ est très près de l'unité pour la partie moyenne de l'arc, et que α ne prend une valeur appréciable que vers la pointe, c'est-à-dire dans la région où y est lui-même très petit.

On a donc assez exactement pour l'expression de la surface :

$$S = \int_{0}^{b} 2\pi y dx = 2\pi \text{ surf. AOB,}$$

ou
$$S = \frac{4}{3}\pi ab. \tag{3}$$

On pourrait également calculer d'une façon suffisamment approchée la surface du cône parabolique compris entre le maître-couple et un parallèle dont l'abscisse est x. Cette surface est sensiblement égale à

$$S_x = \left[ax - \frac{1}{3} x (a - y) \right] 2\pi.$$

Pour une parabole du second degré,

$$a - y = a \frac{x^2}{b^2} \, ;$$

d'où

$$S_x = 2\pi ax \left(1 - \frac{x^2}{3b^2} \right). \qquad (4)$$

Équation qui peut se mettre sous une forme plus générale, en posant : $\dfrac{x}{b} = \gamma$.

Ce qui donne alors :

$$S_x = \frac{4}{3} \pi ab \left[1 - \frac{(1 - \gamma)^2 (\gamma + 2)}{2} \right], \qquad (5)$$

et la surface comprise au contraire entre le parallèle x et la pointe, c'est-à-dire la surface du cône proprement dit, serait :

$$S_{Dx} = \frac{4}{3} \pi ab \, \frac{(1 - \gamma^2)(\gamma + 2)}{2}. \qquad (6)$$

Dans ces deux dernières formules, nous voyons en évidence la surface totale du cône jusqu'au parallèle principal $S = \dfrac{4}{3} \pi ab$.

Position du centre de gravité. — En considérant l'arc AB comme un arc parabolique du second degré, $y = a \left(1 - \dfrac{x^2}{b^2} \right)$, et en appelant X l'abscisse du centre de gravité de l'enveloppe du ballon, on aura évidemment :

$$SX = \int_0^b 2\pi y x \, dx = 2\pi a \int_0^b \left(1 - \frac{x^2}{b^2} \right) x \, dx.$$

L'intégrale indéfinie est : $\dfrac{x^2}{2} - \dfrac{x^4}{4b^2}$,

qui, pour $x = b$, donne : $\dfrac{b^2}{4}$.

On a donc : $\quad SX = \dfrac{\pi a b^2}{2}$.

et comme (3) $\quad S = \dfrac{4}{3}\pi ab$,

on trouve : $\quad X = \dfrac{3}{8} b.$ $\hfill (7)$

Pour l'ensemble des deux cônes du ballon, l'abscisse du centre de gravité de l'enveloppe totale serait, b et b_1 étant les deux longueurs d'axe correspondantes :

$$X = \frac{3}{8}(b - b_1).$$

Formules générales relatives aux ballons paraboliques.

— Lorsqu'il s'est agi de construire le dirigeable *la France*, le capitaine Renard adopta une forme dissymétrique et deux cônes paraboliques d'un degré supérieur au second. Il fut ainsi conduit à établir les formules générales permettant de calculer la longueur d'arc, la surface et le volume des deux cônes.

Si l'on désigne par *dl* la longueur d'un élément de

l'arc qui correspond à une variation dx de l'abscisse de la courbe méridienne, et par α l'angle de la tangente correspondant à cet élément avec l'axe des x, on pourra écrire :

$$dl = \frac{dx}{\cos \alpha}.$$

Posons alors : $z = \operatorname{tg} \alpha$, $\operatorname{tg} \alpha$ étant d'ailleurs égale à

$$\frac{dx}{dy}.$$

On aura évidemment :

$$\frac{1}{\cos \alpha} = (1 = z^2)^{\frac{1}{2}},$$

et, en développant :

$$\frac{1}{\cos \alpha} = 1 + \frac{z^2}{2} - \frac{z^4}{8} + \frac{z^6}{16} - \dots$$

Cette série est très convergente, et, en s'arrêtant aux quatre premiers termes, on commet une erreur plus petite que le premier terme négligé. Comme nous l'avons dit du reste, α ne prend une valeur assez grande qu'à la pointe. Or, dans la plupart des ballons allongés, la valeur de z à la pointe ne dépasse pas $\frac{2}{3}$, et la valeur de $\frac{1}{\cos \alpha}$ est ainsi de : 1,2030, tandis que la valeur vraie serait : 1,2018, soit une différence de 0,0012, ce qui ne constitue pas une erreur de $\frac{1}{1\,000}$ au point le plus défavorable.

Cette valeur de l'erreur relative diminue d'ailleurs très rapidement à mesure que $\operatorname{tg} \alpha$, ou z, devient plus petit. C'est ainsi que pour $z = \frac{1}{2}$, c'est-à-dire très près de la pointe : $\dfrac{1}{\cos \alpha} = 1,11803$, en valeur absolue, tandis que la formule approchée donnerait : $1,11816$. La différence est de $0,00013$ et l'erreur relative est inférieure à $0,00012$.

Si nous reprenons la formule générale de la parabole :

$$y = a\left[1 - \frac{x^n}{b^n} \right],$$

on en tire :

$$\frac{dy}{dx} = z = -\frac{n a x^{n-1}}{b^n};$$

d'où, par suite, en appliquant la formule précédente :

$$dl = dx\left\{ 1 + \frac{n^2 a^2 x^{2n-2}}{2 b^{2n}} - \frac{n^4 a^4 x^{4n-4}}{8 b^{4n}} + \frac{n^6 a^6 x^{6n-6}}{16^{6n}} \right\},$$

et en intégrant :

$$l = x + \frac{n^2 a^2 x^{2n-1}}{2(2n-1) b^{2n}} - \frac{n^4 a^4 x^{4n-3}}{8(4n-3) b^{4n}} + \frac{n^6 a^6 x^{6n-5}}{16(6n-5) b^{6n}} . \tag{8}$$

Dans cette formule, on peut mettre en évidence le coefficient d'allongement : $\mu = \dfrac{b}{a}$, qui est toujours une caractéristique importante que l'on se donne a priori ; on trouve alors :

$$l = x\left\{ 1 + \frac{n^2}{2(2n-1)\mu^2}\left[\frac{x}{b} \right]^{2(n-1)} \right.$$
$$- \frac{n^4}{8(4n-3)\mu^2}\left[\frac{x}{b} \right]^{4(n-1)} \tag{8 bis}$$
$$\left. + \frac{n^6}{16(6n-5)\mu^6}\left[\frac{x}{b} \right]^{6(n-1)} \right\}.$$

Introduction des abscisses numériques. —

Sous cette forme, nous voyons apparaître dans l'expression de la longueur de l'arc une inconnue auxiliaire :

$$\frac{x}{b}\,\beta.$$

qui peut devenir d'un emploi commode pour le tracé pratique des courbes par points. Si, en effet, on divise l'axe de révolution b en p parties égales et numérotées de zéro (à l'origine sur le parallèle principal) à p, les perpendiculaires élevées de ces points divisent le méridien en un certain nombre de parties, et un point du méridien peut être défini par son ordonnée y et par le chiffre m de sa projection sur l'axe; ce chiffre s'appelle l'*abscisse numérique du point*[1].

[1] On a alors : $\dfrac{x}{b}$ ou $\beta = \dfrac{m}{p}$.

et l'équation générale de la parabole $y = a\left[1 - \left(\dfrac{x}{b}\right)^n\right]$

devient : $y = a\left[1 - \left(\dfrac{m}{p}\right)^n\right].$

Cette équation met en évidence une sorte de similitude entre les courbes de même degré; car si l'on admet que l'axe de projection soit toujours divisé en un même nombre p de parties, il suffira de dresser la table des diverses valeurs du binôme

$$\left(1 - \frac{m^n}{p^n}\right)$$

lorsque m varie, pour en déduire aisément les ordonnées du méridien qui correspondent aux points de division de l'axe. En particulier, pour toutes les surfaces de même degré n et de même rayon principal a, les ordonnées sont les mêmes pour les mêmes abscisses numériques : l'échelle des abscisses change seule.

La longueur de l'arc peut donc se mettre sous la forme :

$$l = x \left\{ 1 + \frac{n^2\beta^{2(n-1)}}{2(2n-1)\mu^2} - \frac{n^4\beta^{4(n-1)}}{8(4n-3)\mu^2} \right.$$
$$\left. + \frac{n^6\beta^{6(n-1)}}{16(6n-5)\mu^6} \right\} ; \qquad (8 \ ter)$$

et du reste, pour avoir la longueur totale de l'arc compris entre le parallèle principal et la pointe, il suffira de faire $x = b$, $\beta = 1$, ce qui donne :

$$L = b \left\{ 1 + \frac{n^2}{2(2n-1)\mu^2} - \frac{n^4}{8(4n-3)\mu^4} \right.$$
$$\left. + \frac{n^6}{16(6n-5)\mu^6} \right\}. \qquad (9)$$

C'est aussi la longueur totale du fuseau à partir du parallèle principal.

Surface d'un cône parabolique. — La surface d'une zone infiniment étroite de l'enveloppe d'un ballon est, comme nous l'avons déjà dit :

$$ds = 2\pi y \, dl,$$

en appelant dl l'arc infiniment petit du méridien intercepté par les deux plans parallèles x et $(x + dx)$.

Nous avons vu, du reste, que $dl = \dfrac{dx}{\cos \alpha}$, α étant l'angle de la tangente à l'élément considéré avec l'axe des x. Si l'on désigne, comme précédemment, tg α par z :

$$dl = dx \left(1 + \frac{z^2}{2} - \frac{z^4}{8} + \frac{z^6}{16} - \cdots \right),$$

et
$$ds = 2\pi y \left(1 + \frac{z^2}{2} - \frac{z^4}{8} + \frac{z^6}{16} \cdots \right) dx.$$

La série entre parenthèses est très convergente, et ses termes sont alternativement positifs et négatifs. En s'arrêtant à un terme quelconque, l'erreur est plus petite que le premier terme négligé; et l'on vérifierait facilement qu'il suffit de prendre, pour l'élément de surface, la valeur:

$$ds = 2\pi y \left[1 + \frac{z^2}{2} \right] dx,$$

et que l'erreur commise est alors tout à fait négligeable.

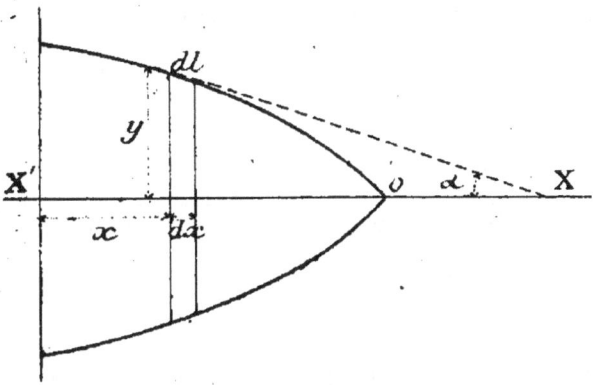

Fig. 45.

Or on sait que

$$y = a \left[1 - \frac{x^n}{b^n} \right];$$

par suite, $\dfrac{dy}{dx}$ ou $z = \dfrac{- nax^{n-1}}{b^n}$;

d'où l'on conclut:

$$ds = 2\pi a \left[1 - \frac{x^n}{b^n} \right] \left[1 + \frac{1}{2} \frac{n^2 a^2 x^{2(n-1)}}{b^{2n}} \right].$$

Effectuant :

$$ds = 2\pi a \left\{ 1 - \frac{x^n}{b^n} + \frac{n^2 a^2 x^{2n-1}}{2b^{2n}} - \frac{n^2 a^2 x^{3n-2}}{b^{3n}} \right\}.$$

L'intégrale définie de la parenthèse est :

$$x - \frac{x^{n+1}}{(n+1)b^n} + \frac{n^2 a^2 x^{2n-1}}{2(2n-1)b^{2n}} - \frac{n^2 a^2 x^{3n-1}}{2(3n-1)b^{3n}} ,$$

qui, pour $x = b$, devient :

$$b \left\{ \frac{n}{n+1} + \frac{n^3}{2b^2(2n-1)\,3n-1)} \right\} ;$$

et si nous y introduisons le coefficient d'allongement $\mu = \dfrac{b}{a}$, la valeur de l'intégrale que nous représenterons par λ sera :

$$b \left\{ \frac{n}{n+1} + \frac{n^3}{2\mu^2(2n-1)(3n-1)} \right\} = \lambda,$$

et nous aurons en définitive :

$$S = 2\pi ab\lambda. \qquad (8)$$

La valeur ainsi trouvée est un peu trop forte, puisque le terme correctif en z^4 serait négatif ; mais, en ne prenant que le premier terme de λ, on aurait une valeur :

$$S' = 2\pi ab \; \frac{n}{n+1} ,$$

beaucoup trop faible. Cette valeur S' correspond à l'hypothèse $\dfrac{1}{\cos \alpha} = 1$.

Exemple numérique. — Soit un ballon dissymétrique dont l'avant est engendré par une parabole du second degré, tandis que le méridien de l'arrière est une parabole du quatrième degré. Prenons les éléments suivants :

$$a = 5^{m},41445,$$

$$b = 3a.$$

Avant $\quad n = 2, \quad \mu = 3,$

$$b' = 9a.$$

Arrière $\quad n' = 3, \quad \mu' = 9.$

On aura pour l'avant :

$$\lambda = 0,6963,$$

$$S = \pi a^2 \times 0,6963 b = \pi a^2 \times 4,1778 = 384^{m},77 ;$$

et pour l'arrière : $\quad \lambda = 0,8051,$

$$S' = \pi a^2 \times 0,8051 b' = \pi a^2 \times 14,4918 = 1334.69.^{[1]}$$

La surface totale du ballon sera donc en nombre rond :

$$S = \pi a^2 (4,1778 + 14,4918) = 1719 \text{ mètres carrés.}$$

Centre de gravité de l'enveloppe. — Il est nécessaire, pour établir convenablement la stabilité du ballon, de fixer rigoureusement la position du centre de gravité de chacune de ses parties.

Or le moment de la zone élémentaire ds par rapport au parallèle principal est $x ds$; et en se reportant à la valeur de ds précédemment écrite :

$$x ds = 2\pi a \left\{ x - \frac{x^{n+1}}{8^n} + \frac{n^2 a^2 x^{2n-1}}{2 b^{2n}} - \frac{n^2 a^2 x^{3n-1}}{2 b^{3n}} \right\}.$$

[1] Le colonel Renard a évalué directement ces surfaces, par leur décomposition en zones au moyen de parallèles équidistants. Cette méthode a donné pour la surface de l'avant : 384^{m},10, nombre bien peu différent, comme on le voit, de celui que nous venons d'obtenir par le calcul. — Ce résultat fait voir quel degré de confiance doit être attribué à la formule ci-dessus.

L'intégrale générale de la parenthèse est :

$$\frac{x^2}{2} - \frac{x^{n-2}}{(n+2)b^n} + \frac{n^2a^2x^{2n}}{4^n 2b^{2n}} - \frac{n^2a^2x^{3n}}{2b^{3n}},$$

qui, pour $x = b$, donne, tout calcul fait :

$$\frac{na^2}{12}\left[1 - \frac{4\mu^2}{n+2}\right].$$

En désignant par x_1 l'abscisse du centre de gravité de la surface d'un cône parabolique, on a donc l'expression :

$$x_1 s = \int_0^{ab} x\,ds = \frac{n}{6}\,\pi a^3\left[1 - \frac{6\mu^2}{n+2}\right],$$

et comme nous pouvons écrire :   **(10)**

$$s = 2\pi ab\lambda,$$

ou

$$s = 2\pi a^2 n\left[\frac{\mu}{n+1} + \frac{n^2}{2\mu(2n-1)(3n-1)}\right],$$

on en tire en définitive :

$$2x_1\left(\frac{\mu}{n+1} + \frac{n^2}{2\mu(2n-1)(3n-1)}\right) = \frac{a}{b}\left(1 + \frac{6\mu^2}{n+2}\right)$$
$$\text{(10 } bis\text{)}$$

c'est-à-dire une expression de la forme :

$$2x_1\lambda_1 = \frac{a}{b}\,\lambda_2;$$

d'où

$$x_1 = \frac{a}{2b}\cdot\frac{\lambda_1}{\lambda^2},$$

en posant :

$$\lambda_1 = \frac{\mu}{n+1} + \frac{n^2}{2\mu(2n-1)(3n-1)},$$

et
$$\lambda_2 = \left(1 + \frac{6\mu^2}{n+2}\right).$$

Pour l'arrière on aurait de même :

$$x'_1 = \frac{a}{2b'}\,\frac{\lambda'_2}{\lambda'}\,.$$

En définitive, on aura l'abscisse X_1 du centre de gravité de la surface totale par la formule :

$$X_1 s = x'_1 s' - x_1 s, \qquad (11)$$

en ayant soin de compter les x positifs vers l'arrière[1].

Longueur et surface des coutures. — Pour évaluer d'une façon précise le poids de l'enveloppe d'un ballon, il importe de connaître exactement la surface des coutures où l'étoffe se présente sous plusieurs épaisseurs, et la position du centre de gravité correspondant.

Nous avons appris à déterminer la longueur totale

---

[1] Dans l'exemple numérique ci-dessus, on trouve ainsi :

$$x'_1 s' = 27\,259,7$$
$$x_1 s = 2\,410,2$$

Soit : $\qquad\qquad X_1 s = 24\,849,5$

Mais, d'autre part, $\qquad s = 1\,719,46$

d'où $\qquad\qquad X_1 = 14^m,452.$

En résumé, les éléments superficiels du ballon sont donc :

	AVANT	ARRIÈRE	DU BALLON COMPLET
Surface	385^{m2}	$1\,335^{m2}$	$1\,719^{m2}$
Abscisse du centre de gravité.	$-6^m,26$	$+20^m,42$	$+14^m,45$

d'un méridien, et nous admettrons que c'est aussi la longueur de chacune des coutures qui limitent les fuseaux, bien qu'en réalité le nombre des fuseaux se doive réduire en approchant des pointes. Il y aurait lieu, par ce fait, à une légère correction qui est absolument négligeable.

Connaissant la longueur L des coutures, leur nombre N qui est celui des fuseaux et la largeur qu'il convient de compter pour chacun d'eux e, on peut en déduire la surface qu'elles occupent :

$$\sigma = NLe. \qquad (12)$$

La largeur dépend, du reste, du nombre de fois que l'étoffe est repliée sur elle-même.

Quant au centre de gravité des coutures, on admet qu'il est sur l'axe et très sensiblement au milieu de la longueur totale du ballon; son abscisse est donc :
$X'_1 = \dfrac{b'-b}{2}$, et le moment $\sigma X'_1$. En combinant ce moment et celui de la surface géométrique de l'enveloppe, on obtient facilement l'abscisse X''_1 du centre de gravité absolu de celle-ci, en posant :

$$X''_1 (S + \sigma) = SX_1 + \sigma X'_1. \qquad (13)$$

[1] *Exemple numérique.* — Sur les données numériques précédentes : $L = 66;780$, $N = 61$, $e = 20^{mm}$, on trouve :

$$\sigma = 108^m,20, \quad X'_1 = \frac{b'-b}{2} = 3a = 16^m,243,$$

moment par rapport au parallèle principal

$$\sigma X'_1 = 108,29 \times 16,243 = 1\,757^{m\,qm}.$$

La surface totale de ce ballon étant $1\,719^m$ et l'abscisse $X_1 = 14,45,$

Volume du cône parabolique. — Le volume d'une tranche comprise entre deux parallèles infiniment voisins x et $x + dx$ est évidemment égal à :

$$dV = \pi y^2 dx,$$

et comme
$$y = a\left(1 - \frac{x^n}{b^n}\right),$$

on peut écrire :

$$dV = \pi a^2 \left(1 - \frac{2x^n}{b^n} + \frac{x^{2n}}{b^{2n}}\right) dx.$$

Le volume du cône complet sera donc :

$$V = \pi a^2 \int_0^b \left(1 - \frac{2x^n}{b^n} + \frac{x^{2n}}{b^{2n}}\right) dx.$$

L'intégrale générale est :

$$V = \frac{2x^{n+1}}{(n+1)\, b^n} + \frac{x^{2n+1}}{(2n+1)\, b^{2n}}.$$

Cette expression s'annule pour $x = 0$; elle devient :

$$\frac{2n^2 b}{(n+1)(2n+1)},$$

pour $x = b$. Donc le volume total est :

$$V = \pi a^2 b\, \frac{2n^2}{(n+1)(2n+1)}; \qquad (14)$$

le premier facteur en évidence $\pi a^2 b$ est le volume du cylindre ayant a pour rayon et b pour hauteur.

on a pour le moment de la surface géométrique 24840^{mqm}; soit au total, en y ajoutant les coutures :

$$X''_1(S + \sigma) = 26597^{mqm}.$$

Or $\qquad S + \sigma = 1827$; d'où $X''_1 = 14,56$.

La présence des coutures a donc déplacé le centre de gravité de l'enveloppe de $0^m,11$, ce qui n'est pas négligeable.

Remarque. — Pour toutes les méridiennes de même degré et de même sommet, le volume est simplement proportionnel à la longueur b du ballon.

Le coefficient $\dfrac{2n^2}{(n+1)(2n+1)}$ croît avec n et tend vers 1. Lorsqu'on prend pour n les nombres entiers successifs, on obtient pour le coefficient les valeurs suivantes :

n	FRACTIONS		n	FRACTIONS		n	FRACTIONS	
	naturelle.	décimale.		naturelle.	décimale.		naturelle.	décimale.
1	$\dfrac{1}{3}$	0,333	4	$\dfrac{32}{45}$	0,7111	8	$\dfrac{128}{153}$	0,8366
2	$\dfrac{8}{15}$	0,5333	5	$\dfrac{25}{33}$	0,7575	10	$\dfrac{200}{231}$	0,8658
3	$\dfrac{9}{11}$	0,6249	6	$\dfrac{72}{91}$	0,7912	20	$\dfrac{800}{861}$	0,9291

On voit qu'en augmentant le degré n de la parabole, le volume augmente très rapidement; l'acuité diminue en même temps, ce qui permet de choisir une courbe convenable dans tous les cas [1].

---

[1] *Exemple numérique.* — Dans un des projets présentés en 1883 par le capitaine Renard, et dont nous avons déjà indiqué les éléments :

$$a = 5^m,4145 \quad \begin{cases} n = 2, \\ b = 3a \text{ (avant)}, \end{cases} \quad \begin{cases} n' = 4, \\ b' = 9a \text{ (arrière)}, \end{cases}$$

on trouvait : $\qquad$ V $= 797^m,87$ (avant),

$\qquad\qquad\qquad$ V$' = 3191^m,48$ (arrière).

Le volume total était donc de 3989 mètres cubes. Or en remplaçant la courbe arrière, qui est du quatrième degré, par une

Position du centre de poussée. — Le centre de poussée coïncide avec le centre de gravité du volume du ballon. Il se trouve évidemment placé sur l'axe de révolution, et, pour déterminer son abscisse X_2, il convient de calculer séparément les abscisses des centres de gravité des deux cônes antérieur et postérieur. En désignant ces abscisses par x_2 et x'_2, on aura :

$$VX_2 + vx_2 + v'x'_2. \qquad (15)$$

Nous conviendrons, comme précédemment, de compter les x positifs du côté de l'arrière; il en sera de même des moments positifs. Soit donc. tout d'abord, un cône parabolique de degré n, ayant pour base son parallèle principal passant par le sommet de la courbe méridienne.

Le volume d'une tranche comprise entre deux plans infiniment voisins x et $(x + dx)$ est $dv = \pi y^2 dx$; et son moment par rapport au plan du maître-couple est :

$$x dv = \pi y^2 x dx.$$

De sorte qu'en désignant par v le volume du cône parabolique, et par x_2 l'abscisse de son centre de gravité, on pourra écrire la relation :

$$vx_2 = \int_0^{'b} \pi y^2 x dx \quad \text{ou} \quad = \pi \int_0^{'b} y^2 x dx;$$

or
$$y = a\left(1 - \frac{x^n}{b^n}\right),$$

et, par conséquent,

$$y^2 x dx = a^2\left(x - \frac{2x^{n+1}}{b^n} + \frac{x^{2n+1}}{b^{2n}}\right) dx.$$

parabole du second degré, on ne trouve plus qu'un volume de 3175^m,53. La différence en faveur de la forme adoptée est donc 813^{m2},47.

L'intégrale générale de cette expression est donc :

$$a^2\left(\frac{x^2}{2} - \frac{2x^{n+2}}{(n+2)\,b^n} + \frac{x^{2n+2}}{(2n+2)\,b^{2n}}\right),$$

qui, prise de o à b, devient, tout calcul fait :

$$a^2 b^2 \frac{n^2}{2\,(n+2)\,(n+1)}.$$

Ainsi $vx_2 = \pi a^2 b^2 \dfrac{n^2}{2\,(n+2)\,(n+1)}.$

Mais nous avons précédemment trouvé pour le volume v :

$$v = \pi a^2 b \frac{2n^2}{(n+1)\,(2n+1)} ;$$

d'où l'on tire :

$$x_2 = b\,\frac{2n+1}{4\,(n+2)}. \qquad (16)$$

Remarque. — Ainsi l'abscisse du centre de gravité de la masse fluide d'un des cônes ne dépend absolument que de la longueur b du cône à laquelle elle est proportionnelle.

Autrement dit, *tous les ballons de même longueur de cônes et de même degré ont les mêmes centres de gravité des volumes.*

Pour les valeurs successives de n, on a :

$n = 1$	2	3	4
$x_2 = \frac{1}{4}\,b$	$\frac{5}{16}\,b$	$\frac{7}{20}\,b$	$\frac{3}{8}\,b$

Les abscisses sont ainsi évaluées en valeur absolue et indépendamment de leur signe.

Quant au centre de gravité du volume total, il

se déduit aisément de la relation posée plus haut :

$$VX_2 = vx_2 + v'x'_2.^1$$

Résumé de l'étude des ballons à méridien parabolique.

— En résumé, l'établissement d'un projet de ballon allongé comporte :

1° Le choix des degrés n et n' des paraboles d'avant et d'arrière, et des indices μ et μ' d'allongement ;

2° La détermination de la longueur du méridien, de la surface de l'enveloppe géométrique, de celle des coutures et du volume engendré ;

3° La détermination des divers centres de gravité[2].

Poids de l'enveloppe.

— Le poids de l'enveloppe se déduit très simplement de sa surface, connaissant le poids du mètre carré du tissu.

Force ascensionnelle.

— De même la force ascensionnelle résulte du volume calculé, en multipliant ce volume par la force ascensionnelle de 1 mètre cube du gaz employé.

---

[1] *Exemple numérique.* — Nous avons trouvé pour le ballon déjà cité :

$$v = 797,87$$
$$v' = 3\,191,48$$
$$\overline{V = 3\,989\text{ »}}$$

Le calcul, d'après la formule (16), donne :

$$x_2 = -\frac{5}{16}\,3a = -5,076 ,$$

$$x_2 = +\frac{3}{8}\,9a = +18,274 ,$$

et enfin $X_2 = +13^{m},604$ en arrière du maître-couple.

[2] Il y aurait lieu de tenir compte des manches à air et à gaz, et en général de toutes les parties accessoires que l'on ajouterait à l'enveloppe proprement dite.

Construction par fuseaux méridiens. —

Enfin, pour achever le projet d'un ballon allongé, il reste à établir le patron d'un fuseau méridien, en se servant de la méthode générale que nous avons exposée.

Considérons tout d'abord l'épure de la courbe méridienne d'un ballon parabolique :

$$y = a\left(1 - \frac{x^n}{b^n}\right),$$

et soit $\qquad OA = a$ et $OB = b.$

Divisons la longueur b de l'axe de révolution en un nombre déterminé de parties égales, et numérotons les

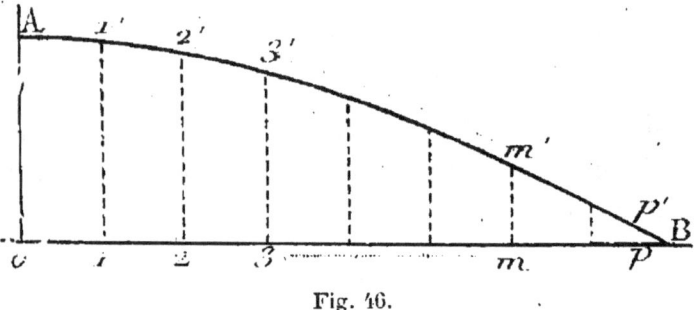

Fig. 46.

points de division en plaçant le zéro sur le parallèle principal. Les perpendiculaires à l'axe menées par les points de division déterminent sur l'arc de méridien de nouveaux points $1'$ $2'$ $3'$... m'; et si l'on remarque que pour l'un quelconque de ces points on a la relation (m étant le numéro du point) :

$$\frac{x}{b} = \frac{m}{p},$$

on pourra déterminer l'ordonnée par la relation .

$$y = a\left(1 - \frac{m^n}{p^n}\right),$$

où n'entre plus que l'abscisse numérique m.

En prenant les nombres entiers pour les valeurs successives de m, on déterminera ainsi très aisément les différentes ordonnées, et, par suite, la courbe méridienne elle-même.

Or l'épure du fuseau s'en déduit assez simplement.

Cette épure consiste, en effet, à développer en ligne droite l'arc méridien AB avec ses points de division $1'2'3'\ldots$, et à déterminer la largeur du fuseau ou son ordonnée en chacun de ces points.

Ainsi les abscisses numériques du fuseau ont pour longueurs les arcs $A1'$, $A2'$, etc. Quant aux ordonnées, remarquons que la longueur d'un parallèle étant $2\pi y$, la largeur du fuseau ou le double de son ordonnée sera :

$$2f = \frac{2\pi y}{N},$$

si N est le nombre total des fuseaux ;

ou bien

$$f = \frac{\pi}{N}\, y.$$

L'ordonnée du fuseau est donc la même que celle du méridien à un facteur constant près ; et si l'on remarque que, pour $m = 0$, $f_0 = \frac{\pi}{N}\, a$, il suffira de prendre pour l'épure méridienne une échelle telle que $OA = \frac{\pi}{N}\, a = f_0$, et toutes les autres ordonnées de cette méridienne représenteront en vraie grandeur les ordonnées du fuseau.

Plus généralement, on déterminera directement par le calcul les éléments du fuseau.

Abscisses du fuseau. — Les abscisses sont, avons-nous dit, les longueurs de l'arc prenant son origine sur le parallèle principal et aboutissant aux divers points de division. Or nous avons vu qu'en posant $\dfrac{m}{p}$ ou $\dfrac{x}{b} = \beta$, la longueur de cet arc ou l'abscisse du fuseau est reliée à l'abscisse correspondante x du méridien par l'équation (8 *ter*) :

$$l = x \left\{ 1 + \frac{n^2 \beta^{2(n-1)}}{2(2n-1)\mu^2} - \frac{n^4 \beta^{4(n-1)}}{8(4n-1)\mu^4} \right.$$
$$\left. + \frac{n^6 \beta^{6(n-1)}}{16(6n-1)\mu^6} \right\},$$

$$l = x \left[1 + A\beta^{2(n-1)} - B\beta^{4(n-1)} + C\beta^{6(n-1)} \right]. \quad (17)$$

Pour une courbe méridienne donnée par son degré n, et son indice d'allongement μ, il suffit donc de calculer une fois pour toutes les coefficients ABC, et de dresser le tableau des différents termes pour les valeurs successives de l'ordonnée numérique m ou, ce qui revient au même, de $\beta = \dfrac{m}{p}$, p étant constant.

Dans la pratique, il suffira d'avoir, dans la parenthèse, quatre chiffres décimaux exacts, et de calculer, par conséquent, chaque terme avec cinq chiffres seulement. Dès lors, β étant toujours plus petit que l'unité, il y aura lieu de ne calculer chaque terme qu'à partir des valeurs de β donnant des nombres supérieurs à o,oooo5.

Exemple numérique. — Reprenons l'avant du ballon pour lequel $a = 5,41445$, $n = 2$, $\mu = 3$. Nous diviserons la projection de l'arc d'avant sur l'axe de révolution en 40 parties égales, $p = 40$. La longueur totale étant : $b = 3a = 16,24335$, chaque division aura 406 mm. o8375.

L'abscisse l du fuseau et celle x du méridien étant reliées par la relation

$$l = x\,(1 + A\beta^2 - B\beta^4 + C\beta^6),$$

on trouve facilement :

$$A = 0,074074,$$
$$B = 0,004938,$$
$$C = 0,000784,$$

et l'on peut dresser le tableau dont nous ne donnons que l'indication.

m	β	β^2	β^4	β^6	$A\beta^2$	$B\beta^4$	$C\beta^6$	PARENTHÈSE	x EN MÈTRES	l
0										
1										
2										
5										

Le calcul se ferait exactement de même pour les abscisses du fuseau arrière.

Ordonnées du fuseau et du méridien. — Nous avons posé la formule, pour la demi-largeur f du fuseau :

$$f = \frac{\pi}{N}\, y.$$

Dans le cas actuel où le ballon est divisé en 81 fuseaux, on a $\frac{\pi}{N} = 0{,}038785$; d'où les deux formules :

$$y = a(1 - \beta^2),$$
$$f = 0{,}038785\, y.$$

m	β^2	y MÉRIDIEN EN MÈTRES	f FUSEAU EN MILLIMÈTRES
0	0,000	$5^m,114$	210
1	0,000625	$5^m,111$	209,9
2	»	»	»

Tracé du ballonnet. — Les détails que nous venons de donner sur la forme et le tracé des ballons allongés seraient incomplets, si nous n'indiquions pas brièvement le mode de construction du ballonnet.

Voici la manière la plus simple de concevoir cet organe. Le ballonnet sera compris entre la calotte amb du ballon et une surface $am'b$ superposable à la première, lorsqu'elle est abattue, et qui se raccordera avec elle le long du plan ab.

En un mot, le ballonnet plein sera le solide commun aux deux volumes de révolution identiques,

dont les axes sont parallèles et symétriques par rapport au plan *ab*.

Le volume du ballonnet est donc le double du
segment compris entre le plan *ab* et la partie inférieure

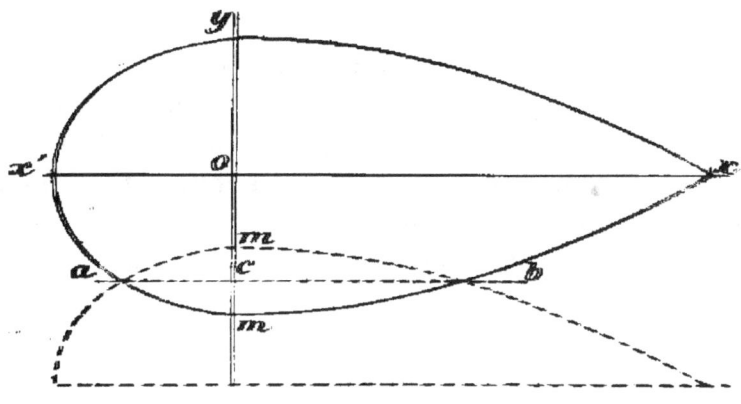

Fig. 47.

du ballon, et il suffira d'étudier les éléments de ce
segment pour déterminer ceux du ballonnet.

D'une manière générale, le problème qui se pose
consiste à déterminer la position de *ab* pour que le
ballonnet ait un volume déterminé.

Détermination de *ab*. — 1° *Avant*. Prenous
plusieurs positions de la droite *ac* parallèle à l'axe,
et déterminons la valeur *y* du volume segmentaire *amc*
pour ces diverses positions ; en désignant par *x* la distance de *ac* à l'axe, il sera facile de construire une
courbe $y = F(x)$.

2° *Arrière*. Une opération analogue donnera pour
l'arrière une nouvelle courbe $y' = F'(x)$.

3° Enfin, on construira la courbe $Y = (y + y')$,

qui donne le volume total des deux segments avant et arrière pour une même valeur de x.

Il suffira alors de voir à quelle abscisse x correspond la valeur $Y = \dfrac{V'}{2}$, V' étant le volume total du ballonnet.

Évaluation des volumes segmentaires y. —
Lorsqu'il s'est agi de déterminer le volume du ballon, on a considéré une série de plans équidistants perpendiculaires à l'axe de révolution. Chacun de ces plans, qui coupent la surface d'enveloppe suivant des parallèles, détermine une section du ballonnet dont la surface est facile à écrire :

Soit, en effet, aMb le parallèle correspondant du ballon ; le segment de cercle amb représente la moitié de la surface interceptée sur le ballonnet. Si nous continuons à désigner par x la distance du plan médian ab du ballonnet à l'axe o, et par α l'angle au centre, la surface du segment sera :

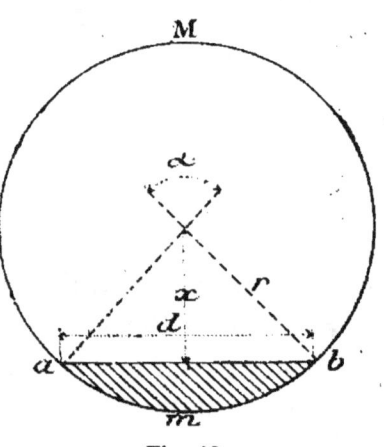

Fig. 48.

$$S = \pi r^2 \frac{\alpha}{360} - r^2 \sin \frac{\alpha}{2} \cos \frac{\alpha}{2},$$

ou
$$S = r^2 \left(\frac{\pi \alpha}{360} - \frac{1}{2} \sin \alpha \right),$$

et α est donné par la relation : $\cos \dfrac{\alpha}{2} = \dfrac{x}{r}$.

On peut ainsi calculer la surface des diverses sections données par les plans équidistants déjà considérés ; et si l'on appelle S_0 la surface correspondant au plan du maître-couple, et λ l'écartement des plans parallèles, le $\frac{1}{2}$ volume d'un des cônes avant ou arrière du ballonnet sera, comme on le verrait aisément :

$$y' = \lambda \left(\frac{S_0}{2} + \Sigma S \right).$$

On aura de même pour l'autre cône :

$$y' = \lambda' \left(\frac{S_0}{2} + \Sigma S' \right),$$

et ces formules sont d'un calcul facile.

Le centre de gravité du ballonnet s'obtiendra aisément ; en appelant X_3 son abscisse, et x_3, x'_3 les abscisses de ses deux cônes avant et arrière, on aura :

$$x_3 y = \lambda^2 \left(\frac{S_0}{8} + S_1 + 2 S_2 + 3 S_3 + \ldots \quad n S_n \right),$$

$$x'_3 y' = \lambda'^2 \left(\frac{S_0}{8} + S'_1 + 2 S'_2 + 3 S'_3 + \ldots \quad n S'_n \right),$$

et $\qquad X_3 (y + y') = x_3 y + x'_3 y' ;$

d'où l'on réduit X_3.

La surface de la cloison supérieure formant le ballonnet s'obtient d'une façon analogue, en appelant l l'arc de parallèle en dessous du plan ab ; cet arc est le même que celui de la cloison.

Or on peut écrire $l = \frac{2\pi r x}{360}$ et dresser le tableau des valeurs successives de l pour les différents paral-

lèles équidistants de λ. On aura donc pour la surface
de l'une des pointes du ballonnet :

$$S_1 = \lambda \left(\frac{l_0}{2} + \Sigma l \right),$$

et pour l'autre :

$$S'_1 = \lambda' \left(\frac{l_0}{2} + \Sigma l' \right).$$

Ces formules sont pratiquement suffisantes, bien
qu'en toute rigueur les segments du méridien soient
plus grands que la valeur qu'on leur substitue.

Enfin le centre de gravité de l'enveloppe du ballonnet se déterminerait par un calcul en tout semblable
à ceux que nous avons exposés déjà :

$$x_1 S_1 = \lambda^2 \left(\frac{l_0}{8} + l_1 + 2l_2 + \ldots \right),$$

$$x'_1 S'_1 = \lambda'^2 \left(\frac{l_0}{8} + l'_1 + 2l'_2 + \ldots \right),$$

$$X_1 (S_1 + S'_1) = x_1 S_1 + x'_1 S'_1 \ldots).$$

Les considérations que nous venons d'exposer très
sommairement permettraient d'établir, en toute circonstance, un projet de ballonnet et d'en déterminer
tous les éléments.

CHAPITRE XIII

DES FAMILLES DE BALLONS

Définition. — Propriétés des ballons d'une même famille. — **Famille sphérique.** — Détermination de la courbe méridienne. — Tangente au méridien. — Rayon de courbure. — Tensions de l'étoffe. — Épure du méridien. — Surface, longueur et volume d'un tronc de cône sphérique.

Définition. — Nous avons vu que, pour constituer une surface de révolution quelconque devant servir d'enveloppe à un ballon, on la divise en un certain nombre de fuseaux identiques dont les coutures correspondent à des plans méridiens équidistants.

Le point de départ de cette conception était la courbe méridienne, que l'on s'était donnée *à priori*; mais on conçoit bien qu'on peut opérer d'autre sorte, en se donnant tout d'abord des fuseaux de forme déterminée, en nombre déterminé, et en cherchant au contraire quelle serait la courbe méridienne résultante.

Ceci nous amène à introduire ici une notion nouvelle : celle des *familles de ballons*. Cette notion est due au colonel Renard ; elle a été étudiée d'une façon complète, au point de vue mathématique, par le capitaine Voyer[1].

Pour définir ce que l'on doit entendre par *famille*

[1] Capitaine VOYER, 6.

de ballons, supposons une surface de révolution découpée par des plans méridiens en un certain nombre n de fuseaux identiques. Prenons un nombre n' quelconque de ces fuseaux ; cousons ces fuseaux ensemble ; nous aurons formé une nouvelle surface de révolution qui n'aura de commun avec la première que la longueur de son arc méridien. Toutes les surfaces que l'on peut obtenir en faisant varier le nombre des fuseaux constituent une même famille de surfaces, jouissant de propriétés caractéristiques.

En d'autres termes, on dit que :

Plusieurs ballons sont de la même famille lorsqu'ils sont formés par l'assemblage de nombres différents de fuseaux identiques.

Propriétés. — Les propriétés communes, fort intéressantes à étudier et évidentes pour la plupart, sont les suivantes :

1° *La longueur du méridien est la même pour tous;* c'est celle du fuseau commun.

2° *Les parallèles qui se correspondent, c'est-à-dire qui déterminent sur le méridien des longueurs d'arc égales, ont eux-mêmes des longueurs et des rayons proportionnels au nombre de fuseaux.*

3° *En fendant une des surfaces considérées suivant un méridien, on peut appliquer son enveloppe sur une surface quelconque de la même famille.*

Autrement dit, toutes les surfaces de la même famille sont développables les unes sur les autres, puisque les fuseaux se recouvrent mutuellement.

4° *Lorsque deux surfaces sont ainsi superposées, les géodésiques de l'une et de l'autre se confondent,* **ces** lignes, par définition même, constituant les chemins les plus courts sur chacune d'elles et se confondant.

Famille sphérique. — Ces considérations sont générales et s'appliquent également à toutes les surfaces de révolution. Mais elles sont particulièrement fécondes lorsqu'on envisage la famille sphérique, c'est-à-dire les ballons dérivés de la sphère. Le fuseau sphérique est en effet connu, facile à construire, et la conception nouvelle aura tout son intérêt si elle permet de transporter à la construction des ballons allongés et des chemises les procédés commodes qui sont appliqués à la détermination des ballons sphériques.

C'est à l'examen des ballons de la famille sphérique aux *cônes sphériques*, comme les appelle le capitaine Voyer, que nous nous attacherons uniquement.

Considérons donc une sphère-type composée de n fuseaux, et prenons un nombre n' de ces fuseaux pour constituer un ballon de même famille. Si n' est plus petit que n, nous obtiendrons un ballon allongé, et l'allongement sera d'autant plus grand que le rapport $\dfrac{n}{n'}$ sera plus grand, en sorte qu'on peut considérer ce rapport $\dfrac{n}{n'} = \dfrac{1}{K}$ comme l'*indice de l'allongement*.

Détermination de la courbe méridienne. — La *courbe méridienne* n'est plus une des données du problème. Il faut la déterminer en fonction de l'indice de l'allongement qui est dès lors notre unique point de départ, ou en fonction du rayon R de la sphère-type et du rayon a du parallèle principal du ballon dérivé, lesquels sont évidemment dans le même rapport :

$$\frac{R}{a} = \frac{n}{n'} = \frac{1}{K}.$$

Soit donc un point M de la sphère-type. Que devient ce point sur le méridien dérivé ? Tout ce que nous savons, c'est que les deux portions d'arc AM et A'M', à partir du parallèle principal, sont égales :

$$AM = A'M'.$$

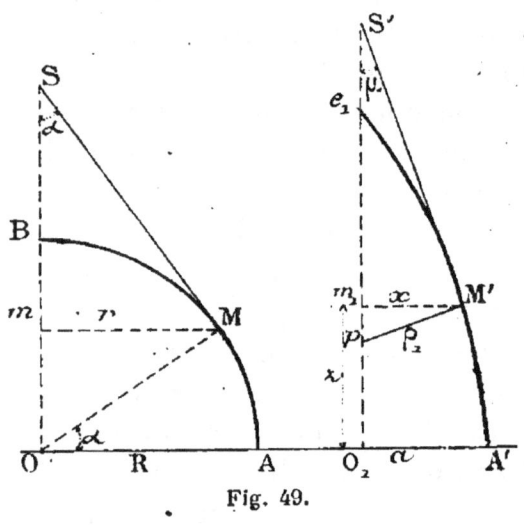

Fig. 49.

Nous désignerons cet arc par S, et l'on voit qu'on a toujours :

$$S = R\alpha,$$

α étant l'angle au centre de l'arc AM.

On a en outre une seconde relation, en remarquant que le rayon r du parallèle de M dans la sphère-type est :

$$r = R \cos \alpha. \qquad (1)$$

Enfin, x étant le rayon du parallèle correspondant dérivé, on a également : $\dfrac{x}{r} = \dfrac{a}{R}$,

et par suite :

$$x = a \cos \alpha. \qquad (2)$$

En poursuivant le calcul, pour déterminer l'ordonnée z de la méridienne dérivée, on aboutit à une intégrale elliptique. Mais on peut tracer assez simplement l'épure de cette méridienne par des procédés géométriques, en s'appuyant sur les deux relations ci-dessus :

$$S = R\alpha \quad \text{et} \quad x = a \cos \alpha.$$

Soient, en effet, deux cercles concentriques de rayons R et a.

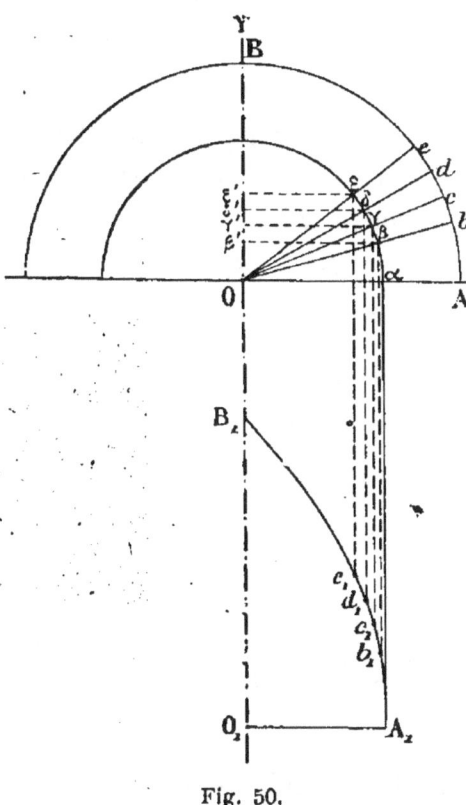

Fig. 50.

Divisons l'arc d'un quadrant AB en un certain nombre de parties égales. Les rayons ob, oc, etc., rencontrent la plus petite circonférence en des points $\beta\gamma$... tels que leurs distances au rayon OB ($\alpha = 90°$) sont précisément les abscisses x de la méridienne cherchée, car

$$\frac{\beta\beta'}{bb'} = \frac{a}{R}.$$

Si donc nous considérons OB prolongé comme l'axe de cette méridienne projetée sur le plan de figure, les divers points de cette courbe qui correspondent à bcd... seront sur des parallèles à l'axe, menées par $\alpha\beta\gamma$... Il suffira, du reste, de prendre au compas :

$$A_1 b_1 = b_1 c_1 = \ldots \qquad \text{etc.}$$

Toutefois, il est à craindre qu'en opérant ainsi de proche en proche, les erreurs s'accumulent, et qu'en définitive la longueur de l'axe soit mal déterminée. C'est pour obvier à cet inconvénient que le capitaine Voyer a proposé la méthode suivante.

Nous avons obtenu pour l'abscisse x d'un point m_1 dérivé la valeur :

$$x = a \cos \alpha.$$

Désignons par z l'ordonnée (fig. 49), et considérons un point m_2 infiniment voisin de m_1; l'élément de l'arc correspondant sera ds, et l'on aura :

$$ds^2 = dx^2 + dz^2 \qquad \text{ou} \qquad dz^2 = ds^2 - dx^2.$$

Différentiant l'équation :

$$x = a \cos \alpha,$$

ce qui donne : $\quad dx = -a \sin \alpha d\alpha,$

et remarquant que :

$$S = R\alpha, \qquad ds = Rd\alpha,$$

on obtient :

$$dz^2 = (R^2 - a^2 \sin^2 \alpha)\, d\alpha^2,$$
$$dz = d\alpha \sqrt{R^2 - a^2 \sin^2 \alpha},$$

et enfin :

$$z = \int_0^\alpha d\alpha \sqrt{R^2 - a^2 \sin^2 \alpha} = R \int_0^\alpha d\alpha \sqrt{1 - K^2 \sin^2 \alpha}, \quad (3)$$

puisque

$$\frac{R}{a} = K.$$

La Technique du Ballon. 2ᵉ édit. 9

Or cette intégrale est celle que Legendre a étudiée sous le nom de fonction elliptique de deuxième espèce. Géométriquement elle représente un arc d'ellipse.

Construisons, en effet, sur $OB = R$ comme demi-grand axe (fig. 51) l'ellipse dont l'excentricité est K, et dont le petit axe est par conséquent :

$$b = \sqrt{R^2 - a^2} \; ;$$

soit D le point de rencontre de la trace d'un parallèle Mm avec cette ellipse. Il est facile de voir qu'on a :

$$\text{arc } CD = \int_0 d\alpha \sqrt{R^2 \cos^2 \alpha + b^2 \sin^2 \alpha}$$

$$= \int_0^\alpha d\alpha \sqrt{R^2 - a^2 \sin^2 \alpha} \; ,$$

$$\text{arc } CD = z. \quad [\text{V. formule (3).}]$$

Ayant ainsi les coordonnées x et z du point M_1' en fonction de l'angle au centre α, il est facile d'obtenir l'équation de la méridienne.

Nous avons en effet :

$$a^2 \sin^2 \alpha = a^2 - a^2 \cos^2 \alpha = a^2 - x^2,$$

et

$$d\alpha = - \frac{dx}{a \sin \alpha} = - \frac{dx}{\sqrt{a^2 - x^2}} \; ;$$

d'où

$$dz = - dx \frac{\sqrt{R^2 - a + x^2}}{\sqrt{a^2 - x^2}} \, ,$$

$$z = - \int_a^v dx \sqrt{\frac{R^2 - a^2 + x^2}{a^2 - x^2}} \; .$$

Toutefois cette équation ne peut être intégrée; mais on pourra tourner la difficulté en employant, dans les calculs, les expressions de x, z et S en fonction de la variable α, z étant donné par les tables :

$$x = a \cos \alpha, \tag{1}$$

$$z = \int_0^\alpha d\alpha \sqrt{R^2 - a^2 \sin^2 \alpha}, \tag{2}$$

$$S = R\alpha; \tag{3}$$

$$dx = -a \sin \alpha d\alpha, \tag{1'}$$

$$dz = d\alpha \sqrt{R^2 - a^2 \sin^2 \alpha}, \tag{2'}$$

$$dS = R d\alpha. \tag{3'}$$

Tangente au méridien. — Menons la tangente $M_1 S_1$ au méridien dérivé (fig. 51), et soit μ l'angle qu'elle fait avec l'axe de révolution $O_1 B_1$. On a, dans le triangle infiniment petit $M_1 pq$:

$$\sin \mu = \frac{M_1 q}{M_1 p} = \frac{-dx}{ds} = \frac{a \sin \alpha d\alpha}{R d\alpha};$$

d'où

$$\sin \mu = K \sin \alpha.$$

De plus, le triangle $M_1 m_1 S_1$ donne :

$$M_1 S_1 = \frac{\dot{x}}{\sin \mu} = \frac{x}{K \sin \alpha} = \frac{r}{\sin \alpha}.$$

On en tirerait également :

$$\sin \mu = K \sin \alpha.$$

Or, si nous menons la tangente MS au cercle primitif qui sert de méridien à la sphère-type, nous avons :

$$MS = \frac{r}{\sin \alpha}.$$

Donc

$$M_1 S_1 = MS.$$

Si nous considérons dès lors les *cônes tangents* au cône sphérique et à la sphère-type le long des parallèles correspondants *m* et *m₁*, nous voyons qu'ils sont reliés **par les deux propriétés suivantes** :

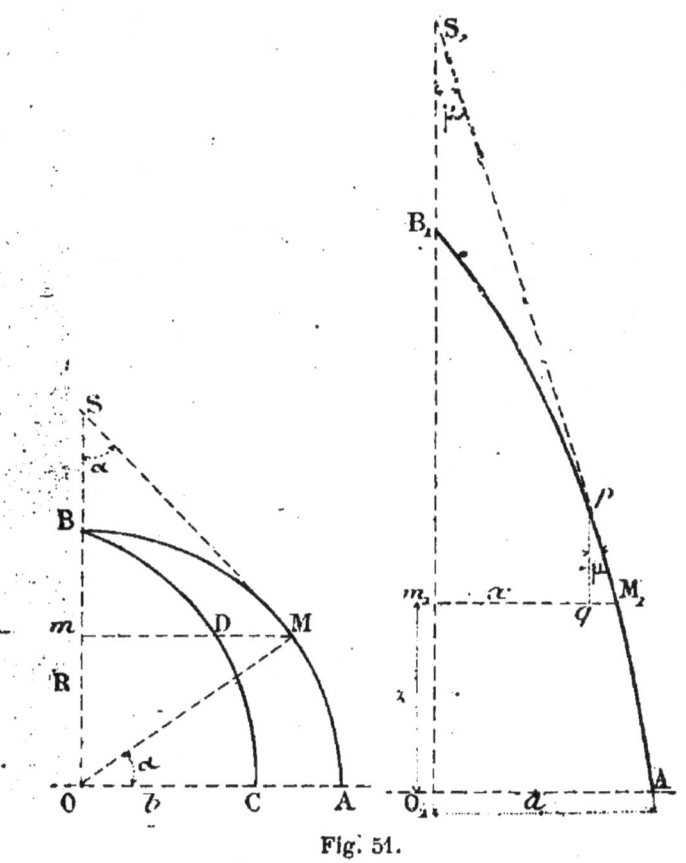

Fig. 51.

1° *Les sinus des demi-angles au sommet sont entre eux dans le rapport K ;*

2° *Les portions de génératrice comprises entre le sommet du cône tangent et le parallèle ont des longueurs égales dans les deux cônes.*

Soient donc la sphère-type et le cône tangent le long du parallèle M (fig. 52). Coupons ce cône, comme la sphère, par les deux grands cercles BAB', BCD', et enroulons la portion SMN, ainsi déterminée, autour de l'axe B'S, jusqu'à ce que la génératrice SN vienne coïncider avec SM, nous formerons de cette manière, en vertu des propriétés précédentes, le cône tangent au cône sphérique dérivé, le long du parallèle M_1.

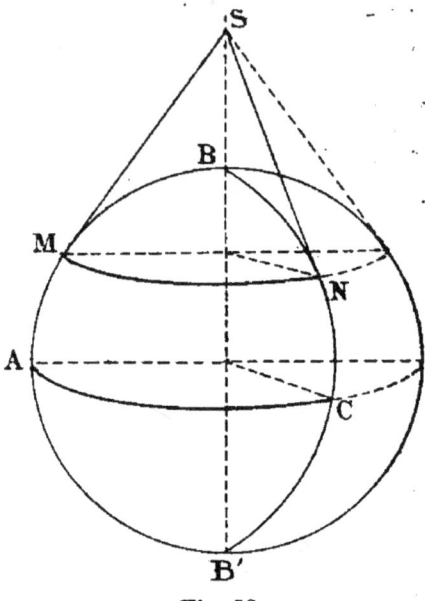

Fig. 52.

Autrement dit, *les cônes tangents au cône sphérique ne sont autres que les cônes tangents à la sphère-type, enroulés en même temps que les parallèles.*

Géométriquement, cette propriété est presque évidente.

Rayon de courbure. — Soit ρ le rayon de courbure du méridien dérivé au point M_1. On a la relation connue :

$$ds = \rho d\mu ;$$

donc, en vertu de la relation 3' :

$$\rho d\mu = R d\alpha.$$

D'autre part, on a vu déjà que $\sin \mu = K \sin \alpha$, et par suite :

$$\cos \mu\, d\mu = K \cos \alpha\, d\alpha\, ;$$

d'où en divisant membre à membre les deux équations :

$$\frac{\rho}{\cos \mu} = \frac{R}{K \cos \alpha} = \frac{R^2}{x},$$

$$\rho = \frac{R^2 \cos \mu}{x}.$$

Reprenons la figure 49 et menons la normale $M'p$ jusqu'à l'axe ; soit ρ_1 sa longueur.

Nous avons dans le triangle $M'm_1p$:

$$\rho_1 = \frac{x}{\cos \mu},$$

et finalement, en multipliant membre à membre les expressions de ρ et ρ_1 :

$$\rho\rho_1 = R^2.$$

ρ_1 n'est autre que le rayon de courbure de la section normale perpendiculaire au méridien ; — ρ et ρ_1 sont ainsi les deux rayons de courbure principaux du cône sphérique en M' ; ce qui conduit à énoncer les propriétés suivantes :

1° *En tous les points d'un cône sphérique, le produit des rayons de courbure principaux est constant* ;

2° *Ce produit est le même pour tous les cônes sphériques dérivant d'une même sphère et est égal au carré du rayon de cette sphère.*

Points particuliers. — *A l'équateur*, le rayon de courbure du méridien est :

$$\frac{R^2}{a}.$$

C'est aussi le rayon de courbure au sommet du petit axe d'une ellipse ayant pour demi-axes a et R.

2° *Au pôle*, le rayon de courbure du méridien est

$$\rho = \frac{R^2}{a} = \infty \, ;$$

le cône sphérique est osculateur à son cône tangent.

Appelons d'ailleurs θ le demi-angle au sommet de ce cône tangent à la pointe ; nous avons, en vertu de la relation :

$$\sin \mu = K \sin \alpha,$$
$$\sin \theta = K.$$

Tension des étoffes. — On sait que la valeur de la tension de l'étoffe peut se déduire des rayons de courbure. Nous avons, en effet, établi, pour les tensions longitudinales et transversales, les formules :

$$T_1 = \frac{p\rho_1}{2}, \qquad T_2 = \frac{p\rho_1}{2}\left(1 - \frac{\rho_1}{\rho}\right),$$

où ρ est le rayon de courbure du méridien, que nous venons de calculer, et ρ_1 est le rayon de courbure de la section normale. On peut mettre ρ_1 sous la forme :

$$\rho_1 = \frac{Rx}{\sqrt{b^2 + x^2}},$$

et, par suite, l'on a :

$$T_1 = \frac{1}{2}\, p\, \frac{Rx}{\sqrt{b^2 + x^2}},$$

$$T_2 = \frac{1}{2}\, p\, \frac{Rx\,(2b^2 + x^2)}{(b^2 + x^2)^{\frac{3}{2}}}.$$

A l'équateur, $x = a$ $\begin{cases} T_1 = \dfrac{pa}{2}, \\[2mm] T_2 = pa\left(1 - \dfrac{a^2}{2R^2}\right). \end{cases}$

Au pôle, $x = 0$ $\begin{cases} T_1 = 0, \\ T_2 = 0. \end{cases}$

Ainsi, au pôle, la tension est nulle, comme nous l'avions déjà vu. La pointe du ballon n'opposerait aucune résistance à la déformation, et l'on doit recourir à des artifices de construction pour donner à cette pointe, — dans les dirigeables notamment, — la résistance convenable.

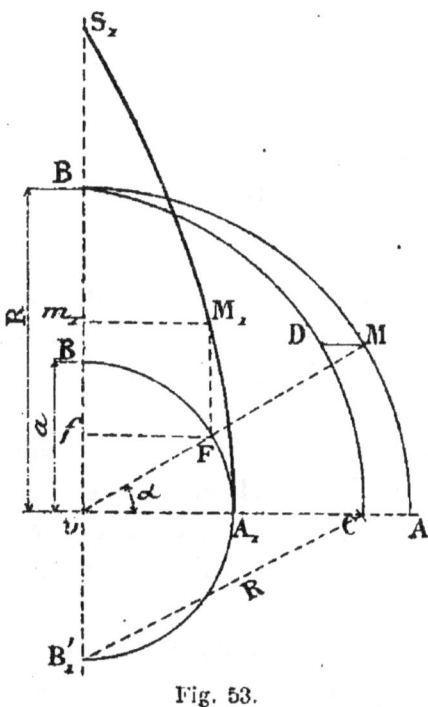

Fig. 53.

Épure du méridien. — Le problème essentiel qu'on est conduit à se poser consiste évidemment à faire l'épure de la méridienne. Le capitaine Voyer en a donné deux méthodes, basées sur les considérations suivantes.

Traçons les quadrants AB et A_1B_1 ayant respectivement pour rayons R et a, et soit M un point quelconque du premier. Il s'agit de déterminer le point M_1 correspondant du méridien dérivé.

Or on sait que l'on a :

1° $$\text{arc } A_1 M_1 = \text{arc } AM ;$$

2° *Valeur de l'abscisse :*

$$M_1 m_1 = a \cos \alpha.$$

Cela posé, le rayon vecteur OM rencontre en F la circonférence de rayon a, et nous aurons, pour la corde correspondante :

$$Ff = a \cos \alpha = M_1 m_1 ;$$

3° *Valeur de l'ordonnée :*

$$Om_1 = \int_0^\alpha d\alpha \sqrt{R^2 - a^2 \sin^2 \alpha} .$$

Nous avons vu qu'en construisant l'ellipse BC dont les axes sont :

$$R \quad \text{et} \quad b = \sqrt{R^2 - a^2} ,$$

et menant MD parallèle à AO, on obtient :

$$\text{arc } CD = Om_1.$$

Deux de ces trois données suffisent à déterminer le point M_1. Aussi en peut-on déduire deux procédés distincts pour faire l'épure de la méridienne dérivée.

1re **Méthode.** — Ayant tracé les deux cercles de rayons R et a, on divise le quadrant AB en un certain nombre de parties égales Ab, bc,... ces arcs étant assez petits pour qu'on puisse les assimiler à des éléments de droites.

Les rayons correspondants à ces points de division Ob, Oc, etc., coupent la petite circonférence en β, γ, δ, ε,... d'où l'on élève les ordonnées parallèles à l'axe de révolution OB.

Enfin, avec une ouverture de compas égale à l'élément d'arc A*b*, on trace un arc de cercle du point A₄ comme centre, coupant l'ordonnée de β en b_1 qui est le point du méridien cherché correspondant à *b*.

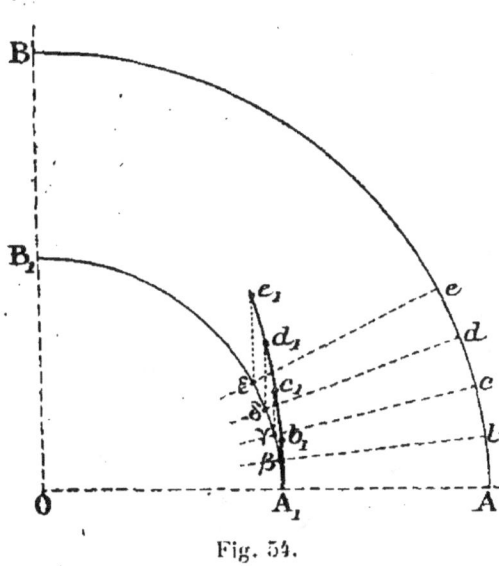

De *b* comme centre, en opérant de même, on déterminera sur l'ordonnée γ le point c_1 correspondant à *c*, et ainsi de suite.

En opérant ainsi de proche en proche, toutefois, il est à craindre que les erreurs s'accumulent et que la demi-longueur de l'axe soit mal déterminée.

Fig. 54.

2° Méthode. — Cet inconvénient disparaît en faisant usage des coordonnées rectilignes de la courbe méridienne. Nous venons de voir que ces coordonnées ont pour valeurs :

$$\text{M}_1 m_1 \quad \text{ou} \quad x = a \cos \alpha,$$

$$\text{O} m_1 \quad \text{ou} \quad z = \int_0^\alpha dz \sqrt{\text{R}^2 - a^2 \sin^2 \alpha},$$

et nous avons fait remarquer que cette dernière est égale à l'arc de l'ellipse ayant pour demi-axes :

$$\text{R} \quad \text{et} \quad b = \sqrt{\text{R}^2 - a^2}.$$

Construisons cette ellipse, dont les foyers sont précisément les extré-
mités $B_1 B_1'$ du
cercle de rayon a
(fig. 55). On divise
l'ellipse en un cer-
tain nombre de
parties égales Cb',
$b'c'...$, et l'on porte
ces arcs, assimilés
à des éléments de
droites, sur l'axe
OB : on obtient
des ordonnées (z),
$O\beta'$, $O\gamma'...$

Pour avoir les
abscisses corres-
pondantes, on
mène $b'b$, $c'c...$
parallèles à OA,
puis les rayons
Ob, $Oc...$ qui ren-
contrent le cercle
A, aux points β,
$\gamma...$ Chaque point
du méridien est
ainsi déterminé par
son abscisse et son
ordonnée.

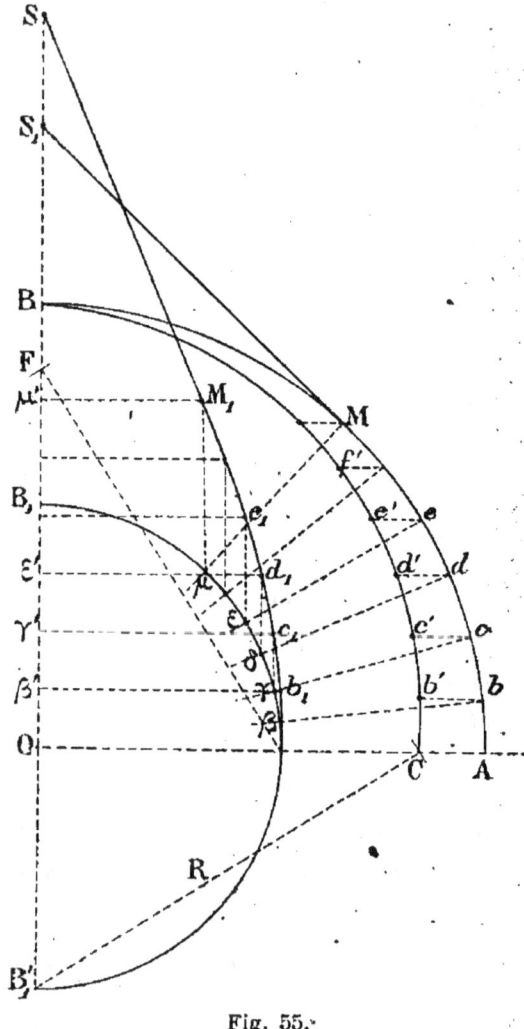

Fig. 55.

On voit d'ailleurs que la longueur totale du demi-
axe du ballon est égale à la lóngueur d'arc du quadrant de l'ellipse.

Tangente. — Un point quelconque M_1 du méridien étant obtenu, si l'on veut la tangente à la courbe en ce point, il suffit de mener la tangente correspondante MS au cercle AB de rayon R, puis de prendre, entre le point M et l'axe OB, la longueur $M_1 S_1 = MS$.

Cette construction ne s'applique évidemment pas au pôle; mais nous savons que la tangente au pôle fait avec l'axe l'angle θ tel que :

$$\sin \theta = K = \frac{a}{b} ;$$

elle est donc parallèle à la droite $A_1 F = R$.

En outre, on sait que cette tangente est osculatrice à la courbe méridienne.

Surface du cône sphérique. — Considérons sur la sphère-origine la zone comprise entre l'équateur et un certain parallèle situé à la hauteur h au-dessus de l'équateur. Elle a pour surface $2\pi Rh$, ou bien $2\pi R^2 \sin \alpha$, puisque $h = R \sin \alpha$. La partie de cette zone qui a servi à former le tronc de cône sphérique est évidemment dans le rapport K avec la zone totale; sa surface est donc :

$$S_\alpha = 2\pi K R^2 \sin \alpha.$$

Et, de même, la surface totale du cône sphérique, pour $\alpha = 90°$, est :

$$S = 2\pi K R^2 ;$$

et puisque $$K = \frac{a}{R},$$

$$S = 2\pi a R.$$

Elle est égale à la surface d'un cylindre de même base que le cône sphérique et de longueur R.

Longueur de l'axe du cône. — La longueur z de l'axe du cône sphérique peut se mesurer sur l'épure au curvimètre. C'est aussi la longueur, mesurable au curvimètre, du quadrant de l'ellipse (demi-axes a et b) que nous avons définie, si cette ellipse a été tracée sur l'épure.

Pour le tronc de cône correspondant à l'angle d'anomalie α, on a :

$$z = R \int_0^\alpha d\alpha \sqrt{1 - K^2 \sin^2 \alpha} \; ;$$

Legendre a posé :

$$E = \int_0^\alpha d\alpha \sqrt{1 - K^2 \sin^2 \alpha} \, ,$$

et il a construit des tables qui donnent les valeurs de cette intégrale. On pourra donc, au moyen de ces tables, calculer : $z = RE$.

Volume. — Le volume élémentaire compris entre deux parallèles infiniment voisins est :

$$dv = \pi x^2 dz,$$

x étant le rayon de l'un, ou, en fonction de la variable α :

$$dv = \pi a^2 R \cos^2 \alpha x \alpha \sqrt{1 - K^2 \sin^2 \alpha} \, .$$

Le volume du tronc de cône est ainsi, en intégrant :

$$v = \pi a^2 R \int_0^\alpha \cos^2 \alpha d\alpha \sqrt{1 - K^2 \sin^2 \alpha} \, .$$

On pourrait résoudre en se servant des tables de Legendre relatives aux fonctions elliptiques ; mais le capitaine Voyer a donné une formule approchée, qui peut suffire dans la pratique.

Cette formule est la suivante :

$$V = \frac{\pi^2 R^3}{4} \cdot \left(K^2 - \frac{1}{8} K^4 - \frac{1}{64} K^6 \right);$$

et numériquement :

$$V = 2,4674 R^3 (K^2 - 0,125 K^4 - 0,0156 K^6).$$

En supposant, par exemple, $K = \frac{1}{2}$, ce qui correspond à un allongement de moins de trois fois le diamètre, le terme en K^6 donne :

$$0,0156 K^2 = 0,00024.$$

Cette faible valeur permet de le négliger, et l'on pourra se contenter, pour les applications, de la formule :

$$V = 2,4674 R^3 (K^2 - 0,125 K^4).$$

Note complémentaire. — Nous renvoyons le lecteur désireux d'approfondir cet intéressant problème au mémoire de Gauss sur les *surfaces applicables*, à celui d'Ossian Bonnet, paru dans le *Journal de l'École polytechnique* (11e et 12e cahiers), au *Traité d'Analyse* de Laurent (t. VII, p. 144 et suivantes), et, en ce qui concerne plus particulièrement les familles de ballons, au mémoire déjà cité du capitaine Voyer (*Revue de l'Aéronautique*), auquel nous avons emprunté d'ailleurs la plupart des développements de ce chapitre et du suivant.

Nous ne saurions enfin passer sous silence les travaux de M. Maurice d'Ocagne, qui touchent à la même matière, sans d'ailleurs que leur auteur ait eu en vue les applications de l'aéronautique.

Dans une note publiée par le *Bulletin de la Société*

mathématique de France (t. XXI, 1893, p. 85),
M. d'Ocagne a établi le théorème suivant :

Soient C une section faite dans un cylindre quelconque
Γ *par un plan* P, d *l'intersection du plan* P *par un plan*
p *perpendiculaire aux génératrices de* Γ *et qui coupe lui-
même ce cylindre suivant la courbe* c. *Lorsqu'on développe le cylindre* Γ *sur un plan, la courbe* C *se transforme en* C' *et la courbe* c *en une droite* d'. *Cela posé,
on a cette proposition :*

La surface de révolution S *engendrée par la rotation
de la courbe* C *autour de la droite* d, *et la surface de
révolution* S' *engendrée par la rotation de la courbe* C'
autour de la droite d' *sont applicables l'une sur
l'autre.*

Nous ne donnerons pas la démonstration de ce théorème ; mais on voit immédiatement qu'il est susceptible
d'application dans la fabrication des enveloppes de ballons, puisqu'on en peut tirer le moyen d'engendrer les
méridiennes de surfaces de révolution applicables sur
une surface de révolution S donnée.

Par la méridienne C de S, on fera passer un cylindre
dont les génératrices, inclinées d'un angle quelconque
sur le plan de C, soient à angle droit sur l'axe d de S,
puis on développera ce cylindre sur un plan, et la
courbe C donnera naissance à C'.

Si la courbe C coupe d en deux points A et B et si
ces points, dans le développement, viennent en A' et en
B', l'axe d' est donné par la droite A'B'.

Si C ne coupe pas d, on choisit deux points quelconques A et B sur C ; les tangentes en ces points coupant d en α et en β, on porte sur les tangentes à C',
menées par les points correspondants A' et B', les seg-

ments $A'\alpha' = B'\beta' = B\beta$.   L'axe d' est alors donné
par la droite $\alpha'\beta'$.

Il faut encore remarquer que lorsqu'on fait varier le
plan p de l'énoncé précédent, c'est-à-dire lorsque l'axe
d se déplace par rapport à la courbe C en conservant
une direction fixe, la courbe C' reste la même, mais
que l'axe d' se déplace également par rapport à C' en
conservant la même direction.

Si en particulier on suppose que la courbe C soit
un cercle, on obtient cette proposition :

*Si la courbe C, en tournant autour de d' située dans
son plan, engendre une surface applicable sur la sphère,
cette courbe, en tournant autour de toute droite parallèle à d' et aussi située dans son plan, engendrera une
surface applicable sur un tore.*

On peut déduire de ce qui précède un moyen de
tracer pratiquement la méridienne C', connaissant la
méridienne C. Supposons, en effet, qu'on ait découpé
dans un plan rigide et mince un gabarit limité d'une
part à la courbe C, de l'autre à l'axe d. Plaçant le bord
d de ce gabarit sur une table plane T, donnons à ce
gabarit une inclinaison quelconque sur la table T ;
puis, après l'avoir fixé dans cette situation, appliquons
contre son bord curviligne C une feuille de papier un
peu fort, appuyée par son bord inférieur sur la table T ;
nous n'aurons qu'à marquer sur la feuille de papier
la trace du bord C, puis à étendre cette feuille sur
un plan, pour que cette trace donne la courbe C' qui,
en tournant autour de la droite d', représentée par le
bord inférieur du papier, engendre une surface S'
applicable sur S. On obtient différentes surfaces S' en
faisant varier l'angle du gabarit avec la table T.

On voit que cette étude contient en germe la théorie des familles de surfaces.

M. Maurice d'Ocagne a d'ailleurs développé ces considérations dans un mémoire sur *les surfaces de révolution applicables sur la sphère*, publié dans le *Bulletin de l'Association française pour l'avancement des sciences* (t. XXIII, 1895, p. 11).

CHAPITRE XIV

APPLICATION DE LA THÉORIE DES GÉODÉSIQUES
A LA CONSTRUCTION DES CHEMISES DE SUSPENSION

Nécessité du tracé par lignes transversales. — Méthode approchée. — Coordonnées géodésiques. — Équation des géodésiques de la famille sphérique. — Développement d'un panneau.

Nécessité du tracé par lignes transversales.
— Jusqu'à présent nous ne nous sommes occupés que
de la décomposition des surfaces par des fuseaux méridiens. Le tracé et la construction de ces fuseaux sont
relativement simples, comme on l'a vu. Mais il se
présente des cas où il est nécessaire de découper la
surfaces en bandes d'un système différent, comme il
arrive, par exemple, pour les chemises de suspension
dont on recouvre souvent les ballons allongés.

Les efforts auxquels la chemise doit résister sont, en
effet, à peu près perpendiculaires à l'axe du ballon, et
il est nécessaire que les coutures qui pourraient constituer, en définitive, des lignes de moindre résistance
soient dirigées dans le sens de l'effort[1].

---

[1] MM. Dupuy de Lôme et Tissandier ont satisfait par un artifice à cette nécessité. Après avoir constitué la chemise de leur
ballon au moyen de fuseaux méridiens, ils l'ont munie d'un
réseau spécial de rubans transversaux reliés directement aux

La chemise ou housse, qui épouse ainsi la forme du ballon dans la région supérieure, est en étoffe et composée de bandes recoupant transversalement les fuseaux méridiens du ballon.

Nous avons dit, à propos de la *coupe des étoffes*, que, pour qu'il y ait le moins de déchet possible, l'axe des bandes devait se développer en ligne droite, et que cette condition n'était remplie que par les *géodésiques* de la surface. La solution consisterait donc à diviser le méridien supérieur en arcs égaux et à mener, sur la surface et par chacun des points de division, la ligne géodésique dont la tangente en ce point est perpendiculaire au plan vertical de symétrie du ballon.

Méthode approchée. — En étudiant les géodésiques tracées sur des cônes dont l'angle au sommet variait de 0° à 30°, le colonel Renard a démontré que les géodésiques ainsi définies s'écartent

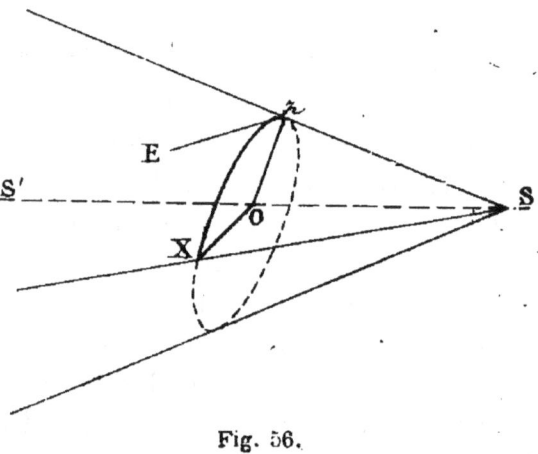

Fig. 56.

fort peu de la section conique faite par un plan normal à la génératrice supérieure qui contient le sommet z de la courbe, pour l'arc compris entre z et x, tant que

cordes de suspension. On comprend qu'il y a là une surcharge réelle, et qu'il vaut mieux orienter les bandes de la chemise de manière à les faire participer elles-mêmes à la résistance.

l'angle dièdre ZOX ne dépasse pas 60₀. Malheureusement les chemises enveloppent les ballons sur une étendue angulaire supérieure à 120°, à droite et à gauche du méridien supérieur, et par suite on pourrait difficilement se contenter de la solution qui découlerait de ce théorème. Mais on peut pratiquement tracer la géodésique en opérant de la manière suivante.

Considérons l'élément *ab* de cette géodésique à son passage sur le premier fuseau, à partir du méridien supérieur; il est facile de le tracer, car il doit être perpendiculaire au méridien 11 (fig. 57).

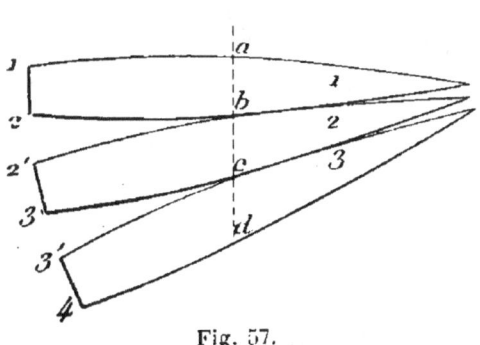

Fig. 57.

Plaçons maintenant le fuseau n" 2 tangentiellement au fuseau 1 en *b*, et de telle manière que l'arc *b*2 = l'arc *b*2', c'est-à-dire que le point de contact *b* soit à la même distance du parallèle principal. La trace *ab* de la géodésique se prolongera en ligne droite et coupera le fuseau 2 suivant *bc*.

Nous recommencerons la même construction pour tous les fuseaux suivants, et nous obtiendrons d'un seul coup la trace de la géodésique sur l'ensemble de l'enveloppe du ballon.

Cette construction, rigoureuse quand les fuseaux sont infiniment étroits, donne encore de bons résultats dans la pratique, si l'on a soin de ne prendre que des **largeurs assez petites. Elle est indépendante du nombre** de fuseaux et ne dépend que de leur forme ; les résultats s'appliquent donc à tous les ballons de la même famille et définis par un fuseau identique.

Coordonnées géodésiques. — Tous ces ballons de même famille peuvent se développer ou s'appliquer l'un sur l'autre.

Dans une surface de ce genre, un point M peut être défini par sa *latitude* S, c'est-à-dire sa distance curviligne au parallèle principal, et par la distance curviligne :

$$c = AC,$$

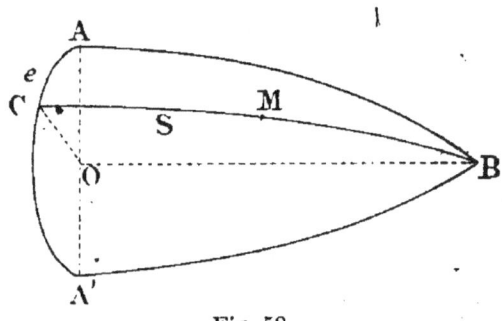

Fig. 58.

mesurée sur le parallèle principal, de son méridien au méridien-origine ABA' : c'est la *longitude.*

La latitude et la longitude du point M constituent ses coordonnées géodésiques.

Une courbe quelconque tracée sur un ballon peut être représentée par une équation de la forme :

$$S = F(c),$$

et tous les ballons de la même famille étant superposables, l'équation : $S = F(c)$, est la même pour le développement de cette même courbe sur un quelconque des ballons de la famille.

Application des cônes sphériques à la construction des ballons allongés. — Rappelons d'abord les formules essentielles de la trigonométrie

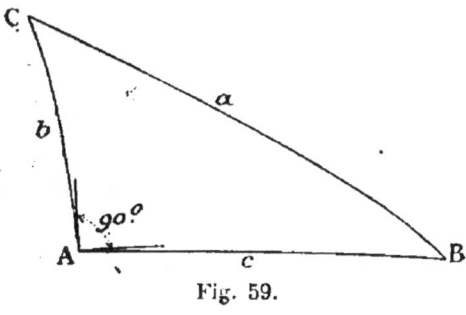

sphérique pour les triangles sphériques rectangles.

Soit ABC un tel triangle tracé sur la sphère de rayon 1. Appelons a, b, c ses côtés (a étant l'hypoténuse).

Fig. 59.

On a :

$$\cos a = \cos b \cos C, \qquad (1)$$
$$\operatorname{tg} b = \operatorname{tg} a \cos C, \qquad (2)$$
$$\operatorname{tg} b = \sin C \operatorname{tg} B. \qquad (3)$$

Le tracé des fuseaux d'une sphère est connu. S'il s'agit de construire un cône sphérique au moyen de fuseaux méridiens, il suffira de prendre un nombre convenable de fuseaux sphériques de telle sorte que le rayon a du cône soit au rayon R de la sphère dans le rapport voulu : $\dfrac{a}{R} = K$. On aura donc également pour le rapport du nombre des fuseaux $\dfrac{n'}{n} = K$.

De la construction d'un cône sphérique par bandes transversales. — Mais le problème intéressant n'est pas celui-ci. L'emploi des cônes sphériques devient au contraire avantageux lorsqu'il s'agit de construire un ballon allongé par bandes transversales, procédé tout naturel lorsqu'on veut attacher directement à l'enveloppe les cordes de suspension de la nacelle, puisque les efforts s'exercent alors suivant des directions transversales.

C'est également le cas d'une housse servant d'intermédiaire à la suspension.

Il est nécessaire encore, pour la facilité de la construction et la bonne transmission des efforts, que les coutures soient des géodésiques, et leur détermination devient fort simple si l'on a recours à des ballons de la famille sphérique, les géodésiques étant encore des transformées de grands cercles de la sphère-origine.

Le cône sphérique étant développable sur la sphère, on peut concevoir que ce développement se fasse de telle sorte que l'équateur du cône sphérique coïncide avec un des méridiens de la sphère et que l'équateur de celle-ci coupe le cône en deux parties égales.

Cet équateur de la sphère étant

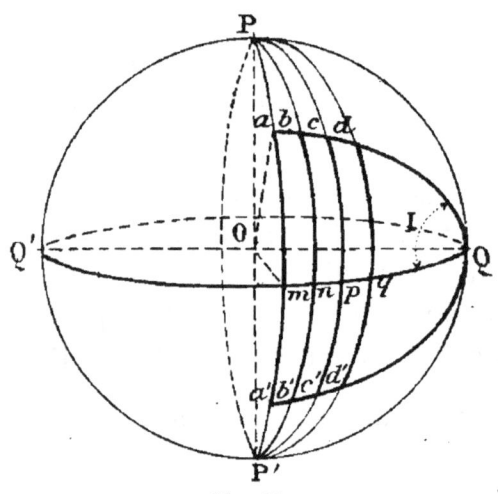

Fig. 60.

QmQ', la surface du cône sphérique développé sera représentée par le triangle sphérique aQa'.

Or ce triangle sphérique peut être constitué en prenant les portions de fuseaux de la sphère :

$$abb'a', \quad bcc'b',\ldots$$

Supposons que nous coupions sur la sphère la ligne abcd...Q et la ligne a'b'c'd' ... Q; le morceau d'étoffe ainsi découpé aQa' pourra être enroulé de manière que

aQ vienne se coudre sur $a'Q$, et nous aurons constitué un cône sphérique.

Il suffira que la longueur aa' soit égale à la longueur de l'équateur que l'on veut réaliser ($2\pi a$, si a est le rayon donné), et l'on aura réalisé alors le cône sphérique au moyen de bandes transversales.

Détermination de la longueur des bandes.

— Les panneaux transversaux dont est formée l'enveloppe sont donc des fractions de fuseaux sphériques faciles à tracer; mais il importe de déterminer la longueur de ces bandes.

Or la demi-géodésique dq du cône sphérique est donnée par la position du point q sur le méridien mQ, c'est-à-dire par la longueur de l'arc Qq.

Désignons par I l'angle dQq dans le cône développé aQa'. Cet angle, égal à l'angle au centre mOa, est évidemment avec $180°$ dans le même rapport que l'équateur du cône avec celui de la sphère :

$$I = K \times 180°.$$

Cela posé, le triangle sphérique rectangle dqQ (formule 3) donne :

$$tg\ qd = \sin qQ \times tg\ I.$$

Cette formule détermine la longueur de la géodésique.

On pourra ainsi calculer, pour chaque bande, la longueur de l'axe et, si l'on veut, celle des deux limites théoriques[1]. Il sera par conséquent facile de découper, à partir de l'équateur du cône, le patron de chacune des bandes composant l'enveloppe.

[1] Les limites théoriques sont les axes des coutures.

CHAPITRE XV

DES ÉTOFFES A BALLON
MODE DE CONSTRUCTION DE L'ENVELOPPE

§ 1. *Enveloppes en baudruche.* — § 2. *Toiles et tissus.* — Appareils de mesure de la tension. — Tension de sécurité. — Étoffes de soie. — Poids des étoffes usuelles. — Vernis. — Poids des couches successives de vernis. — Étoffes caoutchoutées. — § 3. *Mode de construction de l'enveloppe*, par fuseaux, par panneaux. — Étoiles et collerettes.

L'enveloppe d'un ballon est constituée au moyen d'une pellicule souple d'une matière spéciale ou au moyen d'une étoffe. Elle doit présenter deux qualités primordiales : la *solidité* et l'*étanchéité*.

Il n'y a guère que la baudruche qui présente par elle-même et à la fois ces deux qualités. Mais le plus souvent on emploie un tissu auquel l'imperméabilité est communiquée par plusieurs couches de vernis posées sur une de ses faces, ou par des couches de caoutchouc interposées.

§ I. — *Enveloppes en baudruche*[1].

La baudruche est une membrane tirée de l'intestin du bœuf ou du mouton qui, par sa nature organique, est sujette à une décomposition plus ou moins rapide. Les préparations chimiques destinées à diminuer cet inconvénient et à préserver la matière des dommages causés par les insectes ont le plus souvent pour effet de l'altérer au bout d'un temps plus ou moins long; et malgré les perfectionnements réalisés, notamment en Angleterre, où l'on a persisté à appliquer la baudruche à la construction des ballons militaires, ces inconvénients, sans parler du prix élevé de pareilles enveloppes, suffisent à expliquer pourquoi cette matière est fort peu utilisée, surtout pour les aérostats de grand volume, et c'est fâcheux, si l'on n'envisage que ses qualités d'imperméabilité et de légèreté, cette dernière surtout, qui permettrait d'obtenir la même force portante utile avec une capacité beaucoup plus réduite.

C'est sans doute cette raison de légèreté, d'une si grande importance dans les expéditions lointaines, qui a fait adopter les ballons en baudruche en Angleterre. Pour enlever deux aéronautes, il suffit d'un ballon de 300 m³. L'enveloppe est formée de huit couches de baudruche; sa confection n'exige pas moins de 34 à 35 000 morceaux juxtaposés et collés les uns sur les autres, de manière que les joints ne se superposent pas. La perte de gaz est insignifiante; elle ne dépasse pas 0,2 pour cent en vingt-quatre heures.

Le poids total de l'enveloppe est d'environ 45 k. 5,

[1] G. ESPITALLIER, 3.

soit 213 gr. par mètre carré, et la résistance est très
considérable : 1200 k. par mètre linéaire, en huit
couches.

Voici les éléments du ballon anglais.

Ballon en baudruche (8 couches). — Diam. 8ᵐ,22. Capac. 290ᵐ³.

Poids de l'enveloppe.	45ᵏ,26
Soupape supérieure.	3ᵏ,17
Filet.	19ᵏ,05
Cordes d'attache.	4ᵏ,54
2 cercles de bois.	5ᵏ,90
Nacelle.	11ᵏ,34
Ancre et sa corde (corde : 2ᵏ,72; ancre : 6ᵏ,8).	9ᵏ,52
Soupape inférieure.	0ᵏ,90
Poids total.	99ᵏ,52

Ce ballon coûte malheureusement 13500 francs, ce
qui est un peu cher et met à 60 francs environ le prix
du mètre carré d'enveloppe.

§ 2. — *Toiles et tissus.*

Une étoffe destinée à constituer l'enveloppe d'un
ballon doit être faite d'un tissu léger et résistant, à
grains serrés et aussi réguliers que possible, toute
défectuosité, — nœud ou écartement anormal des fils,
— marquant un point où le vernis prendra mal, s'il
s'agit d'une étoffe vernie, et, s'il s'agit d'une étoffe
caoutchoutée, où la pellicule de caoutchouc sera percée
d'un trou suffisant pour déterminer une perte de gaz,
même s'il est très petit.

En outre, la tension de l'étoffe, pour les ballons
sphériques tout au moins, étant la même dans les deux
plans principaux, il est naturel d'exiger la même résistance dans les deux sens, de la trame et de la chaîne.

Ce tissu, à mailles carrées et de même fil dans les deux sens, appartient au genre *toile*. On peut l'exécuter au moyen d'un textile quelconque ; mais le coton et la soie, quelquefois le lin, sont seuls employés dans la confection des enveloppes de ballon.

Les étoffes du commerce sont souvent enduites d'une substance *d'apprêt* destinée à lui donner meilleur aspect à la vente. Cet enduit, aussi bien que les teintures, doit être proscrit des tissus à ballon, dont il masque les défectuosités et qu'il rend inaptes à recevoir le vernis. Dans tous les cas, il les charge d'un poids inutile. D'autre part, les toiles blanchies ont le plus souvent perdu de leur résistance; on les écartera également, pour ne prendre que des tissus écrus.

La *souplesse* est une qualité importante, car elle permet de manier l'enveloppe, de la chiffonner même, sans risquer de l'endommager.

Quant à la *résistance*, elle doit faire l'objet d'une détermination attentive par l'expérience.

Si l'on veut vérifier la résistance d'un ballon construit, on pourra se contenter de le gonfler à l'air sous une pression double de celle qui est appelée à subir.

Mais lorsqu'il s'agit de choisir une étoffe destinée à la construction, il faut procéder à une épreuve directe de traction jusqu'à la rupture, sur plusieurs échantillons.

Essai de rupture. — Le plus communément, on se contente de prélever dans le sens des fils une éprouvette de 0,05 de largeur et de 0,18 de longueur. On saisit les extrémités de cette bande dans les mâchoires d'une machine spéciale : l'une de ses mâchoires glisse le long d'un guide en s'écartant de l'autre mâchoire ; on tend tout le système par un poids suspendu à une cordelette, et l'on augmente ce poids jusqu'à la rupture. On peut se servir également de tout autre système dynamométrique.

Si r est la charge de rupture sur cette éprouvette de 0,05 de large (soit 1/20 de mètre), la charge de rupture pour 1 mètre courant sera évidemment : $R = 20r$.

On a imaginé un autre appareil beaucoup plus sûr pour essayer les étoffes. Cet appareil consiste essentiellement en un cylindre A (fig. 61) de 0,50 de diamètre, que l'on ferme sur son orifice supérieur au moyen d'un morceau de l'étoffe à essayer, serrée par un disque métallique et des boulons à oreille.

On introduit de l'eau dans ce cylindre, au moyen d'un réservoir D suspendu entre des réglettes fixées au mur et dont la hauteur détermine la pression de l'air dans le cylindre. Pour des pressions plus considérables, on comprime au-dessus de cette eau de l'air au moyen d'une pompe B, et l'on peut même substituer à l'air de l'hydrogène provenant d'un réservoir d'acier F.

La pression agissant sur le disque d'étoffe le soulève peu à peu sous forme d'une calotte sphérique S/, et à chaque instant une tige verticale, glissant à frottement doux dans des colliers convenables et portant à sa partie inférieure une palette qu'on maintient en contact avec le ménisque lenticulaire, permet de mesurer la flèche de ce ménisque, en même temps que des manomètres à eau et à mercure donnent la pression.

Au moment de la rupture, on note la flèche et la pression ; une table calculée à l'avance donne la tension de l'étoffe en fonction de ces deux éléments.

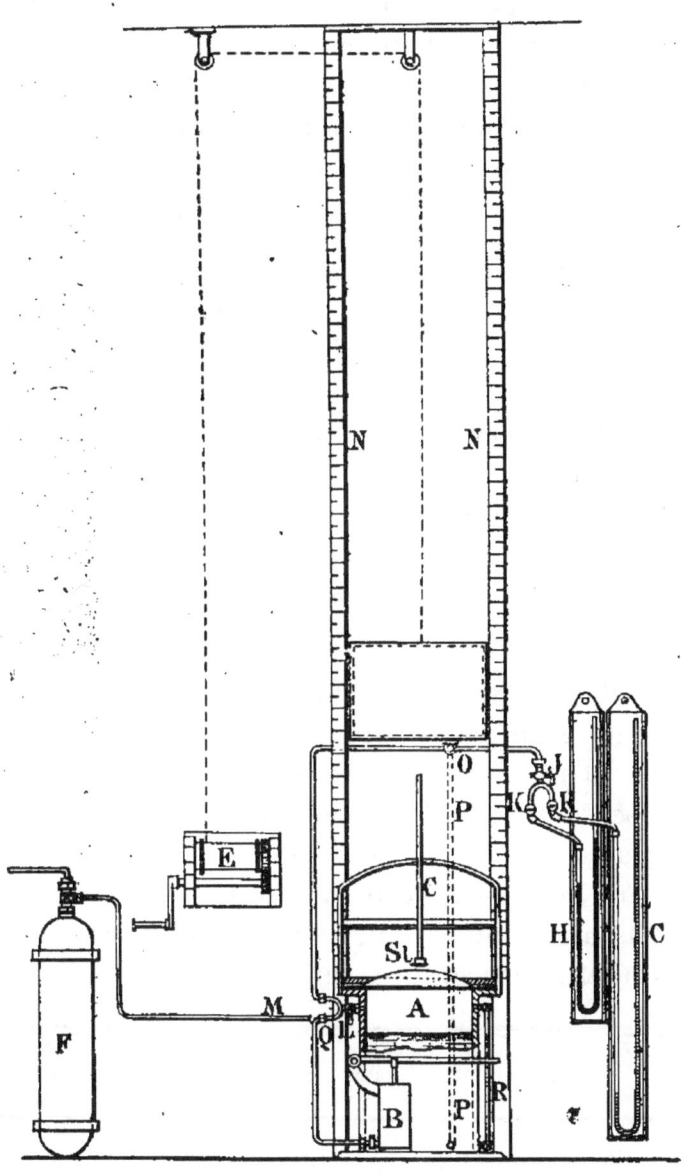

Fig. 61.

Cet appareil peut également servir à indiquer le degré d'étanchéité de l'étoffe. Il suffit de comprimer le gaz en A à la pression habituelle qu'il devra avoir au maximum dans l'aérostat, et de constater de nouveau la flèche et la pression vingt-quatre heures après. On en peut déduire la perte par mètre carré.

Tension de sécurité. — La tension de rupture R par mètre linéaire étant connue, il est évident que jamais la tension réelle ne doit atteindre ce point critique.

En désignant par T la tension maximum qu'on se fixe pour limite, cette tension de sécurité ne sera qu'une fraction de la première :

$$T = \frac{1}{K} R.$$

K est ce qu'on appelle le *coefficient de sécurité*.

Ce coefficient varie suivant l'usage auquel le ballon est destiné. Pour un ballon-sonde, dont le rôle est d'explorer l'atmosphère sans enlever des aéronautes, on peut se contenter d'un coefficient très faible. Il n'en est plus de même pour les ballons montés et en particulier pour les captifs, qui sont soumis fréquemment à des efforts anormaux d'une grande violence.

On admettra les chiffres suivants :

NATURE DU BALLON	VALEURS DE K
Ballons libres montés et dirigeables . . .	15 à 20
Ballons captifs.	20 et au-dessus
Ballons-sondes.	2

Dans les concours de Vincennes, en 1900, le comité d'organisation avait imposé au matériel des concurrents des limites de sécurité de 8 pour la résistance des étoffes, et de 10 pour celle des agrès[1].

Il est facile de dresser à l'avance un barême de la charge de rupture correspondante.

Si l'on se sert du procédé d'essai portant sur la rupture d'une éprouvette formée d'une bande de 5 centimètres de largeur, — procédé que nous avons indiqué tout à l'heure, — et en conservant les mêmes notations, on a :

$$R = 20r.$$

En portant cette valeur dans l'équation

$$T = \frac{1}{K} R,$$

on aura, en fonction de r :,

$$T = \frac{20}{K} r.$$

La charge de rupture de l'éprouvette devra donc atteindre au moins la valeur :

$$r = \frac{K}{20} T.$$

Dans cette expression, T est la tension maximum qui peut être atteinte dans un ballon dont le diamètre est D, la manche d'appendice ayant une longueur h, et A étant la force ascensionnelle du gaz qui le gonfle.

Or on sait que T a, dans ces conditions, la valeur :

$$T = A \frac{(D + h) D}{4},$$

---

[1] Commandant HIRSCHAUER.

Volume du ballon.	Diamètre D.	Pression intérieure maximum. $Q_u = A(D + h)$.	Tension maxima par mètre linéaire. $T_u = \frac{A(D + h)D}{4}$	TENSION DE RUPTURE D'UNE BANDE DE 0m,05 DE LARG. $r = \frac{K}{20}T$. coeff. de rupture.			AUGMENTATION DE LA TENSION DE L'ÉTOFFE		AUGMENTATION DES TENSIONS DE RUPTURE D'UNE BANDE DE 0m,05 DE LARGEUR					
							pour 1 k. de pression supplém. par m² à l'appendice $\Delta T = \frac{D}{4} \times 1\,k.$	pour 1 m. de long. supplém. de la manche $\Delta T = \frac{\Delta h}{4}$	pour 1 k. de pression supplément. à l'appendice $\delta r = \frac{K}{20}\Delta T$ coeff. de sécurité.			pour 1 m. supplémentaire de long. de manche $\delta r = \frac{K}{20}\Delta T$ coeff. de sécurité.		
				6	8	10			6	8	10	6	8	10
m³	mètres.	kilog.	kilog.	kilog.	kilog.	kilog.	kilog.	kilog.	kilog.	kilog.	kilog.	kilog.	kilog.	kilog.
BALLONS GONFLÉS A L'HYDROGÈNE A = 1,1														
300	8,306	9,969	20,701	6	8	10	2,077	2,284	0,623	0,831	1,038	0,685	0,914	1,142
400	9,142	11,015	25,175	8	10	13	2,286	2,514	0,686	0,914	1,143	0,754	1,006	1,257
500	9,847	11,906	29,308	9	12	15	2,462	2,708	0,739	0,985	1,231	0,812	1,083	1,354
600	10,465	12,686	33,190	10	13	17	2,616	2,878	0,785	1,047	1,308	0,863	1,151	1,439
1000	12,407	15,166	47,040	14	19	24	3,102	3,412	0,934	1,241	1,551	1,024	1,365	1,706
1600	14,511	17,885	64,883	19	26	32	3,628	3,991	1,088	1,451	1,814	1,197	1,596	1,996
2000	15,632	19,342	75,589	23	30	38	3,908	4,299	1,172	1,563	1,954	1,290	1,720	2,150
3000	17,894	22,315	99,826	30	40	50	4,474	4,921	1,341	1,789	2,237	1,476	1,968	2,461
BALLONS GONFLÉS AU GAZ D'ÉCLAIRAGE A = 0,7														
300	8,306	6,478	13,452	4	5	7	2,077	1,454	0,623	0,831	1,038	0,436	0,582	0,727
400	9,142	7,167	16,380	5	7	8	2,286	1,600	0,686	0,914	1,143	0,480	0,640	0,800
500	9,847	7,753	19,086	6	8	10	2,462	1,723	0,739	0,985	1,231	0,517	0,689	0,862
600	10,465	8,264	21,624	6	9	11	2,616	1,831	0,785	1,047	1,308	0,549	0,732	0,916
1000	12,407	9,897	30,698	9	12	15	3,102	2,174	0,931	1,241	1,551	0,651	0,868	1,086
1600	14,511	11,689	42,405	13	17	21	3,628	2,539	1,088	1,451	1,814	0,762	1,016	1,270
2000	15,632	12,656	49,460	15	20	25	3,908	2,736	1,172	1,563	1,954	0,821	1,094	1,368
3000	17,894	14,023	65,516	20	26	33	4,474	3,131	1,341	1,789	2,237	0,939	1,252	1,566

et il vient en définitive :

$$r = \frac{K}{20} A \frac{(D+h)D}{4}.$$

Nous donnons ci-contre un extrait du barême des valeurs de r pour des volumes croissants, et des coefficients de sécurité 6, 8, 10, en comptant la longueur de la manche de diamètre d suivant la formule classique :

$$h = 4d.$$

Pour permettre de faire le calcul lorsque la manche est plus grande, on y a joint l'augmentation de la tension pour 1 m. de longueur supplémentaire : $\Delta T = \frac{AD}{4}$, ainsi que pour 1 k. de pression supplémentaire par mètre carré à l'appendice, afin de prévoir notamment le cas d'un clapet équilibré sous une certaine pression :

$$\Delta T = \frac{D}{4} + 1 \text{ kilogramme.}$$

Nous relevons dans l'ouvrage de M. Marchis[1] les valeurs suivantes de la tension de rupture pour divers genres d'étoffes et pour une éprouvette de 0,05 de largeur ; on y trouvera également le rapport de la tension par mètre linéaire au poids par mètre carré. Ce rapport est la mesure de ce qu'on peut appeler la *qualité* de l'étoffe ; il permet de se rendre compte de sa légèreté relative.

On remarqua que, quoique la trame et la chaîne soient formées du même fil., la trame est toujours un

[1] MARCHIS.

DÉSIGNATION	POIDS PAR MÈTRE CARRÉ	TENSION DE RUPTURE r DANS LE SENS		TENSION DE RUPTURE PAR M. COURANT $R = 20r$	QUALITÉ $\frac{R}{p}$
		de la trame	de la chaine		
Percale, 1er échant.	78gr	28k,5	29k	580k	7,44
» 2e »	8í	31	33	660	7,85
Percale.	115	3	55	1100	9,56
Soie.	86	?	62	1210	14,42
Sea Island (sorte de coton). . . .	79	35	36	720	9,12

peu moins résistante, ce qui est produit par le mouvement de va-et-vient de la navette.

Étoffe de soie. — Les meilleures étoffes de soie pour la confection d'un ballon sont incontestablement les soies de fabrication européenne, en particulier les soies italiennes, et surtout, en France, les taffetas d'origine lyonnaise. Leur prix seul leur a fait souvent préférer une soie chinoise connue sous le nom de *ponghé* ou *soie ponghée*. Bien qu'elle manque trop souvent de régularité, cette étoffe réunit à peu près toutes les qualités exigées. Pour éviter les inconvénients de son peu d'homogénéité, il convient de ne l'employer qu'après un examen rigoureux, et en rejetant toute pièce défectueuse.

Poids des étoffes. — Le tableau suivant indique les poids, avant et après vernissage, d'une série d'étoffes présentant la même résistance de 1000 kilogrammes au mètre courant, et le rapport de la résistance au poids du tissu non verni.

PRIX DU M²	ÉTOFFES PRÉSENTANT UNE RÉSISTANCE DE 1 000ᵏ AU MÈTRE COURANT	POIDS DU MÈTRE CARRÉ		RAPPORT DE LA RÉSISTANCE AU POIDS p_1
		avant vernissage p_1	après vernissage p_2	
2ᶠʳ »	Toile de coton....	167ᵍʳ	400ᵍʳ	6 000ᵏ
2ᶠʳ,50	— de lin.....	125	300	8 000
3ᶠʳ »	Soie ponghée....	80	200	12 500
10ᶠʳ »	Soie française (taffetas).	50	125	20 000

Vernis. — Le moyen le plus anciennement connu pour imperméabiliser les étoffes a consisté à les enduire d'un vernis siccatif; mais il est très difficile de trouver un bon vernis, tant il doit remplir de conditions jusqu'à un certain point contradictoires.

Il faut qu'il sèche assez vite et ne soit pas poisseux, sans que ses propriétés siccatives le rendent cassant. Il doit être doux, moelleux et assez souple pour que l'étoffe qui en est revêtue puisse se chiffonner sans crainte. Enfin sa composition doit être telle qu'il n'attaque point le tissu.

Charles et Robert, en 1783, employaient un vernis à l'huile de lin cuite. *Conté* améliora le procédé, et son vernis était si parfait, que les ballons militaires de la première République purent tenir la campagne pendant des mois entiers, sans ravitaillement de gaz.

Le vernis de Conté se composait plus spécialement de : 1° huile de lin siccative; 2° caoutchouc, cire ou glu; 3° enfin, comme dissolvants, l'essence de térébenthine et l'huile de lin épurée. La formule exacte **et surtout le tour de main de fabrication en sont perdus;**

mais on trouve aujourd'hui dans l'industrie des vernis donnant des résultats analogues.

Toutefois, si le vernissage réussit à rendre l'étoffe étanche, on ne saurait empêcher que l'oxydation lente des matières qui le composent n'atteigne en même temps le tissu, qui perd peu à peu toute résistance, comme on peut le constater sur les étoffes des vieux ballons que l'on a conservés. En outre, ce travail d'oxydation ne va pas sans échauffement, surtout lorsque l'enveloppe est pliée et, dans cet état, soumise à une haute température. C'est ainsi qu'il est très difficile d'assurer la conservation des enveloppes vernies pendant les traversées dans les mers tropicales. Même dans nos pays tempérés, il importe de visiter souvent et de ventiler, — au besoin de gonfler à l'air, pendant plusieurs jours, — les ballons conservés en magasin.

Le vernis peut s'appliquer extérieurement ou intérieurement. C'est le vernissage intérieur qui est usité pour les ballons militaires français. Ce procédé offre tout d'abord cet avantage que la surface extérieure n'est pas poissante, et que les herbes ou la poussière s'y collent moins aisément au moment de l'atterrissage; en outre, la pression du gaz tend à appuyer le vernis sur les pores du tissu et contribue ainsi à en boucher les trous. On l'applique généralement à trois ou quatre couches, et on achève en passant une couche d'huile d'olive. Il en résulte une augmentation de poids sensible; mais l'accroissement va en diminuant pour les couches successives.

Poids de l'enveloppe en soie après
les couches successives (coutures comprises).

BALLON MILITAIRE FRANÇAIS EN PONGHÉ	POIDS TOTAL SUCCESSIF PAR M²	ACCROISSE- MENT DE POIDS A CHAQUE COUCHE	ACCROIS- SEMENT TOTAL.
Avant vernissage.	96ᵍʳ		
Verni à 1 couche.	235	139ᵍʳ	
— 2 couches.	281	46	
— 3 —	309	28	237ᵍʳ
— 4 —	325	16	
Verni et enduit d'huile d'o-live.	333	8	

L'enveloppe du ballon militaire français est en soie ponghée de Chine, pesant seulement 80 grammes par mètre carré. A cause des recouvrements et des coutures qui réunissent les fuseaux entre eux, le poids est porté à 96 grammes par mètre carré d'enveloppe finie.

L'enveloppe en ponghé d'un ballon de 540 m³ (10 m. de diamètre environ) pèse en définitive : 31 k. non vernie et 105 après vernissage.

L'oxydation lente que subissent les vernis a aussi pour résultat de produire, avec le temps, une légère augmentation de poids : environ 0ᵍʳ,07 par jour et par mètre carré, au début.

Le matériel militaire italien est également fort léger: tous les efforts, d'ailleurs, ont été dirigés vers la mobilité la plus grande. Son enveloppe sphérique est en soie italienne. Le tissu, teint en jaune en vue de sa protection contre l'action de la lumière, ne pèse que 80 grammes au mètre carré, avant vernissage.

On le trempe tout d'abord dans le vernis, qui l'imprègne ; puis on le soumet à un vernissage complémentaire en plusieurs couches intérieures et extérieures ; enfin on recouvre l'enveloppe d'une poudre d'aluminium, fixée au tampon, qui lui donne un pouvoir réfléchissant considérable et empêche l'échauffement du gaz intérieur.

Le poids du tissu verni est de 160 grammes par mètre carré. Le ballon captif normal italien, grâce au souci que l'on a pris d'en alléger tous les organes, a pu être réduit à 450 m³ pour enlever deux aéronautes jusqu'à 500 mètres, et son enveloppe ne pèse que 50 k.

Étoffes doubles ou triples. — Tant que l'on s'en tient aux petits diamètres, les étoffes simples offrent une résistance suffisante. On se contente de renforcer l'enveloppe aux deux pôles, où l'on dispose une collerette en étoffe double. Cette étoffe est formée de deux tissus superposés et réunis au moyen d'une colle au caoutchouc.

Dans les ballons de grande capacité, il peut être également nécessaire de recourir à des étoffes multiples.

Dupuy de Lôme, pour son dirigeable de 1872, a employé une étoffe dont la composition et le poids par m² sont les suivants :

Taffetas de soie blanche. . . . . . . ⎫
Nanzouk (de coton). . . . . ⎬ 340gr
Caoutchouc interposé (7 couches). . . ⎭

M. Gabriel Yon proposait pour un grand captif de 60 000 mètres cubes, destiné à l'Exposition de 1889, de constituer l'enveloppe de six épaisseurs de ponghé collées au moyen de caoutchouc vulcanisé.

Cette enveloppe, après vernissage, devait peser 1 k. 200 par m²; mais elle aurait pu, paraît-il, supporter des tensions de 5280 k. par mètre avant de se rompre.

Étoffes caoutchoutées[1]. — L'intérêt des étoffes vernies a bien diminué d'ailleurs, depuis qu'on est parvenu à fabriquer des étoffes caoutchoutées d'une résistance et d'une étanchéité tout à fait remarquables, et qui ne nécessitent plus l'intervention d'aucun vernis.

Ces étoffes sont composées de deux épaisseurs de tissu généralement en coton.

Le tissu est d'abord recouvert d'une pellicule de caoutchouc dont l'épaisseur peut être réglée à 1/10 mm. en la faisant passer entre des couteaux et des calandres. On a ainsi l'*étoffe simple*.

On peut s'en contenter pour un ballon de petit volume et de faible pression : par exemple, pour les aérostats destinés à soutenir l'antenne d'un poste de télégraphie sans fil. Cela ne saurait suffire pour l'enveloppe d'un ballon monté qui exige une étoffe double.

Pour constituer l'étoffe double à ballon, on colle deux bandes de tissu simple, caoutchouc contre caoutchouc; mais pour assurer encore mieux l'étanchéité, on met en outre une nouvelle couche de caoutchouc sur la face qui doit être à l'intérieur du ballon. Le

---

[1] ESPITALLIER, 7.

caoutchouc doit être très pur ; à cet égard, le *para*
offre toutes les garanties désirables.

On peut adopter deux dispositions : le tissu intérieur
double face étant en droit fil, on lui superposera le
tissu extérieur, soit en droit fil, soit en diagonale sur
le premier.

Le tissu diagonal étant coupé par panneaux à 45°,
et posé avec des recouvrements collés, il en résulte un
léger excédent de poids, d'environ 10 gr. par m², pour
des tissus de même force.

L'expérience d'ailleurs ne semble pas indiquer qu'il
s'ensuivra une augmentation de résistance. En outre,
lorsque l'étoffe se déchire. cette déchirure est nette
pour l'étoffe à fils droits ; les lèvres peuvent être facilement rapprochées et la blessure réparée.

La déchirure de l'étoffe diagonale est au contraire
déchiquetée, et il est impossible d'en rapprocher exactement les bords. La réparation est donc difficile.

Le caoutchouc s'altère rapidement sous l'action de
la lumière solaire ; il devient cassant, et l'étoffe perd
son imperméabilité. On doit le protéger au moyen
d'une teinture inactinique : du *jaune d'aniline* ou du
chromate neutre de plomb. C'est cette couleur qui a
valu au premier *Lebaudy* le nom de JAUNE.

L'application de la teinture au chromate se faisant
sur l'étoffe extérieure avant de la caoutchouter, il est
donc possible de procéder ensuite à la vulcanisation,
la chaleur ayant pour effet de faire disparaître la couleur jaune qui arrête les rayons actiniques du soleil,
et le caoutchouc non vulcanisé s'altère beaucoup plus
vite.

Les causes d'altération sont multiples ; mais les plus

graves proviennent des impuretés du gaz, surtout quand leur action est favorisée par l'humidité. On doit particulièrement s'assurer que l'hydrogène ne contienne pas de sulfures, d'arsenic, du sélénium d'antimoine, ni de phosphore.

L'étoffe double des gros ballons pèse de 270 à 300 gr. par mètre carré et offre à la rupture une résistance de 700 k. à 1500 k. par mètre linéaire.

§ 3. — *Mode de construction de l'enveloppe.*

Construction par fuseaux. — Lorsque l'on fait usage d'étoffe de faible largeur, le mode de construction le plus simple pour l'enveloppe d'un ballon sphérique ou allongé consiste à décomposer sa surface en fuseaux méridiens, ayant pour plus grande largeur, sur l'équateur, celle de l'étoffe en pièce (0^m,40 pour le ponghé), en tenant compte du recouvrement de 0^m,02 nécessaire aux coutures.

On peut découper les fuseaux à la main, sur un patron de papier fort, et nous avons indiqué (ch. XI) la manière de faire l'épure de ce patron ; mais, dans les grands ateliers de construction, on opère ce découpage mécaniquement au moyen d'une scie sans dents, coupant à la fois un empilage d'étoffes pressées ; c'est le procédé usité dans les ateliers de coupe pour vêtements confectionnés. Pour perdre le moins d'étoffe possible, les pièces sont d'abord cousues bout à bout, en sorte que ces coutures transversales sont rares et inégalement distribuées le long des fuseaux.

Décomposition par panneaux. — Si la décomposition en fuseaux est particulièrement avantageuse lorsqu'on emploie une étoffe de faible largeur, elle se prête moins bien à l'utilisation des étoffes de grande largeur et notamment des étoffes caoutchoutées. dont l'usage tend à se généraliser de plus en plus.

Il est préférable alors de décomposer l'enveloppe en zones dont la hauteur est déterminée par la largeur de l'étoffe. Chaque zone est elle-même divisée en panneaux par des lignes méridiennes qui, pratiquement, peuvent être remplacées par des lignes droites dans la faible étendue d'une zone.

Comme on le voit, on est conduit à découper autant de patrons qu'il y a de zones.

Les panneaux d'une même zone sont découpés côte.

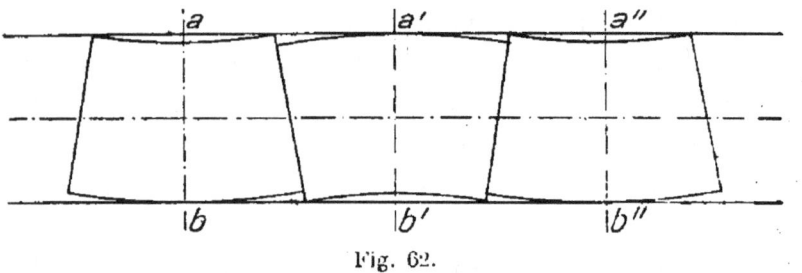

Fig. 62.

à côte, mais alternativement la tête en haut et la tête en bas, de telle sorte que leurs bords méridiens se touchent, ce qui occasionne une perte d'étoffe réduite au minimum.

Si l'on plie la pièce d'étoffe en prenant les plis sur les axes *ab*, *a'b'*, *a"b"*... des panneaux, on voit qu'il suffira de passer l'empilage sous la scie sans dents, pour couper d'un seul coup tous les bords méridiens.

Étoile et collerette. — Si l'on prolongeait tous les fuseaux jusqu'à leur extrême pointe, il arriverait un moment où, par suite de la largeur trop réduite,

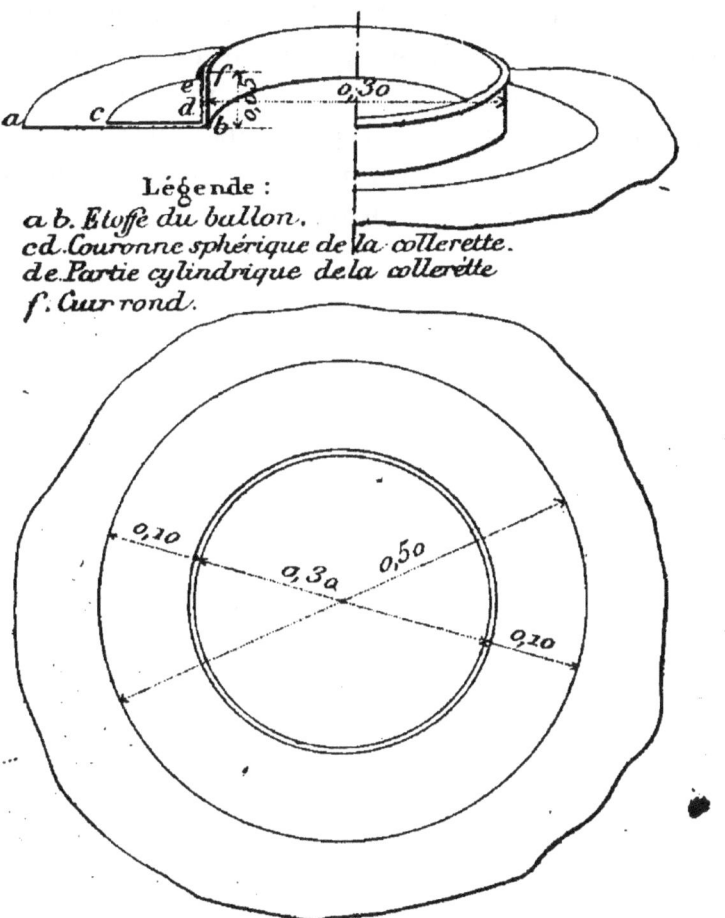

Légende :

a b. Étoffe du ballon.
cd. Couronne sphérique de la collerette.
de. Partie cylindrique de la collerette.
f. Cuir rond.

Fig. 63. — Collerette.

toutes les coutures se toucheraient. Il convient donc d'arrêter le fuseau lorsque sa largeur devient insuffisante. En particulier, la calotte zénithale d'un ballon sphérique est alors garnie d'une étoile dont les pan-

neaux correspondent à deux fuseaux. L'étoile elle-même
est reliée à une collerette en étoffe renforcée, au centre
de laquelle est ménagée l'ouverture circulaire destinée
à recevoir la soupape. Sur le pourtour de cette ouverture, l'étoffe se redresse pour entourer le cadre de la
soupape, et l'on sertit le tout au moyen d'une cordelette fortement serrée sur plusieurs tours.

On mettra de même une étoile et une collerette à la
partie inférieure pour recevoir la manche d'appendice.

CHAPITRE XVI

SOUPAPES ET APPENDICES

§ I. — *Des soupapes.*

Usage de la soupape. — Dès qu'on a songé, pour gonfler un ballon, à substituer un gaz léger à l'air chaud des montgolfières, il a fallu se ménager un moyen de lâcher à volonté une partie du gaz, pour déterminer la descente ou arrêter un mouvement d'ascension, et l'inventeur des premiers ballons à gaz, le physicien *Charles*, est aussi l'inventeur de la *soupape*.

A vrai dire, l'organe dont il s'agit mérite assez peu cette dénomination, à laquelle s'attache presque toujours l'idée d'une manœuvre automatique : la soupape des ballons agit plutôt à la manière d'une vanne que l'on ouvre et que l'on ferme à volonté.

Son emplacement. — Quoi qu'il en soit, l'emplacement naturel de la soupape est le pôle supérieur du ballon, près duquel la pression apparente atteint sa valeur la plus forte. L'étude que nous avons faite de la vitesse d'écoulement des gaz par les orifices, et de ses variations suivant la hauteur de ces orifices le long du méridien, montre que cette vitesse va en croissant de la base au sommet du ballon, en sorte que la moindre fissure pratiquée vers le zénith provoquerait rapidement le dégonflement du ballon. C'est donc l'emplacement où il convient de placer la soupape pour évacuer, sous les dimensions relativement faibles de l'orifice, la quantité convenable du gaz dans l'unité de temps.

On voit en outre qu'il est essentiel que cette soupape soit hermétique et qu'elle se referme exactement après la manœuvre.

Deux effets. — Enfin, en dehors de la *manœuvre momentanée* qui permet l'expulsion d'une quantité de gaz déterminée, il est nécessaire qu'on puisse à l'atterrissage, d'une manière définitive, ouvrir une issue assez grande par où le ballon se vide rapidement. Lorsque cette issue fait partie de la soupape elle-même, on dit que celle-ci est à *deux effets*. On peut également rendre les deux manœuvres indépendantes, en organisant un *panneau dit de déchirure*, carreau d'étoffe ou portion de fuseau que l'on arrache, ouvrant ainsi une large plaie béante, assez grande pour que le gaz s'écoule en quelques minutes.

Divers types de soupapes. — Le type de soupape le plus ancien, construit dès 1783, par le physicien Charles, est encore fréquemment employé aujourd'hui. Il est des plus simples et consiste en un cadre circulaire en bois, qu'une traverse diamétrale divise en deux parties. Cette traverse porte des charnières de

deux volets également en bois, ouvrant vers l'intérieur.
et que des ressorts formés d'un écheveau de caoutchouc

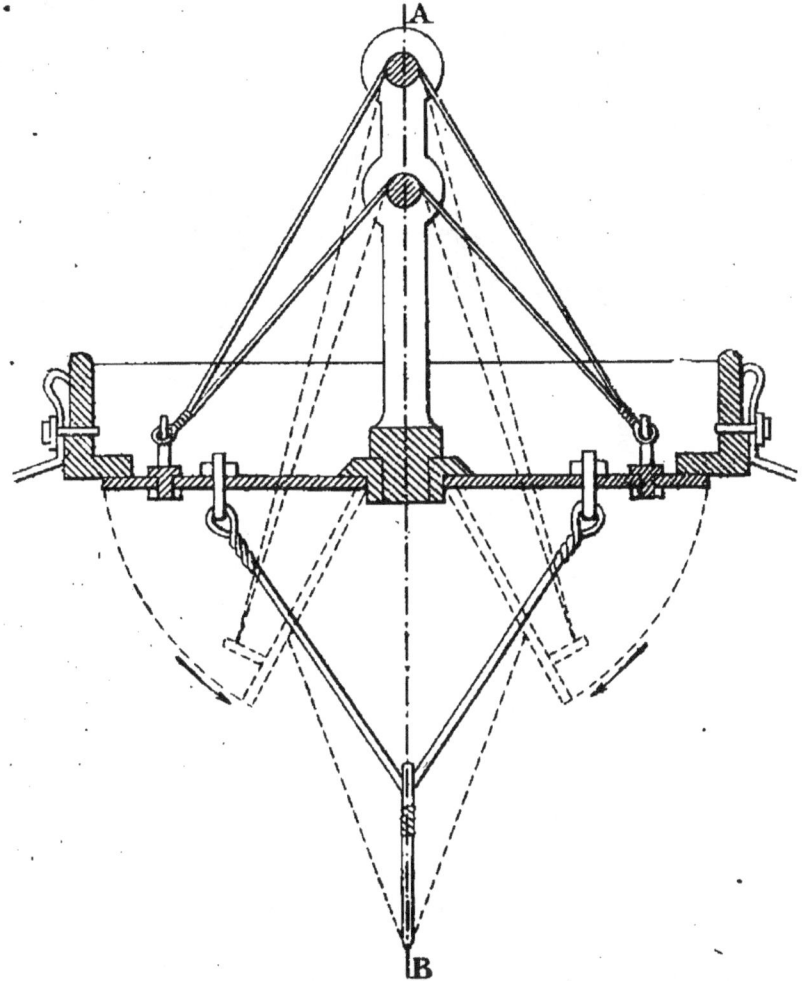

Fig. 64. — Soupape à volets.

passant sur un chevalet suffisent à maintenir collés sur
leur siège, dans les rainures du cadre.

Les volets sont munis, sur leur face inférieure, de
cordelettes qui se réunissent en un seul cordage de

manœuvre. Ce cordage pend à travers le ballon, traverse la partie basse de l'enveloppe par un trou que
ferme un bouchon, et vient s'attacher à la suspension,
sous la main du pilote.

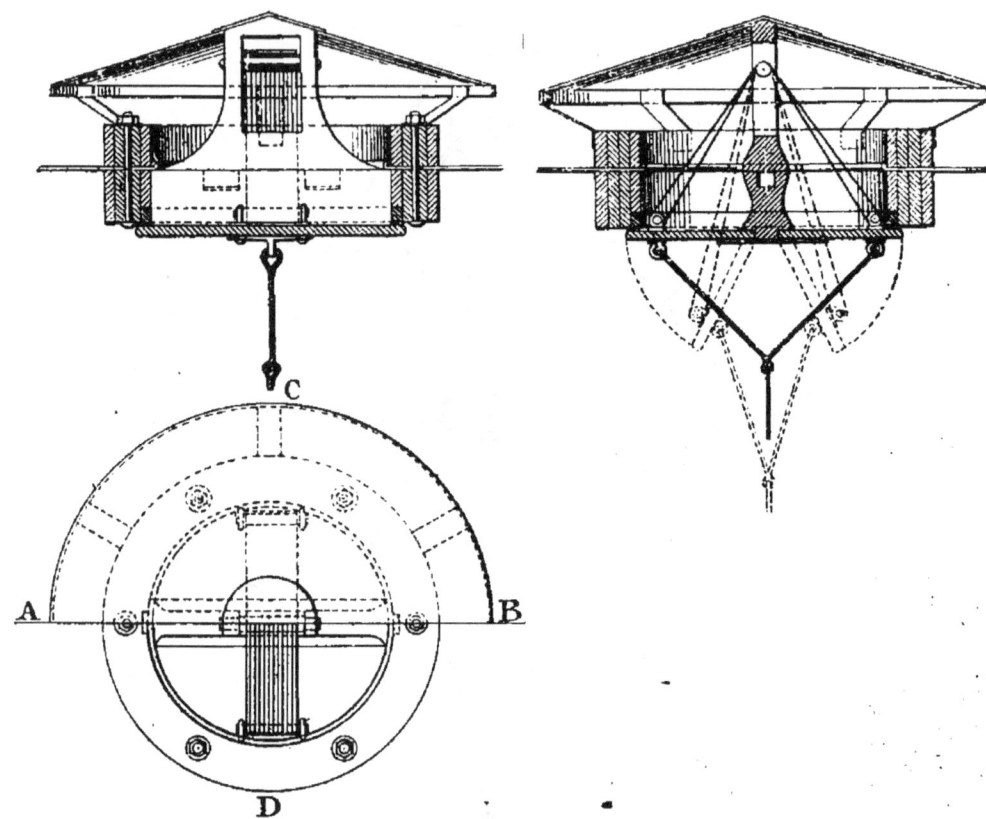

Fig. 65. — Soupape Yon pour grands captifs.

Cette soupape a pour elle le mérite de la simplicité,
et c'est à la rusticité même de sa construction qu'elle a
dû d'être à peu près exclusivement employée pendant
longtemps; mais ses défauts sont nombreux et graves.

1° Quand les volets s'ouvrent complètement, il
n'est pas rare que l'on dépasse l'espèce de point mort

où les ressorts tendeurs deviennent sans action : la soupape ne se referme pas, lorsque l'aéronaute cesse d'opérer toute traction sur la corde. On a souvent, pour remédier à ce grave défaut, muni la soupape de heurtoirs qui limitent l'ouverture des volets.

2° Les ressorts en caoutchouc ont l'inconvénient d'être très sensibles aux variations de température et de durcir au froid. D'autre part, les ressorts métalliques qu'on leur substitue souvent n'offrent pas non plus toute sécurité à l'aéronaute.

3° L'obturation est loin d'être complète sur le pourtour des volets, qui sont exposés à se voiler sous les influences atmosphériques. Aussi les anciens aéronautes avaient-ils soin de calfater le joint de la soupape au moyen d'un lut en farine de graine de lin. L'obturation était bonne tant que l'on n'avait pas besoin de manœuvrer la soupape ; mais après qu'on l'avait ouverte en brisant fort inégalement le lut durci, on ne pouvait pas être assuré de la fermeture ultérieure.

C'est aux défectuosités de cette soupape qu'a été dû l'accident survenu au grand ballon *l'Univers*, dans lequel Godard enlevait, en 1875, de nombreux passagers, parmi lesquels figuraient le colonel Laussedat, le capitaine Ch. Renard et M. Albert Tissandier.

Ce dernier, le seul des passagers qui n'eût pas été blessé dans la chute, raconte qu'il courut examiner la soupape, dont un des clapets se trouvait grand ouvert. Il en conclut que les caoutchoucs étaient trop faibles et n'avaient pas l'élasticité nécessaire pour faire remonter le clapet une fois tombé[1].

---

[1] G. BÉTHUYS, p. 193. — G. ESPITALLIER, 4, p. 24.

La soupape a re-
çu, depuis lors, de
nombreux perfec-
tionnements qui ont
fait disparaître les
dangers que cet ac-
cident mettait en
évidence. Giffard.
le premier, disposa
sur le pourtour de
la couronne un joint
en caoutchouc sur
lequel venait s'ap-
puyer un couteau
circulaire entourant
les volets. Des res-
sorts métalliques à
boudin furent sub-
stitués aux éche-
veaux de fils de
caoutchouc pour
maintenir les volets
fermés.

Puis, dans la sou-
pape Yon notam-
ment, on remplaça
les volets à char-
nières par un disque
glissant le long d'un
axe normal au cadre.

Dans la soupape
imaginée par le ca-

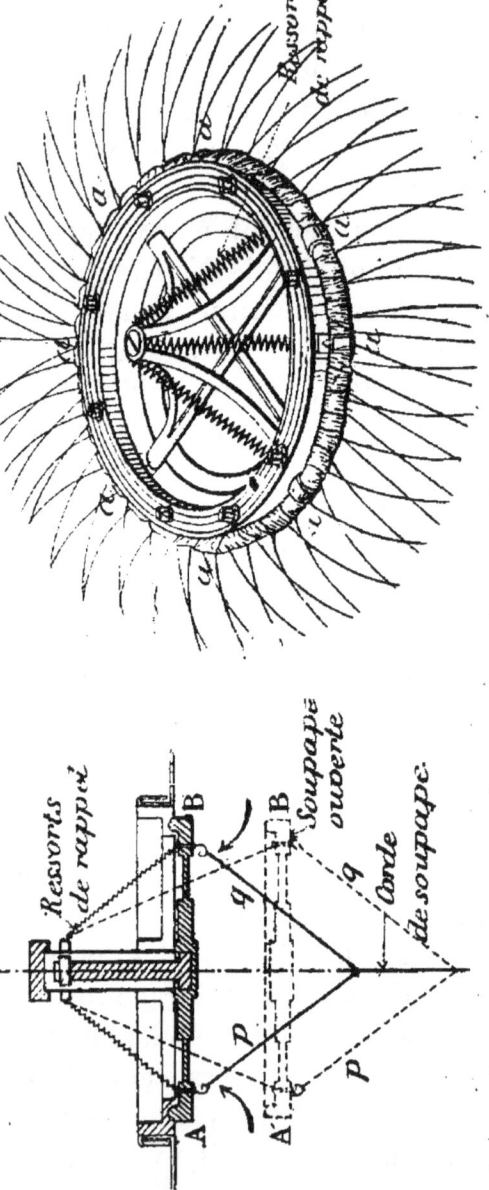

Fig. 66. — Soupape à disque Yon.

pitaine allemand Von Sigsfeld, qui trouva la mort dans
un accident d'atterrissage, le disque n'est plus guidé
par une tige centrale, mais par des équerres à charnières placées sur la circonférence.

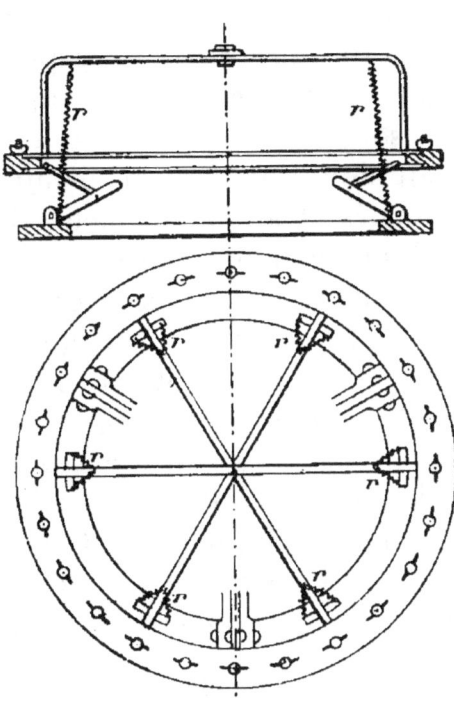

Fig. 67. — Soupape Sigsfeld.

Le principe néan-
moins reste le même,
et la soupape classique
comporte encore, dans
la plupart des ballons,
des volets ou un disque,
maintenus par des res-
sorts et s'ouvrant vers
l'intérieur, lorsqu'on
tire de la nacelle une
cordelette qui traverse
toute la masse gazeuse.

Or les soupapes de
ce genre participent
toutes des mêmes in-
convénients généraux,
savoir:

1" L'impossibilité
d'apprécier le degré
d'ouverture, et, par
suite, le débit dans un temps donné, ce qui expose à
lâcher trop ou trop peu de gaz;

2° La nécessité, si l'on n'a pas quelque autre organe
d'évacuation, de maintenir la traction sur la cordelette
de commande pendant tout le temps qu'on juge à propos de laisser la soupape ouverte. C'est ainsi qu'au
moment de l'atterrissage, lorsqu'il s'agit de vider complètement le ballon, l'aéronaute est forcé de se sus-

pendre, pour ainsi dire, à la corde de soupape, alors
qu'il aurait grand besoin de ses mains pour les soins
multiples que réclame la situation, tandis que les
rafales et le traînage donnent à l'enveloppe. en partie
dégonflée, un mouvement de soufflet qui allonge et
raccourcit irrégulièrement la distance de la soupape à
la nacelle, sans que le pilote puisse se rendre compte
de son action exacte sur la soupape.

Un bon appareil devrait donc être conçu d'autre
sorte et comporter deux modes d'action distincts : le
premier, *momentané*, pour les manœuvres de route, permettant de graduer exactement le débit ; le second,
définitif, pour l'atterrissage, qui permet l'échappement
rapide et complet du gaz, en rendant toute liberté à
l'aéronaute pour s'occuper des autres manœuvres.

Il existe des soupapes satisfaisant à ces *desiderata*.
Nous en citerons deux : celle du colonel Renard, exclusivement appliquée à nos aérostats militaires, et celle
de M. Henri Hervé, l'inventeur bien connu des divers
engins expérimentés sur la Méditerranée pour les ascensions aéro-maritimes.

La soupape à double effet du colonel Renard se compose essentiellement d'un cylindre en carton comprimé,
que l'on introduit verticalement dans le vide ménagé
au pôle supérieur de l'enveloppe, en ligaturant la collerette de cette enveloppe par plusieurs tours fortement
serrés d'une cordelette de coton. Tel quel et ainsi tout
ouvert, ce cylindre laisserait échapper le gaz à flot :
on a pour premier soin de coiffer son orifice inférieur
d'un bonnet en toile caoutchoutée ou vernie, serrée sur
le bord par un caoutchouc. Mais le gaz trouverait encore de nombreuses issues ; ce sont des fenêtres ovalisées

percées sur le pourtour du cylindre. Pour les obturer,
on entoure ce cylindre d'un manchon à double paroi en
caoutchouc, qui aveugle les fenêtres en s'appliquant
exactement sur la paroi.

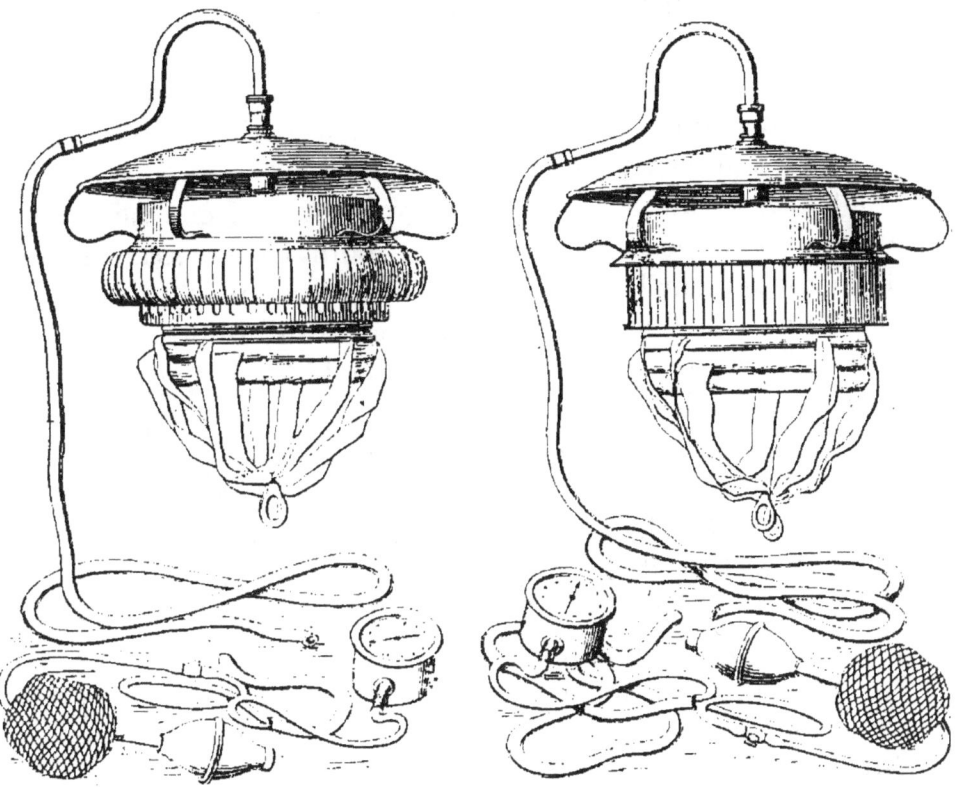

Fig. 68. — Soupape Renard ouverte.   Fig. 68 bis. — Soupape Renard fermée.

Un tube souple en caoutchouc, terminé par une poire
vers l'extrémité qui se trouve dans la nacelle, grimpe
au flanc du ballon, s'attache à la soupape et permet
d'envoyer de l'air comprimé entre les deux parois du
manchon. Ces parois s'écartent alors, et le manchon
tend de plus en plus à prendre la forme d'un tore,

découvrant ainsi peu à peu les fenêtres par où le gaz du ballon peut s'échapper.

La manœuvre est simple. Un manomètre indique à l'aéronaute la pression dans le manchon, et une expérience préliminaire permet de dire quel est le débit correspondant. Il suffit, d'ailleurs, d'ouvrir un robinet pointeau, pour que l'air comprimé s'échappe et que le manchon s'aplatisse de nouveau sur le cylindre. Voilà donc la manœuvre de route, momentanée et graduée, dont l'aéronaute a besoin. Mais veut-on, au contraire, ouvrir une issue définitive au gaz, pour l'atterrissage et le dégonflement? On saisit une cordelette qui, à travers le ballon, va s'attacher au bonnet verni obturant le gros orifice du cylindre; on tire, et le bonnet arraché ouvre au gaz l'issue demandée.

Les soupapes inventées par l'ingénieur *Henri Hervé* sont également à double effet. Les deux effets sont réalisés par les deux manœuvres suivantes :

1° Ouverture de la soupape, obtenue sous l'action de la main du pilote, avec fermeture dès que celui-ci cesse d'agir (manœuvre momentanée);

2° Ouverture à la main, restant permanente jusqu'à ce qu'on fasse une manœuvre spéciale pour la fermeture.

Le double mouvement est produit, soit par des cordes traversant le ballon, comme dans les soupapes ordinaires, soit par une commande pneumatique composée d'une poire de compression et d'un tube de caoutchouc partant de la nacelle et se rendant à la soupape, qui est elle-même composée d'un disque à soulèvement. Un indicateur électrique permet de se rendre compte du degré d'ouverture, à chaque instant.

Ces soupapes sont extrêmement ingénieuses, un peu lourdes peut-être, et c'est sans doute à cette raison, en même temps qu'à une certaine complication de leurs organes, qu'il faut attribuer leur peu de vulgarisation.

Dimensions des soupapes. — On ne peut pas poser de règles absolues permettant de déterminer d'une manière indiscutable les dimensions qu'il convient de donner aux soupapes; mais on a cependant basé quelques règles générales sur les effets qu'on veut obtenir. S'agit-il des manœuvres momentanées? en effet, l'écoulement doit être assez rapide pour que son action se fasse sentir dans un temps suffisamment court.

On admettra comme un fait d'expérience qu'une soupape à deux effets sera bien proportionnée si elle permet d'évacuer par seconde, pour la manœuvre momentanée, $\frac{1000}{1}$ de la capacité totale, et, dans le déclenchement définitif, à l'atterrissage, une quantité quadruple, soit $\frac{1}{250}$ du volume total.

A la vérité, on ne saurait admettre que la vitesse d'écoulement reste constante. Elle diminue avec la pression intérieure; mais il serait fort compliqué d'étudier la loi de ces variations, sans qu'on y trouvât une véritable utilité pratique.

La règle que l'on s'impose et qu'indique le commandant Hirschauer[1], c'est que *le ballon doit perdre, pendant la première minute d'ouverture,* $\frac{1}{30}$ *du*

[1] Commandant HIRSCHAUER, p. 169.

volume total du gaz par le petit orifice (manœuvre momentanée) et $\dfrac{1}{15}$ *par le grand (dégonflement définitif).*

La vitesse générale d'écoulement par un orifice situé à une distance verticale z de la tranche d'équipression est :

$$V = \sqrt{2g\frac{Az}{b}},$$

où A est la force ascensionnelle du gaz et b son poids spécifique. Ce poids spécifique varie d'ailleurs avec la pression extérieure γ, et l'on a $b = \gamma b_0$, d'où par suite :

$$V = \sqrt{\frac{2gAz}{\gamma b_0}}.$$

Dans le cas qui nous occupe, la manche d'appendice se vide très rapidement, et l'on admettra que, presque au début, $z = D$ (le diamètre du ballon), ce qui donne :

$$V = \sqrt{\frac{2gAD}{\gamma b_0}},$$

ou

$$= \sqrt{\frac{2gA}{\gamma b_0}} \, D^{\frac{1}{2}}.$$

Cette formule suppose, d'ailleurs, que l'écoulement est isothermique.

Si ω est la section de l'orifice, l'écoulement par seconde serait : $V\omega$, et, par minute, $V\omega \times 60$. Toutefois, il convient de tenir compte de la contraction de la veine gazeuse et des frottements. L'expérience montre qu'il faut en définitive réduire le débit à :

$$\frac{1}{4} V\omega \times 60 \quad \text{ou} \quad V\omega \times 15.$$

Si l'on veut que ce débit soit $\dfrac{1}{n}$ du volume total, on écrira :

$$V\omega \times 15 = \dfrac{1}{n} \times \dfrac{1}{6} \pi D^3,$$

et l'on en tire, en substituant à V sa valeur précédente :

$$\omega = \dfrac{1}{n} \cdot \dfrac{\pi}{90\sqrt{2g}} \sqrt{\dfrac{b_0}{A}}\, D^{\frac{5}{2}},$$

ou

$$\omega = 0,0078\, \dfrac{1}{n} \sqrt{\dfrac{b_0}{A}} \cdot D^{\frac{5}{2}}.$$

En désignant par ω la section du petit orifice pour la manœuvre momentanée et par ω_2 celle du grand orifice pour la manœuvre finale, on aurait :

HYDROGÈNE	GAZ D'ÉCLAIRAGE
$A = 1,1, \quad b_0\ 0,009.$	$A = 0.700, \quad b_0 = 0,52.$
$\dfrac{1}{n} = \dfrac{1}{30},$	$\dfrac{1}{n} = \dfrac{1}{30},$
$\omega_1 = 0,00008 D^{\frac{5}{2}}.$	$\omega_1 = 0,00023\, D^{\frac{5}{2}}.$
$\dfrac{1}{n} = \dfrac{1}{15}.$	$\dfrac{1}{n} = \dfrac{1}{15},$
$\omega_2 = 0,00016 D^{\frac{5}{2}}.$	$\omega_2 = 0,00046 D^{\frac{5}{2}}.$

On remarquera que la *vitesse de sortie est d'autant plus petite que le gaz est plus lourd.*

Pour l'hydrogène et le gaz d'éclairage, on trouverait le rapport :

$$\dfrac{V_H}{V_G} = \sqrt{\dfrac{bg}{b_H}} = 2,4.$$

Ce rapport est très voisin de 2, et par conséquent *les orifices d'écoulement pour l'hydrogène et pour le gaz d'éclairage seront dans le rapport de 1 à 2.*

En appliquant le calcul au ballon de 540 m³, dont le diamètre est $D = 10$ m., on trouverait, dans le cas de l'hydrogène :

Petit orifice : $\omega_1 = 166$ centimètres carrés.

Grand orifice : $\omega_2 = 664$ centimètres carrés.

Dans ces conditions, ce ballon se vide en une demi-heure.

Panneau de déchirure. — Nous avons dit que, dans beaucoup de cas, pour provoquer un dégonfle-

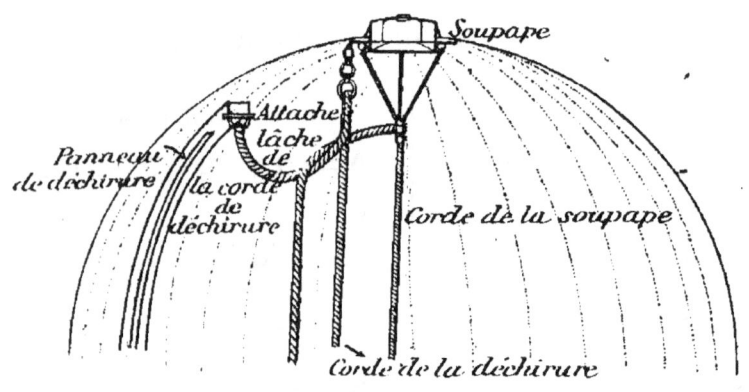

Fig. 69 (Von Tschudi).

ment très rapide à l'atterrissage, on dispose sur l'enveloppe, près du pôle, un panneau d'étoffe simplement collé sur ses bords, qu'on arrache au moyen d'une corde spéciale, teinte en rouge pour éviter qu'on la confonde avec la corde de soupape.

C'est ce qu'on appelle le panneau de déchirure. L'attache doit être disposée de telle sorte qu'il ne puisse pas se produire d'arrachement accidentel. Pour cela une partie de la corde, avant d'arriver à la nacelle, est fixée à une pince, dont on ne peut l'arracher qu'en tirant violemment.

Le panneau de déchirure n'a été considéré tout d'abord que comme un moyen de secours, à n'employer qu'en cas de danger de traînage. À cet égard, l'appareil mérite l'appellation qu'on donne parfois à sa commande : c'est la *corde de miséricorde*.

Mais peu à peu on s'est habitué, à l'étranger surtout, à ériger l'emploi du panneau de déchirure en un mode de manœuvre régulier. La déchirure pratiquée au moment où le ballon touche terre provoque, en effet, un dégonflement si rapide, qu'on évite ainsi le traînage et qu'on peut se dispenser d'emporter une ancre. C'est néanmoins un procédé brutal d'atterrissage. La nacelle est presque toujours renversée sur le flanc, et les aéronautes doivent prendre quelques précautions pour n'être point projetés au dehors.

Le panneau de déchirure peut servir presque indéfiniment ; mais, pour que son étanchéité et sa solidité soient complètes, il faut avoir soin, avant de le recoller, de gratter les restes de la colle de caoutchouc sur les bords du panneau et de son cadre.

Le colonel Schack, de l'armée suisse, a imaginé de munir le bord du panneau de boutons à pression. De cette manière, si le collage est imparfait, on évite néanmoins que le panneau ne se détache spontanément.

Soupape mixte Besançon. — M. G. Besançon

a combiné une soupape qui comporte à la fois le volet de soupape proprement dit, occupant un petit segment du cercle et un panneau de déchirure formé d'une membrane d'étoffe tendue sur l'autre segment. L'appareil, qui évite la mise hors de service systématique de l'enveloppe elle-même, est ingénieux. Toutefois il ne permet pas de donner au panneau de déchirure une grande surface, à moins d'agrandir démesurément le cercle occupé par tout cet ensemble.

§ 2. — De l'appendice.

Détermination de ses dimensions. — Les règles que nous avons données pour la détermination des dimensions de la soupape n'ont rien d'absolu, et l'on conçoit bien qu'un ballon ne serait pas en péril pour avoir une soupape trop petite. Il y aurait, au contraire, les inconvénients les plus graves à ne pas donner à l'appendice une largeur suffisante. L'appendice, en effet, constitue une véritable soupape de sûreté. Si l'aérostat s'élève rapidement dans l'espace, le gaz qu'il contient se dilate et doit trouver une issue presque immédiate, pour éviter toute surpression capable de faire éclater l'enveloppe. Il importe donc que l'évacuation soit aussi rapide que la dilatation.

Or, dans les mouvements ascensionnels, cause principale de dilatation, pour chaque mètre d'élévation l'accroissement du volume C du gaz est de $\dfrac{C}{8\,000}$, et si l'on représente par φ la vitesse de l'ascension, la dilatation par seconde sera :

$$\frac{8\,000}{C\varphi},$$

Ce sera aussi le volume que devra débiter l'appendice par seconde.

En désignant par ω la surface de l'orifice de sortie, on aura pour la vitesse d'écoulement u :

$$u = \frac{8\,000\,\omega}{C\varphi}.$$

D'autre part, la vitesse d'ascension dépend à la fois de la rupture d'équilibre R qui provoque la montée, de la pression de l'air γ, et d'un coefficient de forme K_0 particulier au ballon, ce qui nous a permis d'écrire

précédemment : $\varphi = \sqrt{\dfrac{R}{K_0\gamma}}$.

On sait, du reste, que dans cette formule,

$$K_0 = 0{,}025 D^2 \,;$$

d'où $\qquad \varphi = \dfrac{1}{D} \sqrt{\dfrac{R}{0{,}025\gamma}}$.

On a également pour le volume du ballon :

$$C = \frac{1}{6}\pi D^3,$$

et en portant ces deux valeurs dans l'expression de la vitesse u, il vient :

$$u = 0{,}0041\,\frac{D^2}{\omega}\sqrt{\frac{R}{\gamma}}\,;$$

d'où l'on voit que la vitesse d'écoulement est proportionnelle au carré du diamètre du ballon, et en raison inverse de la section de la manche.

L'orifice de l'appendice étant habituellement circulaire, en désignant par d son diamètre, la relation ci-dessus prend la forme :

$$u = 0,000526 \frac{D^2}{d^2} \sqrt{\frac{R}{\gamma}},$$

et, en posant $\dfrac{D}{d} = \rho.$

$$u = 0,000526\rho^2 \sqrt{\frac{R}{\gamma}}.$$

Cette expression permet de calculer la vitesse, pour un diamètre donné de l'appendice. Par exemple, pour un ballon de 540 m³, de 10 m. de diamètre, plein d'hydrogène à la pression ordinaire $\gamma = 1$, voici les chiffres qui correspondent aux diamètres 0.20 et 0,25 de l'appendice :

$$d_1 = \text{o m. 20}\rho. \quad \rho^2 = \frac{D^2}{d^2} = 50, \quad u_1 = 18 \text{ m. } 50 ;$$

$$d_2 = \text{o m. 25.} \qquad \frac{D^2}{d^2} = 40, \quad u_2 = 11 \text{ m. } 78.$$

Les trop grandes vitesses ne sont redoutables que par suite des surpressions qu'entraîne le frottement du gaz sur les parois, pendant l'écoulement. On admet que, pour conserver la sécurité nécessaire, cet accroissement momentané de pression ne doit pas dépasser $\dfrac{1}{5}$ de la pression apparente admise au repos dans la région de la soupape, où elle est la plus forte.

Cette surpression est donnée par la formule connue :

$$\mu' = \frac{bu^2}{2g},$$

où b est le poids spécifique actuel du gaz, et si l'on

tient compte de la valeur de ce poids spécifique en fonction de la pression $b = b_0\gamma$, on peut poser :

$$\mu' = \frac{b_0\gamma u^2}{2g} ;$$

et enfin, en remplaçant u^2 par sa valeur précédemment déterminée :

$$\mu' = 0,0000001 4 b_0 R\rho^4,$$

on voit que cette surpression est proportionnelle à la densité du gaz, et qu'elle est plus considérable, par conséquent, avec le gaz d'éclairage qu'avec l'hydrogène, c'est-à-dire que *les gaz les plus lourds exigent les orifices d'appendice les plus grands.*

De la formule de la vitesse, on peut tirer également la surface d'orifice ω et calculer cette surface, en s'imposant certaines limites de vitesse.

Les limites admises par l'établissement de Chalais, pour une vitesse d'ascension $\rho = 4$ mètres par seconde, dans les basses régions où $\gamma = 1$, sont :

	Hydrogène,	Gaz d'éclairage,
Par seconde.	$u = 3$ mètres,	4 mètres.

Dans ces conditions, tout calcul fait, on admet pour l'appendice d'un ballon libre les dimensions suivantes :

		HYDROGÈNE	GAZ D'ÉCLAIRAGE
Longueur de la manche.	$l =$	$4d^m$	$4d^m$
Diamètre.	$d =$	$0,008D^{\frac{3}{2}}$	$0,01D^{\frac{3}{2}}$
Surface d'orifice.	$\omega =$	$0,000051D^3$	$0,00008D^3$

Dimensions des manches d'appendice pour quelques volumes usuels de ballons[1].

VOLUME DES BALLONS	BALLONS GONFLÉS A L'HYDROGÈNE			BALLONS GONFLÉS AU GAZ D'ÉCLAIRAGE		
	SECTION MINIMA ω	DIAMÈTRE MINIMUM d	LONGUEUR MINIMA DE LA MANCHE l	SECTION MINIMA ω	DIAMÈTRE MINIMUM d	LONGUEUR MINIMA DE LA MANCHE l
(m. c.)	(déc.carr.)	(mètres.)	(mètres.)	(déc.carr.)	(mètres.)	(mètres.)
600	5,62	0,267	1,068	8,82	0,335	1,340
1 000	9,36	0,345	1,380	14,70	0,433	1,732
1 600	14,98	0,437	1,748	23,52	0,547	2,188
2 000	18,73	0,488	1,952	29,40	0,612	2,448
2 200	20,09	0,598	2,392	44,10	0,749	2,996

Forme de construction de la manche d'appendice.

— La manche d'appendice joue le rôle de clapet de sûreté. Elle s'ouvre naturellement lorsque la pression du gaz est supérieure à celle de l'air extérieur; elle s'aplatit au contraire et se ferme si cette dernière pression est prédominante; mais cet applatissement ne se produit que si la longueur de la partie cylindrique est assez grande. C'est cette longueur rectiligne que nous avons désignée par l dans le tableau précédent. Si le rapport du diamètre à la longueur était trop grand, il en résulterait une trop grande résistance à l'aplatissement; il est donc bon de donner la forme cylindrique à la manche sur la plus grande longueur possible, et l'on n'aurait, par conséquent,

[1] Commandant HIRSCHAUER, p. 169 et 172.

aucun avantage à prendre pour l'enveloppe une forme
en poire telle qu'elle était usitée dans les premiers
temps de l'aérostation, la capacité sphérique se raccordant à la manche par une partie conique. Cette disposition était aggravée par la grande section que l'on
donnait à l'orifice, afin de pouvoir retourner l'enve-

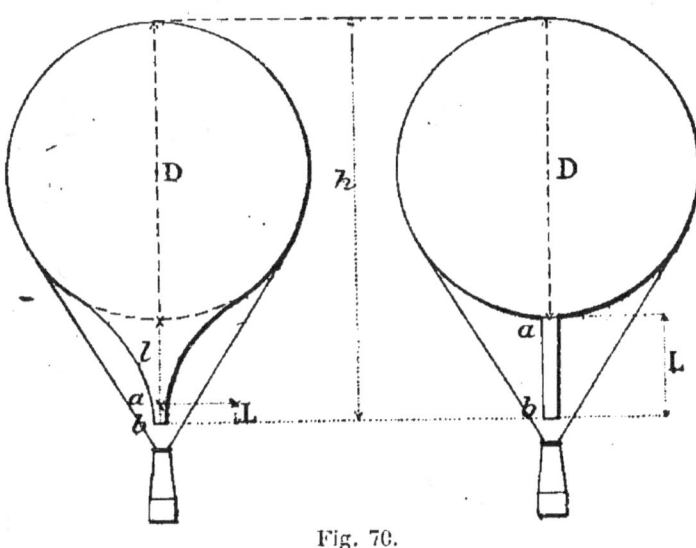

Fig. 70.

loppe, en la faisant passer par cet orifice, lorsqu'on
veut réparer ou revernir la surface intérieure.

On satisfait à ces diverses nécessités en rendant la
manche d'appendice indépendante de l'enveloppe proprement dite. Celle-ci est complètement sphérique, avec
une ouverture suffisante pour permettre de retourner le
ballon et même d'y pénétrer pour le visiter, lorsqu'il est
gonflé à l'air, ce qui oblige à lui donner un diamètre
un peu plus grand que celui de l'appendice. La manche
est cylindrique, terminée à sa partie supérieure par un
cône très court, se raccordant à l'orifice du ballon. La

jonction se fait au moyen d'un double *cercle d'appendice* en bois dur. Chacune des parties en étoffe qu'il s'agit de réunir est pourvue d'une collerette qui s'engage entre les deux cerceaux ; on opère alors un serrage énergique au moyen d'un lacet passé alternativement autour des boutons vissés sur la périphérie des deux

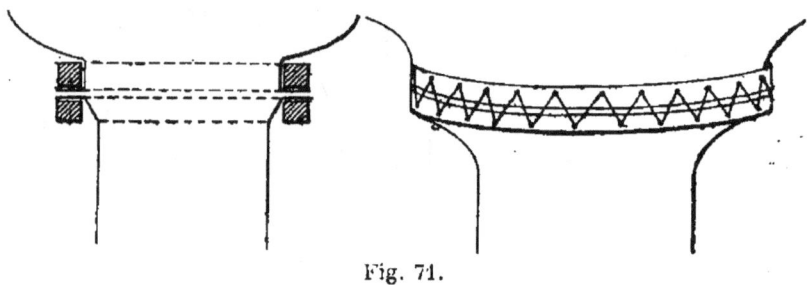

Fig. 71.

cerceaux, à la manière du serrage d'une caisse de **tambour**.

Manche de ballon captif. — Les ballons captifs ne sont point placés dans des conditions aussi favorables que les ballons libres. Tandis que ceux-ci font en quelque sorte partie du milieu et obéissent passivement aux mouvements de l'atmosphère, ce qui a fait dire qu'il n'y avait pas de vent pour eux, les ballons captifs, au contraire, ont à subir l'assaut des rafales qui, s'attaquant violemment à une partie de l'enveloppe, la refoulent, creusent des poches, diminuent brusquement le volume intérieur et provoquent ainsi l'expulsion sans cesse renouvelée de nouvelles quantités de gaz.

Pour atténuer cet inconvénient, il convient d'augmenter la pression intérieure, et l'on sait qu'on y parvient en allongeant la manche d'appendice. La pression apparente à la soupape est alors $p_m = A(D + h)$, si h est la longueur de la manche.

On ne saurait donner de règle absolue pour cet allongement; car on ne peut avoir la prétention de lutter contre les rafales, quelle que soit leur violence. On serait d'ailleurs vite arrêté dans cette voie par les limites de résistance de l'étoffe.

Tout ce que l'on peut dire, c'est qu'étant donnée la longueur de la manche destinée aux ascensions libres, il convient de la doubler lorsque l'aérostat est équipé à l'état captif. C'est ainsi que, pour les ballons normaux des parcs militaires, en France, la manche du ballon libre a 1 m. 50, et qu'on lui donne 3 mètres dans le même ballon à l'état captif.

Clapet de sûreté. — Souvent on préfère assurer au gaz la tension intérieure convenable par un autre procédé permettant de réduire la longueur de la manche à sa plus simple expression; il suffit de monter sur l'orifice un clapet circulaire automatique, maintenu par des ressorts qui cèdent lorsque la pression intérieure, au niveau de l'appendice, dépasse la limite qu'on s'est fixée et qui, généralement, correspond à une colonne d'eau de 2 à 3 centimètres.

Il n'est pas douteux que cette méthode donne d'excellents résultats; toutefois, elle exige une surveillance attentive et un fonctionnement assuré du clapet. On conçoit donc que, pour des aérostats militaires, la simple manche toujours ouverte offre une garantie qui n'est pas négligeable.

CHAPITRE XVIII

CORDAGES, SUSPENSION ET AGRÈS

§ I. — *Cordages.*

Des cordages. — L'élément de la corderie est le fil de caret, obtenu en filature. L'opération du *comet-tage* consiste à tordre ensemble plusieurs fils de caret pour en former un toron. En tordant ensemble plusieurs torons, on obtient une *aussière;* et enfin le comettage de plusieurs aussières forme un *grelin.*

Charge de rupture. — La sécurité des passagers qui se confient à la nacelle d'un ballon dépend avant tout de la solidité des cordages et agrès qui rattachent cette nacelle au flotteur.

Sans entrer dans une description des différents genres de cordages, il importe donc ici de se rendre compte de la résistance à la traction dont ces cordages sont susceptibles.

On nomme *charge de rupture* le poids qu'il est nécessaire de suspendre à un cordage pour en provoquer la
rupture. Or cette charge de rupture dépend, pour deux
cordages confectionnés d'une manière identique. de la
nature des fibres employées et de la grosseur du cordage ou, pour parler avec plus de précision, de son
poids par mètre. Pour deux cordages de même fabrication et de même poids. la charge de rupture ne
dépend que de la qualité de la matière employée. Cette
charge de rupture pouvant être considérée comme
représentant, en définitive, la *solidité du cordage*, on
peut dire que la solidité, suivant la substance, sera
proportionnelle au quotient de la charge de rupture
par le poids :

$$\sigma = \frac{R}{p}.$$

Le rapport σ est désigné sous le nom de *coefficient
de résistance*.

Ce coefficient diminue lorsque la torsion augmente.
car celle-ci a pour effet : 1° de raccourcir le cordage
et par conséquent d'augmenter son poids par mètre.
qui entre en dénominateur dans l'expression ci-dessus ;
2° d'augmenter l'obliquité des torons par rapport à
l'axe du cordage, et par conséquent de faire travailler
celui-ci dans de moins bonnes conditions ; la charge
de rupture se trouve ainsi diminuée.

Quel que soit le mode de torsion adopté, il importe
que tous les fils soient également tendus et solidaires.
La torsion a pour but d'obtenir ce résultat ; mais dès
qu'il est réalisé. une torsion plus considérable ne pourrait être que nuisible.

Pour les gros cordages, la torsion nécessaire est plus

considérable que pour les petits; aussi les coefficients de résistance sont-ils, toutes choses égales d'ailleurs, d'autant plus faibles que les cordages sont plus gros.

Les cordages à âme droite ont des coefficients moins élevés que les autres, l'âme longitudinale ne travaillant pas en même temps que les torons.

Les cordages employés en aérostation doivent être choisis avec un soin particulier et éprouvés à la rupture au moyen d'une machine spéciale. Le dynamomètre Perreaux suffit pour les petits cordages. Le colonel Renard a imaginé et construit, pour l'essai des cordages, une machine dynamométrique d'une grande précision, qui est employée dans la marine pour l'essai des câbles, de quelque grosseur qu'ils soient.

Cette machine est basée sur l'emploi du vide pratiqué en dessous d'un piston sans frottement, dit à *joint annulaire*. Un clapet à mercure immobilise, après la rupture de l'éprouvette, la colonne manométrique qui, sans cette précaution, serait ramenée brusquement dans l'appareil. Grâce à cette immobilisation, la tension exacte au moment de la rupture se trouve enregistrée et peut être lue à loisir[1].

D'après les expériences de Chalais, les divers textiles employés pour la corderie aérostatique ont respectivement les résistances ci-après, rapportées à celle du coton prise comme unité:

Résistance du coton. 1,0
— du chanvre. 1,3
— de la ramie. 1,5
— de la soie. . . . . 1,8 à 1,9

[1] Nous empruntons une partie de ce chapitre à une instruction lithographiée et inédite du commandant Paul Renard.

Classification. — Les cordages usités en aérostation sont partagés par ordre de grandeur croissante en cinq classes, savoir : les *cordonnets*, les *ficelles*, les *cordeaux*, les *cordes*, les *câbles*. Chaque classe comprend elle-même cinq numéros différents, dont le plus petit est le numéro 1, et le plus gros le numéro 5.

On a ainsi une classification de 25 espèces de cordages différents, dont la grosseur croît régulièrement.

Rapport des poids. — Entre deux cordages consécutifs de la série, il y a un rapport constant. Pour deux cordages de même numéro dans deux classes successives, ce rapport est 10, et par suite le rapport des poids par mètre d'un cordage quelconque et de celui qui le précède est $10^{\frac{1}{5}}$. Ce nombre est sensiblement égal à 1,6.

Si l'on admet, ce qui est à peu près conforme à la réalité, que le poids spécifique d'un cordage ne varie pas avec sa grosseur, les diamètres varieront proportionnellement à la racine carrée de leurs poids par mètre.

Pour deux cordages de même numéro et de classes successives, le rapport des diamètres est ainsi :

$$\delta = 10^{\frac{1}{2}} = 3,162 \text{ environ},$$

et pour deux cordages consécutifs :

$$\delta' = 10^{\frac{1}{10}},$$

ou $$\qquad \delta' = \sqrt{1,6} = 1,265.$$

Dans la classification adoptée par l'établissement de **Chalais**, on a pris comme point de départ le poids de la ficelle n° 1 qui, pour les cordages en coton, a été fixée arbitralement à 1 gramme par mètre. Le diamètre correspondant est 1 mm. 2 pour le coton.

Afin que tous les cordages de même numéro, quelle que soit leur substance, puissent s'associer aux mêmes organes accessoires (cosses, cabillots, etc.), on a adopté pour principe de donner toujours à la ficelle n° 1 le même diamètre, pour toutes ces substances; il en résulte les poids suivants par mètre :

Ficelle n° 1, diamètre 1 millimètre :

$$
\begin{array}{ll}
\text{Coton,} & p = 1^{gr}, \\
\text{Chanvre,} & p = 1^{gr},25, \\
\text{Soie,} & p = 1^{gr}.
\end{array}
$$

Ces chiffres suffiraient à établir les poids de toute la série.

On a d'ailleurs proscrit, chaque fois que le cordage doit offrir une certaine résistance, l'emploi des cordages à âme, ceux à torsion simple, les grelins grelinés ou les câblages multiples d'un ordre plus élevé.

Les seuls cordages employés sont ainsi :

Les *câblages simples*, pour les cordonnets, les ficelles et quelques cordeaux; les *grelins*, pour les cordeaux en général, et les *câbles*.

Le nombre des torons est généralement fixé à trois, avec quelques exceptions. Le poids par mètre est toujours la caractéristique fondamentale qui sert à déterminer la classe et le numéro d'un cordage.

Protection des cordages. — Comme pour les étoffes, on peut augmenter l'inaltérabilité des cordages en chanvre en les imprégnant de substances diverses,

dont les plus employées sont le goudron ou ses dérivés; mais c'est toujours au détriment de la solidité et
de la souplesse.

Câbles en acier. — Enfin, on tend de plus en
plus à faire usage de câbles en acier pour les cordages
qui ne sont pas en contact direct avec l'enveloppe : les
suspentes et les câbles de retenue des ballons captifs.
Ces câbles, en effet, permettent d'atteindre des résistances considérables, avec de très faibles diamètres et
des poids relativement minimes.

§ 2. — *Organes accessoires des agrès.*

Pour réunir les cordages entre eux, on fait usage
d'organes accessoires, parmi lesquels nous nous contenterons d'indiquer les cabillots et les cosses.

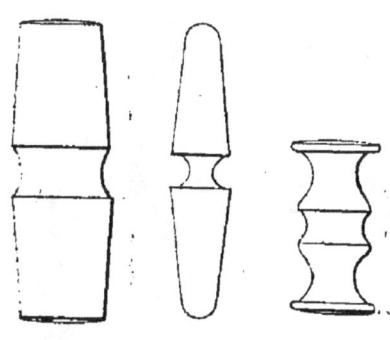

Cabillots. — Les *cabillots* (fig. 72) sont des bar-
rettes en buis fixées à l'extrémité d'un cordage, et qu'on
peut engager dans une boucle
formée à l'extrémité d'un
autre cordage. Les cabillots
servent ainsi à réaliser la
réunion rapide et simple
de deux cordages.

Fig. 72. — Cabillots.

Nos figures indiquent leur mode d'emploi. Autour
de la gorge du cabillot, le cordage s'enroule, et les

deux brins sont fixés l'un sur l'autre au moyen d'un transfil *m*.

Le cordage auquel il s'agit de s'attacher par le moyen du cabillot se termine par une boucle épissée *n* (B), l'épissure étant consolidée par un transfil (*m*) qui peut s'étendre sur toute la longueur de la boucle D.

Quelquefois la corde qui doit se fixer au cabillot est terminée par deux boucles (D) qui viennent alors coiffer les deux extrémités du cabillot (E). Les deux bouts de câble, grâce à la symétrie, sont ainsi exactement dans le prolongement l'un de l'autre, condition favorable à une bonne résistance.

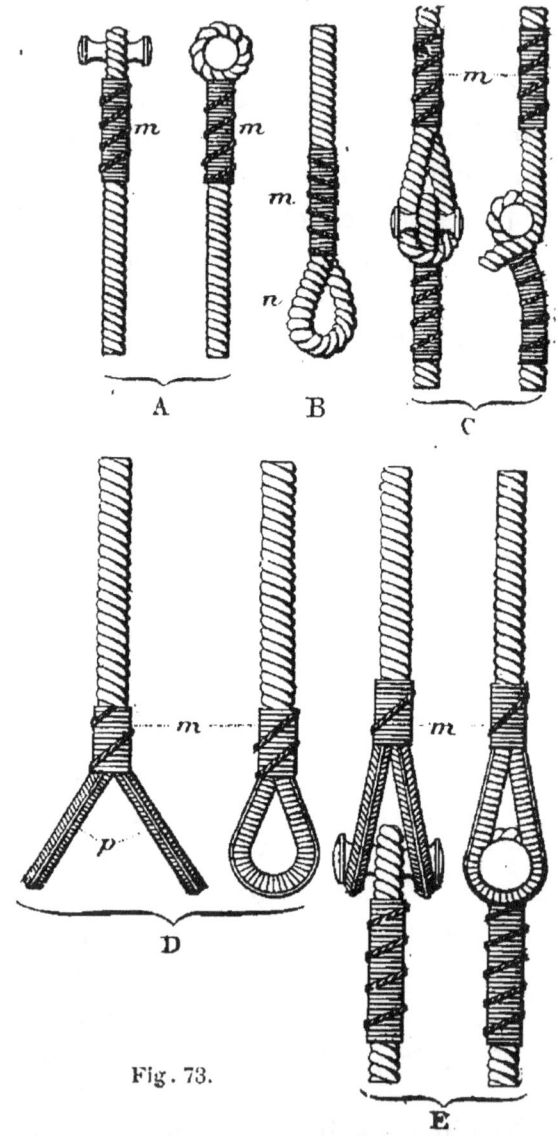

Fig. 73.

Enfin, on peut aussi placer des cabillots de distance en distance sur la longueur d'une corde de manœuvre, pour donner plus de prise. Ce sont alors de simples bâtonnets que l'on engage entre les torons, en consolidant ensuite l'assemblage au moyen de transfils (fig. 74).

Il existe pour

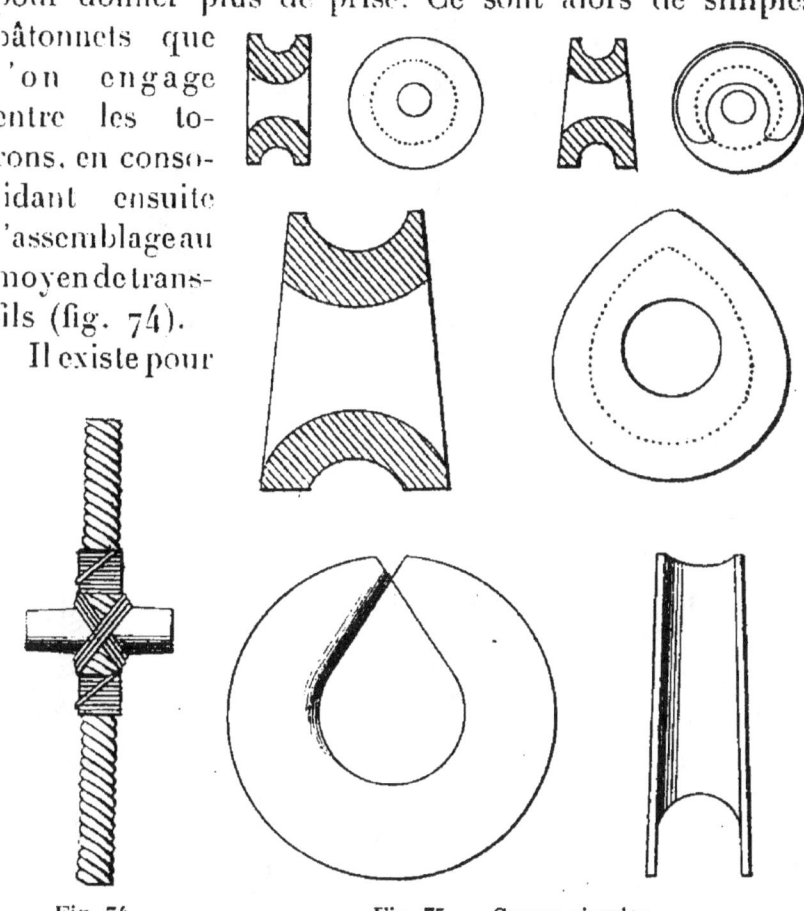

Fig. 74.   Fig. 75. — Cosses simples.

les cabillots des séries qui correspondent à celles des cordages, de manière à ce que les dimensions soient en rapport.

Cosses. — Une *cosse* (fig. 75) est une pièce en

bois ou en métal, percée d'un œil et munie d'une
gorge sur son pour-
tour (fig. 76). Au-
tour de cette gorge
on fixe l'extrémité
d'un cordage, au
moyen d'un trans-
fil. Ainsi disposée,
on peut passer dans
l'œil de la cosse un
autre cordage qui
est ainsi susceptible
d'y glisser à peu
près librement, de
manière que la ten-
sion s'égalise entre les deux parties.

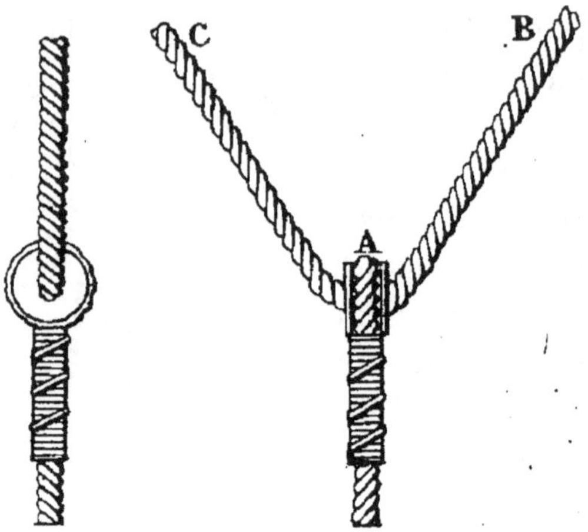

Fig. 76. — Cosses doubles.

La *cosse double*
(fig. 77) ne diffère
de la cosse simple
que parce que,
au lieu d'un œil
unique, il y en a
deux. Une cosse
double sert à re-
lier l'extrémité
du cordage qui
en est muni à un
point quelconque
d'un second cor-
dage, de manière
que l'on peut

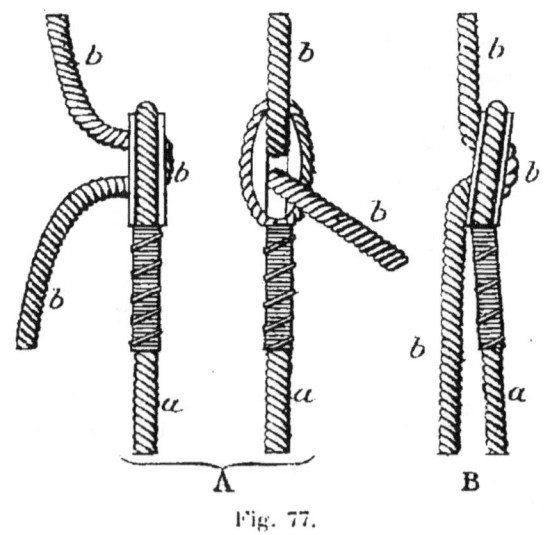

Fig. 77.

choisir ce point à volonté et faire glisser le second

cordage *tant qu'il est lâche* (A), le serrage s'effectuant

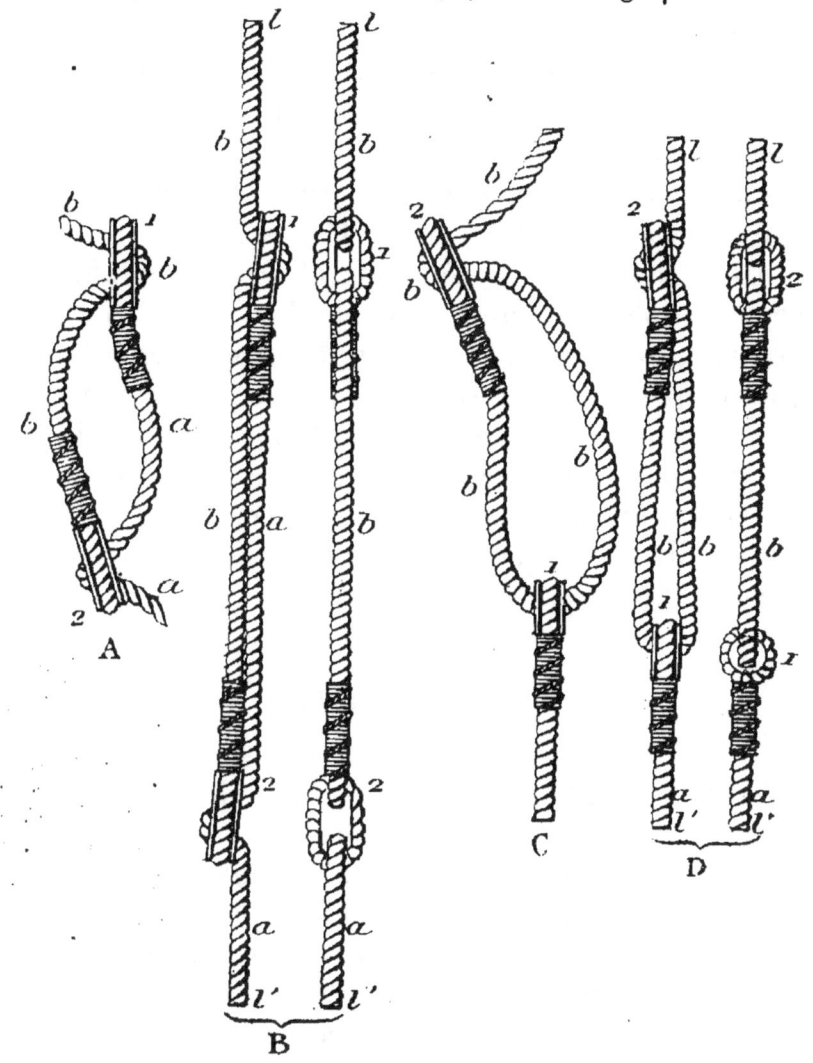

Fig. 78.

aussitôt qu'il est tendu, et l'attache restant invariable alors (B), comme le montrent les figures.

Les cosses doubles sont surtout employées pour permettre de régler à volonté la longueur d'une corde : une suspente, par exemple.

Le premier système (A et B. fig. 78) nécessite l'emploi de deux cosses doubles ; le brin *a* qui entoure la cosse 1 passe dans les œils de la cosse 2 du second cordage. Réciproquement, ce second cordage *b*, qui embrasse la cosse 2, traverse la cosse 1.

Dans le second système (C et D), on emploie une cosse simple 1 et une cosse double 2 : le brin *a* embrasse la cosse simple, le brin *b* qui embrasse la cosse double passe dans l'œil de la cosse simple où il se réfléchit, puis, successivement, dans chaque œil de la cosse double. On comprend facilement, à l'inspection de la figure, qu'il suffit de déplacer la cosse double pour faire varier la longueur *l* de la pièce ; on n'a donc qu'une cosse à déplacer au lieu de deux.

§ 3. — *Du filet.*

Disposition générale. — Dans les ballons sphériques habituels, la suspension de la nacelle est assurée par l'intermédiaire d'un filet recouvrant l'enveloppe jusqu'à un parallèle de contact situé un peu au-dessous de l'équateur, et qui s'en sépare alors pour prendre une forme tronconique jusqu'au *cercle de filet*, ou *cercle de charge,* auquel s'attachent les cordes de suspension.

Le filet n'a pas pour but unique de relier la nacelle au ballon ; il sert également à répartir les efforts provenant de la charge sur une surface aussi grande que possible de l'enveloppe.

En raison même de la grandeur des mailles, le filet

est essentiellement déformable, et l'on conçoit qu'on peut obtenir une forme déterminée de bien des manières différentes.

Règles de sa construction. — Dans le service militaire de l'aérostation, on s'impose les règles suivantes :

1° Les mailles ont la forme d'un losange ou très voisine d'un losange ; 2° la grande diagonale de chaque maille est dirigée suivant un méridien, et la petite suivant un parallèle ; 3° les deux diagonales sont dans un rapport constant ; ce rapport est fixé à 2 ; 4° il y a un même nombre de mailles dans chaque zone parallèle, en sorte que la longueur des mailles va en augmentant d'une manière continue depuis le pôle jusqu'à l'équateur ; 5° le nombre des mailles est choisi de telle sorte que les longueurs de maille soient toujours inférieures à 0 m. 300, et ce nombre est toujours un multiple de celui des cordes terminales ou suspentes qui s'attachent au cercle de charge.

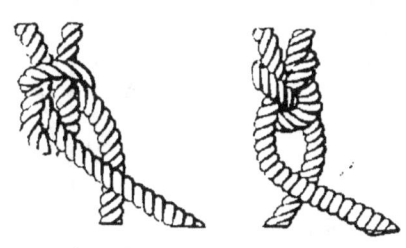

Fig. 79. — Nœuds de filets.

Il résulte de la troisième règle que les fils limitant les mailles coupent les méridiens sous un angle constant ; si l'on suit ces fils dans une même direction, on décrit donc sur la sphère une courbe connue sous le nom de *loxodromie*.

Pattes-d'oie. — Les mailles ne vont pas jusqu'à l'extrémité du cône inférieur, où elles seraient trop allongées. Sur le cercle de filet sont d'abord attachées des cordes ou *suspentes* dirigées suivant les génératrices

du cône. Chaque suspente correspond à un certain
nombre de mailles du filet, avec lesquelles on la réunit
par un système de fils divergents formant ce qu'on
appelle une *patte-d'oie*, composée d'un ou plusieurs
rangs de mailles de plus en plus nombreuses. Pour
que la répartition des efforts se fasse régulièrement entre

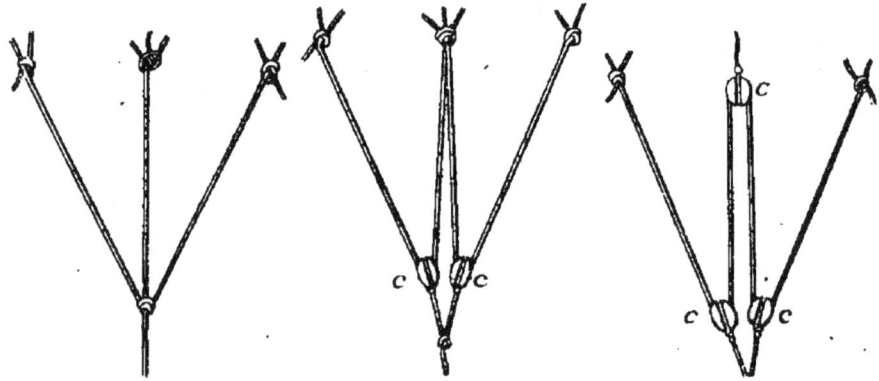

Fig. 80. — Pattes-d'oie.

ces divers cordages, il est bon que leur longueur relative puisse varier légèrement, ce qu'on obtient en
reliant la suspente aux premiers fils de la patte d'oie
au moyen de *cosses* sur lesquelles ces fils peuvent
glisser.

Pour tracer la patte-d'oie, on supposera la partie du
cône correspondant étalée sur un plan. Le premier
parallèle, où les mailles du filet se trouvent au complet,
se développe suivant un arc de cercle AB (fig. 81), sur
lequel les points de division, 1, 2, 3 ... marquent les
nœuds des mailles du filet.

On mène les rayons par les nœuds pairs, et sur ces
rayons on prend des longueurs égales

$$2b_2 = 4b_4 = \dots$$

Les points $b_2 b_4 b_6$ ..... sont ainsi sur une même circonférence concentrique à la première. On les relie alors par des cordons aux nœuds impairs du filet, ce qui donne une première zone de mailles.

On en construit une seconde, en prolongeant les brins $1.b_2$, $4.b_4$, $6.b_6$, et ainsi de suite. D'ailleurs,

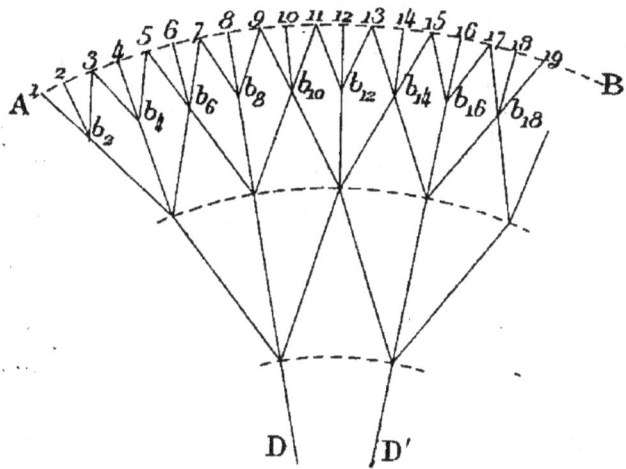

Fig. 81. — Tracé des pattes-d'oie.

d'après la construction même, le nombre des mailles va en diminuant de moitié.

On formera de même une troisième zone, où le nombre de nœuds correspondant à l'arc considéré sera réduit à 2 ; à partir de ces nœuds, on prolongera les rayons 8 et 16 qui constitueront les suspentes D et D'.

Dans les filets destinés aux ballons de 540 mètres cubes (diamètre : 10 mètres), la hauteur $2.b_2$ est égale à la largeur 1.3, c'est-à-dire au double de la largeur de maille de départ. Les angles des brins avec les génératrices du cône sont donc constants et égaux aux angles des mailles du filet sur les méridiens.

Étoile. — En ce qui concerne le raccord du filet avec le cercle de soupape, à partir d'une certaine distance du pôle, on réunit deux à deux les brins issus de chaque nœud de filet, et ces deux brins sont dirigés suivant les méridiens jusqu'à la couronne en cordage transfilé qui entoure la soupape.

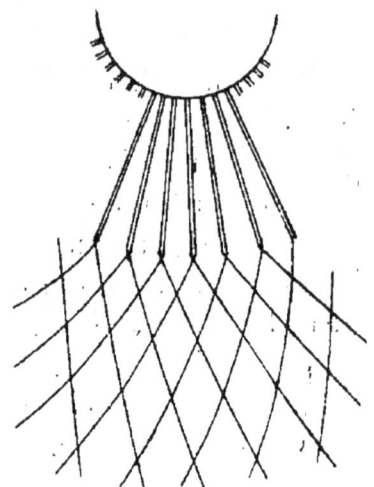

C'est ce qu'on appelle l'étoile du filet. Elle se termine à une couronne en cordages transfilés, qui entoure la soupape.

Fig. 82. — Étoile de filet.

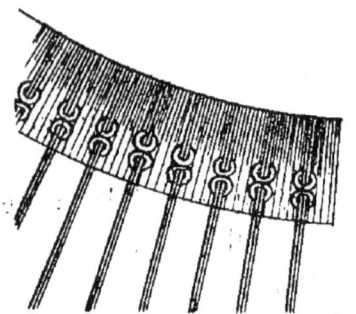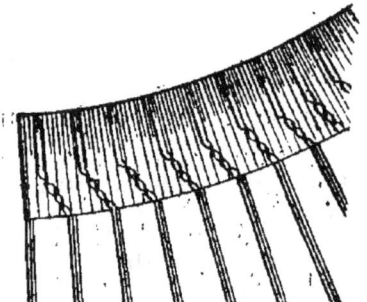

Fig. 83. — Couronne de soupape.

Pattes-d'oie équatoriales. — On dispose souvent une nappe de pattes-d'oie rattachées au filet le long de l'équateur, pour y fixer des cordes pendant librement et destinées à la manœuvre. C'est par ces cordes de manœuvre (dites *cordes équatoriales*) qu'on pourra maintenir le ballon, effectuer le transport à bras, et le

camper près de terre, en attachant ces cordes à des
piquets ou en y suspendant des sacs de lest en nombre
suffisant.

Les efforts sur les différents brins varient avec la
hauteur où la maille se trouve sur le méridien. Si l'on
désigne par α l'angle de latitude, la tension varie à peu
près proportionnellement à $\cos \alpha$. Si l'on voulait avoir
un filet d'égale résistance, le nombre de mailles étant
constant, il conviendrait donc de faire varier la grosseur
des fils suivant la région et suivant la même loi. C'est
ce qui est réalisé dans les ballons réglementaires français.

En outre, pour éviter l'usure que les frottements
provoquent sur l'enveloppe, les filets de ces ballons
sont en cordages de coton, plus souples et plus doux
que les cordages en chanvre. Le poids d'un filet pour
ballon de 540 mètres est de 25 k. 500.

Calcul des filets. — Le filet, en définitive, se
compose d'une partie sphérique et, à partir du cercle
de contact, d'une partie conique.

L'effort d'ensemble Q sur le filet est évidemment
représenté par la force ascensionnelle totale du gaz,
diminuée du poids de l'enveloppe.

Dans le cas d'un ballon captif, il y aurait lieu d'y
ajouter la traction exercée par le câble sous l'effort du
vent.

Connaissant l'effort d'ensemble Q, on en déduit les
tensions qui en résultent dans chaque élément du filet,
dont on détermine la force en adoptant un coefficient
de sécurité de 20.

On réduit ce coefficient à 15 pour les cordages qui
ne servent qu'à maintenir le ballon à terre et à la ma-

nœuvre. Ce sont, par exemple, dans les ballons français, les cordes que l'on fait pendre de l'équateur dans ce but, et que l'on nomme précisément les cordes équatoriales.

Suspentes. — Le nombre des suspentes qui partent du cercle et s'attachent aux pattes-d'oie étant n, il est évident que chacun de ces cordages supportera une traction :

$F = \dfrac{Q}{n \cos \beta}$, β étant le demi-angle au sommet du cône. Cet angle est généralement $\beta = 36°,2'$, ce qui donne une tension $F = 1,23\dfrac{Q}{n}$.

Pattes-d'oie. — De même, dans chaque zone de pattes-d'oie, on pourra aisément calculer la tension des brins à chaque nœud. Il suffirait, connaissant la tension méridienne F transmise par la suspente, de décomposer cette tension suivant les deux directions des fils de patte-d'oie, s'il n'y en a que deux.

Lorsque la maille de patte-d'oie comporte quatre brins (fig. 84), l'angle γ des brins obliques avec les brins médians étant connu, et tel, dans la plupart des filets,

que $\operatorname{tg} \gamma = \dfrac{1}{2}$, la tension f des brins obliques sera telle que l'on ait : $2f \cos \gamma = F$;

d'où : $$f = \frac{1}{2} \frac{F}{\cos \gamma} = 0,56F.$$

Dans les mailles suivantes, l'angle formé par les brins sur la méridienne reste constant. Il en est de même pour toutes les zones du filet.

Par conséquent, la tension est dans le même rapport que le nombre successif des brins, dans toute la partie conique.

Si l'on considère d'ailleurs une maille de patte-d'oie à double cosse (fig. 85), où les brins médians sont légèrement divergents et font un angle 2θ avec les

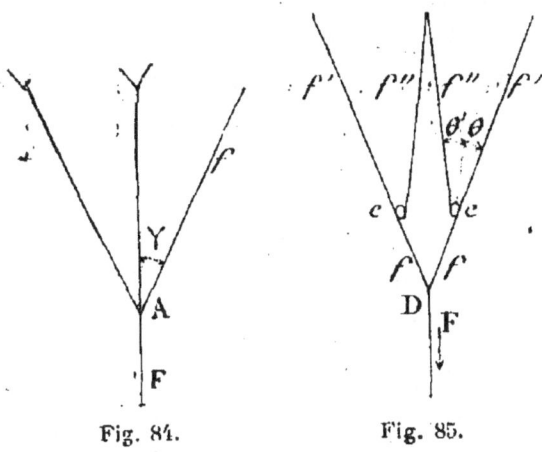

Fig. 84.   Fig. 85.

brins principaux, à chaque cosse e est appliquée une tension f provenant de l'estrope De et qui se décompose elle-même en deux tensions. La tension sur le brin principal est f', et l'on admet qu'à cause du glissement imparfait sur la cosse, la tension sur le brin médian n'est plus que $0{,}60f'$.

On a donc :

$$f = (f' + 0{,}6f')\cos\theta\,;$$

d'où :

$$f = \frac{f}{1{,}6\cos\theta}.$$

Généralement, dans les ballons français, on a :

$$\frac{1}{1{,}6\cos\theta} = \frac{2}{3},$$

et, par suite :

$$f = \frac{2}{3}f = \frac{1}{3}\mathrm{F}.$$

Mailles de la partie sphérique. — Enfin la tension des brins du filet dans la partie sphérique est un peu plus compliquée par suite de l'intervention de la tension intérieure.

Désignons par T''_x et T''_y respectivement la tension par mètre courant suivant le méridien et suivant le parallèle.

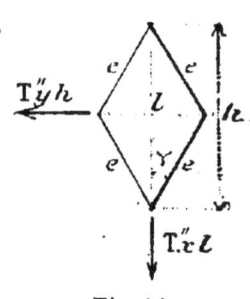

Fig. 86.

La hauteur de maille étant h et la largeur l, les tensions méridiennes et transversales correspondantes sont $T''_x l$ et $T''_y h$, et l'on a :

$$2e \cos \gamma = T''_x l. \qquad (1)$$

Si le nombre de mailles de la zone est n sur le parallèle de rayon r, on a : $l = \dfrac{2\pi r}{n}$, ce qui donne dans la relation précédente :

$$2e \cos \gamma = T''_x \frac{2\pi r}{n},$$

ou

$$e = \frac{\pi}{n \cos \gamma} \times T''_x \times r. \qquad (2)$$

Habituellement $\dfrac{\pi}{n \cos \gamma}$ est une constante; l'effort e est alors proportionnel au produit $T''_x r$.

De même l'effort transversal donne :

$$2e \sin \gamma = T''_y h. \qquad (3)$$

D'où l'on tire, en divisant (1) et (3) membre à membre :

$$\operatorname{tg} \gamma = \frac{T''_y}{T''_x} \frac{h}{l},$$

ou
$$\frac{T''_{\prime\prime}}{T''_x} = \frac{l}{h}\, \mathrm{tg}\, \gamma.$$

Or $\dfrac{l}{h} = \mathrm{tg}\,\gamma$; il vient donc, en définitive :

$$\frac{T''_{\prime\prime}}{T''_x} = \mathrm{tg}^2\,\gamma.$$

On prend souvent $\mathrm{tg}\,\gamma = \dfrac{1}{2}$, donc le rapport des

tensions dans les deux sens est : $\dfrac{T''_{\prime\prime}}{T''_{\prime\prime}} = \dfrac{1}{4}$.

§ 4. — *Suspension, cercle et suspentes.*

Le *cercle de charge* interposé entre le ballon et la suspension proprement dite de la nacelle a pour diamètre environ $\dfrac{1}{10}$ de celui du ballon. Il est en bois courbé ou en métal creux. C'est à ce cercle que s'attachent les suspentes de nacelle.

La plupart des aéronautes se contentent de tendre ces suspentes directement entre le cercle et le cadre rectangulaire de la nacelle. Ce genre de suspension forme ainsi des mailles trapézoïdales, susceptibles de déformation, ce qui n'est pas sans inconvénients lorsque le ballon s'incline. En outre, les moindres mouvements des aéronautes dans la nacelle produisent des déplacements de tout le système et reportent les charges sur les uns ou sur les autres des cordages, qui supportent ainsi des efforts variables et anormaux (fig. 87).

Les aéronautes soucieux d'assurer à leur nacelle une grande stabilité, en même temps qu'une égale réparti-

tion des efforts, doivent, en s'inspirant des principes
posés par Dupuy de Lôme et le colonel Renard, croisil-

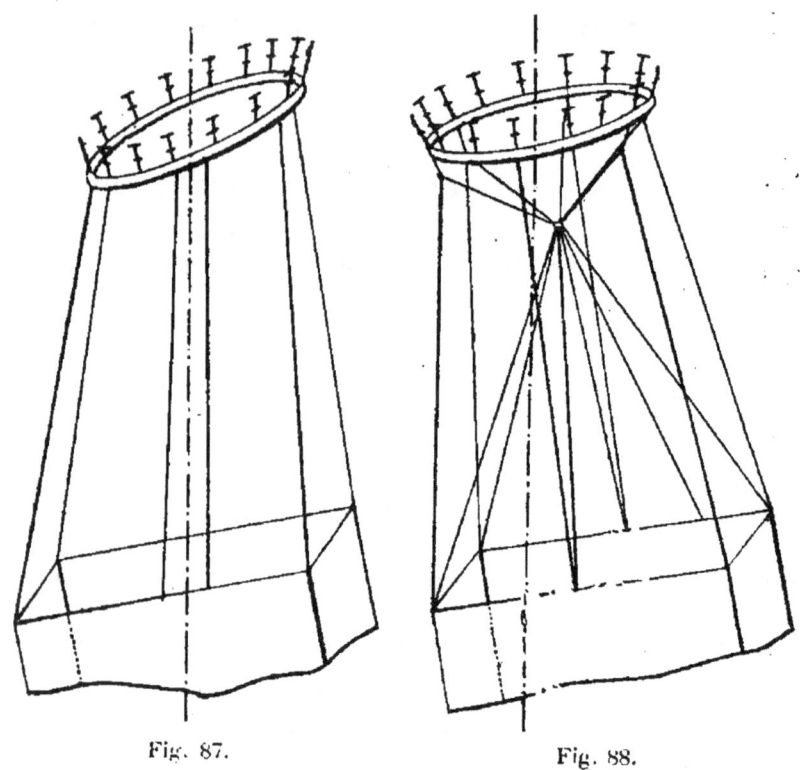

Fig. 87.   Fig. 88.

lonner la suspension au moyen de balancines obliques
(fig. 89).

Suspension à balancines. — C'est dans cet
ordre d'idées qu'a été organisée, pour ballons libres,
la suspension à balancines du colonel Renard, dont
nous donnons un croquis (fig. 89).

Les balancines F se réunissent en un nœud commun E situé entre la nacelle et le cercle, qui se trouvent

ainsi complètement solidaires. Si l'axe général de l'aérostat s'incline, la nacelle est entraînée hors de la

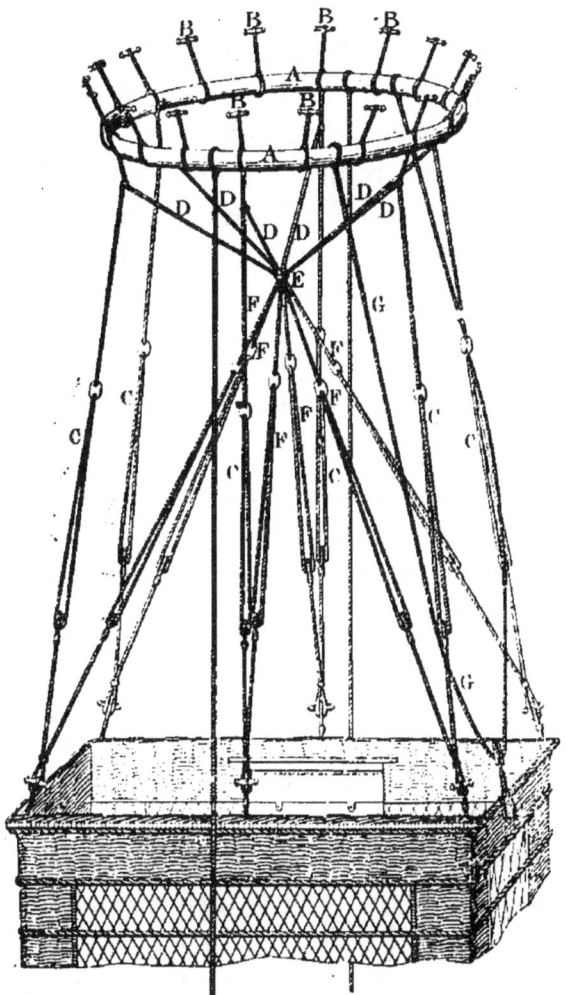

verticale, et son
poids provoque
un couple de
rappel puissant.

L'inconvé-
nient de ce dis-
positif, c'est que
l'espace au-des-
sus de la tête
des aéronautes
paraît encom-
bré de cordages,
ce qui peut faire
craindre qu'on
y soit gêné,
crainte qui n'est
pas justifiée
d'ailleurs.

C'est néan-
moins la raison
sans doute pour
laquelle ce genre
de suspension
ne s'est pas gé-
néralisé.

Fig. 89. — Suspension Renard pour ascension libre.

Il convient,
en tout cas, d'a-
dopter un dispositif qui permette de régler la longueur
des suspentes de manière qu'elles soient également ten-
dues. On y parvient en repliant chaque cordage et en

l'attachant sur lui-même au moyen d'une *cosse* de réglage dans laquelle il est possible de le faire glisser à volonté (V. § 2).

De même, les attaches, soit des suspentes à la nacelle, soit du cercle aux suspentes de filet, doivent être faciles et sûres. On les fait au moyen de *cabillots*, en bois, terminant l'un des cordages à réunir, et s'engageant dans une boucle épissée à l'extrémité de l'autre cordage. Pour plus de garantie, on ligature souvent le cabillot et la boucle avec une petite ficelle.

§ 5. — *La nacelle*.

La nacelle est en osier, aussi légère que possible. Elle affecte un plan rectangulaire, avec des parois verticales. On arrondit les angles verticaux. Parfois même on arrondit également les angles du plan de base, de telle sorte que la nacelle repose sur le sol par un rectangle plus petit que son cadre supérieur. C'est une disposition défectueuse. Il est préférable de donner à la nacelle, sans cesse sollicitée obliquement par les mouvements du ballon et qui tend à se renverser, une assiette aussi large que possible, qui contribue à la maintenir sur sa base pendant les péripéties de l'atterrissage.

Pour les nacelles de grandes dimensions, on renforce le bord supérieur au moyen d'un cadre en tube métallique. M. Surcouf a également imaginé de disposer, à une certaine distance entre la nacelle et le cercle, un cadre rectangulaire en fer creux, soigneusement étrésillonné pour éviter les déformations. Cet organe intermédiaire a sensiblement les mêmes dimensions que la nacelle; les suspentes descendent donc dans des plans verticaux et ne gênent aucunement les aéronautes, comme il arrive dans les suspensions ordinaires où, dès leur point d'attache à la nacelle, les suspentes vont en convergeant vers le cercle.

Enfin, pour assurer au plancher de la nacelle une complète solidité sans lui donner un poids exagéré, il est bon de disposer deux cordages croisés enveloppant la nacelle dans les plans diagonaux; ces cordages, par conséquent, soutiennent le plancher suivant ses diagonales, se relèvent pour suivre les arêtes verticales et se terminent, à hauteur du bord de la nacelle, par des cabillots sur lesquels s'attachent des suspentes.

Les grandes nacelles, où l'on dispose d'une place suffisante, peuvent recevoir des coffres servant à la fois à s'asseoir et à arrimer le lest, ainsi que le matériel qu'on est obligé d'emporter. Dans les nacelles plus petites, on se contente de disposer dans les angles des gaines en osier servant de soutes à matériel. On tapisse souvent enfin l'intérieur de la nacelle d'une étoffe quelconque, pour empêcher l'air de passer à travers la vannerie.

§ 6. — *Des agrès complémentaires.*

Pour compléter le matériel nécessaire à une ascension, en dehors des instruments proprement dits (baromètres anéroïdes et enregistreurs, thermomètres, etc.), on doit munir le ballon de sacs de lest en nombre suffisant, d'un guipe-rope et des appareils d'arrêt (ancre, cône-ancre, etc.).

Le *lest* est formé de sable fin que l'on enferme dans des sacs en toile. Souvent les aéronautes se servent de sacs de 20 k. assez peu maniables. Il semble préférable d'adopter le sac de 10 k., comme dans la pratique militaire française. Les sacs sont arrimés soit dans la nacelle, soit sur les parois extérieures, où ils sont suspendus par les crochets qui terminent des cordons passant dans des œillets percés sur le bord des sacs. Pour les ascensions à grande hauteur, où les pilotes doivent éviter toute fatigue inutile, on a imaginé des attaches spéciales qu'une faible pression du doigt suffit à déclencher.

La quantité de lest nécessaire à une ascension dépend du volume de l'aérostat et de la nature du gaz de gonflement. Elle se compose de deux parties : le *lest de manœuvre* et la *réserve d'atterrissage*. Nous avons indiqué quelle doit être cette dernière (ch. VI). Comme en réalité la quantité totale est limitée par la force ascensionnelle dont on dispose, le lest de manœuvre n'est pas absolument à la disposition de l'aéronaute.

Ancre. — L'ancre est un des organes les plus imparfaits du matériel aérostatique, et c'est sans doute pour cela que beaucoup d'aéronautes, à l'étranger surtout, renoncent à s'en servir et préfèrent atterrir en faisant toujours usage du panneau de déchirure qui, en dégonflant presque instantanément le ballon, évite complètement le traînage. La suppression de l'ancre constitue alors un allègement considérable du ballon.

L'ancre, en tout cas, a dû paraître aux premiers navigateurs aériens comme un organe aussi indispensable en aéronautique qu'en navigation aquatique. On a tenté tout d'abord d'employer pour la première, l'appareil qui réussit si bien pour la seconde ; mais on s'est

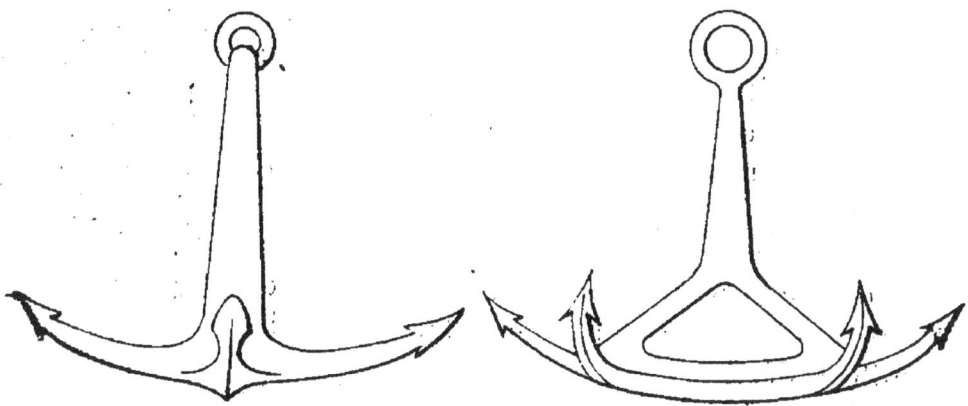

Fig. 90. — Grappin à 4 pattes.   Fig. 91. — Ancre à 6 pattes.

aperçu que ce qui convenait parfaitement à l'un convenait médiocrement à l'autre. Ce qui caractérise la navigation aquatique, c'est que le bateau est à un niveau

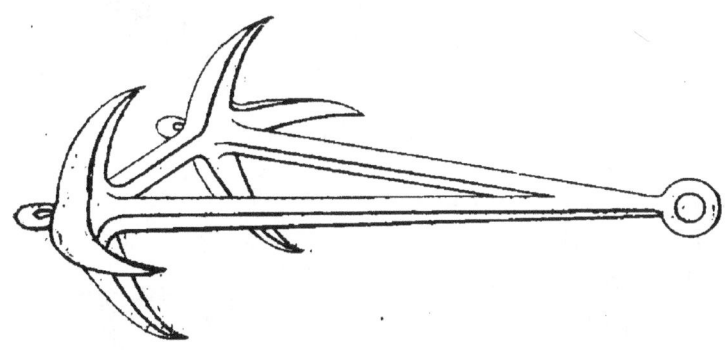

Fig. 92. — Ancre Hervé.

constant. Aussitôt que l'ancre a mordu, la chaîne de longueur déterminée reste constamment inclinée sous le même angle, tandis qu'un ballon, tout à coup délesté du poids de son ancre, monte aussitôt, ramenant sur la verticale le câble qui, lui-même, redresse l'ancre ; c'est précisément la manœuvre du navire qui se met à pic pour déraper.

Le modèle de l'ancre marine étant insuffisant, on a cherché à le modifier.

Nous donnons des croquis du grappin à six pattes de Gabriel Yon et des modèles des ancres particulièrement bien comprises de M. H. Hervé.

Dans le même but. le colonel Renard a doté le matériel militaire d'aérostation d'une ancre-herse basée sur un principe tout différent. C'est une chaîne articulée. portant, de part et d'autre de chaque traverse d'articulation, des pattes d'ancre. De quelque façon qu'elle tombe à terre, elle y mord par un grand nombre de points. Le délestage

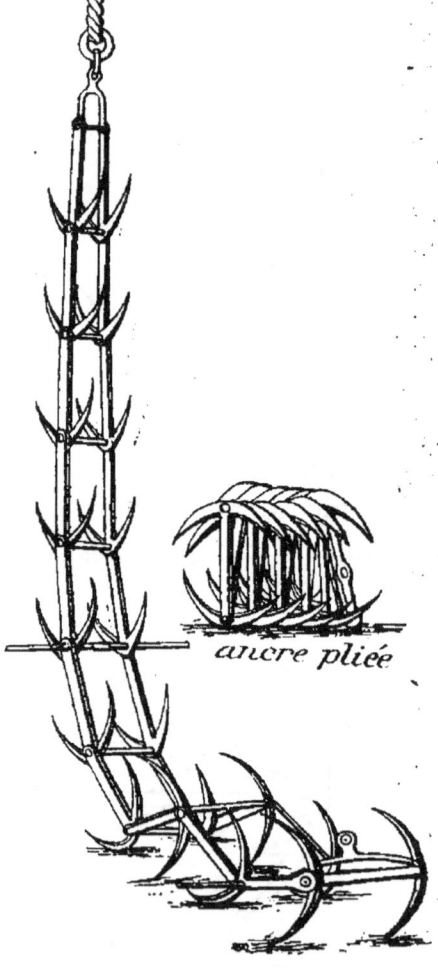

ancre pliée

Fig. 93. — Ancre-herse Renard.

qu'elle provoque en se posant est graduel et ne crée pas de brusque rupture d'équilibre ; et, dans le cas où le ballon remonte, il relève progressivement la chaîne, maillon par maillon, et se releste d'autant.

En pratique, on donne aux appareils d'ancrage les poids suivants, d'après le cubage du ballon :

				POIDS DE L'ANCRE
Ballon de	300	mètres cubes.	. . . .	8 à 10^k
—	500	—	. . . .	12 à 15
—	800	—	. . . .	18 à 20
—	1 200	—	. . . .	25 à 30

Le cordage de l'ancre étant levé, on l'attache le long

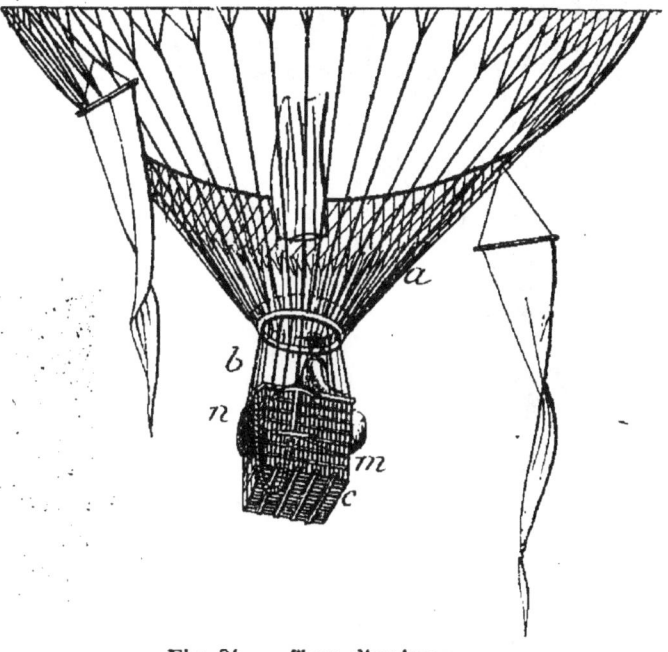

Fig. 94. — Type d'arrimage.

de la paroi de nacelle par une ficelle que l'on coupe lorsqu'on veut jeter l'ancre; celle-ci est également retenue directement à la nacelle par un bout de corde facile à lâcher.

Cône-ancre. — Lorsqu'on peut craindre une descente au-dessus de l'eau, où l'ancre ne serait d'aucun secours, on y substitue le *cône-ancre*, qui est destiné à fixer le ballon au-dessus de la surface aquatique par la résistance que cet appareil oppose au mouvement.

Fig. 95. — Type d'arrimage.

On en attribue l'invention à Sivel; mais il semble bien qu'on en doive reporter le mérite à Duté-Poitevin, beau-frère de la malheureuse victime de la catastrophe du *Zénith*. Quoi qu'il en soit, cet organe de manœuvre est composé d'un cône en étoffe assujetti à un cercle rigide que trois cordelettes rattachent au câble unique pendant de la nacelle.

De même qu'un parachute est percé à son sommet d'un trou permettant un lent écoulement de l'air, pour régulariser son mouvement, de même aussi, et pour la même raison, le cône-ancre est percé d'un petit orifice à sa pointe. Lorsqu'on le laisse traîner dans l'eau, grâce à la position qu'il prend sous les efforts de traction du ballon sollicité par le vent, l'eau s'engouffrant dans le cône provoque une très grande résistance au déplacement, et le ballon se trouve comme attaché à un point à peu près fixe.

Il est d'ailleurs possible de relever le cône-ancre au moyen d'une cordelette attachée à sa pointe.

Guide-rope et appareils stabilisateurs. —

Le guide-rope, inventé par Green, est un cordage de 140 mètres de long environ, qu'on laisse pendre du cercle du filet au moment voulu. A l'encontre des autres organes aérostatiques, que l'on fait aussi légers que possible, celui-ci doit avoir un certain poids pour remplir son office de délesteur. Lorsque le ballon descend, — quelquefois plus rapidement qu'on ne voudrait, — le guide-rope se pose à terre peu à peu et déleste d'autant l'aérostat, dont il amortit la chute. Il arrive même que, grâce à ce délestage, le ballon s'arrête en équilibre à une certaine hauteur et continue sa course, en traînant après lui cette sorte de serpent dont la queue court à travers les cultures, franchit les haies, les murs, les maisons, les lignes télégraphiques elles-mêmes[1]. L'équilibre du ballon est alors des plus

---

[1] Le développement des réseaux distribuant l'électricité à haute tension crée un danger sérieux lorsque le guide-rope peut toucher les conducteurs. Il suffit, en effet, que le câble du guide-rope soit rendu conducteur par l'humidité ou la pluie pour que le courant électrique soit transmis jusqu'à la nacelle. Fortuitement même, on conçoit qu'il puisse y avoir des étin-

stables, car ses moindres tendances à l'ascension ou
à la descente sont automatiquement enrayées par le
guide-rope, qui, en se relevant ou se posant davantage, fait varier le délestage dans le sens convenable.

Pour les ballons de taille moyenne, le guide-rope
est un câble de même diamètre sur toute sa longueur
et pesant 40 à 50 k. au total. On a essayé, pour les
grands ballons qui nécessitent un délestage considérable, de reporter la plus grande partie du poids vers
le bout libre, en employant soit des sections de câble
de diamètres différents, mises bout à bout, soit un câble
légèrement conique. Le poids total de la partie traînante doit être de 0,1 C. C étant le volume du ballon
gonflé à l'hydrogène (V. chap. IX). Il importe que
l'extrémité du guide-rope ne puisse pas s'accrocher
aux obstacles, notamment aux fils télégraphiques. Pour
cela il faut que cette extrémité soit relativement rigide,
ce qu'on réalise en l'entourant d'un transfil qu'on
appelle une *queue-de-rat*.

Au départ, le guide-rope est lové en pelote, susceptible
d'un déroulement rapide et attaché au flanc de la nacelle.

Lorsqu'on veut disposer d'un délestage considérable,
il est nécessaire, comme nous l'avons dit, de concen-
trer la plus grande partie du poids disponible dans la
portion destinée à traîner sur le sol, c'est-à-dire sur
une quarantaine de mètres de longueur. Cette partie
utile du guide-rope est alors formée d'un faisceau de
cordes, liées ensemble par des ligatures, et que l'on a
coutume de recouvrir d'une gaine en toile.

On donne plus particulièrement à cet organe le nom

celles et une explosion. Il convient donc d'éviter de laisser
traîner les guide-ropes sur les lignes à haute tension.

de *stabilisateur*, en raison de sa puissance de stabilisa-

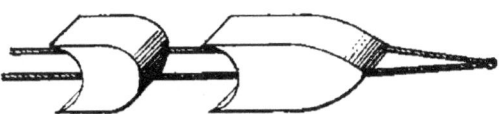

Fig. 96. — Détail du stabilisateur Hervé.

tion, c'est-à-dire de son poids par mètre courant, qui représente en définitive la quantité dont l'aérostat se trouve délesté lorsqu'un mètre de guide-rope se pose à terre.

Enfin, il y a lieu de prévoir toute une série d'organes de stabilisation au-dessus de l'eau. Il nous est impossible, à cet égard, d'entrer dans les détails que le sujet comporte pour être traité complètement, et nous renvoyons aux différents articles que M. Hervé a consacrés à ces appareils, dont il est le créateur[1].

Fig. 97. — Stabilisateur Hervé.

Nous nous contenterons de faire remarquer que le délestage étant représenté par le poids de l'eau déplacée, il est inutile que la partie immergée pèse plus que l'eau déplacée. M. Hervé a combiné dans ce but des appareils composés de carènes en bois ou en métal creux, qui donnent alors d'excellents résultats, comme l'ont prouvé notamment les expériences effectuées avec le *Méditerranéen*, en collaboration avec le comte de La Vaulx[2].

[1] Hervé et Surcouf.
[2] Comte H. de La Vaulx.

CHAPITRE XVIII

FABRICATION DE L'HYDROGÈNE [1]

§ 1. — *Considérations générales.*

État de l'industrie pour le gaz d'éclairage et pour l'hydrogène. — Tandis que la fabrication

[1] G. ESPITALLIER, 4. — MŒDEBECK, 1.

du gaz d'éclairage est depuis longtemps l'objet d'une industrie régulière et à peu près partout répandue, de telle sorte qu'il semble inutile ici de décrire ses procédés, la production de l'hydrogène peut encore être considérée comme exceptionnelle, au contraire. Elle n'a point donné lieu à une industrie bien assise et en possession de méthodes absolument consacrées par une longue expérience. Il en résulte que les procédés usités à ce jour sont encore susceptibles de perfectionnements et qu'on ne saurait en examiner un, à l'exception de tous les autres, sous prétexte qu'il serait le plus avantageux à l'heure actuelle, parce que d'heureux progrès réalisés dans une autre voie peuvent du jour au lendemain faire pencher la balance d'un autre côté.

D'autre part, il est inutile de rappeler l'importance de l'hydrogène dans la pratique aéronautique. Employé concurremment avec le gaz d'éclairage pour le gonflement des ballons, ses avantages sont tels, qu'on ui accorderait une préférence exclusive s'il ne coûtait pas plus du double, les forces ascensionnelles des deux gaz étant elles-mêmes sensiblement dans le rapport de 1 à 2, et si l'on était assuré de pouvoir s'en procurer partout, comme il arrive pour le gaz d'éclairage, dont les villes de moyenne importance sont elles-mêmes pourvues.

Malheureusement les applications aéronautiques à elles seules ne suffiraient pas à justifier la création de nombreuses usines, convenablement disséminées. Si ces applications exigent à un moment donné et sur un point déterminé de très grandes quantités de gaz, les occasions de gonflement sont encore rares et intermittentes, et il serait nécessaire d'assurer à l'hydrogène, en fabrication régulière, des débouchés industriels qu'il n'est pas téméraire de prévoir assurément, dans la métallurgie, par exemple, mais qui pourtant font à peu près totalement défaut jusqu'ici.

Néanmoins certaines fabrications qui donneraient l'hydrogène comme sous-produit seraient particulièrement avantageuses, si l'on possède un moyen commode de transport. La production de l'oxygène par électrolyse de l'eau est dans ce cas. Toutefois les applications industrielles de l'oxygène même ne sont pas à ce point généralisées, que l'on trouve un grand nombre d'usines susceptibles de fournir ce gaz, et par conséquent l'hydrogène. Depuis quelque temps, d'autres industries chimiques semblent devoir constituer une véritable source d'hydrogène à bon marché. Ce gaz s'y trouve à l'état de sous-produit notamment dans le traitement électrolytique du chlorure de sodium, pour en extraire l'hydrate de soude, ou dans la préparation des chlorates.

C'est ainsi que l'usine de Griesheim, près de Francfort-sur-Mein, où l'hydrogène de la production journalière est emmagasiné sous pression dans des bouteilles d'acier, tient en permanence à la disposition des services aéronautiques une réserve considérable.

En France, une usine analogue s'est établie à la Motte-Breuil, près de Compiègne, et peut livrer l'hydrogène à o fr. 25 le m³. Il convient toutefois d'y ajouter les frais de compression dans des réservoirs d'acier, quand l'hydrogène n'est pas utilisé sur place.

§ 2. — De la classification des méthodes de production.

On peut dire que les principaux procédés qui ont pour but la production de l'hydrogène reposent, directement ou indirectement, sur la décomposition de l'eau en ses deux éléments. — oxygène et hydrogène, — soit que l'oxygène mis en liberté se trouve recueilli et utilisé, soit que ce gaz se trouve fixé à l'état d'oxyde et perdu pour le rendement industriel.

Les méthodes actuellement connues peuvent être rangées sous les rubriques suivantes :

1° *Décomposition de l'eau, concomitante à l'action réciproque d'un acide et d'un métal.* — Point de départ : la méthode des tonneaux du physicien Charles, en 1784. Transformation et perfectionnements : les appareils à circulation actuellement usités et qui sont dus au colonel Renard ;

2° *Décomposition de l'eau passant à l'état de vapeur sur un corps oxydable chauffé au rouge.* — Point de départ : appareil de Coutelle et Conté à rognures de fer, en 1794. Modification de H. Giffard, en 1872 ; procédés au charbon ;

3° *Décomposition des hydrocarbures ;*

4° *Décomposition de l'eau par les métaux,* en particulier l'aluminium et le silicium ;

5° *Décomposition électrolytique de l'eau.* — Procédés industriels du colonel Renard et de M. Latchinow, bientôt suivis par la création d'un assez grand nombre d'appareils de plusieurs inventeurs, appareils aujourd'hui **très répandus.**

Enfin, et quel que soit le procédé de fabrication de l'hydrogène, il y a lieu de s'occuper du mode de transport, qui peut être réalisé de deux façons :

1° Soit en comprimant le gaz dans des réservoirs métalliques ;

2° Soit en le condensant dans un corps possédant pour l'hydrogène un grand pouvoir absorbant, et susceptible de le restituer en présence de l'eau ou sous l'action de la chaleur.

Parmi tous ces procédés, les uns n'ont, pour le moment du moins, qu'une valeur historique. Il est bon de les rappeler cependant, car rien ne permet de prévoir que, dans l'avenir, de nouvelles recherches ne parviendront pas à les rendre tout à fait pratiques. D'autres, — la décomposition de l'eau par réaction d'un acide et d'un métal, dans les appareils à circulation, notamment, — sont arrivés à être absolument usuels. Ils sont si connus, que nous pourrons être bref à leur endroit. Mais d'autres enfin, plus nouveaux, sont encore dans la période des perfectionnements, et ce travail sera nécessairement incomplet en ce qui les concerne, précisément parce que leur fabrication se trouve encore dans la période d'évolution.

§ 3. — *Procédés de décomposition de l'eau par la réaction acide et métal.*

Action de l'acide sulfurique et du fer. — L'eau contient, comme on le sait, 1 gramme d'hydrogène pour 8 grammes d'oxygène, ou, en volumes, 2 d'hydrogène et 1 d'oxygène, ce qu'on exprime par le symbole H^2O.

Enfin, et quel que soit le procédé de fabrication de l'hydrogène, il y a lieu de s'occuper du mode de transport, qui peut être réalisé de deux façons :

1° Soit en comprimant le gaz dans des réservoirs métalliques ;

2° Soit en le condensant dans un corps possédant pour l'hydrogène un grand pouvoir absorbant, et susceptible de le restituer en présence de l'eau ou sous l'action de la chaleur.

Parmi tous ces procédés, les uns n'ont, pour le moment du moins, qu'une valeur historique. Il est bon de les rappeler cependant, car rien ne permet de prévoir que, dans l'avenir, de nouvelles recherches ne parviendront pas à les rendre tout à fait pratiques. D'autres. — la décomposition de l'eau par réaction d'un acide et d'un métal. dans les appareils à circulation, notamment, — sont arrivés à être absolument usuels. Ils sont si connus, que nous pourrons être bref à leur endroit. Mais d'autres enfin, plus nouveaux, sont encore dans la période des perfectionnements, et ce travail sera nécessairement incomplet en ce qui les concerne, précisément parce que leur fabrication se trouve encore dans la période d'évolution.

§ 3. — *Procédés de décomposition de l'eau par la réaction acide et métal.*

Action de l'acide sulfurique et du fer. — L'eau contient, comme on le sait, 1 gramme d'hydrogène pour 8 grammes d'oxygène, ou, en volumes, 2 d'hydrogène et 1 d'oxygène, ce qu'on exprime par le symbole H_2O.

et, à cette température, 100 parties d'eau dissolvent 233 parties de sulfate de fer.

En résumé, et en tenant compte de toutes les circonstances, la réaction nécessitera les proportions suivantes :

Fer.		28k
Acide sulfurique monohydraté.		49
Eau de cristallisation.	63k	} 123
Eau de dissolution	60	
Poids total.		200k

On obtiendra ainsi, comme résultat de l'opération :

Eau sulfatée à saturation.	199k	
Hydrogène.	1	(12m3,500)

Dans la pratique, on est conduit à augmenter encore la proportion d'eau.

Méthode des tonneaux. — L'appareil le plus simple, pour réaliser la fabrication de l'hydrogène par la réaction fer-acide sulfurique, peut être improvisé à l'aide de tonneaux. C'est ainsi qu'opérèrent le physicien Charles, le premier, en 1784 ; Giffard, pour son grand captif de l'Exposition en 1867, et Dupuy de Lôme, en 1872, pour le gonflement de son ballon allongé.

Cette méthode est susceptible encore de rendre des services pour une installation rapide et momentanée. A ce titre, il est bon de donner quelques indications essentielles sur son emploi.

Dupuy de Lôme employait de grands tonneaux de 700 litres et mettait dans chacun de ses tonneaux :

Un lit permanent de tournure de fer.		200k
Pour chaque opération { eau.		425
fer.		31k,250
acide sulf. du commerce (66° Baumé).		62k,500

Le tout occupait les trois quarts du tonneau, un vide étant nécessaire à cause de l'effervescence qui se produit en abondance pendant la réaction et surtout au moment où l'on verse, au moyen d'un entonnoir doublé de plomb. l'eau acidulée. préparée à l'avance.

Cette effervescence se ralentit peu à peu, à mesure que le liquide acide s'appauvrit et se sature de sulfate. C'est même là l'inconvénient principal du procédé : l'opération traîne en longueur et s'arrête pratiquement avant que tout l'acide soit neutralisé.

Dans ces conditions, chaque tonneau donne 12 m³500 de gaz, et la réaction dure trois heures. Pour gonfler un ballon de capacité C en une seule opération de trois heures, le nombre des tonneaux doit être : $n = \dfrac{C}{12,5}$, et ce nombre est nécessairement trop considérable.

On est ainsi forcé d'opérer le gonflement par une série d'opérations successives, et, pour ne pas perdre de temps, on dispose deux batteries de tonneaux qui entrent en action l'une après l'autre, l'une étant en préparation pendant que l'autre se décharge.

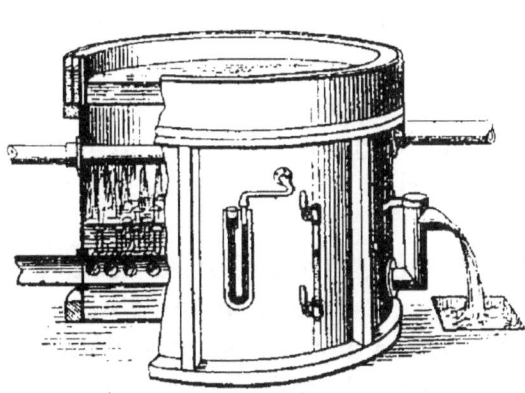

Fig. 98. — Laveur de l'appareil Dupuy de Lôme.

Cette installation est complétée par une cuve de lavage, où le gaz barbote. Le refroidissement suffit à déterminer la condensation de la vapeur d'eau entraînée, en même temps que les gaz solubles

$$(SO^2 \text{ et } H^2S)$$

sont arrêtés par l'eau. On peut compléter l'épuration par un séchage sur du chlorure de calcium.

Cette méthode offre de nombreux défauts : matériel encombrant ; marche de l'opération tumultueuse au début, traînante à la fin ; perte d'une partie de l'acide, qui finit par être trop dilué pour avoir une action efficace. On ne l'emploiera donc que faute de mieux.

Méthode par circulation. — Ces inconvénients disparaissent au contraire lorsqu'on applique la circulation méthodique du liquide acide à travers la masse métallique, suivant un principe déjà appliqué depuis longtemps dans d'autres industries.

Le premier appareil, dû au colonel Charles Renard, alors capitaine, a été organisé en 1875. Giffard s'est également servi d'un appareil à circulation, en 1878, pour le gonflement de son grand ballon captif. L'usine de production d'hydrogène installée par Gaston Tissandier, en 1883, pour le gonflement de son dirigeable, était basée sur le même principe.

Appareil à circulation du colonel Renard. — Cet appareil se compose essentiellement d'un *générateur* A de forme cylindrique dans sa partie supérieure, s'évasant vers la base pour faciliter la descente progressive de la tournure de fer, jusqu'au fond qui affecte la forme d'un cône renversé. Ce générateur est entièrement doublé de plomb.

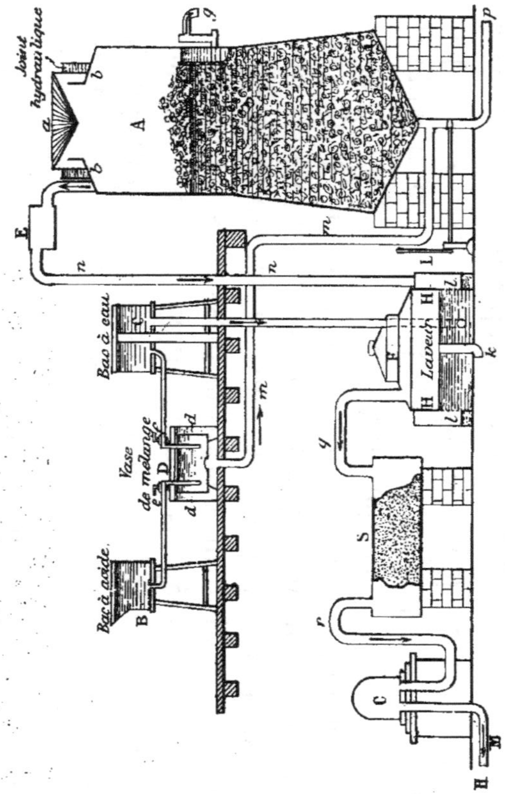

On le remplit aux trois quarts de tournure de fer, et

Fig. 99. — Appareil à circulation.' (Système Renard.)

l'orifice supérieur de remplissage reçoit un couvercle *a*, à joint hydraulique, avec une hauteur de o m. 3o d'eau dans la partie annulaire *b*, la pression intérieure ne devant pas dépasser normalement celle d'une colonne d'eau de o m. 15 à o m. 20.

L'acide sulfurique du commerce, marquant 66° à l'aréomètre Baumé, et livré en bonbonnes de verre ou en touries de grès contenant 100 k. d'acide environ, est versé dans un *bac à acide* B en tôle plombée ; il est mieux, pour éviter les accidents provenant de la rupture d'une bonbonne, d'opérer par transvasement au moyen de siphons spéciaux à acide.

L'eau nécessaire à la fabrication est amenée directement dans un *bac à eau* C, et des tuyaux de plomb conduisent l'eau et l'acide à un *vase de mélange* D, cylindrique, également doublé de plomb. Ce vase de mélange est, en réalité, composé de deux récipients concentriques, laissant entre eux un espace annulaire. Les deux liquides arrivant au fond du tambour intérieur remontent en se mélangeant intimement, se déversent en nappe régulière par-dessus le bord de la paroi, dans l'espace annulaire, où ils achèvent de se mélanger, jusqu'à la crépine du tuyau de distribution. Deux robinets *e* et *f* permettent de régler le mélange, de manière à ce qu'il marque de 10° à 15° Baumé.

En sortant du bac de mélange, l'eau acidulée se rend à la partie inférieure du générateur par un tuyau de plomb *mm* dont l'orifice, dans le générateur, est protégé par une crépine.

L'eau acidulée s'élève à travers la limaille jusqu'au niveau d'un trop-plein *g*, disposé en siphon, de manière à empêcher tout entraînement de gaz. Si l'opération est bien conduite, l'acide réagissant sur le fer pendant l'ascension du liquide, l'eau qui s'échappe par le trop-plein n'en doit plus contenir que des traces à l'état libre ; elle est uniquement chargée de sulfate de fer.

L'espace libre au-dessus de la tournure de fer permet à la mousse de se détendre sans aller obstruer la conduite *nn* par où le gaz s'échappe. Néanmoins on interpose, dès la sortie du générateur, un tambour E où s'arrête ce que le gaz aurait pu entraîner.

Lavage et épuration. — L'épuration est une des opérations des plus nécessaires et les plus délicates. Elle comprend un lavage et une épuration chimique. Le lavage en est la partie la plus essentielle ; non seulement il arrête les impuretés et dissout les gaz étrangers solubles, mais il débarrasse l'hydrogène, par refroidissement, de la vapeur d'eau qu'il contient en excès.

Le *laveur* Renard, F, est une cuve cylindrique en tôle dans laquelle l'eau de lavage, sans cesse renouvelée, pénètre latéralement et circule en tournoyant pour aller s'engouffrer dans un trop-plein central *k*, qui assure le niveau constant du liquide. Une cloison cylindrique H ménage, sur la périphérie, un espace annulaire où débouche le tuyau d'amenée *nn* du gaz. Celui-ci déprime le liquide dans l'espace annulaire et, rencontrant une multitude de petits trous percés dans la cloison, passe dans le compartiment central du laveur en traversant la nappe d'eau. Ce moyen très simple de lavage est extrêmement efficace, si l'on a soin de faire circuler l'eau avec une suffisante rapidité. Il suffit, pour s'assurer

des bonnes conditions du lavage, de constater, en posant
la main extérieurement sur la tôle elle-même, la différence de température de l'espace annulaire et du tambour central. Le gaz, en effet, arrive du générateur à
une température assez élevée ; il doit être refroidi complètement, après lavage, à la température de l'eau, qui
ne devrait pas dépasser 12° à 15°. On peut admettre en
tout cas que, quelle que soit la provenance de l'eau, la
température du gaz, au sortir du laveur, n'est jamais
supérieure à 30°. Or la tension correspondante de la
vapeur d'eau est de $31^{mm},5$ de mercure, ou 0,0428 atmosphères. L'alourdissement de 1 m³ d'hydrogène n'est
ainsi que de 31 grammes, soit 17 k. pour un ballon
de 550 m³. Cet alourdissement, qui est une limite
maximum, est, on le voit, assez minime.

On s'est contenté d'abord de sécher le gaz, en le
faisant passer dans une simple caisse S contenant de
la chaux vive qui absorbe l'acide carbonique et la
vapeur d'eau, ce que l'on constate en faisant passer
ensuite l'hydrogène dans une cloche d'épreuve G en
verre, avant de l'envoyer au gazomètre ou au ballon ;
il ne s'y doit manifester aucune buée. Cette cloche
repose sur un joint de mercure pour assurer l'étanchéité.
On y place des témoins de papier au tournesol bleu,
révélateur des moindres traces d'acide.

Toutefois ce simple séchage est complètement insuffisant pour débarrasser l'hydrogène des composés phos-
phorés, arséniés et séléniés, qui sont extrêmement dangereux pour le personnel, comme plusieurs accidents
l'ont démontré. En outre, ces composés altèrent le
caoutchouc, même vulcanisé, ce qui rend indispensable
une épuration d'autant plus complète que l'usage des

étoffes caoutchoutées devient de jour en jour plus fréquent.

Or les impuretés dont il s'agit proviennent avant tout des acides du commerce, fabriqués avec des pyrites arsenicales, dont certains échantillons contiennent, par kilogramme, jusqu'à 6,22 gr. d'arsenic et 0,45 gr. de sélénium.

La première précaution préconisée par la commission instituée par le ministère de la Guerre, après un accident mortel survenu à Chalais, consiste dans l'obligation de refuser tout acide contenant, par litre à 66°, plus de 10 centigrammes d'arsenic et 1 gramme d'antimoine.

Il n'en est pas moins urgent de procéder à une épuration complète au cours de la fabrication, et, après un premier lavage, on fait passer le gaz à travers un *mélange Lameny*, constitué par de la sciure de bois imbibée de sulfate de fer, qui en quelque sorte a un rôle de dégrossissage et retient une partie importante d'impuretés. Le reste est retenu par des couches de permanganate de potasse, dissous à raison de 50 k. pour 120 litres d'eau, et absorbé dans 115 k. de *farine fossile* ou *Kiesselguhr*, terre d'infusoires extrêmement poreuse. Ces quantités permettent d'épurer 1000 m³ de gaz.

La réaction étant exothermique, le gaz s'échauffe et se sature à nouveau de vapeur d'eau, dont on le débarrasse par un second lavage, et l'on complète l'épuration en faisant passer l'hydrogène dans une colonne à la soude, qui le débarrasse de l'acide carbonique, provenant du générateur.

Lorsque l'épuration est bien complète, la force

ascensionnelle du gaz atteint couramment 1175 grammes.

Le prix de l'épuration est d'environ 0 fr. 235 par mètre cube.

Épuration par le froid. — On pourrait également ment traiter l'hydrogène par le froid, en utilisant l'air liquide, les impuretés gazeuses se liquéfiant à une température beaucoup moins basse que l'hydrogène.

Résumé. — Le trajet total de l'hydrogène, comme on le voit par cette description, est divisé en trois biefs par les organes divers de l'appareil; chacun de ces organes oppose une certaine résistance au passage du gaz, dont la pression, qui est de 15 centimètres d'eau environ dans le générateur, s'abaisse successivement et n'est plus que de quelques millimètres en arrivant au ballon. Il est intéressant, pour la surveillance même de l'opération, de connaître constamment les variations de pression dans les trois biefs, que l'on met à cet effet, par le moyen de petits tubes de cuivre, en communication avec trois manomètres à eau placés côte à côte sur un même tableau, près de la cloche d'épreuve. La moindre perturbation dans la fabrication se traduit immédiatement sur l'un des manomètres, ce qui permet d'en déterminer le siège.

S'il s'agissait de produire d'une manière continue de très grandes quantités de gaz, sans donner de trop grandes dimensions au générateur, il conviendrait d'assurer l'alimentation régulière en tournure de fer, ce qui peut se faire en disposant sur le générateur des trémies en forme d'éclusettes, par où la tournure peut être introduite sans interrompre la fabrication et sans laisser échapper de gaz. Mais, généralement, l'appareil à circulation n'est installé que pour permettre le gonflement d'un ballon en une seule opération.

Fin de l'opération. — Dans ce cas, il doit contenir le double de la limaille nécessaire, et l'on interrompt l'opération quand la moitié du fer est transformée en sulfate. A ce moment la colonne métallique a diminué de hauteur, et il n'y en aurait plus assez pour neutraliser l'acide avant l'arrivée du liquide au trop-plein.

On conserve ce qui reste de tournure pour servir de fond permanent de fabrication; mais il faut avoir soin de vider l'eau chargée de sulfate qui la baigne encore et cristalliserait sur la limaille. Il convient de la remplacer par de l'eau claire; car, si on laissait la limaille à sec, on s'exposerait, à cause de l'état spongieux et pyrophorique où elle se trouve, à la voir s'échauffer, en absorbant l'oxygène de l'air, jusqu'à l'inflammation.

Volume du générateur.— Le volume du générateur dépend évidemment de la quantité de gaz que l'on veut produire à l'heure, ou sans rechargement. Le poids spécifique de la limaille, à cause des vides, est le même que celui de l'eau. Le récipient doit contenir autant de litres qu'on veut y enfermer de limaille (en kilos), et l'on y ajoute un quart en sus pour le vide supérieur où se détendent les mousses.

Tandis qu'un tonneau de Dupuy de Lôme (700 litres) donnait $12^{m3},500$ d'hydrogène en 3 heures, soit 18 fois son volume, un générateur de 5 m³, à circulation, peut fournir 6 à 800 m³ de gaz, soit 120 à 160 fois son **volume, et son débit atteint 250 m³ à l'heure.**

Ce grand débit est un avantage capital des appareils à circulation, qui bénéficient en outre de la régularité parfaite de l'opération, la composition du liquide restant constamment la même en un même point du parcours, quand le régime est atteint.

Enfin la manœuvre est très facile : on peut arrêter l'opération en cinq minutes. Il suffit pour cela d'intercepter l'arrivée de l'acide ; tout l'acide qui est déjà dans le générateur se neutralise alors rapidement, et la réaction est pratiquement interrompue.

Prix de revient. — Par le procédé de la circulation, le prix de revient de l'hydrogène est de 1 franc le mètre cube environ. On pourrait l'abaisser légèrement en recueillant le sulfate de fer, ou couperose ; mais cette substance se trouve, comme sous-produit, dans un grand nombre d'industries chimiques qui en sont réduites à s'en débarrasser à vil prix ; on n'aurait intérêt à le recueillir que s'il était possible de l'écouler sur le marché à au moins 5 francs les 100 k. en baril.

Pour recueillir la couperose, le plus simple est de déverser l'eau sulfatée dans de vastes bassins où elle s'évapore et où le sulfate cristallise. Toutefois la grande dimension de ces bassins est une gêne, et l'on pourrait sans doute aménager l'opération d'une façon plus commode en utilisant convenablement la différence de solubilité aux différentes températures.

Pour se dissoudre, 100 parties de couperose

$$(SO^4Fe + 7H^2O) \text{ exigent :}$$

à	10° cent.,	15°,	24°,	43°,	60°,	90°,	100°
parties d'eau :	164	143,	87,	66,	38,	27,	30.

Comme on le voit, la température la plus convenable sera 90° centigrades. Mais, pratiquement, elle est trop élevée ; un liquide saturé à cette température cristalliserait trop vite [1].

De plus, le sel ne pourrait pas incorporer avec assez de facilité les sept molécules d'eau qui entrent dans sa constitution. La température la plus convenable est de 60° ; c'est celle de la réaction dans le générateur, et l'on peut aisément la maintenir au besoin dans les cuves de cristallisation au moyen d'un chauffage à la vapeur.

Or, écrit le lieutenant-colonel Van den Borren, de l'armée belge, qui a étudié ce procédé avec beaucoup de soin, 100 parties de sulfate de fer cristallisé contiennent 45 parties d'eau, et il faut compter en outre, comme on vient de le voir, 38 parties d'eau pour le dissoudre. La réaction de fabrication peut s'écrire :

$$SO^4H^2 + Fe + Aq = (SO^4Fe + 7H^2o) + Aq + H^2.$$

En poids :

$$98 + 56 + 232 = \underbrace{152 + 126}_{278} + 106 + 2.$$

On a ainsi formé 278 k. de sulfate de fer dissous mais cristallisable, et 2 k. d'hydrogène, c'est-à-dire 22 m³ de ce gaz.

Le liquide étant saturé à 60°, si on le laisse se refroidir jusqu'à 10°, par exemple, il ne reste dissous, après cristallisation, que ce que peuvent contenir 106 parties d'eau à 10°, c'est-à-dire 64, 66 parties, soit 23 o/o seulement de la quantité totale du sulfate.

---

[1] Lieutenant-colonel VAN DEN BORREN.

Appareil mobile Renard. — Pour les besoins d'une armée en campagne, le colonel Renard a organisé une véritable usine sur roues, constituant une seule voiture dont l'ensemble ne dépasse pas un poids de 2 3oo k., limite admise pour les véhicules militaires.

Cet appareil est une réduction, sous une forme ramassée, des appareils de place ; mais son organisation et son aménagement ont exigé des études nouvelles où se retrouve, dans les détails, toute l'ingéniosité de leur inventeur.

Le zinc y a été substitué au fer, tant parce qu'il en faut un poids plus réduit que parce que la production est plus rapide avec ce métal, en sorte que l'appareil suffit à une production de 3oo m^3 à l'heure. Il suffit, pour le mettre en action, de se placer à proximité d'une provision d'eau suffisante, — au bord d'un ruisseau, par exemple, — où l'on puise au moyen d'une pompe à vapeur, la force motrice étant fournie par le moteur de la voiture-treuil qui fait partie des parcs d'aérostats captifs militaires.

A l'exemple du service militaire français, toutes les armées étrangères ont été pourvues au début de voitures-usines d'hydrogène, organisées sur le même principe. Toutefois, les nouveaux procédés de fabrication, et surtout le mode de transport de l'hydrogène comprimé dans les réservoirs d'acier, ont enlevé beaucoup de leur intérêt aux appareils de ce genre, l'hydrogène pouvant être fabriqué à loisir dans les usines fixes de l'intérieur. Cette raison nous dispensera de décrire en détail les générateurs mobiles, parmi lesquels l'appareil Renard était certainement le plus parfait.

§ 4. — *Méthodes par voie sèche.*
Décomposition de l'eau par le fer, au rouge.

En tête des procédés par voie sèche figure chrono-
logiquement le procédé imaginé par Coutelle et Conté,
et employé, en 1794, par les premiers aérostiers militaires en France.

Cette méthode n'est plus usitée de nos jours, malgré
quelques tentatives plus récentes, sauf peut-être en
appliquant le procédé Strache ; et cette tentative montre
précisément qu'il ne faut pas absolument renoncer à
diriger les recherches de ce côté, étant donnés les avantages spéciaux qu'on y peut rencontrer, au point de
vue économique notamment.

a) **Procédé de Coutelle et Conté** (1794). — Le
procédé dérive de l'expérience de laboratoire où Lavoisier, en 1771, décomposait la vapeur d'eau en la faisant
passer sur du fer chauffé au rouge. La formule de
décomposition est la suivante :

$$4H^2O + 3Fe = Fe^3O^4 + 8H.$$

Les aérostiers de la première République effectuaient
industriellement cette opération dans un fourneau fixe,
construit en briques et pourvu de deux foyers au bois,
dont la flamme chauffait directement sept cylindres ou
cornues en fonte, remplis de limaille de fer soigneusement débarrassée de toute trace d'oxyde. Les cylindres
étaient hermétiquement clos et lutés avec soin ; mais
des regards permettaient cependant de surveiller la
marche de l'opération, en vérifiant constamment que la

couleur du métal contenu dans les cornues restait toujours la même. Il fallait s'assurer, en outre, qu'aucune fissure ne se produisait dans les cylindres : aussitôt qu'une petite flamme bleue décelait une de ces fissures, on s'efforçait de l'aveugler et d'arrêter la fuite du gaz, par un lutage d'ailleurs difficile à pratiquer sur du métal à si haute température.

Sur le côté du fourneau, se trouvait une chaudière fournissant la vapeur nécessaire, qui était lancée dans les cylindres, où elle se décomposait au contact du métal sur lequel l'oxygène se fixait, tandis que l'hydrogène se dégageait.

On faisait passer le gaz produit sur un lait de chaux destiné à le débarrasser de l'acide carbonique et des autres impuretés qu'il pouvait contenir, et il se rendait ensuite directement au ballon.

Le gonflement du ballon de Coutelle de 450 m³ était une opération des plus laborieuses, et qui n'exigeait pas moins de trente-six à quarante heures. On peut donc dire que le procédé est lent, irrégulier, nécessitant des appareils fixes qui se détériorent vite et sont d'une manœuvre délicate et pénible.

On a également essayé de remplacer le fer par du zinc, dont l'oxyde a une valeur marchande assez élevée ; ce qui donnerait un résultat favorable à l'économie ; mais l'opération n'en reste pas moins extrêmement pénible, et l'oxydation du zinc amène en outre un engorgement rapide des appareils.

Ce procédé de Coutelle a été essayé de nouveau par l'armée anglaise, en 1872 et 1873 ; mais si cet essai a montré qu'on peut certainement tirer bon parti de cette méthode, il a mis en évidence aussi ses graves défauts.

b) **Procédé Giffard** (1872). — Henri Giffard, pour gonfler le ballon captif de 1872, a perfectionné la méthode précédente, en substituant à la limaille de fer du minerai de fer oligiste, à base de sesquioxyde de fer (Fe^2O^3) ; mais l'idée maîtresse du procédé est dans la régénération du fer métallique après chaque opération, de manière à le faire resservir indéfiniment, du moins en principe.

Le minerai est placé dans un four vertical, où il est soumis tout d'abord à un courant réducteur d'oxyde de carbone, produit par la combustion incomplète du coke dans un four spécial. Cet oxyde de carbone se transforme en acide carbonique, en s'emparant de l'oxygène du minerai, qui se réduit en fer métallique :

$$Fe^2O^3 + 3CO = 2Fe + 3CO^2.$$

A partir de cette première opération, dite de *formation*, la fabrication comporte deux phases distinctes.

Première phase : oxydation du fer. — Le fer ainsi produit à l'état naissant et pulvérulent, est éminemment apte à décomposer la vapeur d'eau qu'on projette alors à travers sa masse. Le métal se réoxyde immédiatement, en donnant de l'oxyde magnétique (Fe^3O^4), tandis que l'hydrogène se dégage en liberté :

$$3Fe + 4H^2O = 8H + Fe^3O_4 ;$$

calories : $272 - 266 = 6$ calories.

Comme on le voit d'après cette formule, la réaction est endothermique, c'est-à-dire qu'elle exige 6 calories à fournir par le foyer, pour produire 8 gr. d'hydrogène en décomposant 72 gr. de vapeur d'eau, ou environ 60 calories par mètre cube de gaz.

Deuxième phase : réduction de l'oxyde magnétique. — En faisant agir alors de l'oxyde de carbone sur l'oxyde de fer, on opère la réduction de celui-ci et la régénération du fer métallique, d'après la formule :

$$Fe^3O^4 + 3CO = 3CO^2 + 3Fe ;$$

calories : $266 - 268 = - 2$ calories.

La réaction est donc exothermique et ne nécessite aucune chaleur supplémentaire [1].

L'hydrogène produit par le procédé Giffard serait très bon marché. Malheureusement, on ne parvient pas à le débarrasser entièrement de l'oxyde de carbone qui l'alourdit. En outre, le dégagement est lent et irrégulier.

En outre, le fer qui, en principe, devrait servir indéfiniment, puisqu'il se régénère par réduction de l'oxyde, est au contraire assez rapidement mis hors d'usage, à cause du soufre que contient toujours le coke et qui forme du sulfure de fer. Ce sulfure recouvre le fer métallique d'une couche protectrice qui, en fondant à la haute température du four, prend une texture vitreuse et forme une pellicule compacte, sur laquelle l'oxyde de carbone n'a plus d'action.

Enfin, l'intervention du carbone, qui donne nécessairement naissance à de l'oxyde de carbone, sera toujours un des gros aléas du procédé.

c) **Procédé Strache.** — On peut cependant éviter certains de ces inconvénients en renonçant à employer le coke pour produire le gaz réducteur, et en lui sub-

[1] VAN DEN BORREN.

stituant du charbon de bois, qui est beaucoup plus pur.

M. Strache a combiné, sur ce principe, un appareil qui a été utilisé en Allemagne, et qui comprend trois fours cylindriques verticaux[1].

Le premier contient le combustible, — ici le charbon

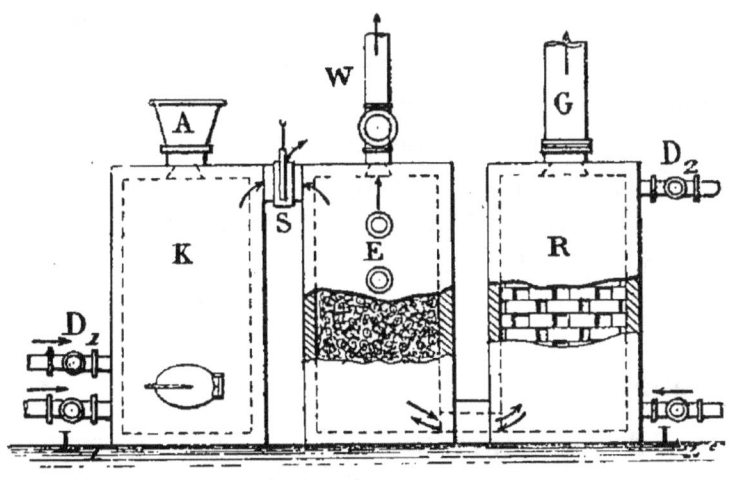

Fig. 100. — Appareil Strache au charbon de bois.

de bois, — dont la combustion incomplète, sous l'action d'un courant d'air entrant par le bas, donne naissance à de l'oxyde de carbone. Celui-ci passe immédiatement dans le second four, où il a accès par la partie supérieure, sur une colonne de copeaux de fer qui sont réduits en fer métallique.

Les gaz réducteurs, dont une partie s'est ainsi transformée en acide carbonique, contiennent encore cependant une quantité notable d'oxyde de carbone. Pour ne point rejeter en pure perte cet oxyde de carbone en

[1] H. Moedebeck.

excès dans l'atmosphère, on fait passer tout le courant gazeux dans le troisième four, qui constitue un récupérateur de chaleur. La combustion de l'oxyde de carbone sous l'action d'un courant d'air, porte à haute température les cloisons réfractaires du récupérateur, tandis que les gaz brûlés s'échappent par la cheminée.

Si alors on renverse le sens du courant gazeux, en fermant la cheminée et en isolant le premier four à combustible, il suffit de projeter de la vapeur d'eau, qui s'échauffe dans le récupérateur et va se décomposer dans le four intermédiaire au contact du fer ; celui-ci s'oxyde aux dépens de la vapeur, en mettant en liberté l'hydrogène de cette vapeur.

On lave l'hydrogène produit dans un scrubber, où il se débarrasse, en se refroidissant, de la vapeur dont il est saturé.

Procédés modernes. — D'intéressants perfectionnements ont récemment rendu industrielle la méthode générale dont Giffard avait jeté les bases. Le principal de ces perfectionnements a consisté dans la substitution à l'oxyde de carbone, dont nous avons vu les inconvénients, d'un gaz réducteur plus maniable, facile à produire industriellement, tel que le gaz à l'eau ou le gaz pauvre.

a) **Procédé Howard Lane.** — Dans le premier de ces procédés, l'inventeur, M. Howard Lane, faisait usage de deux gaz hydrocarburés différents, l'un servant simplement au chauffage des cornues (c'est un gaz pauvre), et l'autre servant au contraire à la réduction (c'est un gaz riche ou *high-grade*).

La nécessité d'avoir deux générateurs de gaz constituait une complication coûteuse dont on s'est affranchi dans les nouvelles installations, où le même gaz sert aux deux opérations.

La période de réduction étant deux fois plus longue que la période d'oxydation, on dispose trois cornues, l'une d'elles produisant de l'hydrogène, tandis que les deux autres sont à deux stades différents de régénération du fer métallique.

Dans le début, les cornues sont chargées de briquettes dont la composition est tenue secrète et qui, traitées par le gaz, donnent du fer métallique à l'état de division convenable.

L'installation comprend en outre : un générateur de vapeur, un récupérateur de chaleur et, enfin, un épurateur.

b) **Procédé Dellwick-Heischer** (à Hanau). — Très analogue à celui que nous venons de décrire, le procédé Dellwick-Heischer en diffère cependant sur plusieurs points. Tout d'abord la matière première est un minerai naturel à base de sesquioxyde de Fe^2O^3, qui est introduit concassé. La *formation* première est produite par la réduction de l'oxyde au moyen du gaz à l'eau, après quoi le fer métallique est dans l'état spongieux le plus propre aux opérations ultérieures.

La *phase d'oxydation* par la vapeur d'eau dure un quart d'heure, pendant laquelle on recueille l'hydrogène. Une fois terminée, on peut, si c'est nécessaire, ouvrir la cornue et la balayer par un courant d'air chaud, à l'effet de brûler le carbone qui se dépose parfois ; mais ce n'est là qu'une opération éventuelle, inutile la plupart du temps.

La *phase de réduction* comporte le traitement de l'oxyde de fer qui vient de se produire, par le gaz à l'eau, qui régénère le fer métallique. Cette phase dure trois quarts d'heure.

Le gaz produit a une force ascensionnelle de 1170 à 1180 gr. communément.

La durée des cornues en service est de quatre à six semaines en pleine marche. Chacune d'elles coûte 60 francs environ, ce qui ne grève pas d'une façon considérable le prix de revient, qu'on peut évaluer à 25 ou 30 centimes par mètre cube.

Les inventeurs ont prévu le cas où le carbone se déposerait pendant la phase de réduction et donnerait dans la phase suivante de l'oxyde de carbone qui se mélangerait à l'hydrogène. Il est toujours possible de s'en débarrasser alors par des projections convenables d'air chaud et de vapeur d'eau.

§ 5. — *Décomposition de la vapeur d'eau par le charbon.*

On sait que la décomposition de la vapeur d'eau passant sur du coke incandescent donne naissance à un gaz combustible qui, en raison de sa faible teneur en hydrocarbure, n'est pas éclairant. A cause de son origine, on le désigne sous le nom de *gaz d'eau.*

Sa composition est sensiblement la suivante :

Hydrogène (H).	55 %	en vol.
Oxyde de carbone (CO).	44	—
Acide carbonique (CO^2).	4	—
Azote (Az).	1	—

Or, tandis qu'il est facile de se débarrasser de l'acide carbonique en faisant barboter le gaz dans un lait de chaux, aucun réactif usuel ne permet d'éliminer l'oxyde de carbone.

a) **Procédé Hembert et Henry.** — MM. Hembert et Henry ont imaginé de le suroxyder et de le transformer en acide carbonique, en le soumettant une seconde fois à l'action de la vapeur d'eau.

La réaction est représentée par la formule :

$$CO + H^2O = CO^2 + 2H.$$

Un poids de 1 k. de charbon suffit à donner $1^{m3},416$ d'hydrogène, et le prix de revient de ce gaz, y compris l'amortissement des appareils, ne dépasserait pas 2 centimes par mètre cube.

En réalité, il est presque impossible d'arriver à l'élimination complète de l'oxyde de carbone et d'obtenir un gaz possédant une force ascensionnelle supérieure à 800 grammes.

b) **Procédé Strache** (*au coke*). — Nous nous contenterons également de mentionner le procédé du même genre imaginé par le docteur STRACHE, dont notre figure permet de se rendre compte.

Le générateur est rempli de coke que l'on porte à l'incandescence, en faisant traverser la colonne par un courant d'air dirigé de bas en haut. Lorsqu'on a atteint la température convenable, un clapet ferme la cheminée, ainsi que la conduite d'air, et l'on projette de la vapeur d'eau en D à la partie supérieure du générateur. Les produits de la décomposition sont appelés vers l'appareil d'épuration, et le gaz d'eau se rend enfin au gazomètre. Il faut 12 k. de charbon et 18 k. de vapeur pour produire 30 k. de gaz. Un générateur

contenant 6oo k. de coke peut donner 8o m³ à l'heure[1].
Le gaz produit étant beaucoup plus lourd que l'hy-

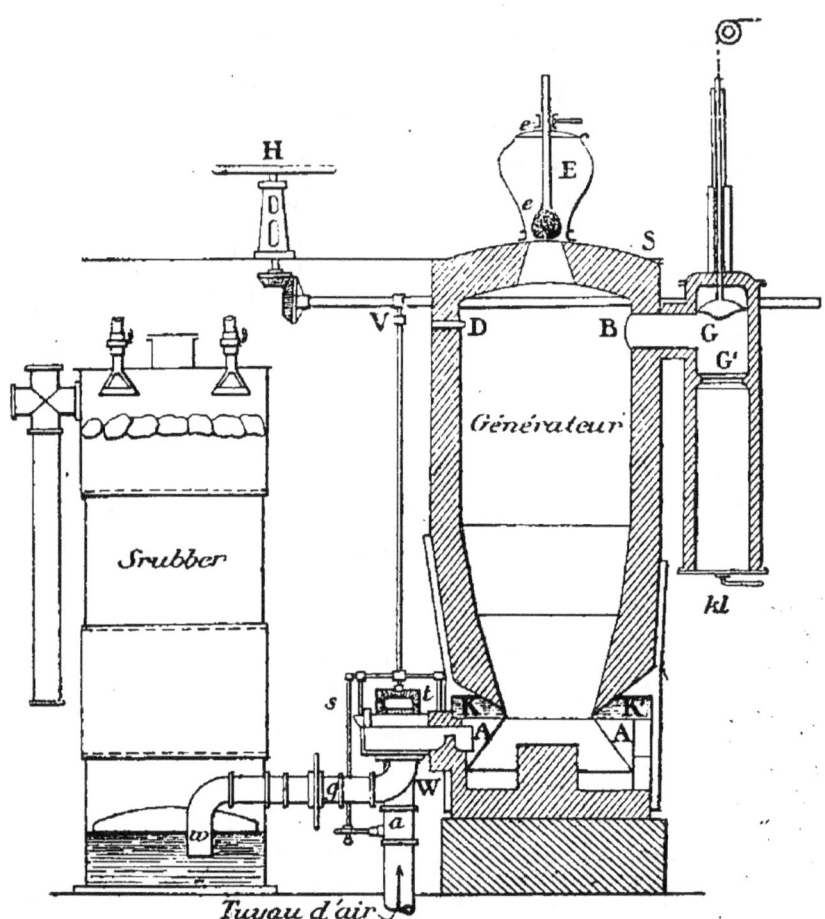

Fig. 101. — Appareil Strache au coke.

drogène fabriqué par d'autres procédés, il ne **semble**
pas nécessaire d'y insister.

[1] STRACHE. — MŒDEBECK, 1.

. *c*) **Procédé de la Société du Carbonium.** — Le professeur Dieffenbach, de Darmstadt, a imaginé plus récemment une méthode, exploitée par la *Société du Carbonium*, à Offenbach, près Francfort-sur-le-Mein, et cette méthode donne de bons résultats. Elle consiste : 1° à soumettre le charbon à un traitement chimique préalable ; 2° à le mélanger à de la chaux dans le gazogène ; enfin la réussite de l'opération dépend en grande partie d'un bon réglage de la température de la réaction.

On concasse du charbon de bois (ou même du coke), et on l'immerge dans une solution alcaline à base de silicate et de carbonate de potasse. On peut d'ailleurs récupérer une partie de ces sels alcalins, par la suite, en reprenant les eaux boueuses résiduaires qui s'échappent du gazogène et en les faisant servir au bain préalable du charbon.

Le charbon ainsi traité et séché est mélangé à de la chaux, également concassée, et le mélange est versé dans une cornue verticale placée dans un four en tôle doublée de terre réfractaire. La cornue, ouverte par sa base, plonge dans une cuvette où l'on maintient de l'eau formant joint hydraulique.

Le chauffage se fait par l'espace annulaire qui entoure la cornue où circulent les gaz chauds d'un foyer spécial. Des chicanes et des registres permettent de régler la température, qui, ne dépassant pas 650° celsius à la base, va en décroissant jusqu'à 450° au sommet, température inférieure à celle de la formation de l'oxyde de carbone.

La vapeur est surchauffée à 400° celsius avant d'être projetée, à travers la colonne de charbon, à la base de la cornue.

A mesure que le charbon se consomme, la chaux descend avec l'eau de condensation, qui entraîne également la potasse, jusque dans la cuvette inférieure, d'où on retire le liquide boueux de temps en temps. On peut d'ailleurs recharger en cours d'opération, en versant de nouvelles quantités de charbon dans une trémie supérieure munie d'une sorte de gros boisseau-éclusette.

Le gaz produit est un mélange d'hydrogène et d'acide carbonique; on le lave immédiatement dans deux laveurs successifs, puis il passe dans une colonne à la soude, pour le débarrasser de l'acide carbonique.

Analyse :

H.	99,5
CO^2.	0,08
CO.	0,30
Autres gaz.	0,12

Quantités de réactifs pour 1 000 m3 H :

Charbon de bois.	350 k
Chaux (5 fois le poids du charbon).	1 750
Potasse ($1/10$ du poids du charbon).	35

Le prix ne dépasse pas 12 à 14 pfennigs, soit 15 à 18 centimes le mètre cube.

§ 6. — *Décomposition des hydrocarbures.*

M. le lieutenant-colonel Van den Borren, du Génie belge, a proposé de substituer à l'oxyde de carbone, pour régénérer le fer dans la méthode de décomposition de la vapeur d'eau par le fer, des hydrocarbures susceptibles, par leur propre décomposition, d'apporter un utile appoint à la production de l'hydrogène.

En admettant pour ces hydrocarbures une composition moyenne C^2H^4, on aurait la réaction suivante tout d'abord :

$$Fe^3O^4 + C^2H^4 = 3Fe + 2H^2O + 2CO ;$$

$$\text{calories :} \quad 266 - \underbrace{\frac{136 + 60}{196}} = 70 \text{ calories.}$$

Mais, à température suffisante, on pourrait encore peut-être obtenir la réaction complémentaire :

$$2H^2O + 2CO = 2CO^2 + 4H ;$$

calories : $196 - 190 = 6$ calories,

qui donnerait directement de l'hydrogène.

L'opération définitive, réglée par un jeu convenable des températures, se résumerait alors par les réactions successives suivantes :

1° $C^2H^4 + 2H^2O = 2CO + 8H ;$

calories : $272 - 190 = 82.$

2° $C^2H^4 + 4H^2O = 2CO^2 + 12H ;$

calories : $76 - 160 = 136.$

Ces réactions, fortement endothermiques, exigent un apport de chaleur variant de :

$$\frac{76}{8} = 9,5 \quad \text{à} \quad \frac{82}{12} = 6,83 \text{ calories,}$$

pour la production d'un gramme d'hydrogène, minimum qui serait évidemment dépassé dans la pratique.

L'auteur du procédé basé sur l'action réciproque de la vapeur d'eau et de l'hydrocarbure estime que 1 k.

d'hydrocarbure permettrait d'obtenir pratiquement 3 m³ d'hydrogène avant toute épuration.

Toutefois il est possible, comme nous allons le voir, d'hydrocarburer d'une manière plus directe.

Procédé Rincker-Wolter. — Dans le procédé imaginé par MM. Rincker et Wolter, d'Amsterdam, la matière première est un hydrocarbure liquide particulièrement bon marché, au *gaz-oil*, résidu de la distillation du pétrole, ce qui a fait donner au gaz produit le nom de *gaz de résidu*.

En pulvérisant en pluie un mélange de gaz-oil et de goudron sur du coke incandescent, la décomposition est plus ou moins complète suivant la température de la réaction, et l'on obtient, soit un gaz encore chargé d'hydrocarbures et par suite éclairant, soit de l'hydrogène à peu près pur, contenant à peine 2 à 3 o/o d'oxyde de carbone et des traces d'oxygène. Il est inutile de parler de l'acide carbonique, dont il est toujours facile de se débarrasser.

Cette faculté de fabriquer à volonté du gaz d'éclairage ou de l'hydrogène aérostatique est particulièrement intéressante, parce que l'appareil pourrait être installé dans un grand nombre d'usines de gaz destinées à l'éclairage public, auquel cet appareil contribuerait au service courant, tout en pouvant éventuellement servir au gonflement des ballons.

Pour produire 1 m³ d'hydrogène, il faut :

Mélange de gaz-oil et de goudron. . . .   0k,6
Coke métallurgique. 1k,5

Le gaz-oil ne coûte que 5 fr. 50 à 6 fr. les 100 k. à Amsterdam. Il est vrai que ce produit est grevé à son entrée en France d'un droit de 9 fr., d'autant plus exorbitant qu'il s'agit d'un déchet de fabrication, d'un résidu. Toutefois il serait possible de trouver, en Auvergne notamment, des naphtes susceptibles d'être employés au même usage.

L'usine comporte deux gazogènes ou fours verticaux remplis de coke qu'on met en jeu alternativement, car la fabrication est discontinue, comme d'ailleurs dans plusieurs des procédés précédents. Un ventilateur permet d'activer la combustion du coke pour l'amener à la température convenable. Un distributeur permet alors de projeter l'hydrocarbure liquide, dont la décomposition est d'autant plus complète que la température est plus élevée. La réaction refroidit rapidement la colonne de combustible, et l'on est obligé d'interrompre au bout de trois minutes, au bout desquelles on est obligé de réchauffer par un nouveau courant d'air; une injection de vapeur pendant 15 secondes nettoie le distributeur, tandis qu'on met en œuvre le deuxième gazogène.

Le gaz produit par ce procédé contient une certaine quantité d'oxyde de carbone. Les inventeurs, dès leurs premiers essais, étaient parvenus à éliminer cette impureté; mais l'application du procédé d'épuration Franck et Caro est venu très heureusement compléter la méthode, qui donne aujourd'hui un gaz très pur.

Épuration Franck et Caro. — On se débarrasse de l'oxyde de carbone en faisant passer le gaz sur de la *chaux sodée* à 20 0/0.

Consommation de réactifs (y compris chauffages des fourneaux à la chaux sodée) :

Houille. 1k,050
Charbon. 0k,557
Coke. 0k,570
Chaux sodée à 20 %. 0k,727
Eau. . . . . litres.   37,4

En appliquant les prix allemands, le Dr Mass, chargé des épreuves officielles, arrive au prix extrêmement modique de 24414 pfennigs par mètre cube de gaz.

Usine sur rails. — Le procédé Rincker et Wolter ainsi complété a été appliqué pour constituer une usine sur rails, destinée à l'armée allemande, pour les gonflements ou ravitaillements des dirigeables en campagne. L'usine étant garée sur une voie de service, où elle trouvera facilement l'eau nécessaire, il sera toujours possible d'amener un dirigeable par ses propres moyens jusque-là.

L'installation comprend 2 wagons pesant chacun 30 tonnes environ, l'un portant le générateur, l'autre les appareils d'épuration. La force motrice est empruntée à la locomotive elle-même.

A la vérité, le train ne peut produire que 100 m³ à l'heure, ce qui semble bien insuffisant pour justifier une organisation aussi formidable.

§ 7. — *Procédés par décomposition de l'eau par les métaux.*

Les méthodes que nous venons d'exposer se prêtent surtout à l'organisation d'usines fixes; mais dès la création du service aérostatique en France, en 1875, Charles Renard, alors capitaine, avait porté toute son attention sur la fabrication de l'hydrogène en campagne, et avait essayé au laboratoire les procédés les plus divers, explorant ainsi toutes les voies où les plus récentes recherches se sont orientées depuis.

En particulier, on sait que les métaux alcalins et alcalino-terreux décomposent l'eau, soit directement, soit avec l'adjonction d'un corps excitateur. Le zinc lui-même peut donner lieu à cette décomposition dans de certaines circonstances.

a) **Emploi du zinc antimonié et du zinc cuivré.** — C'est ainsi que l'eau bouillante se décompose au contact d'un alliage de zinc et de cuivre, ou d'un alliage de zinc et d'antimoine.

Dans ce dernier cas, l'oxydation donne lieu à la formation d'antimoniate de zinc, à raison de 3 k. par m³ d'hydrogène mis en liberté. On a donc ici un très faible poids de réactifs à transporter ; mais le dégagement est excessivement lent, ce qui conduirait à recourir à des appareils énormes et lourds.

b) **Chaux et zinc.** — Le procédé W. Majert et Richter[1] est basé sur la propriété du zinc en poudre, quand il est chauffé avec certains corps hydratés (chaux, ciment, bauxite, alumine, etc.), de décomposer l'eau que ces corps renferment, pour donner de l'hydrogène et de l'oxyde de zinc. La réaction passe par deux phases, réalisées à deux températures différentes :

1° Au rouge sombre :

$$2CaHO + 2Zn = Ca^2 \!\!\begin{array}{l} \diagup HO \\ O \\ \diagdown HO \end{array}\!\! + Zn + ZnO + 2H$$

HO   HO

---

[1] JOSEPH STAUBER. — MŒDEBECK, **1**.

2° Au rouge vif :

$$Ca^2 {<}_{}^{HO} O + Zn + ZnO = 2CaO + 2ZnO + 2H.$$

L'hydrogène pur se dégage, et il ne reste plus que de la chaux et de l'oxyde de zinc.

La seconde phase étant relativement plus lente, on préfère en pratique, pour une préparation rapide, arrêter l'opération avant la décomposition complète, malgré que l'on perde ainsi un peu d'hydrogène.

Le mélange de zinc en poudre et de la matière hydratée est enfermé dans des cartouches soudées, que l'on introduit dans un appareil composé de 20 tubes placés dans un four. Le tout, monté sur roues, assure en 6 heures le gonflement d'un ballon de 600 m³.

c) **Décomposition de l'eau par un métal alcalin.** — En projetant des fragments de métal alcalin dans de l'eau froide, il se dégage immédiatement de l'hydrogène.

Si l'on s'adresse au sodium pour cette préparation, ce métal, étant plus léger que l'eau, flotte à la surface et s'enflamme spontanément, avec déflagration, au contact de l'air, rendant l'opération dangereuse.

Le calcium, au contraire, est plus lourd que l'eau, ce qui permet d'éviter l'inconvénient ci-dessus. Mais, malgré les grands progrès réalisés dans la fabrication des métaux alcalins au four électrique, ces métaux, le calcium surtout, sont d'un prix très élevé, qui rend leur emploi inabordable pour des usages pratiques et industriels. Il suffirait de 2 k. de calcium pour produire 1 m³ d'hydrogène.

d) **Décomposition de l'eau par l'aluminium et la soude caustique** (Renard). — Les mêmes raisons, — le prix élevé du métal, — ont pendant longtemps fait négliger aussi un autre réactif, l'aluminium, qui, en présence de la soude caustique, détermine également la décomposition de l'eau.

Toutefois ce procédé, qui avait été signalé en 1885 par le colonel Renard, a fait récemment l'objet de nouvelles expériences qui montrent qu'on en peut tirer un utile parti, surtout lorsque les considérations du prix de revient n'entrent pas en jeu, comme il arrive dans certaines applications militaires.

Il a été utilisé par l'armée russe, dans la guerre contre le Japon.

La réaction

$$4Al + 6NaOH = 6Na + 2Al^2O^3 + 6H$$

montre que, pour obtenir 1 m³ d'hydrogène, il faut 1 k. d'aluminium et environ 1,6 k. d'hydrate de soude, en présence de 6,5 k. d'eau; le lavage exige en outre 50 litres d'eau environ.

Les réactifs à transporter ne pèsent donc que 2,6 k. par mètre cube de gaz; mais la dépense atteint 3 fr. 50 à 3 fr. 75.

En Allemagne, on utilise encore cette méthode, sous le nom de *procédé hydric*, pour gonfler les petits ballons de la télégraphie sans fil, où le prix est de peu d'importance. L'appareil ne pèse que 157 k. pour la production de 10 m³ en une heure.

e) **Aluminium et sel de mercure.** — L'emploi de l'aluminium et de la soude présente certains inconvénients, qui ont fait chercher à remplacer la soude par une autre substance excitatrice.

Précisément, M. Ch.-Ed. Guillaume a montré, il y a quelques années, qu'un sel de mercure jouerait utilement ce rôle, et le Dᵣ Helbig prenait, le 7 mai 1902, à Rome, un brevet pour la réalisation industrielle de cette expérience de laboratoire.

Enfin M. Mauricheau-Beaupré, qui d'ailleurs ne connaissait pas les travaux du Dᵣ Helbig, s'est attaqué au même problème, en faisant intervenir en outre l'action catalytique de traces de cyanure de potassium.

f) **Procédés au silicium.** — Tandis que les méthodes précédentes ne sont pas entrées dans le domaine de la pratique, les applications militaires font un utile emploi, en campagne, de procédés dont le *silicium* forme la base.

Expérimenté par le colonel Ch. Renard, réalisé pratiquement par Schückert, en Allemagne, et par G. Joubert, en France, le procédé a été grandement amélioré par le capitaine du génie Lelarge, du laboratoire de Chalais, qui a créé tout un matériel d'usine fixe et d'usine roulante.

On sait que le silicium décompose les lessives alcalines.

La maison Schückert emploie une lessive sodique étendue, chauffée par la vapeur, et du silicium métallique, simplement aggloméré par de la chaux. Les appareils sont construits pour produire de 50 à 120 m³ d'hydrogène à l'heure, d'après la formule :

$$Si + Ca(OH^2) + Na^2(OH)^2 = SiO^3Na^2CaO + 2H^2$$

Toutefois le silicium pur est coûteux, et M. G. Joubert a réalisé un progrès important en lui substituant du *ferro-silicium* à 80 ou 90 0/0, dont le prix est abordable. La matière excitatrice est encore une lessive de soude, mais concentrée, et la réaction s'opère sans apport de chaleur extérieure. Le poids des réactifs ne dépasse pas 2 k. par m³ d'hydrogène. Il faut 5 à 6 litres d'eau.

La réaction peut d'ailleurs se produire à sec en employant un mélange auquel M. Joubert a donné le nom d'*hydrogénite*, et qui comprend les corps pulvérisés. Ce mélange est très stable à froid, mais il réagit à chaud : il suffit de l'enflammer sur un point en approchant une allumette.

Pratiquement, la matière est de la chaleur sodée, et il en faut 3 k. par mètre cube.

On a donné à cette méthode le nom de *procédé au silicol*.

Le capitaine Lelarge a construit deux types d'appareils, l'un constituant une *usine fixe* capable de fournir 1500 m³ de gaz à l'heure, et l'autre constituant une *usine demi-fixe* donnant 400 m³. Pour toutes les deux, d'ailleurs, le système général est le même, et l'organe nouveau, dû au capitaine Lelarge, qui permet cette production rapide, est un *laveur-épurateur* de grande efficacité sous un très petit volume, qui permet de refroidir le gaz de 111° à 18 ou 20°. L'eau qui est entrée à 12° en ressort à 90°.

L'*usine sur roues* des parcs de campagne comprend deux voitures pesant, l'une 2700 k., et l'autre 3000 k. Elle permet de fabriquer 400 m³ de gaz à l'heure.

§ 8. — *Emmagasinement de l'hydrogène par absorption
dans une substance appropriée.*

a) **Procédé à la gazéine** (Renard, 1880-85). —
Le problème qui consiste à trouver une substance susceptible de donner naissance à de l'hydrogène, par sa

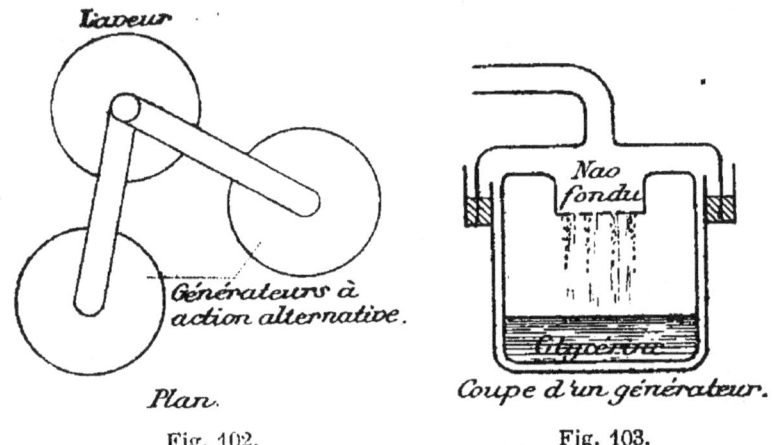

Fig. 102.   Fig. 103.

Générateur Renard à gazéine.

seule action sur l'eau ou par simple chauffage, a fait
l'objet de recherches extrèmement laborieuses de la
part du colonel Renard, et c'est ainsi que, de 1880
à 1885, les aérostiers français ont été dotés d'un réactif
solide auquel le colonel Renard, son inventeur, a donné
le nom de *gazéine* et qui, sous un faible poids, permet
de fabriquer de l'hydrogène : il suffit de 3 k. de gazéine
pour produire 1 m³ de gaz. Malheureusement la préparation même de cette substance est délicate et difficile, dangereuse même.

Elle comporte le chauffage à haute température

d'un mélange de glycérine et de soude caustique. Les produits qui prennent naissance varient avec la température de la réaction.

Glycérine.	Soude.	Acétate de soude.	Formiate de soude.

à 200° : $C^6H^8O^6 + 2\left[{Na \atop H} > O^2\right] = \left\{ \begin{array}{l} C^4H^3NaO^4 + C^2HNaO^4 \\ \quad\quad + 2HO + 4H. \end{array} \right.$

à 300° : $C^6H^8O^6 + 3\left[{Na \atop H} > O^2\right] = 3C^2NaO^4 + 11H.$

à 400° : $C^6H^8O^6 + 6\left[{Na \atop H} > O^2\right] = 6NaOCo^2 + 14H.$

Comme on le voit, à 400° la glycérine est capable de réagir sur une grande quantité de soude, et tout l'hydrogène de ces deux éléments est mis en liberté.

On peut préparer la gazéine au moment de son emploi. Toutefois, en raison même des dangers de cette préparation, il est préférable d'établir une usine fixe et donnant l'hydrogène d'une façon continue.

On dispose alors, côte à côte, deux générateurs contenant de la glycérine. A la partie supérieure de chacun de ces générateurs, un récipient spécial est chargé de soude qui, en fondant, s'égoutte par des trous et tombe dans la glycérine. Il se produit alors un gonflement tumultueux, et l'on aurait à craindre des explosions ; pour éviter leurs effets dangereux, le couvercle est simplement posé dans un joint au mercure.

Il se dépose en même temps, sur les parois, du charbon pulvérulent et pyrophorique, susceptible également de combustion spontanée, ce qui constitue une nouvelle chance d'accidents.

L'hydrogène s'échappe par un conduit spécial et traverse un laveur, qui débarrasse le gaz de ses impuretés.

Pour fabriquer l'hydrogène sur place, en campagne, et pour éviter les dangers que provoque la réaction primaire de la soude et de la glycérine, le colonel Renard avait modifié le mode opératoire ; on commençait par préparer la gazéine au laboratoire, sous la forme d'une pâte formée de ces deux éléments et renfermée dans une cartouche cylindrique de $0^m,30$ de longueur et de $0^m,05$ de diamètre. La gazéine ainsi préparée était, pour la production de l'hydrogène, introduite au moyen de coupelles de 2 mètres de longueur dans des cornues en fer disposées au nombre de dix au milieu d'un fourneau au coke. Tout cet appareil était monté sur roues et constituait une voiture facile à traîner à la suite des troupes.

Ce procédé fut appliqué avec succès aux manœuvres françaises de 1880 à 1883.

b) **Procédé au salin** (Renard). — Malgré la commodité du procédé à la gazéine, les dangers que nous venons de signaler dans la préparation des cartouches, — dangers qui cependant seraient atténués dans une fabrication régulière et industrielle, et qui ne dépassent pas ceux que l'on rencontre communément dans les usines d'explosifs, — ont fait renoncer à l'emploi de cette substance. Il était utile cependant d'avoir un mode de préparation de l'hydrogène facile à mettre en œuvre, même dans les pays lointains et dépourvus de routes, où l'on ne peut pas par conséquent traîner un lourd matériel.

C'est pour satisfaire à ces exigences que le colonel Renard a imaginé le procédé dit du *salin*, qui fut appliqué, en 1884, pendant l'expédition du Tonkin.

Le salin est un sulfate acide de soude. On le fait agir sur du zinc. L'action réciproque de ces deux corps, en présence de l'eau à froid, détermine la décomposition de cette eau. Un laveur débarrasse le gaz produit des traces d'acide sulfurique entraînées.

c) **Hydrure de calcium.** — Par analogie avec la fabrication de l'acétylène, qui se forme lorsqu'on projette du carbure de calcium dans l'eau, M. Moissan a découvert un corps jouant le même rôle à l'égard de l'hydrogène. Ce corps est un hydrure de calcium, c'est-à-dire une combinaison d'hydrogène et de calcium [1].

Le procédé indiqué par Moissan pour préparer l'hydrure de calcium consiste à faire agir au rouge sombre de l'hydrogène pur et sec sur du calcium précédemment obtenu, soit :

1° Par l'action du sodium sur l'iodure de calcium ;

2° Par l'électrolyse de l'iodure de calcium ;

3° Par l'action du magnésium sur l'iodure de calcium ;

4° Par réduction de la chaux au four électrique par le charbon.

Le calcium obtenu par ces méthodes est impur et doit être purifié au moyen de l'alcool absolu.

Plus récemment, M. Guntz, professeur à la Faculté de Nancy, a indiqué un mode de préparation de l'hydrure de baryum qui peut également s'appliquer à celle de l'hydrure de calcium [2]. Ce savant électrolyse un bain de mercure en prenant comme anode une solution saturée de chlorure de baryum, ou bien en faisant

[1] MOISSAN, p. 311.
[2] GUNTZ, p. 1.

agir sur l'amalgame de sodium une solution saturée de chlorure de baryum. De toute façon, on obtient un amalgame de baryum, et l'on enlève ensuite le mercure, — en presque totalité, — par distillation dans le vide. On fait arriver l'hydrogène lorsque le baryum ne renferme plus que 3 à 4 centièmes de mercure.

Ce procédé pourrait s'appliquer également à la fabrication industrielle de l'hydrure de calcium.

Quand l'hydrure de calcium est chimiquement pur, il se présente sous la forme d'une matière blanche, fondue, cristalline, dissociable à 600° dans le vide et sans dissolvant connu. Sa densité est de 1,7. Traitée par l'eau, cette substance laisse dégager de l'hydrogène, à raison de 1143 litres par kilogr. de matière. La réaction est la suivante :

$$CaH^2 (hydrure) + 2H^2O = Ca(OH)^2 + 2H^2.$$

Le produit industriel se présente sous forme de morceaux irréguliers. Il titre 90 o/o d'hydrure pur, le reste étant constitué par de l'oxyde et de l'azoture. Le rendement est ainsi d'environ 850 à 1000 litres d'hydrogène pour 1 k. de substance.

Depuis quelque temps. M. Georges Jaubert prépare industriellement de l'hydrure de calcium, auquel il a donné le nom d'*hydrolithe*.

Le procédé Jaubert consiste à faire passer un courant d'hydrogène sur du calcium métallique dans des cornues horizontales chauffées à une haute température. Le calcium lui-même est préparé par l'électrolyse du chlorure de calcium fondu. L'énergie électrique nécessaire pour préparer 100 k. de calcium métallique par 24 heures est d'environ 40 volts et 7500 ampères, soit un courant de 300 kilowatts pendant 24 heures. Le calcium métallique industriel, de densité 1,85, se présente en barres cylindriques pesant quelques kilogrammes. Il fond à 760°, et sa surface est attaquée par l'air, ce qui oblige à prendre quelques précautions pour sa conservation.

Dans la décomposition de l'eau par l'hydrure de calcium, l'hydrogène produit est généralement d'une grande pureté. Néanmoins, il contient parfois une certaine quantité de gaz ammoniac ; cet alcali détériorant rapidement les vernis et les étoffes, il est bon, si l'on constate sa présence, d'épurer le gaz avec soin.

Le seul défaut de l'hydrure dans l'état actuel de sa fabrication industrielle, c'est de coûter cher. Son prix de revient est de 5 à 6 francs le kilogramme, donnant 1 mètre cube de gaz. Ce prix élevé n'a rien d'étonnant si l'on envisage qu'il a fallu passer séparément par la préparation préalable du calcium métallique et de l'hydrogène, avant d'associer ces deux éléments. L'hydrure n'est donc, en définitive, qu'un véhicule permettant un transport facile sous un volume et un poids restreints.

Il convient par conséquent de comparer le prix de l'hydrogène qui en provient, non pas à celui de l'hydrogène libre, obtenu par les procédés chimiques, mais au gaz comprimé à 120 ou 150 atmosphères, dans les réservoirs d'acier pour le transport. La différence est encore assez grande ; mais il ne faut pas oublier en outre que ces réservoirs pèsent environ 9 k. par mètre cube emmagasiné, tandis que l'hydrure ne pèse que 1 k. Dans maintes circonstances, la différence des prix **initiaux serait largement compensée par la dépense de** transport à pied d'œuvre, auquel il convient d'ajouter l'amortissement du prix des réservoirs et les frais de retour à l'usine.

§ 9. — *Traitement des hydrocarbures par les grands froids.*

Lorsque l'on refroidit suffisamment un mélange d'hydrocarbure et d'autres gaz (oxyde de carbone, azote...) avec de l'hydrogène, les différents composants du mélange se liquéfient bien avant ce dernier gaz, dont le point de liquéfaction, à la pression atmosphérique, n'est atteint que pour une température de 190° centigrades en dessous de zéro. On peut donc ainsi recueillir de l'hydrogène pur et sec. Si l'on opère, par exemple, sur du gaz d'éclairage commun, l'hydrogène n'étant pas éclairant, ce qui reste après l'opération possède à peu près le même pouvoir éclairant que le gaz primitif et peut par conséquent être utilisé. On peut donc considérer que la matière première ne coûte rien, et que le prix de revient de l'hydrogène est la seule dépense de main-d'œuvre et d'énergie. Or on estime qu'un cheval-vapeur permet d'obtenir 1 litre d'air liquide par heure, et qu'il faut traiter 2 m³ de gaz d'éclairage pour obtenir 1 m³ d'hydrogène.

Nous renvoyons pour le mode opératoire aux travaux de MM. d'Arsonval et Georges Claude.

Comme M. Van den Borren l'a proposé, on peut d'ailleurs appliquer le même procédé, non plus au gaz d'éclairage, mais au gaz à l'eau.

En raison du bon marché de cette préparation, on

pourrait arriver à abaisser notablement le prix de revient de l'hydrogène.

Il suffit de 1 k. de charbon (anthracite ou coke) pour obtenir 1 m³ d'hydrogène, en mélange avec d'autres gaz (oxyde de carbone, acide carbonique, carbure, etc.), ce qui mettrait le mètre cube d'hydrogène à 0,035 environ. En traitant la vapeur d'eau par l'hydrocarbure, on abaisserait encore ce prix de revient, étant donné que 1 k. d'hydrocarbure pourrait pratiquement produire 3 m³ d'hydrogène à épurer.

L'épuration ne saurait être évaluée d'une manière précise, en l'état de la question. On peut cependant établir les prévisions suivantes[1].

	PRIX DU M. CUBE H DANS UNE INSTALLATION	
	fixe	mobile
	centimes.	centimes.
a) Gaz d'éclairage ou gaz d'eau. . .	1,5	5
b) Vapeur d'eau et charbon. . . .	3	»
c) Vapeur d'eau et hydrocarbure. .	»	5

Une installation fixe capable de produire environ 50 m³ d'hydrogène pur par heure, avec moyens d'emmagasinement pour 1000 m³, coûterait approximativement 45000 fr. (30000 fr. seulement pour le traitement du gaz d'éclairage).

Pour un débit de 50000 m³ par an, les frais de

[1] Van den Borren.

main-d'œuvre, entretien, intérêts et amortissement, s'élèvent ensemble à 9500 fr. dans le cas général, et 6000 fr. pour le seul traitement du gaz d'éclairage. En comptant ce dernier à 10 centimes, on arrive à fixer en définitive le prix du mètre cube d'hydrogène à 32 centimes, prix qui s'abaisserait lorsque la consommation augmenterait.

§ 10. — *Procédés électrolytiques.*

Avantages des procédés électrolytiques. — Pour la fabrication directe de l'hydrogène, lorsque toutefois il n'est pas nécessaire d'opérer avec une grande rapidité, ce qui exigerait des appareils considérables, mais lorsqu'il s'agit au contraire d'une production régulière et continue, les procédés électrolytiques de décomposition de l'eau sont certainement les plus parfaits. Ils permettent, en effet, d'obtenir le gaz dans un état de pureté complète et de bénéficier ainsi d'une force ascensionnelle aussi grande que possible.

En outre, si l'on admet que l'oxygène recueilli en même temps a une valeur marchande élevée, le prix de revient de l'hydrogène se trouve notablement réduit.

État de la question au point de vue industriel. — Il existe, dès aujourd'hui, des appareils électrolyseurs nombreux et d'un bon rendement. D'autre part, la technique de l'opération est suffisamment établie pour qu'on puisse considérer cette méthode comme industrielle.

Ce mode de préparation, relativement lent, mais

régulier, se lie aux procédés de transport, aujourd'hui universellement admis, pour les applications militaires, tout au moins, de l'hydrogène comprimé dans les tubes d'acier. Toutefois le matériel de ces tubes qu'une usine peut posséder est d'autant plus restreint qu'il est fort coûteux; il convient donc de prévoir l'emmagasinement préalable dans des gazomètres dont le prix doit entrer en ligne de compte, lorsqu'il s'agit d'établir les frais de premier établissement d'une usine.

Aperçu théorique. — Théoriquement, l'eau se décompose sous un courant de 1.5 volt; mais il faut tenir compte des résistances, et, d'autre part, jusqu'à 2.5 volts, la production horaire est faible. On se résout donc, pour augmenter légèrement la rapidité de l'opération, à perdre un peu de l'énergie électrique, ce qui conduit à maintenir la différence de potentiel entre 2,7 et 3 volts, sans toutefois dépasser ce dernier chiffre. L'eau doit être rendue conductrice par l'adjonction d'acide sulfurique (27 pour 100) ou d'une autre substance.

Voltamètre de laboratoire. — Ses inconvénients. — Les voltamètres de laboratoire sont à électrodes de platine, aussi rapprochées que possible. On coiffe ces électrodes de deux petites éprouvettes remplies d'eau au préalable, dans lesquelles se dégagent les gaz de la décomposition, l'oxygène d'un côté, l'hydrogène de l'autre.

Cet appareil ne saurait servir de type pour un générateur industriel. Ses deux principaux inconvénients proviennent de ce que : 1° les électrodes en platine sont fort coûteuses; 2° l'interposition, pour la séparation des gaz, de parois en verre entre les électrodes crée une résistance considérable qu'il faut vaincre en dépensant de l'énergie électrique en pure perte.

Conditions de la production industrielle.

— Pour résoudre le problème industriel, il est donc nécessaire, tout d'abord, de substituer au platine des matériaux moins coûteux, quoique durables, et ensuite de trouver un diaphragme de séparation, à la fois perméable aux liquides de l'électrolyte, assez étanche néanmoins aux gaz, et n'opposant qu'une résistance minime à l'électricité.

Voltamètre Renard[1].

— Ces questions, étudiées dès 1885 par M. d'Arsonval, ont été résolues à peu près simultanément par l'ingénieur russe Latchinov et le colonel Renard. Le voltamètre de ce dernier est monté à Chalais depuis 1888; mais les recherches et le modèle d'expérience sont antérieurs à cette date. Les études du colonel Renard ont porté en particulier sur la membrane poreuse à l'eau le mieux capable de servir de diaphragme pour la séparation des gaz. Les vases en terre poreuse sont, d'une manière générale, d'une trop grande résistance électrique. Le savant directeur de l'aérostation militaire s'est arrêté à la toile d'amiante.

Il a reconnu en même temps qu'on peut se servir de fonte ou de tôle pour constituer les électrodes, mais à la condition de remplacer, dans l'électrolyte, l'acide sulfurique, qui détruit rapidement les métaux communs, le charbon et l'argent platiné lui-même, par de la soude aussi pure que possible, — la soude à

[1] ESPITALLIER, 5, p. 79.

la chaux, par exemple, — à la teneur de 15 pour 100.

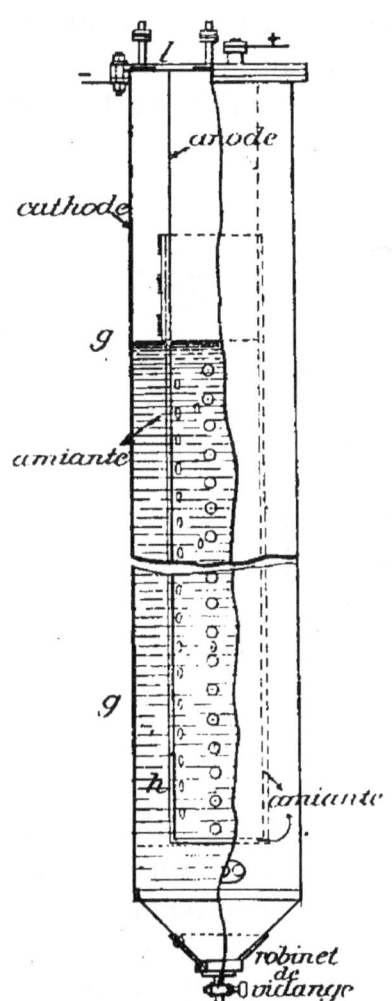

Fig. 104. — Élément du voltamètre
Renard (1ᵉʳ modèle).

Dans ces conditions, chaque élément du voltamètre Renard comprend une anode cylindrique en tôle de 3 m. 80 de haut, percée de trous pour le passage de l'eau sodique; ce cylindre est recouvert d'un fourreau de toile d'amiante formant diaphragme; le tout est centré dans un cylindre plus grand en fonte, constituant à la fois la cathode et la paroi extérieure du voltamètre; des bagues en ébonite maintiennent le centrage tout en isolant les deux électrodes.

Les gaz produits par l'électrolyse sont recueillis à la partie supérieure de la capacité centrale et de l'anneau périphérique, au moyen de tubulures qui les conduisent aux gazomètres correspondants.

Un appareil spécial, appelé *compensateur*, évite qu'une variation accidentelle de pression n'amène une dénivellation du liquide dans les deux parties intérieures du voltamètre, et ne provoque l'échange des gaz à travers la paroi séparatrice.

Le modèle ainsi décrit peut fournir, à l'heure, 158 litres d'hydrogène avec un courant de 365 ampères et sous 2,7 volts. La surface des deux faces de l'anode est égale à la surface intérieure, la seule active, de la

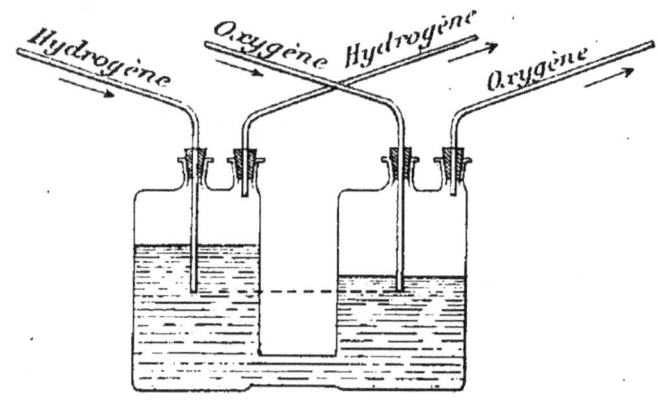

Fig. 105. — Compensateur de l'appareil Renard.

cathode, qui est de 360 décimètres carrés. La densité du courant aux électrodes est ainsi de 1 ampère environ. La dépense d'électricité atteint donc $365 \times 2,7 \times 1$ heure $= 0,98$ kilowatts-heure pour obtenir 0 m³ 158 d'hydrogène, ce qui correspond à une dépense de 6 kilowatts-heure par mètre cube.

Une usine de 36 éléments semblables permet de produire 5300 litres d'hydrogène et 2750 litres d'oxygène à l'heure, soit en tout 8250 litres de gaz, et annuellement la production pourrait atteindre 39600 m³ cubes d'hydrogène et 19800 m³ d'oxygène, c'est-à-dire au total 59400 m³ de ces deux gaz, que l'on doit comprimer en outre dans des récipients métalliques, seul moyen pratique pour livrer des produits gazeux à la consommation.

Il y aurait lieu de rechercher d'ailleurs s'il ne serait pas avantageux et économique de fabriquer ces gaz directement sous la pression voulue, la décomposition électrolytique pouvant se faire sans plus grande dépense d'énergie électrique dans ces conditions. On éviterait ainsi les frais assez considérables que nécessite la compression mécanique. Toutefois on serait alors conduit à donner à la paroi extérieure du voltamètre une épaisseur considérable pour résister à la pression, et la réalisation d'un semblable appareil serait ainsi difficile et coûteuse.

Appareils divers. — De nombreux industriels, à la suite des savants que nous avons cités, ont créé des appareils présentant chacun des avantages particuliers, et l'on peut dire qu'aujourd'hui toutes les questions pratiques ont été étudiées et résolues.

Au point de vue de l'électrolyte, les uns emploient (dans le procédé *Schmidt*, de Zurich, notamment) du carbonate de potassium titré au $\frac{1}{10}$, et exempt de sulfate; les autres utilisent la soude ou la potasse caustique (Garuti-Schuckert-Schoop-Laschinov).

En général, l'intensité du courant ne dépasse pas 2 à 4 ampères par décimètre carré d'électrodes. Il faut une dépense de 6 kilowatts-heure pour 1 m³ d'hydrogène et 1/2 m³ d'oxygène; soit une force motrice de 10 chevaux pour la même production.

Les appareils présentent une forme plus ramassée

que dans le voltamètre Renard, grâce au groupement des éléments dans une cuve rectangulaire

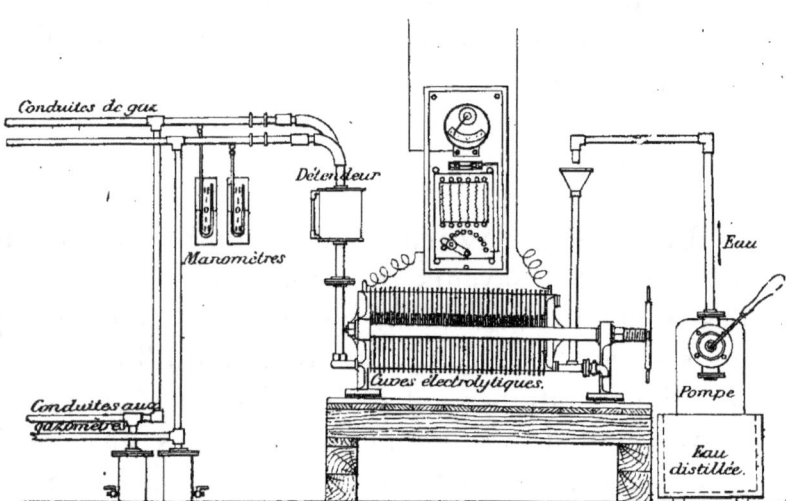

Fig. 106. — Montage d'une usine Schmidt.

Ces éléments sont des plaques planes perforées, disposées parallèlement. On adopte généralement, pour ce groupement, la disposition connue sous le nom d'*appareillage électrolytique bipolaire*, où chaque plaque sert de cathode sur une face et d'anode sur l'autre.

Dans l'appareil *Schmidt*, cet arrangement est transversal. Les plaques en fonte, séparées par un diaphragme en amiante, sont serrées les unes contre les autres, comme dans un filtre-presse, ce qui supprime toute cuve d'ensemble. On isole en coulant une pâte spéciale autour des baguettes.

Les gaz produits sont conduits séparément, par de petits canaux, chacun à un collecteur. Ils entraînent le liquide jusqu'à un séparateur, d'où l'eau est ramenée à l'appareil. Il y a donc une circulation automatique du liquide, favorable à la régularité de l'opération.

Dans le premier modèle *Garuti*, il n'existait que 3 plaques disposées longitudinalement dans une cuve. Dans les nouveaux appareils du même constructeur, on est revenu au dispositif transversal ; mais le principe est le même.

Ce qui le caractérise, c'est la suppression du diaphragme, une des plaques jouant le rôle de séparateur actif.

Si l'on considère trois plaques parallèles (fig. 107), les deux extrêmes servant d'électrodes unipolaires, au lieu de descendre la plaque intermédiaire jusqu'au fond de manière à séparer la cuve en deux compartiments distincts (A), soulevons cette plaque en établissant une communication directe en dessous (B).

Si E est la force électromotrice nécessaire pour effectuer l'électrolyse entre M et C, il suffit de régler la marche pour un potentiel un peu plus élevé, — très peu ; immédiatement on voit disparaître tout dégagement sur les faces de la plaque intermédiaire, qui n'est

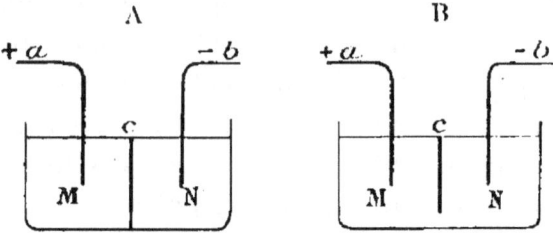

Fig. 107. — Montage Garuti.

plus, pour ainsi dire, qu'un relais, et les gaz se dégagent sur M et sur N. C est en quelque sorte un diaphragme métallique, mais actif, et qui n'introduit pas, dans le phénomène, de résistance parasite[1].

Dans un appareil *Schmidt* en marche normale, un modèle de 47 cellules donne un débit de 3 m³ 5 (à 0°, 760 m/m) avec un courant de 200,8 ampères et 114,8 volts. Ce nombre correspond à 0,359 litre par cellule et par ampère-heure.

D'après la loi de Faraday, le maximum théorique serait 0,4176 litre. On a donc un rendement de 86,9 %, avec une tension de 2,44 volts par cellule et une température de 32° de l'électrolyte.

Pour une production intensive, l'appareil peut d'ailleurs supporter une surcharge de courant de 30 % sans détérioration.

Prix d'une usine et prix de revient. —
M. Schmidt a donné, d'une exploitation industrielle,

---

[1] CHERUBINI (Claudio). — CANOVETTI, 3. — MŒBEBECK, 1.

un devis assez complet qui peut servir de base à une installation de ce genre.

Pour produire à l'heure 100 m³ d'hydrogène et 50 m³ d'oxygène, et pour comprimer ces gaz dans des bouteilles en acier, la construction de l'usine, l'aménagement mécanique et électrique, les gazomètres et le stock nécessaire de 1000 bouteilles, exigent une dépense de 137500 francs.

Les frais annuels, y compris l'intérêt et l'amortissement du capital, s'élèvent à 45625 francs.

La production annuelle vaut (au cours moyen actuel) :

Pour 9000m³ O à 5 francs	45000
Pour 18000m³ H à 1 fr. 55	27900
Soit	72900

En tenant compte des frais de représentant, on peut estimer à 21650 francs la somme à distribuer sous forme de dividende. L'entreprise serait donc rémunératrice ; mais on voit que c'est la vente de l'oxygène qui permet de réaliser un bénéfice. Or la force des choses et le développement de cette industrie amèneront nécessairement un abaissement du prix de ce gaz.

D'autre part, si l'on pouvait consommer l'hydrogène sur place, une usine étant établie pour la seule production de ce gaz, le capital d'installation se trouverait réduit de tout ce qui concerne l'emmagasinage de l'oxygène, et, en utilisant enfin une force hydraulique peu coûteuse, on réussirait sans doute à livrer l'hydrogène, — *non comprimé*, il est vrai, — à un prix variant de 0,56 et 0,96.

Résumé. — En résumé, la technique de la fabrication de l'hydrogène semble aujourd'hui bien établie. Les procédés se répartissent en deux grandes classés : les procédés lents et les procédés rapides. Les premiers, dont l'électrolyse est le prototype, ne se prêtent pas au gonflement direct des ballons, opération qui doit s'effectuer en aussi peu de temps que possible. Les seconds comprennent les méthodes très variées basées sur une réaction chimique, aidée ou non par la chaleur.

L'électrolyse de l'eau paraît être réalisée dans de bonnes conditions industrielles par les divers appareils actuellement en usage. Tout ce que l'on peut demander, c'est que des débouchés nouveaux des deux gaz produits se créent, et que les anciens se développent. Ce mode de fabrication comporte l'emmagasinage dans un gazomètre, ce qui nécessite un matériel coûteux ; il se complète, d'autre part, par la compression dans des bouteilles d'acier, ce qui constitue un moyen de transport commode, mais entraîne un approvisionnement de nombreux récipients également très coûteux.

D'autre part, les méthodes chimiques permettent dès aujourd'hui d'avoir de l'hydrogène à un **prix modéré**.

§ 8. — *Transport de l'hydrogène comprimé.*

Ce que nous venons de dire sur les procédés de fabrication appelle comme complément quelques indications rapides sur le transport de l'hydrogène à l'état comprimé dans des réservoirs d'acier, méthode à laquelle nous avons dû nécessairement faire allusion dans les paragraphes précédents, sans donner d'éclair-cissements à ce sujet.

L'avantage de ce moyen d'approvisionnement pour les ballons militaires est évident, car il dispense de traîner à la suite de l'armée non seulement une usine roulante, mais les convois de réactifs que nécessite la fabrication sur place. En outre, le gonflement n'est plus à la merci d'une opération qui exige une certaine durée, — si courte qu'elle soit, — et qui ne peut se faire en tout lieu, puisqu'il faut avant tout avoir une grande quantité d'eau.

Au point de vue du poids des réactifs, on sait qu'on ne saurait compter sur moins de 8 à 9 k. par mètre cube de gaz à produire. Il conviendrait d'y ajouter le poids des véhicules, qui serait considérable.

Les réservoirs en acier pèsent, il est vrai, 9 k. par mètre cube emmagasiné ; mais, sous ce poids, on en peut transporter, sur deux voitures, suffisamment pour assurer le gonflement d'un ballon normal de 540 à 600 m³. Le gain est donc considérable.

Si l'on ajoute que l'approvisionnement est toujours prêt, que le gonflement peut avoir lieu sur un point quelconque dépourvu d'eau, que sa durée ne dépasse pas un quart d'heure, on voit qu'on y gagne une mobilité extrême, et que l'on est toujours assuré de parer à un accident fortuit, puisque l'on a sous la main une réserve de gaz qu'il est possible d'insuffler dans l'enveloppe pour donner une vie nouvelle à l'aérostat.

L'armée anglaise est la première qui ait fait usage de ce mode d'approvisionnement en hydrogène, pour le service aérostatique, au cours de ses campagnes **exotiques du Soudan et du Bechuanaland.**

Encouragés par ce succès, les Italiens se sont empressés d'acquérir en Angleterre tout le matériel nécessaire à une expérience analogue, pour laquelle l'Abyssinie leur offrait un champ convenable.

C'est certainement dans ces expéditions lointaines, à travers des contrées dépourvues de routes et de moyens de transport, qu'il y a le plus d'intérêt à réduire les services d'approvisionnements à leur plus simple expression.

Dans le service anglais, les tubes-réservoirs étaient d'ailleurs assez petits et assez légers pour pouvoir être transportés par des hommes. Cette extrême division ne comporte pas une augmentation sensible du poids des réservoirs métalliques. On établit, en effet, facilement ce théorème qu'en faisant travailler le métal au même taux par millimètre carré de section, il en faut un poids constant pour emmagasiner une quantité de gaz occupant $1 m^3$ à la pression ordinaire de l'atmosphère, et ce poids est même indépendant de la pression.

Le seul inconvénient de la grande division, c'est d'exiger autant de robinets spéciaux que de réservoirs. Or ces appareils accessoires, pendant longtemps, ont coûté fort cher. Toutefois, il convient de dire qu'aujourd'hui on peut s'en procurer au prix de 5 francs.

Notre figure indique une coupe d'un robinet dans sa forme générale.

La bouteille est constituée par un cylindre terminé par deux calottes hémisphériques. On y emploie un acier doux de très bonne qualité, les éclatements pouvant donner lieu à des accidents extrêmement graves, comme l'expérience l'a prouvé.

Ces éclatements se sont produits, en général, lorsque

la compression du gaz atteignait 200 atmosphères, le poids de métal se réduisant à 6 à 7 k. par mètre cube de gaz. Le réservoir se fendait alors suivant une génératrice, comme il est naturel dans un cylindre ; mais il s'en détachait en outre assez souvent de gros frag-

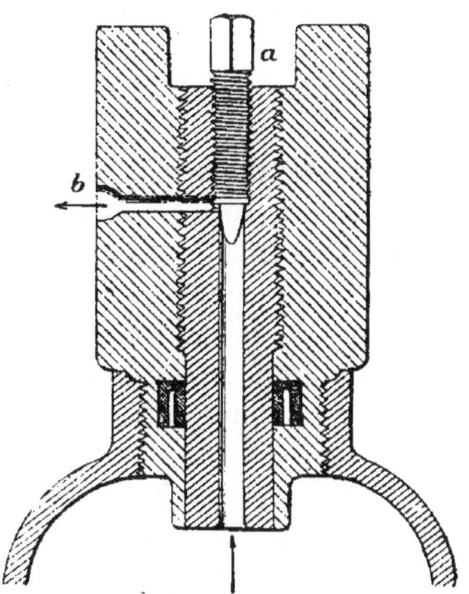

Fig. 108. — Robinet de réservoir à hydrogène comprimé.

ments qui, projetés avec une grande violence, étaient susceptibles de blesser le personnel. On a été conduit, en France notamment, à réduire la pression à 120 ou 130 atmosphères, ce qui fait ressortir le poids par mètre cube à 9 ou 8 k., et, dans ces conditions, les éclatements sont évités.

En Italie, on a appliqué un procédé de fabrication qui donne plus de sécurité encore, et qui consiste à entourer une assez mince enveloppe d'acier par un frettage en fils d'acier, suivant une méthode proposée jadis pour la fabrication des canons. Ce procédé offre à la fois des avantages de poids et de sécurité. Les fils d'acier sont, en effet, d'une régularité et d'une résistance remarquables; la disposition adoptée les soumet uniquement à des efforts d'extension auxquels ils résistent très bien, et il en résulte une économie notable du poids de métal.

En outre, les ruptures se font transversalement, en écartant les frettes, sans qu'il y ait projection d'éclats, ce qui réduit la gravité des accidents.

Il nous sera sans doute permis de mentionner ici que nous avions nous-même proposé, il y a quelque vingt ans, à la suite des études sur les canons en fils d'acier, un réservoir de ce genre, et, en face des bons résultats obtenus en Italie, de regretter que l'on n'ait pas cru devoir alors donner suite, en France, à cette proposition.

Les parcs militaires de ballons captifs sont tous, aujourd'hui, pourvus de voitures à hydrogène; mais leur organisation varie dans chaque armée. Chez nous, le principe a prévalu de réduire le nombre des réservoirs, ce qui réduit en même temps le nombre des organes de connection et, par suite, les chances de fuite. Les tubes d'assez gros diamètre sont disposés parallèlement sur un chariot, chaque voiture pouvant fournir 300 mètres cubes de gaz. A l'une des extrémités, le robinet de chaque réservoir donne accès dans un petit tube de cuivre conduisant à un collecteur fermé par un robinet général, qu'il suffit d'ouvrir pour lancer le gaz dans la manche en étoffe vernie servant au gonflement. Le rechargement des réservoirs se fait à l'usine, sans qu'on les déplace.

En Allemagne, les réservoirs sont plus petits et, par conséquent, en plus grand nombre, de telle sorte qu'on peut les arrimer sur une voiture plus courte[1].

Les deux dispositions ont leurs avantages et leurs inconvénients, qui se compensent sans doute, en sorte que l'on peut dire que toutes les grandes armées sont actuellement outillées d'une manière équivalente à cet égard.

[1] Les voitures allemandes sont composées de deux trains indépendants.

CHAPITRE XIX

(APPENDICE)

INDICATIONS COMPLÉMENTAIRES SUR LES BALLONS CAPTIFS

§ I. — *Les captifs sphériques.*

Les aérostiers de la première République.
— Dès l'invention du ballon, il apparut que son
emploi à l'état captif pouvait rendre d'importants
services aux armées en campagne, en les dotant
d'un observatoire élevé d'où le regard découvrait les
dispositions de l'ennemi sur une grande profondeur.
On sait qu'un matériel spécial fut organisé par Coutelle et Conté, et qu'il put coopérer utilement aux
opérations du siège de Maubeuge et à la bataille de
Fleurus.

Les imperfections de cette première application du
ballon captif à la guerre, et notamment la nécessité

de construire à poste fixe des fourneaux en maçonne-
rie pour la production de l'hydrogène de gonflement,
arrêtèrent l'essor de ce nouveau procédé d'observation
militaire.

Le matériel du colonel Charles Renard. —

Il ne rentre pas dans le cadre de cet ouvrage de développer ici l'historique des tentatives ultérieures ayant
eu pour objet l'emploi des ballons captifs dans un
but militaire. jusqu'au moment où. après la guerre
de 1870, le colonel Charles Renard créa, en France,
une organisation définitive et rationnelle, construisit un
matériel complet et judicieusement étudié dans tous
ses détails, en même temps qu'il imaginait des méthodes de production de l'hydrogène à pied d'œuvre,
soit par des générateurs roulants, soit par le transport
de gaz comprimé.

Le matériel d'ascension proprement dit de son
système comprend : le ballon et la voiture-treuil,
ce dernier appareil destiné à assurer les manœuvres
verticales par enroulement ou déroulement du câble
d'attache sur un treuil mû primitivement par un
moteur à vapeur, auquel, en l'état actuel de l'industrie, on substitue avantageusement un moteur à
explosion.

Nous nous attacherons surtout ici à donner les
caractéristiques du ballon lui-même.

Le ballon normal des parcs français créés par
le colonel Ch. Renard est un sphérique de 540 m³
(un peu plus de 10 m. de diamètre). Il porte à son
zénith une soupape à deux effets, et à son pôle inférieur une appendice servant à la fois de manche

de gonflement et de soupape automatique de sûreté.
Nous avons dit[1] que, dans le gréement pour ascensions captives, on est forcé d'augmenter la pression
intérieure, afin de résister aux rafales, et qu'à cet

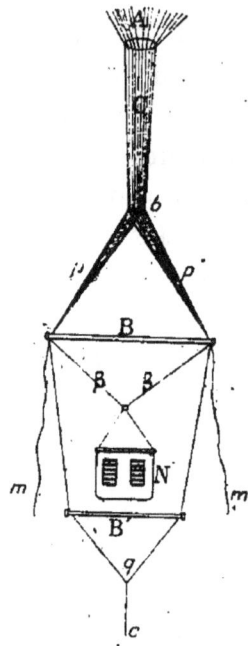

Fig. 109. — Suspension captive Ch. Renard.

A, filets. — C, conoïde. — b, barrette. — p, p, pinceaux. — B, B', barres
du trapèze. — N, nacelle, suspentes. — β, β, balancines. — q, triangle. —
C, câble de retenue. — m, m, cordes de manœuvre.

effet on donne à la manche d'un ballon captif le
double de longueur de celle du même ballon gréé
pour ascensions libres. Dans le ballon normal, cette
longueur est ainsi portée à 3 mètres.

L'enveloppe en soie ponghée de Chine est recou-

_____

1 Page 135.

verte d'un filet dont les pattes-d'oie viennent aboutir à un cercle de faible diamètre, point de départ du dispositif de suspension.

Cette suspension est la partie délicate du système. On ne saurait, en effet, intercaler purement et simplement la nacelle sur le trajet du câble de retenue, qu'elle suivrait dans tous ses changements d'inclinaisons, et dont la stabilité doit être complètement indépendante. En outre, il importe d'enrayer les mouvements rotatoires auxquels un captif sphérique échappe difficilement.

La suspension du colonel Renard comporte les organes suivants :

a) **Un conoïde de torsion,** de 3 mètres de longueur environ, formé de cordelettes réparties par un bout autour du cercle de filet et, par l'autre, le long d'une barrette droite horizontale ;

b) **Deux pinceaux** de cordage réunissant la barrette aux deux extrémités d'une longue barre de trapèze ;

c) **Le trapèze,** comprenant, en outre de la barre précédente, une barre inférieure, ces deux barres réunies par des cordages latéraux ;

d) **Un triangle de cordes** attachées aux extrémités de la barre inférieure, et dont le sommet sert de point d'attache au câble de retenue.

e) **La nacelle** en osier est suspendue par des cordes et des balancines à la barre supérieure du trapèze, dans le vide duquel elle peut osciller librement.

Tout mouvement de rotation du ballon, la nacelle résistant par inertie, tord le conoïde, qui réagit et constitue ainsi un frein en enrayant rapidement cette perturbation.

f) **Le câble** en chanvre, pesant 130 grammes par mètre courant, utilisé dans les premières installations, ne permettait pas de monter à plus de 300 mètres à cause de son poids. On a pu lui substituer un câble métallique de 1000 mètres, offrant la même résistance sous un poids beaucoup plus faible par mètre courant.

Le poids de 100 mètres de câble d'acier pour un ballon de 600 à 700 m³ est donc d'environ 14 kilos.

Ce câble, avant de s'enrouler sur le tambour de touage du treuil, passe sur une poulie universelle, dont la chape obéit aux changements d'inclinaison transversale qui peuvent affecter tout le système. Nous n'entrerons pas dans plus de détails en ce qui concerne l'organisation du treuil monté sur roues, tout l'ensemble ne pesant pas plus qu'une voiture d'artillerie et pouvant circuler partout à toutes les allures.

Efforts sur le câble. — En air parfaitement calme, la seule force à envisager est la force ascensionnelle restante, après déduction du poids mort du matériel, y compris 30 kilos de lest de sécurité et le poids de l'observateur. On peut estimer que cette force ascensionnelle restante ne dépasse pas 170 kilos pour le ballon normal.

Toutefois, l'air n'est jamais complètement calme, et l'on ne saurait même se contenter d'envisager les efforts en comptant sur un vent régulier. Quoi qu'il en soit, pour une première approximation et en supposant une vitesse uniforme V du courant atmosphérique, les expériences du colonel Renard sur le ballon *l'Invalide*, recouvert d'un filet, permettent d'établir que la poussée du vent a pour expression[1] :

$$R = 0,0256 \, D^2 \, V^2$$

où D est le diamètre du ballon et V la vitesse du vent. Pour un ballon de 10 mètres de diamètre, on aurait donc :

$$R = 2,56 \, V^2$$

de telle sorte que la poussée horizontale serait égale à la force ascensionnelle disponible, dès que le vent atteint la vitesse relativement faible V = 6 m.60 par seconde.

A ce moment, l'inclinaison générale du câble suivant la résultante serait de 45°, et l'effort de traction atteindrait :

$$T = 170\sqrt{2} = 240 \text{ kilos.}$$

En outre, on peut estimer que les efforts instantanés résultant des pulsations du vent et des rafales, — le câble ne se comportant pas comme un organe élastique, — déterminent des tractions instantanées doubles de la précédente, c'est-à-dire de 480 à 500 kilos, et qui peuvent dépasser largement cette valeur aux basses altitudes, zone dans laquelle l'atmosphère est le plus troublée. Si l'on admet un coefficient de sécurité de 10, qui est loin d'être excessif, on voit que le câble devrait avoir une résistance d'environ 5000 kilos à la rupture, pour résister à un vent de 10 mètres.

---

[1] Page 134.

Améliorations. — On peut chercher à réduire les effets du vent en supprimant le filet qui matelasse la surface extérieure et en attachant directement les cordes de la suspension à une ralingue équatoriale cousue sur l'enveloppe lisse.

On a également intérêt, pour maintenir le ballon le plus près possible de la verticale du point d'attache, à augmenter la force ascensionnelle disponible, et par suite le volume, que l'on porte à 600 m³, par exemple.

Enfin, pour éviter la formation de poches, qui augmentent singulièrement la poussée du vent, on a songé à recourir à certains artifices et notamment à l'organisation d'un ballonnet à air, que le vent peut gonfler automatiquement.

Ce ne sont là toutefois que des palliatifs, et, dans la pratique, le ballon captif n'est utilisable que lorsque le vent n'a pas une vitesse supérieure à 6 ou 7 mètres par seconde. Au delà de cette limite, il décrit des oscillations de grande amplitude dans le plan vertical et se rabat vers le sol. En outre, par le vent irrégulier et d'une orientation mal établie, tout le système est soumis à des girations qui troublent profondément les observations.

On a été conduit ainsi à chercher un dispositif soustrait aux différentes perturbations que nous venons de signaler, et l'adoption du ballon cerf-volant répond à ce désidératum. L'usage qui en a été fait pour le réglage du tir, pendant la guerre de 1914, nous a conduit à examiner, dans ce chapitre complémentaire, les dispositions et les conditions d'équilibre de ce genre de ballon.

§ 2. — *Ballon cerf-volant.*

Un cerf-volant est un appareil dont les surfaces inclinées sur la direction du vent reçoivent de celui-ci une poussée oblique, dont la composante verticale tend à maintenir tout le système vers la verticale du point d'attache au sol.

Si l'appareil est lui-même doué d'une force ascensionnelle propre, — ce qui est le cas d'un ballon de forme appropriée, — cette force ascensionnelle s'ajoute à la composante verticale de la poussée du vent pour accentuer l'effort de redressement.

C'est sur ce principe qu'a été construit le ballon cerf-volant, — ou *drachen-ballon*, — inventé par le major bavarois Von Parseval, avec la collaboration du capitaine Von Sigsfeld, vers l'année 1907.

Ce ballon s'est répandu dans la plupart des armées étrangères. Il a été immédiatement étudié en France, et, s'il n'a pas été adopté avant 1914, néanmoins dès que la guerre de positions, où le rôle des observatoires aériens prend une grande importance, s'est substituée à la guerre de mouvements, le service aéronautique de l'armée française en a construit rapidement un grand nombre, pour être utilisés notamment au réglage du tir de l'artillerie.

Organisation du ballon cerf-volant. — Le *drachen-ballon* Parseval se présente sous la forme d'un cylindre terminé par deux calottes hémisphériques en **étoffe caoutchoutée double.** La permanence de forme indispensable à la régularité de l'action du vent et à sa symétrie est obtenue par un ballonnet à air, constitué à l'arrière par une cloison ou diaphragme. Son volume, lorsqu'il est plein, est du 1/4 du volume total.

L'inclinaison normale du ballon Parseval sur le vent est de 20°, et dans cette position, si le vent est horizontal, la ligne de couture de cette cloison sur l'enveloppe est également horizontale. Cette inclinaison de 20° semble devoir être un maximum. De même que, pour les aéroplanes, on est conduit à diminuer l'angle d'attaque lorsqu'on veut marcher à de grandes vitesses, il est avantageux de réduire l'inclinaison du ballon cerf-volant pour affronter des vents violents.

La poche du ballonnet communique avec l'extérieur par une manche à vent, placée sous l'enveloppe et où le vent s'engouffre. La tension de l'air tend ainsi à s'équilibrer à l'intérieur et à l'extérieur; elle soulève le diaphragme en comprimant le gaz de gonflement qui remplit le ballon proprement dit, ce qui permet de résister aux pressions extérieures qui tendent à creuser des poches dans l'enveloppe.

Une soupape de sûreté, placée au pôle de la calotte sphérique antérieure, limite automatiquement la pression intérieure de l'hydrogène. A cet effet, la corde de soupape est attachée au diaphragme; sa longueur est déterminée de manière qu'elle soit tendue lorsque, le ballonnet étant à peu près vide, le diaphragme est près d'atteindre sa position limite en se collant à l'enveloppe extérieure du ballon, sous l'action de la poussée de l'hydrogène.

Le corps cylindrique ainsi constitué n'aurait aucune

stabilité dans le vent, s'il était réduit à lui-même.
Il faudra donc y ajouter des organes de stabilisation,
qui sont au nombre de trois : un gouvernail, des
ailerons, une queue.

Le gouvernail. — Le gouvernail est une fraction de tore en toile fixé par des attaches en cordes
autour de la partie inférieure de l'arrière. Il porte à
son extrémité la plus basse une manche à air ouverte
au vent, qui s'y engouffre et gonfle le tore automatiquement. Une petite ouverture au sommet permet
à l'air en excès de s'échapper. L'air qui remplit le
ballonnet peut d'ailleurs s'échapper également, par un
clapet, dans le gouvernail, de manière à établir un
certain équilibre de pression entre les deux capacités.

Les ailerons sont formés par des voiles rectan-
gulaires attachées sur les deux flancs de la carène,
vers l'arrière. Ils sont soulevés par le vent et maintenus par des cordes en pattes-d'oie. L'action du
vent sur les ailerons donne une composante verticale qui soulage l'arrière, où sont attachés les poids
morts les plus considérables, contribuant ainsi à
assurer l'inclinaison normale du ballon.

La queue, tout à fait analogue à celle d'un cerf-
volant ordinaire, est constituée par un chapelet de
cônes en toile, enfilés sur un cordage, et qui, sous
l'action du vent, contribuent puissamment à assurer
l'orientation du ballon.

L'attache et la suspension. — Le ballon cerf-
volant ne comporte pas de filet. Les attaches sont

faites par des cabillots terminant les cordes de pattes-
d'oie et s'engageant dans les boutonnières d'une
ralingue en toile cousue le long de l'enveloppe, un
peu au-dessous de la région équatoriale.

Pour l'attache du câble de retenue, des pattes-d'oie

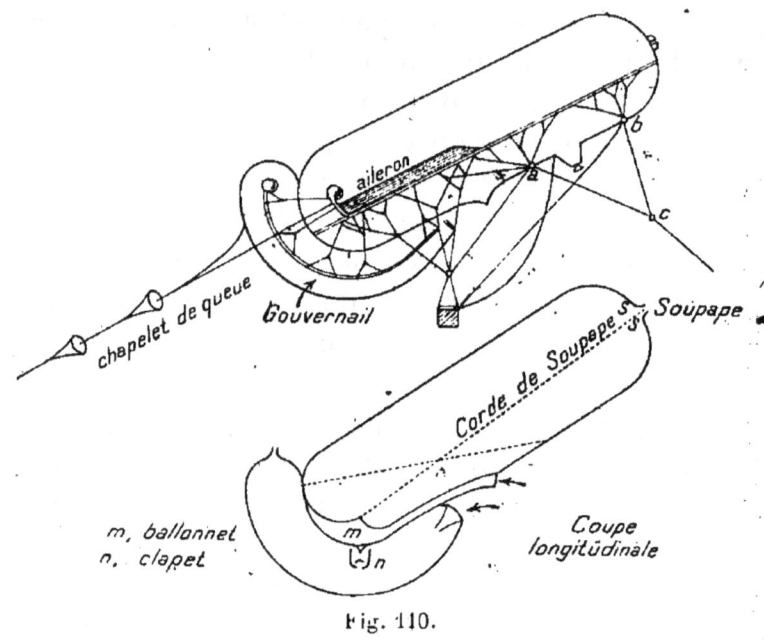

aileron

chapelet de queue   Gouvernail

Corde de Soupape   Soupape

m, ballonnet
n, clapet

m
n

Coupe
longitūdinale

Fig. 110.

sur chaque flanc se terminent par deux points nodaux
a et b, auxquels s'attache, par ses deux bouts, une
coursière le long de laquelle peut rouler la poulie
qui termine le câble. Il est nécessaire, en effet, que
le point d'attache se déplace lorsque l'inclinaison
du câble varie, afin que celle du ballon sur le vent
reste normale. Le *câble de retenue* est composé de fils
d'acier. Il est constitué par tronçons de 100 mètres

réunis à clavette. L'acier a une résistance à la rupture de 200 à 220 kilos par mm².

Pour un ballon de	600m3	poids de 100m de câble	12k7 à 14
—	750	—	14k8 à 16
—	1 000 à 1 100	—	16k

La nacelle, qui pèse 24 kilos, est suspendue à des pattes-d'oie sous la partie arrière ; des cordes de rappel la rattachent aux deux extrémités du ballon.

TYPES COURANTS :
Drachen-ballons montés.

Drachen-ballons pour T.S.F.
But de tir. Obs. météorologiques.

NUMÉROS	DIAMÈTRE	CUBE	POIDS	POIDS DU CABLE AUX 100m	NOMBRE d'observateurs	NUMÉROS	DIAMÈTRE	CUBE	POIDS DU CABLE PAR 180m	POIDS DU BALLON
I	6m	550m3	355k	14k	. 1	I	1m 6	10m338	0k60	6k2
II	6 23	600	370	14	1	II	1 8	14 8	0 72	7 5
III	6 30	630	380	14	1	III	2 »	20 3	0 85	13 5
IV	6 55	713	412	14	2	IV	2 2	27 »	1 20	17 »
V	6 65	750	420	16	2	V	2 4	35 »	1 20	23 3
VI	6 82	805	438	16	2	VI	3 »	66 »	2 20	40 »
VII	7 50	1 000	450	18	3	VII	3 5	108 »	2 50	60 »
VIII	7 80	1 140	506	18 5	3					

NOTA : Les 6 premiers types ne peuvent être gonflés qu'à l'hydrogène.

Dimensions usuelles. — A volume égal, un ballon cerf-volant est plus lourd qu'un sphérique, par suite même du développement plus grand des étoffes de l'enveloppe, du diaphragme et du gouvernail. Il est donc nécessaire, pour le service d'observations, de recourir à des volumes qui sont rarement inférieurs à 600 m³ et atteignent couramment 900 et 1000 m³. Mais, en dehors de ce service, on a utilisé les ballons cerfs-volants de petites dimensions pour enlever soit des instruments météorologiques, soit l'antenne d'un poste de télégraphie sans fil.

Le tableau ci-avant donne d'ailleurs quelques-unes des caractéristiques des divers types courants en Allemagne.

Ballon cerf-volant du capitaine Cacaud. —

Les dispositions et les formes classiques du drachenballon Parseval ont été judicieusement modifiées par le capitaine du génie français Cacaud. Abandonnant la forme cylindrique, cet officier a adopté une carène pisciforme plus avantageuse au point de vue de la résistance au vent et de tenue générale dans le vent.

L'effort total du vent sur le ballon est plus faible que dans le cas du ballon cylindrique; par suite, la traction exercée sur le câble est également plus faible.

En second lieu, la poussée du vent est plus près de la verticale, ce qui diminue encore la valeur relative de la composante horizontale ou *traînée*, et, en définitive, le recul du ballon par rapport à son point d'attache au sol.

Le centre de carène, par où passe la force ascensionnelle, est également ramené vers l'avant, rendant plus facile l'équilibre des forces en jeu.

Ces avantages sont nettement mis en évidence par ce fait qu'on a pu supprimer les ailerons et la queue-chapelet, simplification notable du système général, sans nuire à la stabilité d'orientation et à la résistance au roulis.

§ 3. — *Équilibre du ballon cerf-volant.*

a) **Répartition des pressions du vent sur la carène.** — Si le vent frappe le ballon sous une inclinaison déterminée, il se manifeste des pressions positives sur l'avant et sur la partie ventrale. La partie dorsale est soumise, au contraire, à des pressions négatives ou dépressions qui tendent à soulever la carène.

La résultante est une force formant un angle aigu avec la normale à l'axe du ballon. Toutefois, l'influence de la protubérance du gouvernail est difficile à fixer *a priori*, et il serait nécessaire d'effectuer des expériences au tunnel, sur modèle réduit, afin de connaître exactement cette résultante des actions du vent, en grandeur et en position. L'étude de l'équilibre suppose, en effet, cette connaissance.

L'étude expérimentale de la répartition des pressions du vent n'est pas moins nécessaire, lorsqu'il s'agit de déterminer la fatigue de l'étoffe dans les différentes régions de l'enveloppe. Or, cette répartition n'a jusqu'ici été fixée que pour le cas d'un vent dirigé suivant l'axe, ce qui ne peut servir à rien pour le problème qui nous occupe. Il y a là une lacune à combler par les laboratoires d'aérodynamique.

Quoi qu'il en soit, on peut considérer que la pression positive est maximum au point de la calotte sphérique avant qui est frappé normalement par le vent. Si l'on se reporte aux expériences Eiffel sur

la sphère[1], on peut estimer que, pour un vent de
20 mètres par seconde, la pression par m² en ce point
serait de 22 kilos. Il suffirait donc, pour tendre l'étoffe
à l'avant, que la pression intérieure du gaz fût de
25 kilos correspondant à 25 mm. d'eau. Ce sera
la pression de calage de la soupape.

Dans toute la région de la carène où l'action du
vent se traduit par une dépression, cette dépression
s'ajoute à la pression intérieure pour tendre l'étoffe;
il n'y a donc pas à craindre que celle-ci soit refou-
lée dans cette région.

On doit remarquer que nous n'avons envisagé qu'un
effort statique résultant d'un vent régulier. En réalité,
le régime du vent n'est jamais régulier; en dehors
même des rafales, il agit par pulsations donnant
lieu à des chocs instantanés, pour lesquels la pression
dynamique est sensiblement plus élevée que la pression statique que nous avons indiquée. Néanmoins,
on peut estimer que la pression de calage de 25 mm.
d'eau serait suffisante à la rigueur; mais on la porte
le plus souvent à 40 mm. d'eau. La pression apparente dans la région dorsale peut atteindre 60 kilos
par m². (par l'addition de la pression intérieure et
de la dépression extérieure). On sait d'ailleurs qu'en
désignant par *p* la pression totale, *r* le rayon de la
partie cylindrique, l'effort qui tend à rompre le
cylindre suivant 1 mètre de génératrice est :

$$T = \frac{1}{2} pr.$$

[1] *Eiffel*, 4, page 92, et atlas, page 3.

Pour un ballon de 600 m³, dont le diamètre est $2r = 6$ m., on aura donc un effort sur l'étoffe de :

$$T = \frac{1}{2}\,60 \times 3 = 90 \text{ kilos.}$$

On prend généralement une étoffe dont la résistance à la rupture est de 1 000 kilos par mètre courant ; le coefficient de sécurité est ainsi :

$$\alpha = \frac{1\,000}{90} = 10 \text{ en nombre rond.}$$

b) **Détermination des points nodaux.** — On peut fixer la position des points nodaux où s'attache la coursière *abc* en partant du cas où le vent est nul. La poussée du vent est nulle aussi : R = o, et le câble est vertical.

Soit AB la position de l'axe du ballon sous l'inclinaison que l'on veut réaliser[1]. La force ascensionnelle totale F passe sensiblement au milieu *o* de l'axe de carène (le ballonnet supposé vide d'air). Le poids P (ballon, gouvernail, agrès, nacelle en ordre de marche) passe par un point *m* situé en arrière et à une distance l_1 de *o*.

En désignant par Q la réaction totale du câble, son prolongement coupe l'axe en un point *n* situé à une distance l_2 du centre *o*, et, en prenant les moments par rapport à *m*, il vient :

$$Q\,(l_1 + l_2) = F\,l_2$$

d'où :
$$l_2 = l_1\,\frac{Q}{F - Q}\,.$$

---

[1] Nous avons dit que, dans les ballons allemands, cette inclinaison est de 20°, mais qu'on peut lui donner une valeur sensiblement plus faible.

La position du câble étant ainsi déterminée, il suffit de mener deux droites également inclinées *ca* et *cb*, pour avoir les deux brins de la coursière, sur lesquels on prendra les deux points nodaux *a* et *b* de manière qu'ils soient sensiblement sur la pro-

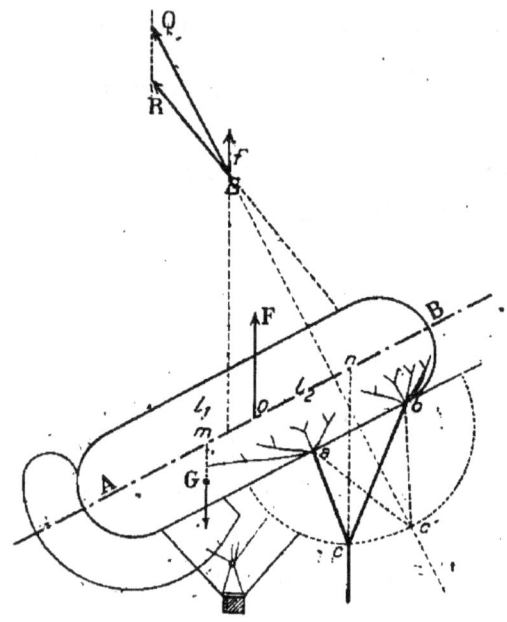

Fig. 111.

jection de la génératrice inférieure du ballon cylindrique. C'est à partir de ces points nodaux que seront disposées les pattes-d'oie rattachant la coursière à la ralingue.

La présence du gouvernail, de la queue et de la nacelle, abaisse le centre de gravité G en dessous de l'axe. D'autre part, ce centre de gravité ne se déplace pas lorsque l'inclinaison du ballon change, par

suite de l'indéformabilité du système de suspension
de la nacelle. Dès lors, il est facile de voir que l'équilibre est stable, c'est-à-dire qu'en écartant le ballon
de la position qui a servi à la détermination précédente, tout le système tend à y revenir.

c) **Forces en jeu dans le cas d'un vent de
vitesse** V. — Parmi les forces en jeu dans le cas
d'un vent horizontal, frappant par conséquent la
carène sous un angle d'environ 20°, les unes sont
constantes en grandeur et en position ; ce sont : le
poids P et la force ascensionnelle totale F.

On peut les remplacer par leur résultante *f*, que
nous appellerons la force *ascensionnelle restante*; elle
est verticale et dirigée de bas en haut.

Les autres forces varient comme le carré de la
vitesse du vent ; ce sont : la poussée R du vent et
la réaction Q du câble. Cette dernière est dirigée
suivant le premier élément de la courbe que décrit
le câble sous l'action de son propre poids, lorsque
ce câble est en dehors de la verticale.

Pour l'équilibre, les trois forces *f*, R et Q doivent
être concourantes, c'est-à-dire que la réaction du
câble passe par le point S de rencontre de *f* et de R.

On remarquera que, pour une inclinaison donnée du ballon, la position de R ne change pas ;
la grandeur R varie seule, comme le carré de la
vitesse du vent. Le point S est donc fixe, et la
réaction Q se déplace angulairement dans l'espace
compris entre *f* et R. Cette réaction a pour positions
limites :

pour R = o, la verticale passant par *c* ;

pour $R = \infty$, une certaine droite oblique **pro-** longement de R.

Entre ces deux droites limites, dont l'une **ren-** contre f en un point S et l'autre à l'infini, il est **évi-** dent que les positions intermédiaires ne **peuvent** pas toutes passer par le même point S. Il y a **donc** incompatibilité de conditions.

En réalité, la position du point S ne reste **pas** absolument fixe, ce qui correspond à une **légère** modification dans l'inclinaison de l'axe du ballon.

Le mode de construction entraîne, en outre, **une** nouvelle condition, qui n'est également pas **compa-** tible avec la fixité du point S.

Nous avons dit, en effet, que le câble est **terminé** par une poulie roulant sur la coursière. La **longueur** totale de celle-ci étant constante, le point c **ter-** minal du câble décrit une ellipse dont a et b **sont** les foyers. La tension est nécessairement la **même** dans les deux brins, ce qui signifie que la **direction** du câble doit être la bissectrice de l'angle en c, c'est-à-dire qu'elle est dirigée suivant la **normale** à l'ellipse en c. Or, les normales à l'ellipse ne **sau-** raient passer par un même point.

On est en présence d'un problème de fausse **posi-** tion, et l'équilibre s'établit, en définitive, par **une** variation, assez faible du reste, de l'inclinaison **de** l'axe du ballon.

d) **Cas de rupture du câble.** — L'effort de traction qui se manifeste dans le câble s'accroît **rapi-** dement avec la force du vent. Il est notablement **plus** élevé que pour un ballon sphérique de même cube ;

et il y a lieu d'envisager l'éventualité d'une rupture.

Pendant la guerre, le cas s'est présenté, en mai 1916, où un grand nombre de ballons cerfs-volants français, qu'on avait maintenus en l'air malgré la tempête, furent emportés au-dessus de la région occupée par l'ennemi. Quelques pilotes réussirent à opérer leur descente en parachute, avant d'avoir dépassé les lignes françaises.

Il semble donc que l'on doit prescrire de ramener le ballon à terre avant que le vent n'atteigne une valeur de 20 mètres par seconde.

En cas de rupture du câble, le ballon se redresse vers la verticale, jusqu'à ce que la résultante des poids soit sur la verticale de la force ascensionnelle.

La suspente de rappel qui relie la nacelle à l'avant du ballon supporte alors la plus grande partie du poids de celle-ci.

En pratique, pour un ballon du type Parseval de 750 m³ à 1000 m³, et un vent de 20 m/sec, on peut estimer à 800 kilos l'effort de traction dans le câble. Cet effort serait un peu plus faible pour un ballon du type Cacaud.

INDEX BIBLIOGRAPHIQUE

ANGOT (A.). — Sur la formule barométrique (*Annales du Bureau central météorologique de France*, 1896, t. I, p. B. 159, Paris).

ASSMANN (R.) et HERGESELL (H.). — Beiträge zur Physik der freien Atmosphäre (*Zeitschrift für die Wissenchaftliche Erforschung der hoheren Luftschiffahrt*, Karl J. Trübner, Strasbourg).

BARTHÈS(Capit. M.-A.). — Étude graphique et géométrique du mouvement des ballons libres (*Revue de l'Aéronautique*, 1892, 5e année, 1re livr., Paris).

BADEN-POWELL(Lieut.). — *Journal of the Service Institution*, 1883, Londres.

BORREN (Lieut.-colon. VAN DEN). — Fabrication de l'hydrogène (*La Conquête de l'air*, 15 avril 1906, Bruxelles).

CAILLETET (L.) et COLARDEAU (E.). — 1. Recherches expérimentales sur la chute des corps et sur la résistance de l'air à leur mouvement (*C. R. Ac. Sc.*, t. CXV).
2. Expériences sur la résistance de l'air et de divers gaz (*C. R. Ac. Sc.*, t. CXVII, CXLV).

CANOVETTI. — 1. Rapport par M. Barbet sur les expériences de M. Canovetti, relatives à la résistance opposée par l'air aux corps en mouvement (*Bulletin de la Société d'encouragement pour l'Industrie nationale*, février 1903).
— 2. *Nuove Ricerches sulla Resistenza dell'aria*, 1902, Milan.
— 3. *L'Elettrolisi dell'acqua e sue applicazioni all'officina di Terni*, 1893. Bertolero, Torino.
— 4. *Bulletin de la Société des Ing. civils de France*, mai 1907.

CHERUBINI (Claudio). — Elettrolisi dell'acqua (*Rivista di Artiglieria e Genio*, décembre 1903).

CLAUDE (Georges). *L'Air liquide,* 1903. Dunod, Paris.

CLAUDEL. *Aide-mémoire,* 1877, t. I, p. 808. Dunod, Paris.

CROCCO (Capit.). *Rendi Conti delle esperienze e degli studi esaguiti nello stabilimento do esperienze e costruzione aeronautiche del Genio.* Roma, 1912-1913.

DESDOUITS. Application de la méthode rationnelle aux études dynamométriques (*Annales des Ponts et Chaussées,* 1886, 1).

DINES (W. H.). 1. Account of some experiments made to investigate the connection between the pressure and velocity of the wind (*Quarerly Journal of the Met. Society,* vol. XV, 1889).

— 2. Mutual influence of two pressure plates and a comparison of large and small plates (*Quarterly Journal,* vol. XVI, 1890).

— 3. On the variation of the pressure caused by the wind blowing across the mouth of a tube (*Quarterly Journal,* vol. XVI, 1890).

— 4. Note on experiments on pressure of wind. Report of the meteorological Council to the Royal Society for the year ending the 31 March 1890.

— 5. On wind pressure upon an inclined surface (*Proceed. of the Royal Society,* vol. XLVIII).

DUCHEMIN (Colonel). Recherches expérimentales sur les lois de la résistance de l'air (*Mémorial de l'Artillerie,* V, 1842).

EIFFEL (G.). 1. *La résistance de l'air,* 1910. Dunod et Pinat, Paris.

— 2. *La résistance de l'air et l'aviation,* gd in-8°, 1910. Dunod et Pinat, Paris.

— 3. *Bulletin de la Société des Ingénieurs civils de France,* janvier 1910.

— 4. *Nouvelles recherches sur la résistance de l'air et l'aviation.* Dunot et Pinat. Paris, 1914.

ESPITALLIER(Lieut.-col.). 1. Le ballon Unge et les idées du capitaine Voyer (*La Nature,* 6 sept. 1902. Masson, Paris).

— 2. Le ballon Swenske (*Ibid.,* 9 janvier 1904).

Espitallier(Lieut.-col.). 3. Les grands aérostats en baudruche (*Revue de l'Aéronautique*, 1890, 3e année, 3e livr.).

— 4. *Les ballons et leur emploi à la guerre*, in-8°. Masson, Paris.

— 5. *L'hydrogène et ses applications en aéronautique*, in-8°. Masson, Paris.

— 6. *Pratique des ascensions libres*, in-8°. Masson, Paris.

— 7. Les étoffes à ballons (*Techn. aéron.*, 1910, 15 janv.).

— 8. L'hydrogène (*Techn. aéron.*, 1910, 15 août et 1er sept.).

— 9. *Cours d'aviation*. Ecole des travaux publics, 12, rue du Sommerard. Paris, 1911.

— 10. *Aérostiers et aviateurs*, grand in-8°, Société française d'imprimerie et de librairie. Paris, 1914.

Frank (A.). Recherches pour établir la relation entre la résistance de l'air et la forme des corps (*Zeitschrift des Vereines Deutscher Ing.*, vol. L, 1906).

Gentilini. *Rivista di Artiglieria e Genio*, mai 1886. Rome.

Guntz. Préparation de l'hydrure de baryum (*Annales de chimie et de physique*, 1905, t. I, p. 1).

Hagen (G.). Messung des Widerstauden den Planscheiben erfahren Wense sie in normaler Richtung gagen ihre Ebene durch die Luft bewegt verden. Berlin, Akad. Abhandl., 1894.

Henry (Ed.). Étude sur la forme des aérostats (*Revue de l'Aéronautique*, 1893, 6e année, p. 20).

Hergesell (II.). 1. *Barometrische Hohenformel in ihrer Anwendung auf Ballonbeobachtung*, 1898. Strasbourg.

— 2. (V. Assmann et Hergesell.)

Hervé (Henri). *Stabilisateurs statiques*, in-8°. Bureaux du journal *le Yacht*, 1900. Paris.

Hirschauer (Comdt). Exposition internationale de 1900. Concours internationaux d'exercices et de sports (*Rapport sur l'aérostation*, grand in-8°, 1901, Imprimerie nationale, Paris).

JAUBERT (G.-F.). Les nouveaux procédés de fabrication de l'hydrogène pour les besoins militaires (*Revue générale de Chimie*).

JOBERT. *L'Aéronaute*, 1869, Paris.

LACHAMBRE (H.) et MACHURON (A.). *Andrée. Au pôle Nord en ballon.* Nilsonn per Lamm, Paris.

LANGLEY (S. P.). The internal work of the wind smithsonian contrib. to knowledge. Washington, 1898.

LAPLACE. *Mécanique céleste.*

LAURENT. *Traité d'analyse*, Paris.

LAURIOL. 1. Sur la forme des aérostats (*Revue de l'Aéronautique*, 1894, 7ᵉ année, p. 52).

— 2. Sur la tension des étoffes et des filets dans les aérostats (*Ibid.*, 2ᵉ année, 1899, p. 111, et 3ᵉ année, 1890, p. 11).

— 3. Étude sur les ballons cylindriques (*Ibid.*, 4ᵉ année, 1891, p. 37).

LECORNU (J.). *La Navigation aérienne*, grand in-8°, 1903. Vuibert et Nony, Paris.

LE DANTEC. Expériences sur la résistance de l'air (*Bulletin de la Société d'encouragement pour l'industrie nationale*, t. IV, 5ᵉ série, 1899).

LILIENTHAL (O.). Der Vogelflug als Grundlage der Fiegekunst. Berlin, 1899.

LÖSSL (F. von). Die Luftwiderstands gesetze, der Fall durch die Luft und Vogelflug. Vienne, 1886.

MANNESMANN (O.). Messungen des Luftwiderstandes durch ein neues Rotations apparat (*Wiedermann Ann.*, t. LXVII, 1899, nouvelle édition 1910).

MANNHEIM. *Cours de géométrie de l'École polytechnique.*

MARCHIS (M.-L.). 1. *Leçons sur la navigation aérienne*, 1903-1904. Dunod et Pinat, Paris.

— 2. *Le Navire aérien*, 1909. Dunod et Pinat.

MAREY. Le vol des oiseaux. Paris, Masson, 1890.

MAXIM (Sir HIRAM). Le vol naturel et le vol artificiel, traduit par le lieut.-col. Espitallier. Paris, Dunod et Pinat, 1909.

MEUSNIER (Général).   Mémoire sur l'équilibre des machines aérostatiques, etc., présenté à l'Académie le 3 déc. 1783, publié en juillet 1784, dans le *Journal de Physique de l'abbé Rozier*, de nouveau dans le *Recueil du Conservatoire* (janvier 1851), dans l'ouvrage de Louis Figuier : *Exposition et Histoire des principales découvertes scientifiques modernes* (2e édit., t. II, note 5, p. 389 à 400. Paris, Victor Masson, 1852).

MŒDEBECK (Major W. H.).   1. *Taschenbuch zum praktischen Gebrauch für Flugtechniker und Luftschiffer*, 1904. W. H. Kühl, Berlin.
—   2. *Die Luftschiffahrt*, 1906. Karl Trübner, Strasbourg.

MOISSAN.   *Annales de Chimie et de Physique*, 1899, t. XIX.

NEWTON.   *Principes mathématiques de la Philosophie naturelle.*

OCAGNE (Maurice D').   1. Remarque sur la déformation des surfaces de révolution (*Bull. de la Soc. math. de France*, t. XXI, 1893, p. 85).
—   2. Sur les surfaces de révolution applicables sur la sphère (*Association française pour l'avancement des sciences*, t. XXXIII, 1895, p. 11).
—   3. Note sur la rectification approchée des arcs de cercle (*Nouv. Annales de Math.*, 4e série, t. VII, 1907, p. 1).

OSSIAN BONNET.   Surfaces applicables (*Journal de l'École polytechnique*, 41e et 42e cahier).

PIOBERT, MORIN et DIDION (Cap.).   Mémoires sur les lois de la résistance de l'air (*Mémorial de l'Artillerie*, no 5, 1842).

PONCELET (Général).   *Introduction à la mécanique industrielle*, nos 382 et 431, Paris.

PRANDLT.   Die Bedentung von Modellversuchen für die Luftschiffart an Hugtechnik und die Tinrichtungen für solche Versuchen in Göttingen (*Zeitschrift des Ver. der deutscher Ing.*, no 42, 16 oct. 1909).

RATEAU.   Divers mémoires sur la résistance de l'air (*C. R. Ac. Sc.; l'Aérophile*, 1909; *l'Automobile*, 1909; *l'Aviation*, 1909).

RAYLEIGH (Lord). On the resistance of fluids (*Philos. Mag.,* sér. 3, vol. II, 430).

RENARD (Col. Charles). 1. *Conférence sur la navigation aérienne,* faite le 8 avril 1886 à la Société des Amis des sciences. 1886, Gauthier-Villars, Paris.

— 2. Etude sur les aérostats à volume maximum variable (*L'Aéronaute,* 1881, Paris).

— 3. Communication (*Bull. de la Soc. franç. de Physique,* 18 janv. 1889).
Comptes rendus de l'Acad. des sciences :
4. Sur la qualité des hélices sustentatrices, 7 déc. 1903.

— 5. Sur une balance dynamométrique, 16 mai 1904.

— 6. Résistance de l'air. Comparaison des résistances directes de diverses carènes aériennes, 24 mai 1904.

RIABOUCHINSKY (D.). *Bulletin de l'Institut aérodynamique de Koutchino.* Saint - Pétersbourg, 1906 à 1913.

RICHARD (Com^dt). Le ravitaillement en hydrogène des ballons militaires (*Revue générale de Chimie*).

SOREAU (R.). Navigation aérienne (*Bull. de la Soc. des Ing. civils,* oct. 1902, p. 526).

STANTON (Th. E.). 1. On the resistance of plane surfaces in a uniform current of air (*Proceedings of the Institution of civil Engineers,* vol. CLVI, session 1901-1903, part. ii. Londres, 1904).

— 2. Experiments on wind Pressure (*Proceed of the Inst. of civil Eng.,* vol. CLXXI, session 1907-1908. Londres, 1908).

STAUBERT (Joseph). Voir Mœdebeck 1.

STRACHE (Dr). *Das Wassergas, seines Herstellung und Verwendbarkeit.* Berlin.

SURCOUF (Ed.). L'Aéronautique maritime (*Bull. de la Soc. des Ing. civils,* janv. 1902).

TSCHUDI (Capit. Von). *Der Unterricht des Luftschiffers,* 1905. R. Eisenschmidt, Berlin.

VAULX (Cte H. DE LA). 1. *Seize mille kilomètres en ballon,* 1903· **Hachette, Paris.**

VAULX (Cᵗᵉ H. DE LA). 2. Ballons à ballonnets (*La Vie automobile*, nᵘ 113, 28 nov. 1903).

— 3. L'emploi des ballons à ballonnet, d'après la théorie du général Meusnier (*Comptes rendus de l'Acad. des sciences*, 9 nov. 1903).

VOYER (Capitaine). 1. Histoire de l'Aérostation; les lois de Meusnier (*Revue du Génie militaire*, 16ᵉ année, t. XXIII, 1ʳᵉ livr., mai 1902).

— 2. Histoire de l'Aérostation; le ballonnet de Meusnier (*Ibid.*, 16ᵉ année, t. XXIII, 6ᵉ livr., juin 1902).

— 3. Histoire de l'Aérostation; le général Meusnier et les ballons dirigeables (*Ibid.*, 16ᵉ année, t. XXIV, 2ᵉ livr., août 1902).

— 4. L'équilibre de l'aérostat et les ascensions au long cours (*Revue de l'Aéronautique*, 1901, t. VIII, 2ᵉ livr.).

— 5. Les ballons libres à ballonnets (*Revue du Génie militaire*, 15ᵉ année, t. XXVI, déc. 1903).

— 6. Les cônes sphériques et leur application à la construction des ballons allongés (*Revue de l'Aéronautique*, 1894, 7ᵉ année, p. 1).

— 7. Des ascensions aéronautiques ou libres en pays de montagnes (*Revue de l'Aéronautique*, 1890, 3ᵉ année, 3ᵉ livr.).

ZAHM (A. F.). 1. The resistance of the air at speeds below one thousand feet a second. The John Hopkins University, 1898.

2. Measurement of air velocity and pressure (*The physical Review*, XVII, 1903).

ZEPPELIN (GRAF VON). Die heutige wissenschaftliche Berechnung des Windesdruckes und des Luftwiderstandes gegenüber den thatsächlichen Verhältnissen (*Zeitsch. des ver. Deuts. Ing.*, XXXIX).

TABLE ALPHABÉTIQUE DES AUTEURS ET DES MATIÈRES

TABLE SYSTÉMATIQUE DES MATIÈRES

OCTAVE DOIN ET FILS, ÉDITEURS, 8, PLACE DE L'ODÉON, PARIS

ENCYCLOPÉDIE SCIENTIFIQUE

Publiée sous la direction du Dr TOULOUSE

Nous avons entrepris la publication, sous la direction générale de son fondateur, le Dr Toulouse, Directeur à l'*École des Hautes Études*, d'une ENCYCLOPÉDIE SCIENTIFIQUE de langue française dont on mesurera l'importance à ce fait qu'elle est divisée en 40 sections ou Bibliothèques et qu'elle comprendra environ 1000 volumes. Elle se propose de rivaliser avec les plus grandes encyclopédies étrangères et même de les dépasser, tout à la fois par le caractère nettement scientifique et la clarté de ses exposés, par l'ordre logique de ses *divisions et par son unité, enfin par ses vastes dimensions* et sa forme pratique.

I

PLAN GÉNÉRAL DE L'ENCYCLOPÉDIE

Mode de publication. — L'*Encyclopédie* se composera de monographies scientifiques, classées méthodiquement et formant dans leur enchaînement un exposé de toute la science. Organisée sur un plan systématique, cette *Encyclopédie*, *tout en évitant les* inconvénients des Traités, — massifs, d'un prix global élevé, difficiles à consulter, — et les inconvénients des Dictionnaires, — où les articles scindés irrationnellement, simples chapitres alphabétiques, sont toujours nécessairement incomplets, — réunira les avantages des uns et des autres.

Du Traité, l'*Encyclopédie* gardera la supériorité que possède

La Technique du Ballon. 2e édit. 14*

un ensemble complet, bien divisé et fournissant sur chaque
science tous les enseignements et tous les renseignements qu'on
en réclame. Du Dictionnaire, l'*Encyclopédie* gardera les facilités de recherches par le moyen d'une table générale, l'*Index de
l'Encyclopédie*, qui paraîtra dès la publication d'un certain
nombre de volumes et sera réimprimé périodiquement. L'*Index*
renverra le lecteur aux différents volumes et aux pages où se
trouvent traités les divers points d'une question.

Les éditions successives de chaque volume permettront de
suivre toujours de près les progrès de la science. Et c'est par là
que s'affirme la supériorité de ce mode de publication sur tout
autre. Alors que, sous sa masse compacte, un traité, un dictionnaire ne peut être réédité et renouvelé que dans sa totalité et
qu'à d'assez longs intervalles, inconvénients graves qu'atténuent
mal des suppléments et des appendices, l'*Encyclopédie scientifique*, au contraire, pourra toujours rajeunir les parties qui ne
seraient plus au courant des derniers travaux importants. Il est
évident, par exemple, que si des livres d'algèbre ou d'acoustique
physique peuvent garder leur valeur pendant de nombreuses
années, les ouvrages exposant les sciences en formation, comme
la chimie physique, la psychologie ou les technologies industrielles, doivent nécessairement être remaniés à des intervalles
plus courts.

Le lecteur appréciera la souplesse de publication de cette
Encyclopédie, toujours vivante, qui s'élargira au fur et à mesure
des besoins dans le large cadre tracé dès le début, mais qui cons-
tituera toujours, dans son ensemble, un traité complet de la
Science, dans chacune de ses sections un traité complet d'une
science, et dans chacun de ses livres une monographie complète.
Il pourra ainsi n'acheter que telle ou telle section de l'*Encyclopédie*, sûr de n'avoir pas des parties dépareillées d'un tout.

L'*Encyclopédie* demandera plusieurs années pour être achevée ;
car, pour avoir des expositions bien faites, elle a pris ses collaborateurs plutôt parmi les savants que parmi les professionnels
de la rédaction scientifique que l'on retrouve généralement dans
les œuvres similaires. Or les savants écrivent peu et lentement :
et il est préférable de laisser temporairement sans attribution
certains ouvrages plutôt que de les confier à des auteurs insuffi-
sants. Mais cette lenteur et ces vides ne présenteront pas d'in-

convénients, puisque chaque livre est une œuvre indépendante et que tous les volumes publiés sont à tout moment réunis par l'*Index de l'Encyclopédie*. On peut donc encore considérer l'Encyclopédie comme une librairie, où les livres soigneusement choisis, au lieu de représenter le hasard d'une production individuelle, obéiraient à un plan arrêté d'avance, de manière qu'il n'y ait ni lacune dans les parties ingrates, ni double emploi dans les parties très cultivées.

Caractère scientifique des ouvrages. — Actuellement, les livres de science se divisent en deux classes bien distinctes : les livres destinés aux savants spécialisés, le plus souvent incompréhensibles pour tous les autres, faute de rappeler au début des chapitres les connaissances nécessaires, et surtout faute de définir les nombreux termes techniques incessamment forgés, ces derniers rendant un mémoire d'une science particulière inintelligible à un savant qui en a abandonné l'étude durant quelques années ; et ensuite les livres écrits pour le grand public, qui sont sans profit pour des savants et même pour des personnes d'une certaine culture intellectuelle.

L'*Encyclopédie scientifique* a l'ambition de s'adresser au public le plus large. Le savant spécialisé est assuré de rencontrer dans les volumes de sa partie une mise au point très exacte de l'état actuel des questions ; car chaque Bibliothèque, par ses techniques et ses monographies, est d'abord faite avec le plus grand soin pour servir d'instrument d'études et de recherches à ceux qui cultivent la science particulière qu'elle représente, et sa devise pourrait être : *Par les savants, pour les savants.* Quelques-uns de ces livres seront même, par leur caractère didactique, destinés à devenir des ouvrages classiques et à servir aux études de l'enseignement secondaire ou supérieur. Mais, d'autre part, le lecteur non spécialisé est certain de trouver, toutes les fois que cela sera nécessaire, au seuil de la section, — dans un ou plusieurs volumes de généralités, — et au seuil du volume, — dans un chapitre particulier, — des données qui formeront une véritable introduction le mettant à même de poursuivre avec profit sa lecture. Un vocabulaire technique, placé, quand il y aura lieu, à la fin du volume, lui permettra de connaître toujours le sens des mots spéciaux.

II
ORGANISATION SCIENTIFIQUE

Par son organisation scientifique, l'*Encyclopédie* paraît devoir offrir aux lecteurs les meilleures garanties de compétence. Elle est divisée en Sections ou Bibliothèques, à la tête desquelles sont placés des savants professionnels spécialisés dans chaque ordre de sciences et en pleine force de production, qui, d'accord avec le Directeur général, établissent les divisions des matières, choisissent les collaborateurs et acceptent les manuscrits. Le même esprit se manifestera partout : éclectisme et respect de toutes les opinions logiques, subordination des théories aux données de l'expérience, soumission à une discipline rationnelle stricte ainsi qu'aux règles d'une exposition méthodique et claire. De la sorte, le lecteur, qui aura été intéressé par les ouvrages d'une section dont il sera l'abonné régulier, sera amené à consulter avec confiance les livres des autres sections dont il aura besoin, puisqu'il sera assuré de trouver partout la même pensée et les mêmes garanties. Actuellement, en effet, il est, hors de sa spécialité, sans moyen pratique de juger de la compétence réelle des auteurs.

Pour mieux apprécier les tendances variées du travail scientifique adapté à des fins spéciales, l'*Encyclopédie* a sollicité, pour la direction de chaque Bibliothèque, le concours d'un savant placé dans le centre même des études du ressort. Elle a pu ainsi réunir des représentants des principaux Corps savants, Établissements d'enseignement et de recherches de langue française :

Institut.
Académie de Médecine.

Collège de France.
Muséum d'Histoire naturelle.
École des Hautes Études.
Sorbonne et École normale.
Facultés des Sciences.
Facultés des Lettres.
Facultés de Médecine.
Instituts Pasteur.
École des Ponts et Chaussées.
École des Mines.
École Polytechnique.

Conservatoire des Arts et Métiers.
École d'Anthropologie.
Institut National agronomique.
École vétérinaire d'Alfort.
École supérieure d'Électricité.
École de Chimie industrielle de Lyon.
École des Beaux-Arts.
École des Sciences politiques.

Observatoire de Paris.
Hôpitaux de Paris.

III

BUT DE L'ENCYCLOPÉDIE

Au xviiie siècle, « l'Encyclopédie » a marqué un magnifique mouvement de la pensée vers la critique rationnelle. A cette époque, une telle manifestation devait avoir un caractère philosophique. Aujourd'hui, l'heure est venue de renouveler ce grand effort de critique, mais dans une direction strictement scientifique; c'est là le but de la nouvelle *Encyclopédie*.

Ainsi la science pourra lutter avec la littérature pour la direction des esprits cultivés, qui, au sortir des écoles, ne demandent guère de conseils qu'aux œuvres d'imagination et à des encyclopédies où la science a une place restreinte, tout à fait hors de proportion avec son importance. Le moment est favorable à cette tentative ; car les nouvelles générations sont plus instruites dans l'ordre scientifique que les précédentes. D'autre part, la science est devenue, par sa complexité et par les corrélations de ses parties, une matière qu'il n'est plus possible d'exposer sans la collaboration de tous les spécialistes, unis là comme le sont les producteurs dans tous les départements de l'activité économique contemporaine.

A un autre point de vue, l'*Encyclopédie*, embrassant toutes les manifestations scientifiques, servira comme tout inventaire à mettre au jour les lacunes, les champs encore en friche ou abandonnés, — ce qui expliquera la lenteur avec laquelle certaines sections se développeront, — et suscitera peut-être les travaux nécessaires. Si ce résultat est atteint, elle sera fière d'y avoir contribué.

Elle apporte en outre une classification des sciences et, par ses divisions, une tentative de mesure, une limitation de chaque domaine. Dans son ensemble, elle cherchera à refléter exactement le prodigieux effort scientifique du commencement de ce siècle et un moment de sa pensée, en sorte que dans l'avenir elle reste le document principal où l'on puisse retrouver et consulter le témoignage de cette époque intellectuelle.

On peut voir aisément que l'*Encyclopédie* ainsi conçue, ainsi réalisée, aura sa place dans toutes les bibliothèques publiques, universitaires et scolaires, dans les laboratoires, entre les mains

des savants, des industriels et de tous les hommes instruits qui
veulent se tenir au courant des progrès, dans la partie qu'ils cultivent eux-mêmes ou dans tout le domaine scientifique. Elle fera
jurisprudence, ce qui lui dicte le devoir d'impartialité qu'elle
aura à remplir.

Il n'est plus possible de vivre dans la société moderne en
ignorant les diverses formes de cette activité intellectuelle qui
révolutionne les conditions de la vie ; et l'interdépendance de la
science ne permet plus aux savants de rester cantonnés, spécialisés dans un étroit domaine. Il leur faut, — et cela leur est souvent difficile, — se mettre au courant des recherches voisines.
A tous, l'*Encyclopédie* offre un instrument unique dont la portée
scientifique et sociale ne peut échapper à personne.

IV

CLASSIFICATION DES MATIÈRES SCIENTIFIQUES

La division de l'*Encyclopédie* en Bibliothèques a rendu nécessaire l'adoption d'une classification des sciences, où se manifeste
nécessairement un certain arbitraire, étant donné que les sciences
se distinguent beaucoup moins par les différences de leurs objets
que par les divergences des aperçus et des habitudes de notre
esprit. Il se produit en pratique des interpénétrations réciproques
entre leurs domaines, en sorte que, si l'on donnait à chacun
l'étendue à laquelle il peut se croire en droit de prétendre, il
envahirait tous les territoires voisins ; une limitation assez stricte
est nécessitée par le fait même de la juxtaposition de plusieurs
sciences.

Le plan choisi, sans viser à constituer une synthèse philosophique des sciences, qui ne pourrait être que subjective, a tendu
pourtant à échapper dans la mesure du possible aux habitudes
traditionnelles d'esprit, particulièrement à la routine didactique,
et à s'inspirer de principes rationnels.

Il y a deux grandes divisions dans le plan général de l'*Encyclopédie* : d'un côté, les sciences pures, et, de l'autre, toutes les
technologies qui correspondent à ces sciences dans la sphère des
applications. A part et au début, une Bibliothèque d'introduc-

tion générale est consacrée à la philosophie des sciences (histoire des idées directrices, logique et méthodologie).

Les sciences pures et appliquées présentent en outre une division générale en sciences du monde inorganique et en sciences biologiques. Dans ces deux grandes catégories, l'ordre est celui de particularité croissante, qui marche parallèlement à une rigueur décroissante. Dans les sciences biologiques pures enfin, un groupe de sciences s'est trouvé mis à part, en tant qu'elles s'occupent moins de dégager des lois générales et abstraites que de fournir des monographies d'êtres concrets, depuis la paléontologie jusqu'à l'anthropologie et l'ethnographie.

Étant donné les principes rationnels qui ont dirigé cette classification, il n'y a pas lieu de s'étonner de voir apparaître des groupements relativement nouveaux, une biologie générale, — une physiologie et une pathologie végétales, distinctes aussi bien de la botanique que de l'agriculture, — une chimie physique, etc.

En revanche, des groupements hétérogènes se disloquent pour que leurs parties puissent prendre place dans les disciplines auxquelles elles doivent revenir. La géographie, par exemple, retourne à la géologie, et il y a des géographies botanique, zoologique, anthropologique, économique, qui sont étudiées dans la botanique, la zoologie, l'anthropologie, les sciences économiques.

Les sciences médicales, immense juxtaposition de tendances très diverses, unies par une tradition utilitaire, se désagrègent en des sciences ou des techniques précises ; la pathologie, science de lois, se distingue de la thérapeutique ou de l'hygiène, qui ne sont que les applications des données générales fournies par les sciences pures, et à ce titre mises à leur place rationnelle.

Enfin, il a paru bon de renoncer à l'anthropocentrisme, qui exigeait une physiologie humaine, une anatomie humaine, une embryologie humaine, une psychologie humaine. L'homme est intégré dans la série animale, dont il est un aboutissant. Et ainsi, son organisation, ses fonctions, son développement, s'éclairent de toute l'évolution antérieure et préparent l'étude des formes plus complexes des groupements organiques qui sont offerts par l'étude des sociétés.

On peut voir que, malgré la prédominance de la préoccupation pratique dans ce classement des Bibliothèques de l'*Encyclopédie scientifique*, le souci de situer rationnellement les sciences dans leurs rapports réciproques n'a pas été négligé. Enfin il est à peine besoin d'ajouter que cet ordre n'implique nullement une hiérarchie, ni dans l'importance ni dans les difficultés des diverses sciences. Certaines, qui sont placées dans la technologie, sont d'une complexité extrême, et leurs recherches peuvent figurer parmi les plus ardues.

Prix de la publication. — Les volumes, illustrés pour la plupart, seront publiés dans le format in-18 jésus et cartonnés. De dimensions commodes, ils auront 400 pages environ, ce qui représente une matière suffisante pour une monographie ayant un objet défini et important, établie du reste selon l'économie du projet qui saura éviter l'émiettement des sujets d'exposition. Le prix étant fixé uniformément à 5 francs, c'est un réel progrès dans les conditions de publication des ouvrages scientifiques, qui, dans certaines spécialités, coûtent encore si cher.

TABLE DES BIBLIOTHÈQUES

DIRECTEUR : Dʳ TOULOUSE, Directeur de Laboratoire à l'École des Hautes Études.

SECRÉTAIRE GÉNÉRAL : H. PIÉRON.

DIRECTEURS DES BIBLIOTHÈQUES :

1. *Philosophie des Sciences.* P. PAINLEVÉ, de l'Institut, professeur à la Sorbonne.

I. SCIENCES PURES

A. Sciences mathématiques :

2. *Mathématiques* . . . J. DRACH, professeur à la Faculté des Sciences de l'Université de Toulouse.

3. *Mécanique* . . . . . J. DRACH, professeur à la Faculté des Sciences de l'Université de Toulouse.

B. Sciences inorganiques :

4. *Physique.* . . . . . A. LEDUC, professeur adjoint de physique à la Sorbonne.

5. *Chimie physique.* . . J. PERRIN, professeur de Chimie physique à la Sorbonne.

6. *Chimie* . . . . . . A. PICTET, professeur à la Faculté des Sciences de l'Université de Genève.

7. *Astronomie et Physique céleste.* . . . . . J. MASCART, professeur à l'Université, directeur de l'Observatoire de Lyon.

8. *Météorologie* . . . . J. MASCART, professeur à l'Université, directeur de l'Observatoire de Lyon.

9. *Minéralogie et Pétrographie* . . . . . A. LACROIX, de l'Institut, professeur au Muséum d'Histoire naturelle.

10. *Géologie* . . . . . . M. BOULE, professeur au Muséum d'Histoire naturelle.

II. SCIENCES APPLIQUÉES

A. Sciences mathématiques :

B. Sciences inorganiques :

M. ALBERT MAIRE, bibliothécaire à la Sorbonne, est chargé de l'*Index* de l'Encyclopédie scientifique.

- 36 847. — Tours, impr. Mame.

www.ingramcontent.com/pod-product-compliance
Lightning Source LLC
Chambersburg PA
CBHW061025030726
47504CB00002B/255